不落雪的

The second home to cross the snow

第二乡

微木 著

广西师范大学出版社
桂林

不落雪的第二乡
BULUOXUE DE DIERXIANG

图书在版编目（CIP）数据

不落雪的第二乡 / 微木著. --桂林 ：广西师范大
学出版社，2022.4
　　ISBN 978-7-5598-4785-0

　　Ⅰ．①不… Ⅱ．①微… Ⅲ．①长篇小说－中国－当代
Ⅳ．①I247.5

　　中国版本图书馆 CIP 数据核字（2022）第 036654 号

广西师范大学出版社出版发行
（广西桂林市五里店路 9 号　邮政编码：541004
　网址：http://www.bbtpress.com ）
出版人：黄轩庄
全国新华书店经销
广西昭泰子隆彩印有限责任公司印刷
（南宁市友爱南路 39 号　邮政编码：530001）
开本：880 mm ×1 240 mm　1/32
印张：11.625　　　字数：360 千
2022 年 4 月第 1 版　　2022 年 4 月第 1 次印刷
印数：0 001~5 000 册　　定价：58.00 元
如发现印装质量问题，影响阅读，请与出版社发行部门联系调换。

目录 contents

不落雪的第二乡 · 上部

不落雪的第二乡 · 中部

不落雪的第二乡·下部

不落雪的第二乡 · 番外

不落雪的第二乡

· 上部

第一章 | 车祸

律所两扇玻璃大门沉稳而冷峻地敞着。桑宜穿过白天也开着大灯的走道，走进她那间正对着城市主干道的办公室。声控灯惊醒似的瞬间亮了起来，灯光将桑宜苍白的影子投在窗玻璃上。

窗外细雨长街。灰蒙蒙的天色下玻璃幕墙显出了亮色，日光炎炎三个月后的第一场秋雨洗去玻璃上不少灰尘。——北加州的旱季结束了。

桑宜打开暖气，出风口吹着热烘烘的风，一会儿安静了下来，窗外沙沙的雨声就又侵堂入室了。桑宜揉了揉脸，打开电脑，点开一封未读邮件。

邮件是老板发来的。老板人在纽约，正处理一个跨州的重要案件。老板说，律所刚从"天天轻松"保险公司那儿拿了一个新的案子，希望桑宜能帮着处理下。邮件还附了一条，"之前确实和你说过，在你把手上案子处理完之前，我不会给你派新的案子。但这个案子的被保险人讲中文，我需要你先处理一下，等我回来以后你就把案子还给我。"

桑宜没有多说什么，就让秘书把案卷整理好送过来。

那是一起并不复杂的交通肇事案。被保险人——也就是桑宜的客户——名叫阿历克斯·向（Alex Yin Tran Xiang），性别男，1995年1月31日出生，今年21岁。

2016年3月20日下午六点十分左右，向某驾驶一辆1997年的尼桑（Nissan，日产）天籁，经唐人街附近的匝道驶入海湾立交桥的过程中，与一辆同向行驶的2013年的奔驰SUV车摩擦相撞。

案卷中夹有一份交通事故报告，结论那一栏是这样写的：双方均存在不安全变道的行为，因此各自负担50%的责任。报告中提到，两位驾驶员都否认了人身伤害，拒绝了交警呼叫救护车的提议。

桑宜将报告翻到最后，找到附录的照片。照片里的天籁车左后方外板断裂、左后车门变形、左后车灯罩脱落。奔驰车的损坏则仅是一些划痕，蹭了些天籁车的红漆，位置集中在右前灯附近。最后则是一张全景图，图中华灯初上，海湾立交桥被城市广厦簇拥着，向夕阳的方向延伸。——那是车祸的发生地点。

根据"天天轻松"保险公司的笔记，车祸发生后，双方的保险公司都希望能尽快和解。两个月前，两家保险公司已经谈到草拟和解协议的地步，但向某坚持自己没有任何过错，拒绝在任何协议上签字。

这样一来，开奔驰的恼了，一纸诉讼将向某告上法庭，并在起诉状中将责任一概推给了向某。

诉讼开始之后，"天天轻松"仍试图说服向某和解，却屡次被他压了电话。"与被保险人之间有重大分歧。"笔记上是这么说的。

桑宜用荧光笔将交通事故报告中五五分的结论标了出来，又从案卷中翻出向某的电话号码，拨了过去。

电话响了两声就直接转到了语音信箱。桑宜给向某留了一条语音信息，又给老板写了一封简短的邮件，大致汇报了情况。

三个小时后，桑宜办公室的电话响了。

"宜，有位Shiong先生找你，是关于弗兰克（Frank）和Shiong那个交通案子的。Shiong说听了你的语音留言，给你拨回来。"前台是个白人姑娘，发不来异国的姓。

"接进来吧。"桑宜说。

电话嘟了两声后接通了。"Hey——"对方用了一个非正式的、带有熟稔意味的招呼语，语气却很淡漠。"我听说你是我的律师，让我回电话给你。"对方又说，声线很低沉。

桑宜伸手按掉免提，将听筒拎起来。

"是的，向先生。"她说，"我叫桑宜，是你的律师，想和你谈谈你的案子。"和前台不同，桑宜将"xiang"这个音发得字正腔圆。

电话那端迟疑了片刻。"你会说中文？"

"是的，我会讲中文。我老板把这个案子给我的时候，说你会说中文。你是想和我说中文吗？"桑宜说。

"嗯，不是，"对方回答，"日常交流我其实更倾向说英文。我只是刚才还挺高兴，你能发我姓的音，这边人都发不准那个音。"

"听到你说高兴，我也很高兴。"桑宜说。从业近四年，她在与客户打交道这件事情上已经相当职业化了。

"我刚才看了下你这个案子的历史进程，"她把话题转到案子上，"你不肯和解?"

"是。"

"为什么呢? 可以和我说一说吗?"

"因为是那奔驰车撞我的，他抢道了。"对方说。

"你为什么这么肯定说他抢道了?"

"后视镜，"对方语气加重了，"那时候我正要变道，从后视镜里看到他抢到我的道上，速度非常快，而且开得歪歪扭扭的。我想躲开，已经来不及了。"

桑宜瞥了一眼桌面上摊开的交通事故报告，以及用荧光笔标出来的责任认定结果。

"我看了交警的报告，报告的结论是你和弗兰克各负50%的责任。"桑宜说。

"是。"

"我也看了那些照片，就照片而言，很难说到底是谁抢道了……"

电话那端一阵短暂的沉默。

"向先生，你那里还有没有其他的照片，能够证明责任都在奔驰车而不在你的?"桑宜问。

"没有了。我拍的照片都给警察了，他们用在交通事故报告上了。"那端说。

"轮胎刹车印、残片这样的照片，也没有吗?"

"没有。"

"那……你要明白，像这样的案子，没有人员伤亡，没有更多的现场证据，而且交警已经认定责任了，我们一般会建议和解。"桑宜说。

"我明白你的意思。"对方说。

"那就好。"桑宜说。

"但我还是不想和解。"对方说，他的语调里多了一缕情绪的波动，"律师，你看了他们那个和解协议的，对吗？"

"对，怎么了？"

"他们说的各自负担50%的损失，不是说弗兰克赔我修车费的50%，我这边赔他修车费的50%，而是我管我的，弗兰克管他的……"

"你理解得没错。"

"嗯，"对方说，"我的车被撞坏了好几处，如果和他各自管各自的损失的话，我需要付的修车费比他需要付的多太多了……"

桑宜用脸颊和肩膀夹住电话，腾出手来又把天籁车损毁特写的四张照片抽出来仔细看了看。左后方外板断裂，左后车门变形，左后车灯罩脱落——损伤比较严重。

她凭经验略微估计了下，修理费差不多要两万美金。她的另一侧手边还摆着向的车险单子，这位21岁的驾驶员购买的是强制最低险，只管在保单额度内赔付对方的损失，自己的车子是完全不管的，也就是说，这两万美金向需要自己出。

"当时我跟那个弗兰克说，要他们赔我的修车费，哪怕赔一部分也行，但他们不肯，现在竟然起诉我，不但不赔我，还让我赔他们，这怎么可能……"对方说，"错根本就不在我……"

"向先生，"桑宜说，"我懂你的心情，但是有一点我需要提醒你……"

"什么？"

"我相信你说的，确实是弗兰克的奔驰车撞你的，我也理解你不想和解的心情，"桑宜组织着措辞，"但原则和对错只是一个方面，而打官司这件事情，还需要考虑其他方面……"

"比如？"

"比如金钱。"桑宜拾过手边向某的车险单子，"当然你这个案子是不用考虑的，你买了'天天轻松'的保险，是他们的被保险人，根据保单的条款，保险公司需要承担你的诉讼费用……"

"他们是没让我付什么钱。"对方说。

"除了金钱，还有其他方面。"桑宜按部就班地解释着，"诉讼少则一年，多则三五年，甚至十年以上，很耗时间和精力。我们律所认为，和解对你来说是最好的……"

对方没有出声。

桑宜接着说下去，"和解的整个过程很快，你只需要签个协议就可以了。并且这么处理的话，这次车祸对你生活的影响会减到最低。"

对方依旧沉默，过了好一会儿才"嗯"了一声，接着又说了点什么。

"请问你刚才说了什么？我没有听清楚。"桑宜问。

"我说，这些我都知道。"听筒里响起了关门的声音。"我换了个地方跟你说。"那端说，"我的保险公司还跟我说，和解协议都是保密的，但是如果案子持续下去进了庭审，没有特殊情况，庭审都是公开的，判决也是公开的。"

"确实是这样，庭审是一个将你自己暴露出去的过程。"

对方应了一声。

桑宜等了一会儿，对方没有再说话。听筒里传来嘶嘶的无线电干扰的声音。这时候窗外雨也下大了，淅淅沥沥织成一片。

"向先生？"

"嗯，我在。"听筒中的声音又低了下去，并且带上了一些小心翼翼，"律师，我能问你个问题吗？"

"你说。"

"车祸之后，一直是我的保险公司在处理这些事情，你知道我的保险公司是想让我和解的……"

"对。"

"而你，你是我保险公司找来的律师，刚才你也说了，你的费用是我保险公司付的……"他停了一下，像在思索，"我想问你，你到底算是我的律师，还是我保险公司的律师？"

桑宜怔了一怔，她感到这个问题中隐藏着的锋芒。

"我自己也查了一下，"对方没等她回答又说道，"这种情况你其实是算我和我保险公司的双重律师？"

这时桑宜想到一个细节，她的语音留言与向的回电之间隔了三个小时。也就是说，在这三个小时里，对方是做了功课的。于是她用谨慎的语气回答，"你可以这么理解。"

"那——"对方犹豫了下，"我还有最后一个问题……"

"你问。"

"如果我和保险公司想法不一样，"那端的语速明显放缓了，几乎一字一顿，"你是会听我的，还是会听我保险公司的？"

桑宜握着听筒。窗外的雨更大了，不断有水珠子敲在窗玻璃上，像在迎合对方一字一顿的节奏。桑宜沉默了片刻，答道，"听你的。"

话音落下，那端传来了气息流动的声音，很轻微，几乎被雨点的声响盖过。对方似乎无声地笑了。

"那我明白了，"对方说，"我不会和解的，是他撞我的。"

第二章 | 你的过去是一种负担

既然不肯和解，那官司就要正式开打。

几天后的下午，桑宜接到弗兰克律师的电话，说要录向的笔录。

桑宜于是给向打电话。先给他解释什么是笔录，"就是对方口头问问题，向你了解车祸的相关情况。你的回答会被视为证据。"

"你把时间腾出来，笔录这件事情不要拖。"桑宜说。

"可以啊，"电话那边很配合，"只是我早上要上课，一般下午才有空。"

他这么一说，桑宜想起卷宗中提到一笔，向某的职业是学生。

"你在哪个学校?"桑宜问。

"旧金山城市大学，靠近日落区。"

桑宜调出谷歌地图，在地址栏输入"旧金山城市大学"，又在附近那一栏里填上了"笔录记录员"。[1] 她打算挑一个离这个男孩子的学校近一点的记录员办公室。她以前并没有听说过"城市大学"，直到几处石榴红色倒水滴形的标识弹出来，才反应过来学校就在旧金山市政厅附近。

桑宜犹豫了片刻，但还是在弹出的几处记录员办公室中挑了一家五星好评的，并把地址报给了听筒那端的大学生。接着又定了下周四十二点在城市大学门口的星巴克先会个面，给他讲一讲注意事项、帮他模拟一遍流程，之后去往记录员办公室，两点开始笔录。快挂电话的时候，桑宜想起一事，喊住他说，"记得穿正式一点。这场笔录，原告律师是要求录像的。如果案子进入庭审，录像会在庭审的时候放出来。"

"这样……"

"是的，法官和陪审员会参考你录像中的动作神情，判断你这个人的

1　如前所述，录笔录需要一个有许可证的记录员，用速记仪器记录下笔录的内容。笔录的地点一般会选在记录员的办公室。桑宜是被录人的律师，有权决定地点。

可靠程度。你要给大家留个好印象。"

"那，需要多正式？"

桑宜把他的资料调出来又看了一眼。"浅色衬衫，深色长裤就可以了。总之干净清爽，一个正常学生的样子就挺好。"她说。

那边又嗯了一声，然后说，"好，那到时候见了。"

这天过得很快。下午六点的时候，桑宜的手机提示响了。她看了一眼，"心理咨询"。她把正在写的一个文件存好盘，收拾好东西，走出办公室，到地下车库取了车，就向湾区大学开去。

这个点的硅谷，高速公路上车流堵成一条爬虫，爬虫的每个毛孔都在向外喷着碳氢化合物。

桑宜下意识地一遍又一遍拨着车窗键，车窗玻璃发出细小的咔咔声——窗户已经关到底了。桑宜反应过来，无奈地笑了笑。

桑宜扭开广播，正在播放的是一档新闻访谈节目，话题绕不开一个月后的大选。请来的嘉宾中两位支持希拉里，剩下一位支持特朗普，各抒己见，聊得不亦乐乎。桑宜听了一会儿，又把广播关上了。

七点整，桑宜终于把车停到了湾区大学校园里。她向医学院的图书馆走去。穿过几层楼梯，她推开地下一层小会议室的门。

桑宜参加的是团体心理咨询，小组里一共有六个人，三个白人，一个黑人，还有一个也是亚裔。此时已经来了三个，挨个坐在围成半圈圆弧的椅子上。桑宜发现最靠近角落的那张椅子已经被占了，她只好抱着手提包，在一个退而求其次的位置坐了下去。

过了一会儿，剩下的两个人和志愿者一起到了。志愿者名叫凯瑟琳，是一位50多岁、长相和善的白人女性。平日里她在一家心理学研究室供职，到了周末，则在这间租来的地下室里，为那些神情或焦灼或疲倦或期待的青年人提供咨询。这种咨询不借助药物，主要靠言语来引导被咨询者倾诉内心，帮助他们卸下包袱、寻回方向。

凯瑟琳把门轻轻带上，在白板上写了一个词，"负担"。

"首先，谢谢大家今晚能来。我觉得，每个人都要给自己一点掌声，能坚持很不容易哦。"凯瑟琳转过身，带头鼓了鼓掌。

"今天我们来聊聊'负担'。人家说说，如果说到'负担'，你会想到什么？"凯瑟琳说。每期都有一个议题，由学员提供。这期的议题是桑宜提供的。

"经济负担？湾区太贵了。"坐在桑宜左边的瘦小的亚裔女人举起手。她和桑宜一样，还穿着没来得及换下的职业装，疲惫的脸上架着一副眼镜，完全没有化妆。

凯瑟琳在白板上写下"经济负担"。

"过去犯的错。比如最近总统竞选人特朗普的糗事又爆出来了，这下他压力可大了！"坐在角落里的年轻白人男子用一支笔敲着自己的手背，大声说。他说完之后左右看看，然后又有些不好意思地笑着。

"好的。"凯瑟琳在"经济负担"的旁边添上了"过去犯的错"。"还有呢？"她继续问。

"不好的一些回忆？"声音是从最靠近门的座位传来的。那是一个学生装束的黑人，把一台白色的笔记本电脑摊开在膝盖上，手指无意识地敲击着键盘。

"好的。还有吗？"

"不一定是不好的记忆，愉快的记忆也可能会是负担。"桑宜说。

"这个答案有些意思。"凯瑟琳温和地看着桑宜，"为什么这么觉得？"

"我也不知道。"桑宜说，"我只是在想，比如说愉快的回忆是一个人对一些事情的依赖，后来这些事情没有了，她无法依赖了，还是会想重复那个场景、那些经验……"

"是一种舒适区？她需要对抗这种依赖？"凯瑟琳引导式地提问着。

"莎士比亚在《暴风雨》里说，过去本就是负担，我们应该甩开那些沉重的过去！"角落里的年轻白人插话。

"《暴风雨》里面有这样的话吗？"亚裔女人回头问道。

"我记得有。"黑人男生回答，"我们高中学过的。"

"你们高中还学《暴风雨》？我们只学了最出名的那几篇，《哈姆雷特》……"另一个白人男生说。

大家你一言我一语地聊起了莎士比亚。桑宜在国内读的大学，22岁来到加州读法学院，之后留下工作，莎翁选集她看过一些，但队友说的那些她都不太熟悉，因此只是听着，不大发话。

一个小时后，小组咨询结束了。

桑宜在向外走的时候被凯瑟琳喊住。"宜，有件事情我想问问你，不知道会不会冒犯到你？"凯瑟琳说。

"不会的，你问。"

凯瑟琳露出微微的担忧，"你的失眠好些了吗？还是和以前一样只有到凌晨三四点才能睡着？"

"还是老样子。"

"你真的不想找个医生给你开一点药吗？"凯瑟琳说。

"我……其实我还是很抗拒精神类的药物，我……"桑宜摇摇头，"以后再说吧。"

"我很抱歉。"

"没事的。"

"如果你有天需要，可以告诉我，我给你推荐好的开药医师。"凯瑟琳说，她又笑起来，眼睛里都是暖意，"不管怎么说，我希望你赶快好起来。"

"谢谢你。"桑宜说。

"今天的议题是你提的。"凯瑟琳若有所思地说。

"是的。"

"愉快的回忆也是负担。莎翁说，过去本来就是负担。这些都是不同的视角。"凯瑟琳望着桑宜，她的声音比小组讨论时更有引导性。

"有位作家叫艾克哈特·托勒，他说过一句关于过去的话，我很有感触。"她慢慢地复述着，"'过去只有在缺少当下对抗时才会影响你，你的未来取决于你如何把握当下'。"

桑宜在心里默念了一遍。

"我在想，如果借鉴托勒的话，我可能对你的状况有些提议，你想听吗?"凯瑟琳说。

"谢谢你，我很想听。"桑宜说。

"我发现你每次来小组讨论，都穿一样的衣服，"凯瑟琳的声音变得很轻，带着女朋友说悄悄话的关切，"一样的西装长裤，一样的方框眼镜，头发也一样。不知道你注意到没有……"

"试着做些改变，哪怕只是很细小的改变。"凯瑟琳说，"改变是你把握当下的方式，帮助你从过去的负担里走出来。"

第三章 | 在星巴克面见客户

周末过后又是几个工作日，这就到了向某录笔录的那个周四。桑宜被闹钟喊醒，摸到手机，翻到日程：中午十二点，与向会面，下午两点，笔录开始。

她去卫生间洗漱，绞了条热毛巾敷在脸上，又回到卧室从衣柜里取出一套黑色西装。她忽然想起凯瑟琳的话，"做一些改变，帮助你从过去的负担里走出来。"她将黑色西装挂回衣架，从角落里翻出一件钻蓝的职业裙装，又在外面加了一件同色系的外套。出门之前，她又折回洗手间，支着梳洗台补了一个很淡的妆。

在办公室忙碌了一个多小时就到了十一点。桑宜回到公寓楼的车库取了车，就往旧金山市区开。

十一点四十，桑宜到达城市大学的访客车库。她把车停好，步行到星巴克。市里面天色阴晦，风刮得呼呼响。她顶着风向前走，快到的时候抬头一看，一个身影已经杵那儿了。白衬衫，黑色长裤，高高瘦瘦的。这个人的鼻梁很挺，轮廓很硬，下巴比桑宜认知中男人应有的样子要窄一个斜角。

"你是桑律师吧？"男孩子先开口了。

"是，你是向？进去吧，我们里面说话。"桑宜说。

男孩子顺从地点点头，礼貌地把玻璃门拉开，示意桑宜先走。

"我去买喝的，你想喝什么？"男孩问道。

"我去吧，你想喝什么，律所报销的。"

"这么好？"这句话本该是惊讶的意思，却被他问出了一丝可有可无的意味。然后他耸耸肩，说，"那我不跟你争了。"

桑宜看了一眼菜单，快到万圣节了，星巴克推出了南瓜口味的星冰乐，大大的广告图占了电子菜单四分之一的面积。

"南瓜星冰乐可以吗？"

"都无所谓。"

桑宜买了两杯南瓜昱冰乐，两人择靠窗一面圆桌坐下。

买好喝的，两人坐下。桑宜说，"我们开始吧。我先问你几个基本问题，这是笔录最开始的时候对方律师一定会问的。"

"嗯，好的。"

"先跟你核对一下姓名、生日、出生地、现住址、家庭和教育背景。"

男孩突然抬头，"为什么要这么麻烦？"

桑宜愣了一下，又觉得有点好笑。她说，"这些你的保险公司没跟你说？"

"没有。"男孩子神色严肃得有些骇人，"来之前我查过，网上说这种笔录，只要核对姓名、生日和出生地？"

"那你看的那个网站信息有误。"桑宜说，"诉讼是个很公开的东西，这样的事情以后还会不少。你真的准备好了？"

她看对方不说话，又补充了一句，"如果你想和解，随时都可以。"

"公开的话，要到什么程度？"男孩子没有接和解的茬。

"也就是我刚才说的那些了。"

"需要披露我的社保号码[1]吗？"

"不需要。这个是受隐私权保护的。"

"那护照号码和绿卡呢？"男孩子问。他用一根手指划着星冰乐的杯子，塑料杯壁上蒙着一层雾，手指划过的地方变回透明的，结成水珠向下滴。

桑宜看了他一会儿，忽然问，"你是不是紧张？"

男孩划着杯壁的手蓦地停住。他没抬头，只是很淡地说，"我为什么

---

1 社保号码，即社会保障号码（"Social Security Number"，简称"SSN"），是美国联邦政府发给本国公民、永久居民、临时（工作）居民的一组九位数字号码。这组数字由联邦政府社会保障局针对个人发行。社会保障号码主要的目的是追踪个人的赋税资料，但近年来已经成为实际上的身份证明之一。

要紧张，我没做错任何事情。"

"不紧张就好。"桑宜说，"待会录笔录的时候记着看提问者的眼睛。放松一点，别担心。"

男孩子将玩杯子的手收起来，坐正了，目光直视她的眼睛。

"还是这样好。"桑宜看着他说，"护照和绿卡的保护更加严格，民事诉讼一般是不会涉及这些信息的披露的。如果对方要这样的信息，我会保护你的。"

"我懂了。"男孩冲桑宜点点头，又笑了一下，说，"那，我还是不和解。"

桑宜哑然失笑。她说，"那好，我们继续。我现在正式开始跟你核对你的基本信息。还有什么问题，你随时可以打断我。"

接下来的一个小时内，桑宜问了一串问题，了解到这男孩出生在越南胡志明市，4岁多来的美国，家住唐人街杰克逊大道，和他外公住在一起。又聊了一会儿，知道这男孩还有个中文名，写作"向寅"——向寅在一张纸上歪歪斜斜写给桑宜的。他说"寅"是他爸爸起的，因为他的生日在正月。

"背景信息的核对就是这些了，"桑宜说，"现在我们来聊聊事故吧。"

"你说原告弗兰克抢道了，我想听你具体说说。"桑宜说。

向寅点点头，说，"弗兰克跟警察说，他在左侧最外道行驶，是我强行抢到他前面，才出了车祸的。但事实并不是这样的。"

"那么事实是怎样的呢？"

"那个人的车本来在左起第一道上，他自己抢到第二道上，才和我的车相撞的。"

"这些都是你在后视镜里看到的？"

"是。我跟你说过，我还看到他速度很快，路线也很歪。"

"是这样的。"桑宜边想边说，"我看了照片，和弗兰克那边也沟通过，弗兰克奔驰车的损毁都在右前方，和你车子左侧的损毁很吻合……我的意思是，这对我们来说很不利的——"

"不会啊，"向寅立刻反对，"所在道不同，撞击的角度就会很不同，受力的角度也很不一样……"他停了停，突然说，"其实我和你讨论这个意义可能不大？"

"你……这是什么意思？"桑宜问。

"不是冒犯你，是我听说有一种事故鉴定专家，可以根据照片之类的证据，来反推事故是怎么发生的。"向寅建议着。

桑宜一下明白了他的意思，向寅是希望律所能聘请这样一位事故鉴定专家，证明他所说的都是事实。但聘请专家是需要保险公司批准的，桑宜很为难。她不好意思明说保险公司本来就是要这案子尽快和解，一定会干脆拒绝并以此对向寅施压；更不好意思说根据以往经验，保险公司是不会在这样的"小案子"上烧钱的。她想了想，很委婉地答复道，"律所处理这类车祸案件是有固定程序的。"

向寅愣了一下，"固定程序？"

"是。"桑宜说。她正思索如何进一步解释"固定程序"，却在他脸上看到一种了然，紧接着又是一闪而过的窘迫。向寅将面前翻得散乱的资料收拢，竖将起来墩了墩，墩成整齐的一叠，然后撂在一旁，扬了扬下巴。桑宜以为他会说些激烈的反对的话，然而他只是冲桑宜笑了笑，说，"理解了。"

这句"理解了"让桑宜有些尴尬。她想着安慰向寅两句，却一时找不到合适的措辞，最后只好说，"我们继续吧。"向寅回应似的笑了笑，说，"你是律师么，都听你的。"

桑宜也回应地点点头。这样又问了一阵问题。桑宜看时间差不多了，便示意两人收拾东西，向笔录地点转移。

就在起身的时候，桑宜余光感觉向寅正盯着她的左手。她不由地也看了一眼那个位置。她的左手无名指上戴着一枚戒指，小巧的梨形主钻被一圈碎钻环绕着。她有些不自在地将左手收起，又将无名指的戒指旋了180°，让钻石转到了掌心的那一面。做完这些，她又看了一眼向寅，发现后者已将目光移得远远的。

第四章 | 市政厅与暂停键

从星巴克出来，桑宜本来想用App叫优步车去往笔录地点，但一辆黄色出租车刚好从面前的马路减速经过，桑宜快步走上前冲出租车招了招手。车子停下来。

两人坐上车，车子在双黄线断开的地方掉了个头，就往位于市政厅附近的笔录地点开去。

旧金山多坡道，老旧的黄色出租车在高高低低的马路上颠簸起伏。车子里本来就有些烟味，因为车子忽上忽下的摇荡而更加呛人。

桑宜有些晕车，她拨了几下开窗的按钮，但一点反应也没有。

这时候她听见右侧传来开窗的摩擦声。她转过头，向寅正把他那一侧的窗户打开了。

"请问可不可以把您车里的换气开一开？"向寅向前倾着，对司机说。

司机扭头看了向寅一眼，将手向操作区一伸，过了一会儿，出风口发出嘶嘶的气流声。桑宜感觉好受了一些。

几个急转后，车子已经很接近旧金山闹市区了，车速慢下来，前头堵车了。桑宜从包里摸出手机，抓紧时间查了查工作邮件。该回复的都回复了。她偏过头想检查一下向寅在干什么，发现后者正对着一张纸皱着眉。

而司机似乎心情很愉悦，他啪的一声调开广播，跟着流行音乐哼起了歌。很快一首歌就播完了。一个慷慨激昂的声音传了出来——那是一条广告。

"普渡制药，奥施康定！长效止痛药，24小时内只需小小一片，大大帮助疼痛病人摆脱痛苦！对比那些只能维持4小时疗效的止痛药，普渡带来的是革新，是突破！"

桑宜下意识向后靠了靠。

"我们需要重视疼痛，疼痛是不可忽视的身体信号！止痛不应该只是手术、重病或者癌症病人的特权，更应该是一种天赋人权，每个人都有止痛的权利！你厌倦了你的家庭医生对你的头痛、痛经或者其他疼痛无所作为吗？你厌倦了听你的医生说，忍耐一卜，或者，多喝点水吗？在强大有效又安全的奥施康定面前，这些都将成为过去式——"

"到现在还有人信普渡的鬼话吗？"此前一直低着头的向寅忽地冒了一句。

"为什么不相信？"司机问。

广告戛然而止，主持人的声音切进来。原来是一档访谈节目。

"这是2006年普渡制药厂对其开发的阿片类药物奥施康定所做的广告，非常误导人。将奥施康定投放到大众市场，是造成如今影响美国的阿片类药物滥用危机的罪魁。"主持人说。

"接下来我们来听一听专家的意见——"

节目中断了，司机换了个台。"太无聊了。"司机说。他把手往操作区伸了伸，广播里又传出了吵吵嚷嚷的流行音乐，带着滋滋的电磁干扰。

"还是刚才那个节目清楚。"向寅随口说。

"还是听这个音乐吧。"桑宜说。

司机回头看了一眼，"好麻烦。"

车厢内的气氛有些尴尬。

桑宜低下头看手机，换到短消息。到目的地还要一些时间，她打算用剩下的时间处理今日收到但还没有来得及回复的讯息。

打开微信的时候，她看到了琳达的短信。

"桑宜呀，我是琳达！你有一阵子没来找我玩了呀，我可想念你了！"

琳达的短信像是有声读物，是用热情的台湾腔读出来的。

"阳光谷有间房子要上市了，简直就像是为你和你家小肯量身定做的！我知道你们在买房子的呀，要不要过来看一看？"

肯。有多久没有人提起这个名字？桑宜想。

还有多久连她也会忘掉这个名字？

出租车在一处宽阔的十字路口停了下来。桑宜的手机躺在膝盖上。她伸出左手扶住悬挂于车窗上方的把手，把目光投向窗外的远景。

隔着高高架起的红绿灯，她果然还是看到了旧金山的市政厅——在她决定将笔录地点定在向寅学校旁的时候，就知道会经过这里。

"喏，往前面看，"刚才还跟着流行音乐哼小曲的司机忽然像导游一样高声说，"那就是旧金山市的地标建筑——市政厅。当地的外地的小年轻都喜欢到那里拍结婚照、订婚照，里面一套，外面一套，里面主要看那个彩色的顶……"

庞大庄严的白色矩形底座，托着镀金镶蓝的穹顶，正门下一道宽阔的台阶，衔接砖石路面平铺出去，还有台阶旁种植的常青树，晴天从地面盘旋飞上树冠的灰鸽子……

桑宜收回视线，她那转到掌心的戒指上，透明石头掣动一点微光——阴天的微光，触动一些转瞬即逝的回忆。

"宜，我们在台阶那里再拍一张吧？那里真好看啊。"

"好。"

"拍完再去常青树那里拍一组，爸妈跟我说，在常青树下拍照一切都会顺利起来。"

"真的吗？我……"

"你等一下我，有样东西好像落在车里了。我没找到，好像落在家里了？我们可以回去拿吗？"

"我怕再也不会来这里了。"

"你喜欢，我们就一起把它买下来。"

"我在想，我还能为你做些什么？"

桑宜拾起手机。"琳达，我现在在帮客户做一个笔录。大概四个小时之后结束，结束了我联系你。"她给琳达回复。

第五章 | 笔录

一点五十分，桑宜与向寅走进笔录室。原告弗兰克的律师已经在座位上候着了。

那是位50岁上下的老头儿，长一张精瘦的、泛着红光的脸，黑溜眼珠，发量稀疏。老头操一口兼容并蓄的英文口音，见到桑宜进门，他站起身，以蜻蜓点水的做派握了握桑宜的手。

"加州民事诉讼法有规定，一方律师不可以直接联系另一方的当事人，所以我就自作主张，免了和你的握手。"老头儿对向寅说。

向寅耸耸肩，在椭圆桌向窗一面的正中央坐下，三脚架支起的录像机正对着他的脸，他的身后是一面展开的灰幕。他用手拨了拨半长不短的头发，坐直了身子。

"所以，向先生，车祸发生的当时，你在做什么呢？"原告律师核实身份信息后，提出第一个问题。

"我正在开车。"

"这是显而易见的嘛。我是问你，除了开车，你还在做什么？"

向寅疑惑地看着原告律师，"除了开车，我还能做什么？"

"啊，比如说，你有没有在打电话，或者发短信，或者用你的手机看视频？"原告律师比画着。

"你是想套我话，想让我说出我在开车的时候不专心，所以造成车祸，是这样吗？"向寅看着律师的比画，反问道。

"怎么能说是套话呢？我是在问你事实，有你就回答有，没有你就回答没有。还是我刚才的那个问题，问你什么你答什么就可以了嘛。"原告律师说着，瞥了一眼桑宜，意思是，"你的当事人怎么会犯这种错误？"

桑宜没有理会他。

向寅偏了偏头，想了会儿，回答道，"开车时，我其实有在做另一件事情。"

"哦？那是什么？"原告律师突然提高了声音，表现出很感兴趣的样子。

"我在听一首歌，手机里的歌。"

原告律师露出失望的神色。

"那首歌叫 *In The End*（《终点》），是 Linkin Park（林肯公园）的。挺好听的，推荐给你。"向寅说完，还冲原告律师笑了笑，"你的当事人，弗兰克，他撞我的时候，我就在听这首歌。"

原告律师吐出一口闷气，像还没炸就哑了的爆竹。

"下一组问题——"原告律师说，"向先生，事故发生之后，你是在哪个时间点第一次见到弗兰克先生的？"

"我的车子被撞到以后。"

"详细解释？"

"我的车子向右滑了一阵，在路肩停了下来。我开门下车——其实那个时候门已经不太好打开了，因为开合的地方撞坏了——就看到弗兰克已经站在他的车外面了。"

"你跟他说话了吗？"

"没有立即和他说话。"

"什么时候和他说上话的？"

"他也看到了我，朝我走过来。然后我们说了几分钟的话。"向寅说。

"说了什么？"

"他过来直接跟我说，很抱歉，是他的错，他不应该着急变道。他说他那时候已经看到我了，但是来不及刹车了。"向寅说。

"除了这些，他还说了什么？"

"他叫我不要告诉保险公司，也不要报警，要和我私了。他还让我开个价。"

"那你为什么没有同意呢？"

向寅支着椅子的扶手，身体前倾——一个攻击性的姿势，直视着原告律师。

"你的客户，那位弗兰克先生，他开给我的价格太低了。他跟我说三千美金私了。我下车看到撞坏的地方，三千美金根本修不好，我觉得他在占我便宜。"

"三千美金都不够?"原告律师用一种夸张的语调反问，"那么你估计你车子的损失需要多少钱?"

"我不是专业修车的，我不知道。"向寅保持着身体前倾的姿势和对原告律师的直视，"但三千肯定不够。"

"八九千?"原告律师问。

"我说过了，我不是专业修车的，我不知道。"

"一万?"原告律师继续问。

"对方律师，我的被告人已经说了，他不知道。你这样持续追问，属于对他不合理的骚扰，是违反民事诉讼法的。"桑宜打断。

"桑律师，轻松一点嘛，"原告律师摆摆手，"多问一句而已，何必搞得那么剑拔弩张。"

他再次清了清嗓子，"那我再换一个问题，听好了啊，我的下一个问题是，在你看来，弗兰克的状态如何?"

"请定义'状态'。"桑宜说，"如果你不告诉我的当事人'状态'是什么意思，他将无法回答。"

"桑律师，都说了你不要那么紧张嘛。如果我每问一个问题你都要提点意见的话，这个本来三小时就可以结束的笔录将无可避免地拖到六小时，你这是在浪费所有人的时间。"原告律师兼容并蓄的口音像四下乱迸的砂砾，和记录员操纵笔录仪器的咔嗒咔嗒声撞在一起。

桑宜摇了摇头，她手撑在桌子上，慢慢说道，"这是民事诉讼法的规定，我有权要求你定义'状态'。"

原告律师用眼珠子溜着桑宜，对峙了一会儿，他呵呵一笑，做出了让步，"'状态'的意思就是，弗兰克先生有没有受伤，讲话时表述是否清晰，看起来精神怎么样，等等。"

"他没有受伤，看起来状态很好。他朝我走过来时，走路姿势也没有任何受伤的样子。"向寅回答。

"对了，"向寅说，"弗兰克他自己也这么说——"

"等等，"原告律师说，"这个问题我们放到下一组——"

"如果是这样的话，"桑宜说，"原告律师，你已经问了一小时三十分钟了。我提议，大家休息十分钟再继续。"桑宜望向向寅，"你要休息吗？"

"嗯，休息下也好。"向寅说。

"好吧。"原告律师摊摊手。

"录像师傅，麻烦您将摄像头关掉，我们中场休息。"桑宜对录像师说。

"好的。"录像师咔嗒一声关掉镜头，把脸从录像机的小屏幕前移开。

"我年轻的时候录笔录，都是三小时休息一次，不过我理解，现在大家都娇贵。"原告律师冲向寅的方向努了努嘴，冒出一句。

桑宜望了望向寅，发现他正盯着原告律师。但他很快就将目光移开，只在嘴角留下一个很淡的嘲弄的笑。

———————————■———————————

十分钟后，屋子里的人再次各就各位。

记录员拍了拍手，"大家都准备好了吗？准备好就开始了！"

"当然准备好了，接下来的笔录会很精彩的。"原告律师说，眼中闪着兴奋的光。

"下一个问题。"原告律师从公文包里取出一份大约十页纸的文件。他把文件递给记录员，说，"麻烦您将这份报告标记为证据A。"

记录员接过文件，取出一枚空白标签，贴在文件的右下角，又用圆珠笔在上面画了一个A。[1]

"需要复印吗？"记录员问。

"麻烦复印三份。"原告律师说。

---

[1] 在录笔录的过程中，展示的文件可被标记为证据，供庭审时使用。

五分钟后，记录员将三份复印件分别递给原告律师、桑宜和向寅。原件则被记录员收起归档。

桑宜看了一眼报告，对向寅说，"这是交通事故报告，'天天轻松'保险公司给过你一份复印件的，你看一眼。"

"这个事故报告提到，你在车祸后对警察说，你没有受伤。你承认你当时有对警察说过这样的话吗？"原告律师问正翻着报告的向寅。

"承认。警察当时不止问了我有没有受伤，他还问了弗兰克有没有受伤。我和弗兰克都说没有受伤。"向寅从报告中抬起头，回答道。

"你们还说了什么？"

"警察当时说，要不要喊辆救护车，把我们送到附近的医院检查下。我还没说话，弗兰克就说'完全没有那个必要'。他既然那么说了，我也就没有再多说什么。"向寅指着交通事故报告，"弗兰克说的这些话也都记录在报告里面，所以我刚才才说，弗兰克他自己都说没有受伤。"

原告律师没接话。他从公文包里取出一叠装订整齐的文件，大约三十页。他将文件递给记录员，"麻烦您将这一叠文件标记为证据B。跟刚才一样，再帮我复印三份。"

五分钟后，原告律师、桑宜和向寅人手一份三十页的文件。原件同样被记录员收了起来。

"我的当事人，也就是弗兰克先生，他可是受了重伤的。"原告律师环视整个房间，慢悠悠地说。

这句话如同一枚炸弹。

"你说什么？"桑宜很惊讶，"弗兰克的起诉状明确说了他只有财产损失，只要赔修车费的。"

"这并没有什么问题啊。"原告律师含糊地笑着，"在向法院提交起诉状的时候，弗兰克并没有觉得身体上有任何不适啊。他是过了一阵子才觉得不舒服的。"他停了一下，又高声说，"调查表明，许多出车祸的人，都是在车祸一阵子后才发现自己在车祸中受了伤。这是很普遍的现象嘛。"

"刚才拿给你们的，就是弗兰克先生的医疗记录。"原告律师的声音又提高了一个八度，"车祸发生六个月后的一天，他突然觉得颈部和背部剧烈疼痛。他从一个月前开始接受推拿治疗，目前已经进行了十四次推拿——这些都在刚给你们的医疗记录里，你们可以慢慢看。"

"对方律师，"桑宜指着交通事故报告说，"你的客户对交警说他没有受伤，你们的起诉状没有提到人身伤害，只要求赔偿车子损毁。你这样让我怀疑你的动机。"

原告律师微笑着听桑宜说完。"桑律师，我刚才已经解释过了，我的当事人是最近才发现他在车祸中其实是受了伤。"这会儿原告律师的声音听起来一点也不像哑掉的爆竹了。

"你们这样是不行的。"桑宜觉得有必要和原告律师谈一谈。

"我们让笔录暂停一下。"她冲记录员打了个手势，记录员将手中的速记仪器拨到暂停。

桑宜站起身，指着原告律师说，"我们出去谈一谈。"

走廊上，桑宜双臂抱胸，低头思索。

站在她对面的原告律师先开了口，他脸上还带着兴奋的红光，但语气比在笔录室内要平缓。

"桑律师，我们现在不在笔录室，我可以和你说两句实话。这样的案子我每年都要处理几十个，最后都是和解。你以为法官喜欢把宝贵的时间花在这种一没有关注度、二没有标的额的交通事故案子上吗？我们吵来吵去有什么意思呢！"

"再没有关注度没有标的额的案子也是案子，也要依据事实，不能随便乱来。"桑宜说。

"事实？"原告律师笑了，"你是律师，你懂的，真正的事实谁也不知道，也永远不可能有人知道。律师的事实是他们虚构出来的文学作品，客户的事实是他们的梦幻——"

"那只是你的个人之见。"

"是吗？"原告律师拉长了脸，"好哇，既然你坚持让事实说话，那么我也告诉你，基于现在的'事实'，我们可以和解的数额不会是诉前那个了。"

桑宜不想再继续这口舌纠纷，她说，"差不多十分钟了吧？我们回去吧，大家都在等。"

他们一前一后一言不发回到笔录室。坐回座位的时候，桑宜突然注意到，向寅手边放着一部手机，背面朝上，看起来是苹果5的旧款。她回忆了一下，在上半场的笔录中，那个位置并没有手机，她猜测这位大三学生应该是等得久了，觉得无聊，取出来玩的。

她正打算让向寅把手机收起来，录像师招呼了一声，意思是让向寅看镜头。

就在录像师调整镜头的当儿，向寅伸出手，迅速将桌面上的手机收了起来。

笔录结束在晚上五点一刻。

十月末了，正午太阳直射点从北回归线移到了赤道，又向南回归线进发，晚八点天色依然明朗的日子已经过去。此时此刻，向寅面前的窗子正框着几缕绛红色的晚霞。

原告律师将笔记和电脑装进公文包里，最先离开了房间。记录员正低着头，将仪器上的插头一一拔下。录像师则弯着腰，拆卸三脚架，他的身旁摆着已被折叠成可携带尺寸的灰色幕布。

"天气慢慢冷了啊。"记录员忽然说。

"加州不能算冷啊。"录像师接过话，"我以前住波士顿，冬天大雪封城，车挖了埋埋了挖。你们在加州待久的，都是California Soft[1]。"

"桑律师，你是在加州长大的吗？"录像师问桑宜。

"不是，我是在中国出生长大的。"

"哦，我去过中国，上海和北京，很好玩，你是那里来的吗？"

"不是，我是石家庄来的，靠近北京的一个城市。"

---

1 California Soft是当地俚语，可理解为因加州气候温暖，冬天也不下雪，当地人被天气宠坏了，芯子都软了。

“哦，靠近北京的话，那里冬天应该也很冷吧！”

“是很冷，而且下雪，但是比起波士顿应该还是要好一些。”桑宜说。

“哈，那是啊。”录像师说着，瞧见了一言未发的向寅，“嗨小伙子，你是加州长大的吗？”

“差不多吧。”向寅回答，对加入他们对话的兴致并不高。

录像师转头又与记录员聊了起来，聊着聊着就一起向门口走去。

“谢谢你。”向寅对着门口两人，突然冒了一句。

记录员对向寅挥挥手，身影消失在门外。

屋子里只剩下向寅和桑宜。

“律师，我今天的表现还可以吗？”向寅坐着没动。

“挺好的。”

“可是你看起来脸色不大好。”向寅说。

“弗兰克改口说他受了伤，问你要医药费，医药费一般都是很大一笔数目，这样会给我们的案子造成很大的麻烦——”正说着，她看到向寅低下头，翻着标记为证据B的弗兰克的医疗记录。

“这一份就是给你的，你不用在这里看，可以回家之后慢慢看。”桑宜说。

向寅“嗯”了一声。

“你打算在这儿待多久？”桑宜问。

向寅这才抬起头来，“这间办公室几点关门？”

“六点。”

“那我可以再待一会儿吗？我想把这点医疗记录看完。”向寅说。

“你让我和他们确认一下。”桑宜说着，拨了内线到前台确认。放下电话，她将肯定的答复转述给向寅，又叮嘱了一句，“不要超过六点，人家六点下班。”

“不会的。”向寅回答。

“那我先走了，保持联系。”桑宜说。出门的时候，她回了下头，看到向寅正握着手机，他的视线在手机屏幕和桌上的文件间来回切换着。他的身后，霞光透过窗玻璃，形成一个边缘清晰的梯形框子。微微弓着背的向寅坐在框中，神情专注，仿佛周围的一切都与他无关。

开车回家的路上，桑宜一直在想一个问题，向寅究竟在手机上看什么，而且还是与原告的医疗记录比对着看。

第六章 | 温室

到了家，桑宜给琳达回了一条短信，问她"空不空"。

琳达是位地产经纪，二十年前出的国，先读了PhD（博士），在医药公司做了几年，2008年经济危机，公司倒了，这才转行进了房地产。桑宜认识琳达原是律所代理过琳达公司的几起房屋买卖纠纷。案子结束后，两人成了朋友。一年多前，桑宜踏入湾区买房的洪流，琳达主动请缨，就这样成了她的代理经纪。

琳达的电话随即就到了。

地产经纪没等桑宜出声就先热情地打起了招呼，"我正想着你呢，想着还发什么短信，直接给你打电话！"

"琳达，你好——"桑宜说。

"哎呀桑宜，有几个月没见到你了，周末喊你你也不出来……"

"琳达，我……"

"是不是特别忙？哎呀我可理解了，你和你家那口子，一个律师，一个医生，都是最忙最忙的！你们都没有周末的，看一次房凑齐两个人不容易——哦，你还记得那次你们两个来看房子，你家肯进来三分钟就走了……"

"我记得的。"桑宜说。

"哎呀，是不是因为太忙了，所以才佛系买房……"琳达在那头笑起来。

"其实不是的……"桑宜说，"对了，今天你给我发的那条短信——"

"哎呀你看我一听你声音呀，就顾着跟你闲聊了，高兴得把正事都忘掉了——来说短信吧！那房子我可是去看过的，果果像——"琳达一激动，冒了一句上海话，"百分百的中国风，湾区可难得了，真的是量身定做呀——"又回到了台湾腔。

桑宜不愿意打断琳达，等对方一口气说完才说，"琳达，我之前几个月，有点事情……"

"啊？"

"我可能，可能买房子的事情要暂时缓一缓……"桑宜说。

"这样啊！"那端很惊讶，"桑宜你还好吗？"

"我还好。抱歉琳达，我应该提前跟你说一声的，麻烦你费心替我找房子了。"桑宜说。

"你好就好了呀，这有什么抱歉的，本来也是我的分内事呀，就是我好心办坏事，我还说这房子你们一定会喜欢。"琳达说，"那你想好了再告诉我啊——真的，你到底怎么了呀？"那端换上姐妹间说悄悄话的语气。

桑宜沉默了，过了一会儿，她说，"我有点难开口，以后再跟你说可以吗？"

"当然当然啦！"地产经纪又恢复热情的嗓音，"那我等你消息呀！哪天想着我了就呼我出来，咱们姐妹喝喝茶吃吃点心做做美甲，都好的呀！买房子的事情你也别有什么压力，反正你想想呗，改主意了再告诉我。"

桑宜应了一声，说，"谢谢你还想着我。"

放下电话，桑宜在床上又坐了一会儿，这才起身到厨房，将昨天的剩菜剩饭在微波炉里热了热，作晚饭吃。

吃饭的时候她打开网络电视，弄一点背景音，否则房间太安静了。点播一则单口喜剧，她在别人创造的幽默里短暂地快乐起来。一个人吃完晚饭，一个人收拾碗筷。再回到电视机前，发现单口喜剧已经播完了，屏幕保护开始一帧帧陈列预设文件夹中的照片。桑宜读大学扎马尾梳齐刘海戴黑框眼镜，桑宜进湾区大学法学院第一天在喷泉池前摆拍，桑宜登上湾区大学的钟楼，桑宜和肯只睁一只眼睛自拍，桑宜和肯还有肯的爸爸妈妈，肯和听诊器的自拍，肯的证书奖杯奖状论文发表奖品大点兵，肯穿洗手服外罩一件白大褂，肯抱着他那本砖头一样厚的宝典《外科手术中的技巧》……

还有关于这间一室一厅小公寓的种种瞬间，第一张是空空的房间、白墙壁和米色的地毯，第二张是拆了一半塑料包装的床垫正要膨胀开来，第三张是正组装中的电视柜，屋子越来越充实……

桑宜环顾客厅，网络电视放在浅杏色的电视柜上，正对着白色的沙发，暖风从沙发后面嗡嗡吹出，将绒布面烘烤得暖融融的。沙发的侧面是一张宽大的双人书桌。他们使用双人书桌很频繁，常常一人占着桌子的一端，看书或者加班，抬起头来能看到对方认真的样子，仿佛单纯的学生时代从未曾远去。

她按部就班做一个好学生一个好职员，与另一个按部就班的好学生好职员分享一切。那是肯还在的日子，温室一样的日子。

桑宜吸了吸鼻子。

约半年前，事情发生后，律所给了她三周的假期。三周后她回去上班，一是因为诉讼案件连续性较强，最好同一个律师从头管到尾，结案之前不转交给其他人处理；二是她需要保持一定的忙碌，才不至于陷在情绪里。老板允许她晚一个小时上班、早一个小时下班。她以为这样可以帮助她尽快走出来，却没有考虑到一点，熟悉的环境让一切变复杂了。

她重新拿起手机，打开微信。跳过置顶联系人（那是她的父母），跳过法学院最好的朋友斐（斐已经回国了），就到了琳达了。

她给琳达发了条短信，"你说的那个房子，我能看一眼吗？"

"当然了，看几眼都行。"地产经纪秒回。

"其实我不确定会不会买，我也不知道现在买房是不是合适，只是想看一眼，这样也可以吗？"

"当然啦，说了的呀，让你不要有压力。"琳达还是很热情。

"谢谢你。"

———■———

琳达安排了桑宜周六看房。那天下着雨，桑宜到达琳达给的小区地址时，小区附近的车位都被占满了。桑宜于是把车停到附近的公共车库，打了把雨伞往目的地走。还没走到就看见一支被各式雨伞装点得五颜六色的长队，队伍里的人神情庄严肃穆得像在等待参观某个旅游景点。

　　桑宜觉得这场面有种说不出的滑稽。她给琳达发短信，"我看这里人这么多，排队不知道什么时候，还看吗？"

　　短信发出去，琳达的电话就来了。地产经纪气急，台湾腔高了一个八度，"好不容易来了哪有不看的道理！你往后院绕！这个房子的卖方经纪我认识，我跟她提前打了招呼。你到后院那个木门那里去，快去快去，到了给我打电话我放你进来！"

　　桑宜还有些顾虑。地产经纪打断她，说，"规矩是死的，人是活的！让你不排队你还那么大意见呢！"桑宜只好从命。她收起雨伞，把裤腿卷起，穿过几株阔叶乔木，又扒拉了几蓬树权枝叶，终于在队伍人群的注目礼中绕到了房子的后方。

　　近日的雨水让土地松软潮湿。桑宜在一棵往她身上滴水的大叶芭蕉树下刚站稳，前方两米处的窄木门嘭的一声就开了。琳达走在一个妆容浓艳的女人旁边，浓妆女人正不耐烦地挥着手，她们的身旁是一个领导模样的大肚子中年男人。男人脸上带着诚惶诚恐的神色，走近了，桑宜听到他一迭声对浓妆女人说，"I have cash. I have cash." [1]

　　琳达嗔了一声，一手拉着桑宜，一手拉过浓妆女人说，"这位是我前几天跟你说的那个律师了啦！她是我的老客户啦！"然后把头偏过来对桑宜说，"这个是咱们今天这房子的卖家经纪，叫阿曼达。"

　　浓妆女人冲桑宜点了个头，那姿态像许久未上油的摆钟，点一下是告诉你它还能动，在此之上多一分的兴致都没有。

　　大肚子男人就这么退下了。琳达舒展双臂，勾着桑宜和卖方经纪阿曼达，亲亲热热往联排别墅里面走。

　　桑宜走进去就觉得不一样，她想这时候如果让她退回到门口排队，她是绝对愿意的。

---

[1] cash在这里是双关语。购房中如果全现金支付房款，被称为all-cash。中年男人的意思是，他有足够的钱，可以全现金购房。但cash也是零钱的意思，所以这句话听起来也像是在说，"我有零钱，我有零钱。"

这样想的时候，她正站在微微下沉的客厅中央，淡黄色的拼木地板刚刚打了蜡，像汪着一泓秋水。桑宜站在水中央，被四面白墙围着，墙上镶嵌着浅棕色回纹，四方连续，绵延往复。

客厅的尽头连着走廊，深褐色的木头楼梯就架在那里，工整地向上延伸。桑宜踩在木头楼梯上，那噔噔的声音实实在在的，让人心安——她想象不出来，如果是地毯或者大理石花岗岩的地板，该如何发出这样令人心安的声音。

她上了楼，在二楼的卧室看到悬挂在阁楼式斜顶上的木头吊扇。她站在吊扇底下，听着叶片旋转发出的呼呼声，觉得这间卧室有一种封闭却暖人心脾的质感。再后来，她看见房间的角落里摆着一只鼓凳。她走过去，把那只红棕色的鼓凳拿起来，很沉。她摸着鼓凳涂有清漆的凳面和弯成一个弧度的凳腿，觉得这间带着中国气韵的联排别墅击中了她记忆里的某个角落。

那个角落里面就有一只类似的小鼓凳。小女孩坐在鼓凳上，透过卧室纱帘敞开的一隙，看着窗外簌簌落下的雪。

桑宜在阳台上找到正和浓妆的阿曼达滔滔不绝的琳达。琳达看到她，和阿曼达打了个招呼，就拉着她退到角落。

"让我猜一猜，这房子你很喜欢？"琳达说。桑宜点点头。

"来之前我就知道你会喜欢这个房子，看我是不是很懂你？"琳达说。她朝正在往楼下走的阿曼达瞅了一眼，又说，"我跟阿曼达关系很好的，到时候我让她透个底。"

桑宜没有任何经验，问，"这样的透底，会管用吗？"

"总比没人给你透底管用。"琳达一句话挡了回来。她旋即又换了一副语调，说，"我觉得呀，这事儿有八九成把握，但是凡事都不是绝对的啦，你也知道——"

"我知道，"桑宜说，"现在开价是多少？"

琳达在桑宜耳边报了一个数。"不高不低，就看买家会抬多高。"她说。

"那你估计买家要加多少？"桑宜问。

"这地方离火车站[1]近，又安全，到脸书、谷歌开车二十分钟内，20%的加价呐，不要太正常哦。"

"加价20%，"桑宜想了想，说，"20%我是可以的，但我的上限你也是知道的。实在买不起，我……我也没有办法。"

"你的上限我知道的呀——"

"如果实在需要的话，我还可以再凑五万，但是再往上就真的很难了……"

"要真到时候都挡不住，那咱们再想办法。"琳达说，"不过呢，现在说这个还太早哦！你也是，买房意向书都没开始投，就先说泄气话，刚才那个态度就不对。说不定就给你抱回去了呢？"

桑宜没有接话。她低头往楼下看，天放晴了，屋子前排队的人收起了花花绿绿的雨伞，但队伍的长度有增无减。

"哎呀，乐观点嘛！"琳达说。她压低声音，"我告诉你呀，这个房子虽然看的人多，但买的人不一定多……"

"这是为什么？"桑宜不解。

"看的人多是因为地理位置好，靠近高速公路通勤方便。但这房子本身是有缺陷的……它小，结构也不够好看。而且呀，二楼虽然有两间卧室，但只有一间是真正的房间，另一间是阁楼改建的呀……我跟你都是说实话……"地产经纪用一种知心体己的语气悄声说着。

桑宜听着听着，有些释然甚至有些惊喜了，她说，"按照你这么说，我还是有希望的？"

"那当然了，咱们争取一下呗。"地产经纪说。

"这房子很像我小时候乡下住的。"桑宜说，"我真的很喜欢。"

"那太好了！"琳达说，"买上了，我请你吃山景城新开的那家台

1　火车站是Caltrain的火车站。Caltrain为旧金山湾区的列车通勤系统，连接北面的旧金山市区、中半岛区域与南面的硅谷。

湾菜。"

"那要是买不上呢?"

"你看你又来了,"琳达佯装生气地在桑宜手臂上轻轻拍了一下,"这么丧气。买不上我请你去阳光谷做美甲,可以了吧?"

第七章 | 与专家的对话、肯和告别圆舞曲

旧金山市区，海湾立交桥，唐人街上桥口。

六只路障三角锥隔开穿梭的车流，在匝道与立交桥的连接处圈出一块区域。

"撞击区域距离左侧车道线0.5米，向的车从右边切过来，弗兰克的车从左边……向的车速应该在每小时65迈，弗兰克的车速……不好说，就这么碰上了……"

说话的人叫麦克——桑宜还是为向寅请来了一位事故鉴定专家，只是颇费了些周折。起先，"天天轻松"保险公司直接拒绝了桑宜的申请，桑宜不得不请示远在外地的老板。桑宜向老板汇报向寅笔录的情况，在提到弗兰克那方改口在车祸中受了伤时，老板打断她，说，"案子发展到这一步，是需要一位专家了。"老板让桑宜以他的名义向"天天轻松"再次提出申请，并点名要求麦克出山。这次保险公司很快就同意了。

穿牛仔裤黄马甲的麦克将卷尺刺啦一声收起。

"麦克，我们有结论吗？"桑宜问这位老板钦点的专家。

"没有轮胎煞痕，没有车体残片，什么都没有……"事故重建专家摇着头，"我可以再看一眼报告吗？"

桑宜将交通事故报告和附着的照片递给他。

天有些下雨，但还不到需要撑伞的地步。专家麦克用手挡在报告上方，将照片翻过来又翻过去。

"证据少得可怜啊。"专家说这话的时候，眉毛变成45°的斜杠。"这种案子就应该早早和解啊，不该打官司的……"专家又说，"我猜，是咱们的客户不肯和解？"

桑宜点点头。

麦克咧了咧嘴，"为什么呢？"

"他认为他没有错。"

麦克惊讶地张开嘴，"他这样很危险啊，证据不足，进了庭审很可能最后赔得更多啊……"

"是。"桑宜说，"再看看吧，说不定能有转机。"

"难……"麦克摇头，"只能看原告和咱们的客户哪个的证词听起来更有说服力。是法官审案子，还是有陪审团的？"他问。

"有陪审团的。"

"咱们的当事人是学生？"

"是，大三。"

"哦，那还好点，都知道旧金山的陪审团同情学生。"专家说，"对了，他哪个学校的？"

"城市大学，你听说过吗？"

"听说过啊，就是日落区的那个学校嘛……"

"那学校怎么样？"

"挺一般的，以前是个社区学院[1]，后来添了四年制课程，但大多数学生还是拿那种两年的副学士学位。我朋友的小孩就在那里读书，不过那小家伙成绩很好，第三年就转到伯克利去了。"

"你那个朋友的小孩很厉害呀……"

"他也算是走了捷径，社区大学先读两年，等于省了两年伯克利的学费——伯克利一年四五万美金，城市大学才五千……"

"像这样毕业出来有差别吗？"

"我朋友说，毕业证书都一样的。除非你仔细追问，否则谁又知道……"

麦克向三角锥走去。"你还需要检查什么吗？没有的话今天的现场勘查就到此为止了。"

"没有了。"桑宜说，"你也都已经说了，责任很难断定，也找不出什

1　社区学院（community college），或可称为两年制大学，毕业时学校会颁发副学士学位（Associate Degree），社区学院的学生如果成绩优异，可以转学至四年制大学。

么对我们有利的证据。"

"就是啊，我就是这么认为的啊。"麦克总结着，"那我回去整理下，出一份报告，报告里会写明我反推出来的事故可能发生的情况。能帮忙的我肯定帮忙，但是你心里也要有数，差别太多也不可能，真把一个责任五五分的案子写成二八分，陪审团也不会信啊。"

他弯腰把三角锥提起来，倒了个个。底盘上有个塞子，专家咔嗒一声把塞子拔了下来。三角锥发出噗噗的泄气声，很快瘪了下去。

"我今年把公司的路障都换成了这个牌子的，他们家的三角锥不漏气，操作还特别方便，最重要的是，一点都不贵！"麦克叠着已经成了一张塑料皮的三角锥，很是自豪。

他走向第二个三角锥，用与刚才一模一样的动作拔着底盘上的塞子。

"我来帮你吧。"桑宜说。

"不用，你站着就好，哪里能让你帮忙呢。"他冲桑宜连连摇手，"你最近怎么样啊？有一阵子没见到你了。"

"我挺好的，你呢？"

"都好都好，就是加州什么都涨，税也越来越过分，生意不好做啊……代问你们老板好啊。"麦克说。

"谢谢你。"桑宜说，"对了，今天费了你不少时间吧。"

"还好，现场两个小时……我是从公司开过来的，待会儿开回去，来回交通就算两个小时吧，这样一共四个小时。"麦克边算边说。

"好的，再跟你确认下，每小时计费是300美金，对吧？"

"对对。"麦克边说边搓了搓手，接着又抹了一把脸。专家的脸上湿乎乎的，不知道是雨水还是汗水。

"好的。"桑宜说着掏出支票本，撕下一张支票，在数额那一栏填上1200美金，又在授权签署人那一栏填上自己的名字，递向麦克。

麦克将支票揣进衣袋的时候，视线在桑宜的左手上停了一停。

"对了，肯最近还好吗？"他问。

桑宜一怔。

"我是说，婚礼什么时候哪？"麦克指指桑宜的戒指。

这突如其来的问题令桑宜一阵心悸。

"我认识你那会儿你刚刚订婚啊，这一转眼也快有两年了啊……"麦克并未觉察到桑宜的情绪变化。

"给我发婚礼邀请函吗？"他带着轻快的神情，又接着问了下去。

"我……"

"你怎么了？"

"我……咳咳……"桑宜控制不住咳了两声，脸颊因充血而显得绯红。

麦克终于意识到了桑宜的反常。

"啊，我刚才只是开个玩笑，不是真的让你邀请我的啊。"他不知道问题出在哪里，慌忙改口。

"不是。"桑宜定了定神。"是这样的，我们……咳……我们已经分手了。"

"啊，什么？怎么……怎么会这样啊？"麦克嘴巴张成O型。他很震惊，八字眉快要竖了起来。他为自己的失言懊恼不已，不知道接下去该说什么。

"是我的问题，戒指确实应该取下来了。"桑宜低下头，说。

"怎么会怎么会，怎么会是你的问题呢……"麦克讪讪笑着，尴尬地立在那儿。

勘察彻底结束，已是下午四点。

桑宜从事故地点往办公室开，车轮一程接一程地覆盖路面，天色一截一截地暗下去，车子像是驶入缓慢张开的黑暗中。然而公路上越来越多的车尾灯亮起，细雨迷蒙中，尾灯模糊的红色影子次第迭开，点亮了河流一样的道路。

桑宜想起从前见过的放河灯的场景。夜幕之下，熙熙攘攘的人群将一盏盏河灯小心地放入水中，河灯挤挤挨挨的，慢慢又分散开来，在人们的注视中流向远方。那些不曾说出口的心愿和执念，则随着河灯，传递了下去。

此时淡淡的红光透过车前窗，桑宜微微抬了抬握着方向盘的左手，视线落在沾着红光的戒指上。

"肯，你还记得麦克吗？就是我们律所最合作的那个事故重建专家，你有一次来事故现场接我下班，那个穿黄马甲主动跟你打招呼的，你还记得他吗？"

"说起来，那次也是在海湾大桥上，离这次这个车祸现场也不远。那天也像这样下着雨。那天晚上，你求婚了。你让我伸出左手要给我戴戒指，我当时真的好紧张，竟然听错了，伸出了左脚。你爸爸妈妈都笑得喘不过气来。我当时觉得自己蠢得跟你家那棵好多好多年都没有换过的塑料圣诞树一样。"

"麦克今天问我，我们什么时候举行婚礼。你答应我的事情没有做到。"

"麦克还特地问你，问你记不记得他。我猜，你一定会先想很久，然后才说，'啊，好像是有这么一回事……'而且你一定会加一句，'别人记得我，可我记不得别人，我真的是好抱歉！'"

桑宜又意识到肯一定会笑着说这样的话。肯笑起来的时候，本来就小的眼睛会彻底消失（变成一条缝），但一对酒窝会在腮边出现。肯的笑是她见过最温和的，就好像这个世界上没有渡不过去的难关，第二年的春天在不远处招手。

可是第二年的春天最终到来的时候，也一并带来了一支告别圆舞曲。肯的优雅与温和随同他一起谢幕。

肯是在桑宜报失踪30个小时后于离家80公里的萨利纳斯（Salinas）河边被发现的。他开出去的那辆车还停在桥上。肯的同事没能在手术台上救回他。桑宜在那个说再见的房间里一动不动坐了不知道多久，站起来的时候膝盖竟一时无法打直。

那天晚上桑宜回到他们合租的公寓，她握着肯留下的那封信，意识到公寓每个角落都还留有他的气息。

信里写道，"宜，对不起，我能为你做的事情就只有这么多了。承认自己的软弱是一件非常非常艰难的事情，但我好像没有更好的选择了。我只是很抱歉，最后的收尾工作竟然得由你来做了。"

是夜，桑宜迟缓地、带着已钝化的情绪将公寓墙上两人的订婚照一张一张取了下来。而将肯的所有衣物清理完毕，则花了她整整五个月的时间。也就是一个多月前，肯还拥有一个仅属于他自己的装袜子的抽屉。

桑宜通知了肯的父母，但对大洋彼岸自己的家人却缄默至今。至于其他人，桑宜则抱着一种极度被动的态度，只有被问起才给一个语焉不详的答复。

至于手上那枚戒指，桑宜挣扎过很多次，却总是在快要褪下的时候放弃了。她痛苦地明白过来，那是一种模糊却又深入骨髓的感情在支配着她，那个让她放下残留的依赖与等待的时刻，仍然徘徊在前来的路途中。

第八章｜美丽新世界

"妈，我前几天看中一套房子，在阳光谷，特别像我小时候我们住的那个乡下房子。经纪说，她跟卖家经纪关系很好，只要我出的价格差不太多，她就能帮我拿到房子。妈你知道吗，如果买到那个房子，我就可以从现在的家里搬出来，我好想搬家，越来越想了。妈，其实有好些话我想跟你说又不敢，怕你怪我……"

桑宜握着手机，呆呆地盯着微信输入框里的文字。盯了一会儿，她按下删除键。光标急速倒退，最后一句被彻底删除，她将消息发了出去。

没有回复，现在是加州时间早上十一点，也就是北京时间次日凌晨两点。

"妈，我今天下午下班后去签购房意向书，你起床后我再给你发信息。"在之前那条长信息后，她又补了一条简短的。

加州时间下午六点，桑宜由位于山景城的办公室出发，向琳达所在的地产公司——美丽新世界房产——开去。

美丽新世界房产公司完完整整拥有库比蒂诺市内一幢一层高的U型小楼，如果把"U"字拉直，那长度等于35个房间连起来。

楼宇外观很不起眼，内饰却极尽奢华，且是那种现代化高科技的奢华感。比方说，这里的卫生间门上都装有一个看起来像极了苹果手机的矩形表盘，需将手掌在前面虚晃几下，表盘黑色的镜面才会显示出九宫格的密码锁。这时候要抓紧时间，在十五秒内正确输入密码，方可使用厕所。

桑宜从卫生间出来，来到走廊尽头的一间会议室，轻微的咔嗒声响后，门悄无声息地开了。

桑宜将大衣脱下，挂在门口的树形衣架上。"请坐请坐。"琳达说。桑宜卷起厚羊绒衫的长袖子，在琳达指给她的位子上坐下。

"桑宜呀，喝不喝茶呀?"琳达虽这么问着，却没有等待桑宜回答的意思。她站起身，从架子上嵌有精致小灯的玻璃柜子中取出一听银色茶匣，又用一个不知哪儿变出来的金色小勺子舀了一勺茶叶，放进一只红泥色的茶杯中。

"最近托人从国内弄来的白茶，尖货呢，在我这儿放了不到两天，就拿出来给你了！口感好，喝了不会睡不着觉，你尽管放心。"

桑宜接过杯子看了一眼，茶叶是浅绿色的，在杯中舒展浮沉，温温柔柔让人想到解冻的一池春水。

"真的很好喝。"桑宜抿了一口，由衷感慨。

琳达给自己也沏了一杯。

她用小勺子搅动着茶水，问道，"最近失眠好些了吗？"

"老样子，没什么差别。"桑宜无奈地说，"你呢？"

"我正打算跟你说呢，我上个月在山景城中心的一个中药铺子那找了个中医，吃她开的药，效果很惊喜！"

"真的啊？恭喜你啊。"

"就是市政厅走过去几步路那家店。"琳达说，"那中医特别好，我把她名字发你，你去了就找她，说我介绍的，她还可以给你打个折呢！"

"那不然我这周末去试试看？"桑宜有点心动。

"一定要去，强烈推荐！"琳达说。

"好，那我去。"桑宜说，"对了，他们负责煎药吗，还是要自己回来煮？"

"要你自己弄的！南湾这一带的中药店都不给你煎药。你要煎好的那种，要去旧金山市里面，唐人街那一带的中药店服务齐全得多。就是有点远——"琳达说，"看你啦，要顺路的话就去看看。不过呀，我总觉得唐人街药店的货是最好的，比山景城那家的货好太多啦。我有客户去市里面看房子，就去一趟，一次买好多。"

"呀对了，"琳达一拍脑袋，"你看我见你高兴的，这又是说了一大堆，把正经事情耽搁了！"她把搁置在一旁的笔记本电脑端过来，掀开屏幕，又调了90°对着桑宜。琳达连点了两下鼠标，屏幕上一个小房子样的图标亮了亮，紧接着跳出了"美丽新世界"的字样，龙飞凤舞的，漂浮在别墅草坪大金毛的背景图上。琳达在一个下拉菜单上又点了一下，背景图消失了，换成了"正在加载"。

"告诉你哦，我真的有从阿曼达那里探到了底呢。"等待加载的过程中，琳达悄声对桑宜说道。

"什么样的底啊？"桑宜有点紧张地问。

"她说她这个卖家不在乎钱，主要还是要把房子卖给投缘人。"琳达凑过来，"你就是这个投缘人呀，知道为什么吗？因为这卖家的女主人也是法学院毕业的呢！"

"真的啊。"桑宜说。

这时候加载完成，屏幕上变成了白纸黑字。

"价格你想好了吗？报给卖家，是不可以再变的哦。"琳达说。

"不变了。"桑宜说。

琳达点了下鼠标，白纸黑字翻过一页。

"15年贷款，3.0%利率……"琳达说着，又在屏幕上翻过一页，"定金5万美金，三天以后会划到卖方账户。如果中标之后买方反悔，定金是不可退的，这个你可以吗？"

"我可以的。"桑宜说。

主合同签好后还有一些附录，全部处理完已经是晚上八点了。

琳达用有些夸张的姿势揉了揉胃部，说，"哎呀有点饿了。桑宜你要不要一起吃点东西呀？"

桑宜却忽然感到一阵倦意袭来，她用手指抵着下巴，强压下一个哈欠。失眠带给她的一大苦处就是常常在晚饭时候犯困。

琳达眼尖，忙说，"哎呀那你还是赶快回去休息吧。"

桑宜摇摇头，"没关系的，如果不是现在倒头就睡，开车回去我反倒又清醒了。而且，我其实也饿了。"琳达笑，说，"也好呀。"她带着桑宜往停车场走。"咱俩就开一辆车吧，到了那也好停车，吃完我送你回来。"

两个人坐琳达的车到库比蒂诺市中心吃了顿简餐。之后，琳达又将桑宜送回"美丽新世界"的停车场。

朝自己的车子走的时候，桑宜查了一眼手机，还没有母亲的回复，她于是拨了过去。电话响了几声被接起了。

"喂，妈妈好。"

"小宜啊，妈妈看到你的短信啦，正打算给你回复，结果刚好有事打断啦。"

"嗯我知道的妈妈，没关系的。爸还在家吗？"

"上班去了啊！"

"他不是快退休了吗？"

"你爸那个人你又不是不知道！那么个半死不活的企业，就他那么积极，又赚不到什么钱。你妈有时候真是恨铁不成钢……"

"嗯。"

"小宜，钱够不够？妈妈最近赚了点钱，可以给你打过去。"那端的声音既熟悉又陌生。

"妈妈，我不需要你的钱——我和你说过的。但是妈妈，是这样的，有件事情……有件事情我其实一直想跟你说——"就在这时，电话那端响起"叮"的一声。

"小宜，妈妈要忙啦，有客人下单啦。一会儿跟你说哈。"桑宜握着电话。

"啊，问你家肯好哈，让他多吃点，上次见太瘦！"

"嗯好的。"

"哎呀，妈妈真不跟你说了，马上'双11'了，单子多，忙去啦。"电话断了。

桑宜慢慢地把手机放回包里。抬起头的时候，她看到 U 型小楼对着她的那一侧亮着灯，她辨别出那应该是刚才签合同的会议室。会议室的外窗上方，LED 节能灯管拼成的"美丽新世界"斑斓闪烁。

第九章 | 老板的指示与向寅的发现

桑宜被闹钟喊醒的时候，感到一阵紧张。今天下班时分，琳达会给自己打电话，告知买房的结果。她做了个深呼吸，这才洗漱、更衣、提包出门。

进办公室的时候，前台喊住她，"宜，老板昨天从纽约回来了，今天在办公室，他让你来了之后去见他。"

桑宜走进老板办公室。

"坐吧。"老板说。

"谢谢。"桑宜说，"纽约州的案子顺利吗？"

"非常顺利。你呢，最近怎么样？"

"还挺好的。"

"那个弗兰克起诉阿历克斯·向的案子——"

"是，前两天刚做完事故重建。"

"麦克怎么说？"

"他的意思是，从现有的证据看，是谁的责任不是特别清楚。奔驰车上刮痕太少，而天籁车上的损毁痕迹又都不够有特点，所以很难确定两辆车是如何发生碰撞的。"

"比较典型的责任对半分的案子。"老板点评。"有件事情，我想好好跟你谈一谈，关于笔录的。"老板又说。

"是。"

"桑宜，我对你笔录的表现不算满意。"

"我知道。"

"那你知道为什么吗？"

"原告律师丢给我们一叠之前从来没有提起过的原告的医疗记录，虽然他这么做很不厚道，但确实打了我们一个措手不及。"

老板站起身，从桌上拾起一个白色的联邦快递大信封递给桑宜。"我想让你先看一下这个东西。"

信封封口已经被开信刀整齐地裁开了。桑宜从中抽出一份装订好的五页纸的文件。扉页上印着"原告的索赔请求"。

桑宜急忙翻开文件。

这份"索赔"赫然写道:"弗兰克先生车祸后身体深感不适,于两个月前确诊为软组织受损以及脊椎椎间盘突出,目前正在进行推拿治疗,已产生的医疗费用累计\$16,000,未来预计还将产生医疗费\$50,000。\$66,000不包括痛苦及丧失生活乐趣[1]的申索。"

桑宜把文件合上。如果说笔录上改口只是个开始,那么这份请求就是正式索要医药费了。

"堤坝在上游没有拦住洪水,任它往下游跑,就会一发不可收拾。"老板注视着桑宜。

"可是在上游那,原告只要求赔偿财产损失的。客户坚持不和解,我们才坚持诉讼的……"

"你要提高作为律师的预见性,这是一个需要持续付出努力的过程。"

"我明白。可是我很难相信原告受的伤是与车祸相关的——"

"桑宜,"老板打断了她,"对这个案子,你有倾向吗?"

"没有,我是中立的。"

"那就好,任何的感情倾向对诉讼律师来说都不是好事情,这跟你法学院学的不一样。"

"我明白您的意思。我不是有感情倾向,只是觉得,现在并没有所有的路都堵死,我们应该试一试再放弃。"

"你认为和解是放弃吗?"

桑宜不说话了。

"桑宜,我考你一个问题,一个合格的律师和一个优秀的律师之间的区别是什么?"

---

1 痛苦及丧失生活乐趣(pain and suffering)类似国内的精神损失。

"我……我认为优秀的律师是合格的律师的升级，优秀的律师更细致、更努力、看问题角度更刁钻、思考更全面——"

"错了，那都是表象。本质在于把控力，合格的律师把控案子，而优秀的律师把控人！"

"律师无法把控自己的客户，是致命的。而缺乏把握的坚持像拔掉牙齿的老虎，只会招致危险。"

"可是真和解，现在的数额也不是之前那个财产损失了……"桑宜辩白。

"你先争取到客户的态度，剩下的我们再来和原告那边谈。"老板说，"这个案子，和解是最好的。你想办法让客户同意和解，对他，对我们的保险公司，对我们律所都好。"

"我明白您的意思。"

"桑宜，"老板举着一支笔，沉吟着，"有一点我不知道该不该跟你说。"

"您说。"

"虽然说律师是法学院培养出来的，但做律师有时候需要把法学院那一套丢掉。"

"丢掉？您的意思是——"

"'天天轻松'是我们的客户，也是我们的大客户，和我们律所合作二十年了。我们是律师，也是做生意的。你懂吗？"老板说，"桑宜，你有潜力，但我希望你以后看问题能站在一个高度看，有一些大局观念，你明白我的意思吗？"

"我明白。"桑宜说。她试着去消化。

桑宜向门外走的时候，老板又叫住了她。

"桑宜，你手上还有几个案子？"

"只有三个了。一个医疗纠纷案；一个是优步司机撞人的案子，刚同意和解；还有一个是那个建筑工程纠纷案。"

"你去做一个表格，把这几个案子的进程概括下，然后交给我。"老板说，"你就专注在阿历克斯这个案子上吧。弄完你就休假。"

桑宜接下任务，想了想还是添了一句，"谢谢您。这过去半年我确实给律所添了不小的麻烦。"

"去做你手头的事吧，不要负担太重。"老板这样回答她。

桑宜心事重重地回到自己的办公室。刚坐下，电话响了。

"宜，弗兰克告阿历克斯·向那个案子的向打过来找你。"前台说。

"我刚好也要找他，接进来吧。"桑宜说着，拿起听筒。听筒里嘟了一声，传来了向寅的声音。

"嘿。"

"你好，"桑宜说，"我正想打电话给你。不过，你先说吧，你找我什么事？"

"还是你先说吧。"对方说。

"那好。"桑宜说，"我找你，是想告诉你一个不太好的消息。弗兰克那边发来了索赔要求，问你要医药费——"

"他想要多少钱？"向寅问得直截了当。

"一共六万六千美金，还不包括痛苦及丧失生活乐趣的赔偿……"

电话那边许久没有动静，连呼吸声都听不到。

"向先生？"

"嗯……"一声可有可无的"嗯"。

"如果你觉得需要一点时间，可以待会儿再给我打电话。"

"嗯，没关系，现在说好了。"电话那端调整了情绪，"桑律师，你能把原告的修订起诉状发我一份吗？"

"没问题。我马上就让秘书给你电邮过去。"桑宜想起老板的话，"向先生，鉴于原告对你施压，你想不想重新考虑下和解？"

"和解？"那边居然笑了。"现在和解，更不可能了。而且，这其实才是我今天打电话找你的原因。"对方径直说了下去，"律师，你还记得录笔录的时候，原告律师给我们一人一份弗兰克的医疗记录吗？"

"记得，怎么了？"

"那医疗记录我仔细看了，是编校过的。"向寅说，"他的医疗记录里面，有很多处，是用黑笔涂掉了的。"

"这很正常的。"桑宜说，"如果医疗记录和交通事故没关系，原告是可以把信息隐藏的，他没有义务给我们提供这些信息。"

"那么，要是他涂掉的东西其实是跟车祸有关的，或者说对案子有影响的呢？"

"他都已经用黑笔涂掉了，你又怎么会知道和车祸相不相关？"

"因为原告律师又笨又懒。"

"……"

"我说的是真的。"向寅说，"你们律所做这种编校，怎么做？"

"我们会先把文件扫描进电脑，然后用Adobe编辑PDF的功能，在需要涂掉的词语、句子、段落上加盖黑色的横杠，那些部分就都被遮盖住了。这样无论是提供电子版还是打印出来，要隐藏的信息就都看不到了。"

"这是正常的做法吧？"

"是比较负责任的做法，我们律所是比较负责任的。"桑宜说。

"可原告律师不是这么做的。可能是急着向我要钱，他偷懒了，所以编校的部分仔细看的话，是能看出内容来的。"

"你确定？"桑宜问。

"很确定。"对方说。

"那你能告诉我他具体是怎么做的，以及你看到了什么吗？"桑宜用肩膀夹着电话，从卷宗里抽出弗兰克的医疗记录。当然，她手上的版本是复印件（原件在笔录时被记录员收走存档了）。她低着头看，又举起来对着光看，黑色横杠覆盖的地方黢黑一团，根本看不出什么"隐藏的信息"。

"我这边什么也看不到。"桑宜说。

"电话里说不清，能见个面吗？"向寅说。

桑宜看了一眼日程表，"什么时候？"

"今天下午晚些时候可以吗？"

桑宜犹豫了一下。

"律师，黑笔涂掉的部分非常重要，我要尽快见你，越快越好。"向寅在那端催促。

"那好吧，就今天下午。你想约在哪里见？"

"我可以直接去办公室找你。"

"你在旧金山，怎么过来？"桑宜想到那辆被撞坏的天籁。

"我坐火车过来。"

"我们律所不在火车站附近，你下了火车，还有好长一段路，走是走不到的，要坐公交车。"

"没关系。"

"公交车也没有直达的，加上转车的时间，要一两个小时。"桑宜说，"我想想。"

"其实还好。"向寅说，"我下午在湾区大学上课，大概五点结束。湾区大学离你那儿挺近的，我可以打优步过来。不能麻烦你等我。"

"你下午在湾区大学？"桑宜问。她记得很清楚，对方是城市大学大三的学生，为什么会在南下50迈的湾区大学上课？她刚想问他，对方已经在催促了，"可以吗？"

"那要不然我们就在湾区大学见吧，"桑宜回复，"这样你少跑一点。"

"我无所谓的。"

"那就湾区大学。"桑宜说，"但是我今天下午有个会，最早要五点半才可以出办公室，我们暂定六点？"

"好，六点。湾区大学校属医院你知道吗？就是那个前面有个很大的喷泉的建筑。"

桑宜当然知道，那是肯工作的医院，那座喷泉斜对着她每周心理小组讨论所在的图书馆。

"我们在喷泉那里见？医院里面有个小餐厅，我们可以去那里聊。"向寅说。

"好。"桑宜说。

第十章 | 阿片类药物与不止一人的秘密

向寅说的那座大喷泉位于湾区大学校医院的正前方。喷泉的底座呈正圆形，架在巨大的矩形水池上。水流自圆心喷涌而出，在高空闹着嚷着，散成细碎的珠子向下落。

夜幕微落，水池底部的灯管流出的淡黄色的光，正对面医院大楼玻璃窗漏出的银白色的光，都落在喷泉上，仿佛笼着一个无止无休的梦。

桑宜看了眼手表，六点差五分，向寅还没有到。

她正打算在喷泉池边坐下。

"嘿——"

桑宜回过头。向寅左肩斜挂着一只书包，右手托着一本书，正快步向她走来。走近了，他冲桑宜点了点头，规规矩矩说了声，"对不起，我来晚了。"

"没事，是我来早了。"桑宜说，"对了，你今天怎么会在湾区大学啊？"

"嗯，"向寅说，"我在这边上课。"

"你不是城市大学的学生吗？"

"我们学校和湾区大学有交换课程，成绩前百分之十的学生可以来湾区大学选课，有点像访问学生的意思，只不过有成绩要求。"向寅解释着。

"原来是这样，"桑宜说，"那挺好啊。"

"也还好吧。"

桑宜瞥了一眼向寅手中的书，隐约看到"外科"的字样。

向寅的视线也落在书的封面上。桑宜原以为他会说点什么，但他只是默不作声地将左肩的背包取下，将书装了进去。

两人买了饮料和三明治，在医院一楼的咖啡厅坐下。

"说说你从原告的医疗记录里看出了些什么吧。"桑宜开口道。

向寅从书包中取出一个黄色的大信封放在桌子上，然后从裤兜中摸出手机，与信封并排放置。

桑宜这下注意到，向寅的手机（与笔录时她的猜测一样，手机的确是旧款的苹果5）屏幕裂成了一张蜘蛛网。

"你的手机屏幕……"

"嗯，上次不小心弄坏了，没去修。"

他把手机解锁后递给桑宜，"这是原告医疗记录的照片，你自己看。"

桑宜想起来，两星期前的笔录，她与原告律师中途离场，回到房间的时候看到向寅的面前摆着一只背面冲上的手机。在录像师傅调整镜头的当儿，向寅将手机收了起来。

现在这只手机正躺在桑宜的手中。破裂的屏幕上是一张照片，照片中是这样一段：

过敏反应：无。
就诊原因：2016 年 3 月 20 日车祸。
病史：季节性上呼吸道感染。2014 年 11 月 2 日，███████。2015 年 3 月 2 日，
2015 年 11 月 9 日，2016 年 1 月 2 日，██████████就诊。
外科手术史：无。
经处方药物 ██████████████

桑宜把手机放回桌上。

"我记得当时原告律师拿出一份原告医疗记录的原件给了记录员，记录员拿去复印了三份，你、我和原告律师一人一份，原件则被记录员归档了。所以说，你拍的照片是那份归档的原件？为什么要这么做？"

"先回答你第一个问题，"向寅说，"我的答案是'是的'。"

"那么第二个问题呢？"

"第二个问题，当时我发现复印件上有很多歪歪扭扭的黑色横杠，遮掉了不少内容，那些横杠看起来像是律师用黑色马克笔在原件上手动涂掉的。我当时就想看一眼原件，看的时候就顺便拍了照，就这么简单。"

"你是在我和原告律师出去的时候拍的这些照片?"

"对,我问记录员能不能借原件看一眼,他就直接把原件拿给我,然后和录像师聊天去了。又没有人看着我,我当然可以拍照了……"

"原来是这样。"

"所以他出门的时候,我还专门跟他说了谢谢,你注意到了吗?"向寅说,话语中有些邀功的意味,"另外,我觉得你还应该问我第三个问题……"

"什么问题?"

"你应该问我,我拍下来的这些照片有什么特别之处?"

"好,就照你说的,我现在问你第三个问题,这照片有什么特别之处?"

"编校的地方,那些马克笔的黑色杠子,你把它们放大。"向寅说。

桑宜照做,屏幕上的裂痕让歪歪斜斜的黑色横杠显得支离破碎,但放大到一定程度时,桑宜竟然看到了黑色横杠下的字迹——字迹也是黑色的,但比横杠的颜色要深,工整的泰晤士新罗马12号,与没有被遮住的那些一般无二。

准确地说,马克笔涂的黑色杠还是起了一定作用的,有个别字母完全被覆盖,无法识别,但能看清楚的那些字母已经足够让桑宜推断出整个的单词了。

桑宜惊讶地拼凑起黑杠覆盖下的信息:Migraine(偏头疼),lower back pain(下背部疼痛),insomnia(失眠)。这些信息与没有被遮住的部分连起来,组成了一个完整的句子:2015年3月2日,2015年11月9日,2016年1月2日,因偏头疼、下背部疼痛、失眠就诊。

桑宜挪动截图,在第二个黑色横杠处放大。这次,她拼出了以下文字:Oxycontin 30 mg Tab, PO q 4 hours PRN, pain(奥施康定,30毫克口服药片,每四小时口服一片,疼痛)。

"Oxycontin 30 mg Tab, PO q 4 hours PRN, pain"字母在眼前旋转,转着转着变成了水的颗粒,颗粒喧嚣着坠入喷泉,喷泉流着淡淡的光，像一个混沌的、无止无休的梦。

桑宜背上冒出冷汗。她将向寅的手机放回桌上。

"照片除了这一张，还有其他的吗？"她抬起头问向寅。

"有是有，只是……"

"只是什么？"

"没什么。"向寅说，他将目光从桑宜脸上移开。

他指了指被她放回桌上的手机，"你要是从现在的屏幕退出，就会看到一个相册集。这个相册集叫作'击败原告'，是我建的，里面都是原告弗兰克医疗记录的照片，每一张都有编校，每个黑色横杠都能看出内容来。"

桑宜觉得血液从四肢慢慢抽离。她不由地沉下脸，"你所谓的内容，就是弗兰克服用阿片类药物的病史吗？"

"是。"向寅很坦然。

"可这是弗兰克的私人病史，是他在提供医疗记录给我们时选择隐藏的内容——"

"既然是想要隐藏的内容，那原告律师为什么不隐藏好一点呢？对不起，是我打断你说话了……"向寅说。

"你说，我听着。"桑宜说。

"好，那我说了。我觉得，原告律师应该先将医疗记录扫描到电脑，用Adobe添加黑色横杠，再打印出来。如果这个要求对他来说太高了的话，或者说他就喜欢用马克笔这种原始的方式涂掉私密信息，那么他也应该多付出点努力。比如，他就不应该带马克笔手涂的原件来笔录现场，他应该带复印件——你知道吗，这些手涂黑杠复印一次就看不出底下的内容了……"他停住话头，"你……还好吗？"

"还有吗？"桑宜没有正面回答他。

"你还想听？"

"你说吧。"

"我买了支锐意牌的黑色马克笔试验了下，要反复涂到五遍以上才能完全覆盖掉，两三遍的话，字迹看得很清楚。原告律师把地雷一样的医疗记录原件带到现场，实在是——"

"又笨又懒吗？"

向寅愣了一下。"电话里我随口说的，你还记得啊……"

桑宜强迫自己冷静下来，"阿历克斯，我们先不考虑你手段是否正当，这样的证据拿到法庭上，和车祸的相关性在哪里呢？你总不会是想证明，原告因为吃了两片止痛药就开不好车了？"

"当然不是，但我想证明的东西更有杀伤力。"向寅说。

"什么意思？"

向寅拿起桌上的黄色信封，递给桑宜。"弗兰克用阿片类药物很频繁，不正常，是滥用药物。"他又说了一句。

信封很大，周边扁塌塌的，中间却鼓着。桑宜把鼓着的那一沓取了出来，那是彩色打印的照片。

最上面的一张背景漆黑，隐约可见一辆SUV的轮廓。

桑宜将第一张翻去，第二张依然是背景漆黑，但SUV的模样很清晰。那是辆银白色的SUV，右侧冲着桑宜，右前灯附近有些红色的痕迹。

桑宜翻开第三张。那是银白色SUV右侧的特写，镜头放大了，右前灯附近的剐蹭像一个川字，红色的痕迹则是蹭上的漆。

第四张和第五张则是换了个角度拍的SUV。从该角度看去，这辆SUV正停在被路灯照亮的私人车道上。车子的头部显然冲着马路，车子的后方则是一幢两层别墅，窗子黑黢黢的，但微黄的路灯照在砖红色的外墙上，又将一切晕染得安谧又温馨。

桑宜太阳穴突突直跳，"这些照片你都是在哪里拍的？"

"原告家门口。你们公司给我的那份交通事故报告上有他的地址，我其实已经跟他很久了。"

桑宜心跳急剧加速，忍不住说道，"如果被逮到的话，你会有麻烦的！"她极其罕见地语气严厉了。

向寅没接话，他的脸色看起来有些阴晦。过了大约半分钟，他忽然冲桑宜笑笑，"这件事情我做得很小心，事实上，如果真的出了什么问题，对于我的后果要严重得多，所以我请你相信我。"他说得很慢也很肯定。

"那么，你拿什么来让我相信你？"桑宜问。

在这样一句反问下，向寅一时语塞。他向后仰，头靠在椅背上。

"我还在等你的回答。"桑宜说。

向寅于是坐直，"你可以选择不相信我。"说完，他恢复了平常的神色。他把照片向桑宜推了推，说，"你接着看吧。"

桑宜按着照片的手停住了。很安静地过了片刻，她还是抽出了第六张照片。她的表情瞬间凝固了。

第六张照片的边缘仍然是漆黑的，但正中央有一个指甲盖大小的白色光斑，光斑的周围是照亮的区域，可辨别出车里的方向盘、黑色的驾驶座皮椅、一部分副驾驶座，和同样皮革质地的中央扶手箱。一个纸团和两个塑料包装袋（看起来像是某种饼干的包装袋）散落在副驾驶座上，一根银色的充电线搭在中央扶手箱上。碎屑撒得到处都是。

一言以蔽之，车内脏乱得一塌糊涂。

最吸引桑宜注意力的是中央扶手箱上的两个杯托，杯托中白色的瓶盖露出一角，瓶身则没在杯托的凹槽中，看不大清楚。

桑宜慌忙翻开第七张照片。同样是贴着车窗玻璃向车内拍的，但这次角度略有不同，白色瓶盖露出更多。

第八张则是换了一侧窗玻璃，拍摄对象依然是中央扶手箱。从这一侧看去，白色瓶盖下露出一小片淡黄色的半透明瓶身。桑宜知道，那是医院开处方药用的瓶子。

第九张和第十张则又换了角度，淡黄色的瓶身更加明显，车里看起来更乱了，副驾驶的手套箱似乎也没有合拢。

还有最后一张。那是在第十张的基础上放大再放大，露出的淡黄色瓶身部分还粘着残留的白色标签，标签被尽量撕掉，似乎主人不想让人知道上面的内容。在仅剩的一角上，隐隐约约可以分辨出字母"OX"。

"我本来是想碰碰运气去拍他车子划痕的，看有没有办法证明车子撞击的角度。"向寅说。

"然后呢?"

"然后就是,等了好多天才等到他把那辆奔驰车停在外面。他家应该至少有三辆车子,但那种房子标配是两个车位,所以车子轮流停车库。我在他家停车道上还看到过一辆本田,一辆雪佛兰,都很普通很旧了,和那辆奔驰差距挺大。"

"那天我拍他车子刮痕,无意中看了一眼车内。我当时试着用手机打闪光灯冲里面拍,车里很乱,我凑近了仔细看,就看到那个药瓶了。"

向寅的声音越来越遥远,像是带着隐约的回声,"他的车子真的很乱。药瓶不带回家,我猜他是怕家里人知道……或者,他实在是严重到车里也必须摆一瓶药的地步……联系他那天撞我时的行车路径,我怀疑……"

桑宜四肢冰凉,心跳快得让她恶心。她捏着照片的手控制不住地微颤,一种不知身在何方的恍惚之感浪潮般铺天盖地而来。那十一张照片仿佛打开了时空的连接点,在这个点上,她以局外人的身份审视己身之过往。这个过往里,她第一次见识了阿片类药物强大的功效与成瘾性,肯温和的笑像靠近黑洞的光,湮灭在他的无奈中。

她再抬起头的时候,发现对面的向寅不见了。她环顾大厅,在一角的咖啡台边看到他瘦高的背影。过了一会儿,向寅转过身,微低着头,手上托着一只纸杯。

桑宜的目光迎着他走近。

"热水。"向寅把杯子放下,"你饮料喝完了。"

"谢谢。"桑宜勉强笑笑。她将照片按顺序重新排列好,放回信封,又将信封扁塌塌的部分折起,放进自己的手提包内。

"信封我先带回去,你记得把手机里的照片也发我邮箱一份。今天信息量有点大,我需要消化一下,明天再与你联系。"她用尽可能平静的语气说。

向寅脸上闪过一丝失望,也有一丝不解。他迟疑了下,问,"你会帮我的,对吗?"

桑宜也迟疑了下,然后点了点头。

第十一章 | 乌鸦与小飞象

桑宜不知道自己是怎么与向寅分别的。

在对方走了之后，桑宜站在喷泉前，站在哗哗的流水声中，好一阵子才回过神来。

手提包中的震颤通过提手传到她的掌心，她取出手机，是琳达的电话。

"好呀，桑宜！"

"琳达，是我。我刚才在见客户，没接到你的电话。"

"这么晚了还在见客户，好忙哦。"

"其实也还好，也不是每个客户都这样的。"

"明白啦。"

两人在寒暄这件事上同时词穷，像车子开到 T 型路口，不得不转道。

"琳达，房子的事情怎么样了？"桑宜担负起转道的责任。

"房子呀……"琳达的声音比平时更软了，"桑宜是这样的，出了点小问题，有些不顺，电话里说可能不太方便哦，我们要不要见面说？"

桑宜反应了一下，"是没有拿到吗？"

那端突然安静了，过了一会儿，传来琳达很轻的声音，"桑宜，阿曼达放我鸽子。我今天一直在联系她，她到下午四点半才回我，跟我说卖家决定把房子卖给别人了。"

桑宜消化着这个消息。"那，最后卖给的'别人'是什么人，你知道吗？"桑宜很勉强地问。

"就是这点特别让我生气！"琳达说，"阿曼达一直跟我说卖家不在乎钱，就想找个投缘的人，结果还是卖给了出价最高的！"

"那出价最高的出了多少，如果你知道的话？"

那端短暂地犹豫了一下。"161 万。"琳达从牙缝里吐出一个数字。

"我的天。"

"说是一个马来西亚富商。会不会是借着买房子，把来路不明的钱洗白哦？"琳达越说越激动。

"琳达，"桑宜说，"没事的，那个马来西亚富商出价比我多了六十几万，哪有人有不动心的道理。"

她俩角色对调，变成桑宜安慰琳达了。

"话不能这么说的呀！他们这样做就是虚伪啊，不讲义气！"在桑宜的安慰下，琳达火气有所消减，但言语仍是愤懑的。

"我真的很郁闷，觉得特别对不起你。"琳达的道歉很真诚。接下来她又将这种真诚落到实处。她问桑宜往后哪个周末有空，说要请她去旧金山市里面吃好吃的，"米其林日本料理呢？"

"不用这样的。"桑宜说。

"诶那个桑宜，真的，你让我请你嘛，不然我心里过意不去的呀！"

两人打太极一样推挡了好一阵，最后琳达用央求的语气说，"至少让我请你做个美甲吧，像咱们之前说好的那样——你看，我都不想提之前的事情，提了就觉得人心呀海底针。"

"择日不如撞日，不然就今晚吧！"琳达很急切，似乎只有见了桑宜的面才能肯定两人还可以继续做生意和做朋友似的。

"可是琳达，我刚见了客户，有点累。"

"就是累才要放松放松，做美甲是女人可以享受到的最好的放松手段之一。"

桑宜看了看表，已经八点半了，"现在这么晚了，美甲店都关门了吧。要不下次吧，真的没关系的。"

"这个你完全不用担心，我可以找人上门服务的。"

"硅谷这边有上门服务？"

"那当然啦，钱给够了就行。"琳达说。

半个小时后，桑宜到底坐上了琳达的大红色特斯拉。

"谢谢你来接我啊。"桑宜说。

"客气什么呀，应该的呀！"琳达说，"我让做美甲的小妹妹九点半到。

等下到我那儿，你先休息，我给你弄点喝的放松下，然后我们就坐等美甲师的到来。"

"这样真的可以吗？我的意思是，九点半挺晚了，会不会打扰你老公孩子休息啊？"

"谁说带你去我老公孩子住的地方了？"琳达笑，"我在公司附近买了个房子，用来短租的。平时都挂爱彼迎（Airbnb）上，这周刚好没客人。"

桑宜还是有点不放心，"那美甲做完也好晚了，你那么晚回去，你老公不会介意吧？"

"家里的房子都是我赚来的，他敢介意他搬出去呀！"

琳达伸手在车载触屏上戳了戳，缱绻摇曳的曲调立刻在车厢内弥漫开来。

"来点轻松的，爵士乐哦，"琳达说，"听听看，喜不喜欢？"

"我读法学院那会儿，学生会组织大家去酒吧玩，有些酒吧就特别喜欢放爵士乐，但20出头的年纪，对爵士乐就很不感冒。"

"那现在呢？"

"现在有些感冒了。"

"现在放的这首是朱莉·伦敦（Julie London）的《带我飞向月亮》（*Fly Me To The Moon*），这张专辑都是她的。你知道吗，约翰·福德汉姆（John Fordham）曾经将爵士乐形容为'心脏漏跳一拍的声音'（the sounds of the skipped heart-beat）。那是一种什么样的声音呢，无声胜有声，非常的美。所以呀，人要有过心脏漏跳一拍的体验，才能对爵士乐感冒。"

"我还算有情调的是不是，不是个庸俗到底的人？"琳达又说。

"嗯，那肯定的。"桑宜说，"要我形容的话，我可以形容你为资本主义掩盖下的小布尔乔亚。"

琳达又笑了，说行了吧你。

说话间就开进了一片小区，琳达在这小区买了一间跃层式公寓。桑宜跟着琳达停好车，又开门进屋。一楼格局紧凑，但转角经楼梯向上，却别有洞天。一个小巧的客厅像阳台一样伸出，俯瞰一楼全景，客厅另一头则是两间遥相呼应的卧室。

琳达把桑宜引到其中一间卧室。室内很宽敞，连着的储物间有卧室一半那么大。琳达从储物间里推出两张按摩椅。

"你先坐吧，按摩操作键在扶手上，你可以随便用。"琳达说，"我去看看美甲师傅什么时候来。"

桑宜坐进按摩椅，打开扶手上的开关。琳达将暖气开得很足，这让桑宜冰冷的四肢开始回暖。椅子上两只小锤子卖力地敲打着腰部，震感在后背翻涌而过。桑宜不由地打了一个长长的哈欠，支撑了她一整天的劲气儿就这样渐渐松弛下来。

一阵嘈杂声从楼下传来，接着是噔噔上楼梯的声音。

桑宜睁开眼睛，琳达领着两个女人走进房间。

两个女人约莫30，长着相似的圆脸圆眼睛，留着相似的齐耳短发，戴一模一样的无框眼镜。

桑宜冲她们笑了笑又挥了挥手。两个女人对视一眼，嘀咕了一声，"Xin Chao."[1]

"她们是越南人，姐妹俩。这边做美甲的呀，还就是越南人弄得好。"琳达说。

越南美甲师傅将身上的挎包放在地上，刺啦一声拉开拉链，取出工具箱，然后就站在那儿看着琳达。

"哦对哦，"琳达一拍脑袋，"还差两张凳子。"她转身向门口走，又回过头冲两姐妹招招手，示意她们跟上。两分钟后，三人又回到房间，琳达走在前面，各抬一张椅子的两姐妹跟在她身后。

凳子被摆在按摩椅的一侧，工具箱则放在了凳子腿边。越南女人托起桑宜的手，职业性地用拇指在她的指甲上抚了抚。

---

[1] 越南语，你好。

"光疗胶还是传统指甲油?"琳达替美甲师问桑宜,"我建议你选光疗胶的,胶质能保持得久一点,长长久久的东西谁都爱。"

"那就光疗胶吧。"桑宜说。她选了一个颜色,又在琳达的建议下让师傅把颜色做成渐变的效果。

"渐变的话,更长久呢。"琳达说,"哦对了,你想喝点什么?红葡萄酒,白葡萄酒,香槟,还是桃红酒?我这里都有呢。"

桑宜摇摇头,"不喝酒了。"

"一点点没关系的,而且我送你回去的呀。"

桑宜继续摇头,"今天心情不太好,喝了酒明天上班起不来。"

"那就饮料吧,我这边有葡萄汁,Pinot Noir[1]的。"

琳达也坐进按摩椅,她和桑宜一人举着一只高脚杯,杯中金黄色的葡萄汁晶莹剔透。

"干杯!"琳达举了举手中的杯子。

"干杯。"

"还少一样,爵士乐。Alexa[2]!"琳达喊了一声,"朱莉·伦敦的爵士乐!"

缱绻的乐曲再次响起。

美甲师在桑宜指尖施展熟练的手法,轻拢慢捻抹复挑。桑宜觉得自己在按摩椅中越陷越深,一种不知身在何方的眩晕与虚空感从颅顶蔓延到脚趾。

"把房子变成家,把日子过成诗。"桑宜喃喃自语。

"你这是在背诵我们公司的标语吗?"

"嗯,算是吧。"桑宜说,她稍微醒了一些,"把日子过成诗多好,可是我觉得我是把日子过成了抓马(drama,戏剧)。"

这下琳达扑哧一声笑了。

---

1 黑皮诺,一种葡萄汁,以口感轻盈精致著称。

2 亚马逊公司产的声控家庭助手。

"你也没有多大年纪,哪来这么多'愁滋味'的?"

"嗯……你这么说,也对。"

"那你不妨说说看,你是怎么把日子过成了抓马的。"

桑宜欠了欠身子,"琳达你说,林一肯这个名字怎么样?"

"你家肯的大名呀?挺好听的呀,特别文艺呢。"

"是挺文艺的。我刚认识林一肯的时候,告诉他,你这个名字好有趣,少个'一'字你就是美国总统林肯了。结果他一本正经地看着我说,所以'一'个字也不能少。"

"后来熟了之后我又问他,为什么你爸妈给你起这么一个名字?他又是一副一本正经的样子,说,'一'字不能少。我笑到不行,他才解释说,是他爸妈希望他凡事能争做第一。"

琳达罕见地沉默了。

好一会儿没人说话,只有音响里女中音略带沙哑的嗓音缠绵如诉。

"琳达,你喜欢听故事吗?"桑宜问。

"可以呀。"

"我讲故事讲得不好,肯说,我一说开头人家看我的表情就知道结尾了,还说等我讲到高潮的时候,观众早就都跑掉了。可是我很努力啊,我也很认真的……"

"我也很认真地在听你讲。"琳达说。

美甲师傅把桑宜的手向前拽了拽,桑宜不得不换了个不那么舒服的姿势,她干脆坐直了。"谢谢你捧场,那我就开始讲啦。从前有只小飞象,她叫丹波,"桑宜说,"丹波有个朋友,叫乌鸦。"

"这是迪士尼的故事吧?"琳达笑。

"嗯,迪士尼有这个故事,但我的跟迪士尼的不一样。"

"好,那我听你继续说下去。"琳达把那个"好"字发得像大姐姐安慰小朋友。

"嗯,小飞象丹波,她和乌鸦是很好很好的朋友。小飞象长了一对超大号的耳朵。这不是什么稀奇的事情。小飞象出生的那个地方,所有的象的耳朵都很大。小飞象长大以后来了马戏团，但因为她和马戏团里的其他象不一样，其他象和别的动物都躲着她。小飞象的妈妈不在马戏团，还住在小飞象出生的地方。小飞象还跟她妈妈一起住在家乡的时候，小飞象的妈妈就忙着给全家找草根、树芽、树皮。小飞象的妈妈工作很辛苦，都是她负责找吃的，这样全家都吃得饱饱的。哦，有时候，小飞象的妈妈还会带回来花生和水果。"

"小飞象的妈妈很忙。但因为有妈妈，小飞象从来不会挨饿。小飞象的妈妈不喜欢小飞象的爸爸，觉得他无法给全家带回好吃的。可是小飞象很喜欢她的爸爸，她觉得她的爸爸认真又有爱。"

"小飞象长大之后就来了马戏团，大家都躲着小飞象，小飞象融不进她周围的环境，但是小飞象很努力，她很认真地过每一天，她对其他的动物都很好。哦，其他的动物躲着她，但只要他们跟她说话，小飞象都很认真地回答。小飞象有时候也给他们讲故事，她讲得不好但她很努力。"

"小飞象有一次练习表演马戏，认识了乌鸦。乌鸦长得很漂亮，也很聪明。乌鸦也喜欢卡夫卡，卡夫卡在捷克语里是乌鸦的意思。"

"乌鸦对小飞象说，小飞象的大耳朵一点也不丑，那是她最特别的地方。老天爷对喜欢的生灵，会让他们长得很特别。小飞象很特别，小飞象是老天爷喜欢的。"

"小飞象对乌鸦说，那她出生地的大象都很特别，都是造物主喜欢的。"

"乌鸦给了小飞象一根他自己的羽毛，告诉小飞象，衔着他的羽毛，小飞象就可以用大耳朵飞起来。"

"对哦，这段是迪士尼的！"琳达插话。

"嗯……然后小飞象就衔着乌鸦的羽毛飞起来了，用她的大耳朵。然后小飞象一下子就被很多动物认识了，大家都变得好喜欢她。马戏团的动物也不嘲笑她排斥她了。"

"然后呢?"

"然后就这样了。"

琳达哑然失笑。"肯说得对,你讲故事的水平确实有待提高……"她揶揄着,但又说,"不过我听得很开心,这是最重要的啦!"

"谢谢你。"桑宜对她举了举杯子,"敬你一杯。"她把杯子中最后一口葡萄汁喝完。美甲师傅对她比着手势,让她换一只手。

"我有点 sugar high[1](高糖)了。"桑宜笑起来。

"但我觉得好开心,所以我再多跟你讲一点故事。"桑宜说。

"乌鸦很漂亮。乌鸦也很努力。乌鸦的妈妈对乌鸦要求非常非常严格。乌鸦每天都练习飞翔,从早上五点练到晚上十点。因为太努力了,乌鸦身体不太好。乌鸦每天都头疼,头疼很难受,头疼影响飞翔。有一天,乌鸦飞着飞着,经过一片树林。他停在一根树枝上,他的头疼病犯了。那天刚下了雨,树旁边有几颗刚长出来的蘑菇。他疼得难受,然后他就把那几颗刚长出来的蘑菇都吃了。"

"后来呢?"琳达问。

"后来,后来他每天都要吃蘑菇,吃了蘑菇头就没那么疼了。他不知道蘑菇其实是有毒的。"

美甲师傅正在桑宜的指甲上刷最后一层保护油。桑宜眼睛湿漉漉的。

"蘑菇是有毒的,开始吃一颗管用,后来要两颗三颗,乌鸦只能通过吃越来越多的蘑菇来减轻头疼。有一天,乌鸦飞到海边。他舍不得,但是他也没有其他的办法了。他飞到浪涛上方,在那里转了一圈又一圈,最后他折叠起翅膀。他掉下去的时候,有个浪头卷了一卷,然后就再也看不到他了。所有的动物都再也没有见过他。"

朱莉·伦敦的专辑放完最后一首《指给我回家的路》(Show Me the Way to Go Home)。周围一下子静下来,没有人说话,只有紫外线美甲仪发出的嗡嗡声。

琳达的美甲师傅站起身,把锉刀和瓶瓶罐罐收起来,稀里哗啦地,这下又像是打开了缺口,声音重新漏进房间。

---

1 sugar high,是一种糖分摄入过多引发的生理反应,类似酒精摄取后的兴奋感。

"你说的那只乌鸦，他和肯有关系吗？"琳达问。

桑宜想了一会儿，"我没有这么说，肯是肯，乌鸦是乌鸦。肯还是那个样子，勤奋努力，名声清白。他是他爸爸妈妈希望的那个样子，一分不多，一分不少。"

琳达若有所思地点点头。

"琳达你说，如果一个人，因为外界的原因，被丢到一个困境中，有了不大好的过去，他该怎么办？他还能不能从困境中走出来，还是让强加在他身上的过去永远限定他？"

"你想得好深入，好哲学哦。"琳达说，"我记得PhD那会儿我还会想这些问题，但现在已经不习惯这么思考了。"

"那你现在怎么思考呢？"

"我现在不思考，只生活。"琳达说。她站起身，示意越南女人跟她下楼。桑宜也跟着她，两人将两位美甲师傅送到门口。

"多少钱啊？我给你。"桑宜小声问。

"说了我请你的。"琳达说，她从钱包中取出十张20美金，一人给了五张。"服务费我已经网上付给你们公司了，这是小费加上交通费和油钱的补助。"她对她们连说带比画。

关上门后，琳达再次拒绝了桑宜给钱的提议。"桑宜，今天晚上我很开心，谢谢你的陪伴。"地产经纪眼睛也有点湿。

"是我谢谢你，请我做美甲还听我说了那么多话，给你添了好多负能量，我很抱歉的。"桑宜说。她一直小心地维持和他人的距离，不愿意逾界。

"哪里的话，"琳达笑，"你的故事像个童话，我很喜欢，和你说话也很开心。地产经纪这份工作，做得越久真朋友越少，我一开口，人家不是觉得我想卖房子给他们，就是觉得我要坑他们钱。桑宜，我很喜欢你。"

"谢谢你的喜欢。"桑宜用夸张的姿势向琳达做了个古装片里学来的揖。"你也挺不容易的。"她张开双臂，表示要给地产经纪一个拥抱。

琳达拍了拍她的肩膀，说桑宜的心意她领了，"一个奔三和一个奔四的女人就不要这么肉麻了。"

"谁又容易呢，"地产经纪把桑宜送回家的时候感慨着，"大家都是异乡人，你也是我也是，连刚才那两个越南妹妹都是。"

第十二章 | 阿片类药物与福斯特城的九微火

　　阿片类药物，是从阿片中提取的生物碱及衍生物，它们通过与人体大脑和脊髓细胞中的阿片样肽受体作用，能起到抑制疼痛和刺激愉悦感的功效，但有强大的成瘾性。阿片类药物家族庞大，包括完全非法的海洛因，也包括被允许限制使用的吗啡、可待因、杜冷丁、芬太尼、羟考酮等。

　　20世纪90年代之前，阿片类药物仅限使用于极端剧烈疼痛、重症及癌症晚期病人，以及一部分的外科手术。这样的限制是考虑阿片类药物的成瘾性。对于那些较轻微的疼痛，推荐的止痛药为阿司匹林、布洛芬等，这些药物不具有成瘾性，但效力较弱。

　　然而1996年，普渡制药研制开发的奥施康定上市了。奥施康定的主要/有效成分是羟考酮，一种在化学结构上接近海洛因的半合成阿片类药物。普渡还在奥施康定上使用了缓释技术，也就是使药效在人体内缓慢释放，最长药效可达12个小时。

　　奥施康定以"突破性新药"的姿态，顺利通过美国联邦食品及药物管理局的审查（普渡所做的公关及相关内幕就不得而知了）。

　　为了推广奥施康定，普渡等生产商的营销对象扩大到了所有医生，其庞大的医药代表队伍穿梭在政府、各大医院和诊所之间。宣传策略从两方面入手：第一，制药厂称阿片类药物不仅疗效好，且成瘾率极低、安全，大众可以放心使用它们；第二，制药厂将减轻疼痛宣传为一项基本人权，哪怕身体有一点疼痛，都有"舒服"的权利，都应该服药——奥施康定这么安全，何乐而不为呢？

在这样的营销下，奥施康定一上市就以"12小时长效无副作用"广受欢迎，在之后的20多年一直雄踞销量榜榜首。姑息治疗、急性疼痛、痛经、慢性偏头痛患者等都成为阿片类药物的救济对象。然而"长效无成瘾性"并不是事实，"长效"是由于剂量大和缓释，至于成瘾性，服药者会产生生理依赖（停药会出现严重的戒断症状，包括疼痛加剧、呕吐、腹泻、蚁走感）以及心理依赖（停药会出现焦虑、抑郁、妄想症等症状）。

大众只知道海洛因毒品是非法的不可以碰，却不知道那些合法的、号称安全的药物让他们无声无息地上了瘾。成瘾后，医生的处方已经无法满足需求，病人会选择去黑市买药，会转向药效更强的芬太尼，甚至非法的海洛因等。

而合法的药物也逐渐流入非法销售渠道。在一些地区，经销商、诊所、贩药人与购买者竟然形成了完整的黑市产业链。

2017年6月30日，俄克拉何马州（Oklahoma）以危害公共健康为由，将普渡制药、强生制药、屈臣氏等13家药品制造商或经销商告上法庭。这个民事案子在2019年8月获得胜诉，法院判处强生制药厂向阿片类药物整改基金支付5.7亿美元。其他州也出现一桩接一桩起诉制药厂的案件。

（以上为作者根据维基百科、世界卫生组织简报以及相关案卷整理）

桑宜关上公寓的门，安安静静立在鞋架旁的一小块瓷砖地上。公寓黑漆漆的，没有人为晚归的她在玄关处留一盏灯。

房子没买到就没买到吧，桑宜没有精力来伤感了。

摆在一旁的手机发出"叮"的一声。桑宜拿起看了一眼，是琳达的微信讯息，"今天聊得很开心。你也累了哦，早点休息。还有啊，空了告诉我你的日程，我带你去看房！"

讯息里只字未提小飞象的故事，桑宜觉得这样没什么不好的。桑宜给琳达回了一条"谢谢"。她的sugar high在回程的途中已经弥散，她想到在琳达家说的那些话，那是多么荒诞又混沌的一个故事，就像有些时候的命运本身。

鉴于肯的死亡的性质，肯的父母不希望桑宜多言。她到现在都还没有和父母说过，也没有和斐说过。她只敢躲在迪士尼的童话故事后面做不多的一点倾诉。

桑宜拿了换洗的衣物，走进卫生间。花洒的水当头浇下来，她用毛巾捂住脸，无声地哭了。

"这个是什么？"桑宜站在肯父母家的客厅，指着支在木质镶玻璃橱柜中的奖牌。

"是Valedictorian[1]。"

"那是……什么呀？"

"我读的那个高中，毕业的时候给成绩最好的学生发的奖章，就叫作Valedictorian，你看现在摆在那里的就是我的Valedictorian奖章了……"

"哇这么厉害……"

"哪里啊，我上了大学之后，发现我们一个班里面，有一半是拿过Valedictorian的……"

1　美国高中发给成绩最好的学生的奖章。

"那么剩下一半呢?"

"剩下一半是······是拿了Salutatorian[1]的,也就是给成绩排在第二名的发的奖章。"

"哇······"

"其实这样并不好,竞争很激烈的。大家来报道的时候都是第一第二,但一群第一第二的人里面再比一比呢,那些名次排在后面的,他们就接受不了。有一些挫折,有一些不如意,他们就接受不了,没有办法和那个不再优秀完美的自己和解。有几年,我们学校的退学率和自杀率加起来超过百分之十了。"

"那你呢,你后来排第几?"

"我还好,一直都还不错。我觉得我是运气比较好,特别是考试的运气。"

"两个孩子在说什么呢?"

桑宜回过头,肯的母亲正站在客厅与厨房的交界处望着他们。肯的母亲留着盖住耳朵的短发,发尾的卷子烫得丝是丝、缕是缕。问这话的时候,肯的母亲笑了笑,将手在过年红的围裙上揩了揩。桑宜从她的笑中感到一种严肃和克制。"她平时应该很少笑。"桑宜想。

"刚说到柜子里的那个奖章。"肯回答。

"你把它拿出来给小桑看啊,隔着玻璃有什么好看的。"肯的妈妈又笑了,这次的笑是从眼睛里跑到眉梢再到唇边的。

"我们家肯,从来都没让我操心过。他就是这么个特别让人放心的孩子。"穿红围裙的母亲用手捋了捋头发,把头偏向桑宜。

桑宜从玻璃柜中拿出奖章,巴掌大的一枚,乌金色,被一根金黄的绸带拴着,托在手里沉甸甸的。奖章正中心刻了一条飘带,带子上是首字母大写的Valedictorian。桑宜把奖章翻过来,看到背面的三行字:

1　美国高中发给成绩第二好的学生的奖章。

Ken Lin（林一肯）

Lexington High School（列克星敦高中）
Class of 2004（2004级）

厨房传来刺啦下油锅的声音，肯已经赶去给他妈妈打下手了。晚饭端上桌，是一大盘还汪着油的糖醋排骨，六枚码得整整齐齐的油面筋塞肉，一碟马兰头拌豆腐一清二白，和一人一小碗炖得入口即化的冬瓜海带汤。

"哇好香！"桑宜猛吸鼻子，形象都不顾了。

"这马兰和冬瓜，都是咱家后院自己种的。"肯妈妈说。

"你别见谁都说这事儿！"肯的爸爸打断她，"咱小区的业主委员会那天都在垃圾桶那儿贴公告了，说以后要限制在后院种菜。"

"小桑又不是外人！"肯妈妈不满地反驳。

肯向二老悄悄使了个眼色。

"小桑，你会做饭吗？"肯的妈妈给桑宜夹了块排骨，问道。

桑宜尴尬地放下筷子，轻轻摇了摇头。

"那你可以学学，有什么可以请教我。"肯的妈妈转向肯的爸爸，"我家肯最喜欢吃我做的饭菜了，老林你做证，是不是这样的？"

桑宜偷眼看肯，肯挤出一个抱歉的笑，又在桌子下捏了捏她的手。

那日吃过晚饭，肯带着桑宜在小区周围走走。福斯特城（Foster City）是填海造地的产物，小城像棋盘一样向海湾延展。但这棋盘又留些许镂空，那是未尽填之处形成的人工河，流水萦带，在房屋间绕行。

两人沿着人工河走了一程。小区的房子像积木一样板板正正，方窗框里透出俏皮的灯火，与满天星辰一同倒映在平静又朦胧的水面上。

"你说，你妈妈喜不喜欢我？"桑宜用手指戳了戳肯的胳膊。

"我妈妈都说了，你不是外人。她是个要求很高的人，很少很少会说这样亲切的话的。"

桑宜很开心，拽着肯的胳膊，拉他向落满九微火的河面走。

　　大半年后，肯与桑宜订婚了。那时是圣诞节，小区少了几分俏皮，多了几分凡俗的喜气。在对这种喜气的表达上，家家户户不尽相同。有的在院子里竖起一株圣诞树，由彩灯裹着，一闪一闪的；也有的摆了充气圣诞老人，风吹过，胳膊肘那儿就一皱一皱的；还有的在门口一方小草坪上装上射灯，在白墙上打出"新年快乐"的花体字。桑宜最喜欢的，还是几家在屋檐或窗棂上挂冰凌形状的彩灯的，一枚枚细细长长、玲珑剔透，在这终年不落雪的城市里，勾勒出熟悉的思乡情结。

　　这样一比，肯家房子的装饰就显得略微寡淡了，只是草坪修剪得很整齐，窗玻璃上贴了些红色的剪纸。

　　但桑宜不介意这些。"谢谢达令，以后我在异国他乡也有一个家了。"她摸摸手上的戒指，像小猫挥舞爪子那样冲肯挥了挥胳膊。

　　肯看起来却有些忧郁。他将手绕进桑宜臂弯，去握她的手，握住了就放进自己的口袋里。"其实这件事情是我没做好。我想过带你去旅游，旅游的时候跟你说，但是后来还是想着在家里，一家人在一起的感觉比较好。我之前和妈妈说了的，今年要买一棵真的松树来做圣诞树，要好好装饰家里。但是妈妈她……妈妈是个比较……比较不那么浪漫的人，也比较节约，她有她自己的想法——"

　　桑宜想起那棵在肯爸妈家服务了至少十年的塑料圣诞树。她很大方地说，"没关系的呀，你觉得我会介意这样的事情吗？"

　　"你要是不介意那真的太好了，只是我自己心里很过不去。"肯亲了亲桑宜的头发，"亲爱的桑宜，也谢谢你。"

　　"你谢谢我什么？"

　　"谢谢你让我从此以后的新年更加热闹。我6岁来的美国，每年过新年其实基本上都是和我爸爸妈妈三个人。也有去亲戚朋友家的，但比较少。现在不一样了，你加入了，我们就是两家人合成一家人一起过年。"

　　桑宜打开笔记本电脑。她将提包里向寅给的信封取出来，将那些打着闪光灯对着弗兰克车内拍摄的照片在桌子上摊开。泛白的光圈，凌乱的车内环境，还有那只淡黄色半透明的处方药瓶。

说起来，桑宜也是在车里发现肯的异样的。那天肯24小时轮岗结束，回到家换下洗手服就睡着了。桑宜看着他乌青的下眼圈，只以为那是长年累月朝五晚九的、每十三天才能休息一天的住院医作息留下的印记。

那是个礼拜六，太阳刚刚升起来，桑宜从肯的衣服兜里摸出他的车钥匙——她刚收拾完家，打算帮肯清理下车子。车门打开，里面有点乱。桑宜收拾了地毯上的落叶、扶手箱上的包装袋和没来得及扔的饮料瓶子，她一边感慨着肯整洁的习惯不如从前了，一边拿过手提吸尘器开始吸尘。吸着吸着一不小心碰到了手套存储箱。存储箱的盖子晃晃悠悠打开，桑宜一侧头，就看到里面一只扁圆的银色恒温袋。桑宜以前见过那种袋子，是用来为存储的药品提供相对恒温环境的。她只是稍微犹豫了下，就把袋子打开了。

袋子中是几只拇指大小的安瓿玻璃药瓶。

事后桑宜回忆，觉得当时直觉先于意识作用于她，在她看清楚瓶子上的白色标签Fentanyl（芬太尼）之前，惊愕与恐惧已经像夜晚的海水一样漫上她的身体。

桑宜的医学知识都是肯补给的。她知道合成药芬太尼的效力可以是海洛因的30—50倍，或者吗啡的50—100倍。数以百万计的奥施康定使用者在无法被口服奥施康定安抚后，会逐渐转向药效与成瘾率百倍的芬太尼，一步一步滑向深渊。

桑宜还知道，芬太尼是被严格限制使用的药物，只被美国食品药品监督管理局批准使用于极端情形，包括癌症晚期的剧痛和一部分手术。

你的药是哪里来的？桑宜不敢问。

"你能不能告诉我，到底是什么时候开始的？"

肯不愿意回答，其实桑宜心里明白。肯得过一次严重的流感，为了能早点回去上班，他连挂了四天的吊瓶，用的是抗生素。在那之后，肯就落下了头疼的毛病。最早的时候，肯只是在口袋里备几片小塑料袋包好的布洛芬——一种传统的安全的止痛药，在特别难受的时候才吃上一粒。

在桑宜的坚持下，两人去湾区大学的"偏头疼研究与治疗中心"求过诊。"偏头疼这个病症跟基因有很大关系。你想象一个盛了水的杯子，水位的高低就是每个人先天发生头痛疾病的可能性。然后你把水杯逐渐倾斜——这个倾斜的过程就是外部环境的作用。水什么时候洒出来什么时候头疼开始发作。水位高的人，只需要一点点外界环境的刺激，比如持续地晚睡。"

"目前还没有药物可以根治偏头痛，只能从调理生活习惯、改变外部环境出发，缓和头疼。"

但桑宜却在他的口袋里发现了奥施康定。"这是什么药啊?"桑宜问。肯的解释是普渡制药广告的那一套。

"是'偏头疼治疗中心'给你开的药方吗?"桑宜问。

"不是，'偏头疼治疗中心'那里有我同学，他让我别用奥施康定。就让我用布洛芬和阿司匹林，让我调整作息。"

"是啊，本来就是这样啊。"桑宜说。

"住院医期间调整作息很难做到，我们除了睡觉都在工作，布洛芬对我也没有用。"肯解释，"我去别的诊所开了些这个药，用一阵子就会好的。"奥施康定像是他的捷径。

然而捷径却越用越不够用了。发现肯车里有芬太尼的那个晚上，桑宜和肯面对面侧卧在床上。

"咱们把工作辞了吧，"桑宜反反复复劝他，"我陪你去接受戒瘾治疗。"

肯沉默了很久，然后他摇摇头，"住院医跟别的工作不一样，一旦辞掉就没有办法回去了。"

"为什么?"

"我们主治医生跟我们说，每一届七个住院医，就像是乘坐一辆巴士，往一个目的地开。如果某个住院医中途下车，那辆车子已经开走了，他没有办法回到原来那辆车子上了，就只能在原地等下一班车。但下一班车也要刚好有一个空位置才能让他上去。你明白吗桑宜?"

"可是为什么会变成这样?"桑宜问肯,可是好像肯也不知道。

"我想自己试着撑下去的,我还想过,就用一阵子吧,住院医还有一年半就结束了,之后我就是主治医生,那时候就不用那么忙了,能保证睡眠,头疼就会自己慢慢好。可是……"

桑宜眼泪掉了下来。

"我也不想让别人知道。宜,你明白的,这很丢人。"肯面对着她,空洞的目光不知道落在哪里,"你让我再试试吧,我会好起来的。我……我从来没让任何人为我担心的啊……"

桑宜去抓他的手,抓得紧紧的,她有种说不口的害怕,好像一松开他就不在了。

"宜,还有一件事情,我没办法安心。"肯终于将视线落回桑宜脸上,"我们去把证领了吧。你不是一直说,想换一个好点的工作吗?你以前跟我解释过,那种H1B工作签证[1],有很多限制的……"

窗外传来鸟儿的啾啭啁鸣。桑宜从回忆回到现实。窗外还是黑漆漆的,但卧室的空气发出几乎轻不可闻的声音,嗡嗡的低频噪声,像是什么介质起了微妙的变化,醒过来等待黎明。

"这就是你所说的,你能为我做的事情,就只有这么多了?"桑宜握着肯留给她的那封信。那封信和她之后不久拿到的绿卡摆在一起。"你其实早就有轻生的念头了,为了我才多撑了这么久。"

桑宜翻到那张拍下了淡黄色路灯的照片。夜晚的灯光下,一幢红色砖墙的两层别墅,和一辆银白色的SUV。它们很安静地存在着,守护着不止一个人的秘密,不愿意被打扰,也不愿意被介入。

但向寅成了那个打扰者和介入者。在这一点上,桑宜也是参与者。

桑宜在电脑上调出律商联讯(LexisNexis)[2]。律商联讯有个叫"资料

---

1 美国为非公民提供的一种工作签证,有很多限制。

2 一种法律检索工具,可以用来查询法条、案例以及个人资料。

库"的查询功能，输入姓名搭配驾照号码、社保号码或者家庭住址，可以得到这个人的各项背景资料。在债务追索案件中，桑宜曾依靠这项功能调查出欠债人的许多隐藏资产。但律所禁止律师擅自使用这项功能搜索案件当事人的私人信息，桑宜以往从未做过这样的事情。

现在屏幕上光标闪烁，"输入信息"那一栏里出现了"Frank ZhiXiang Chen"（桑宜从交通事故报告上看来的原告的全名），接着又出现了一串数字（弗兰克的驾照号码）。桑宜的手指悬在回车键上许久，最终敲了下去。

律商联讯很快就为她生成了一份报告。报告中说，弗兰克于2008年开始在旧金山一家叫作"金牌车行"的车行工作，现在已经是"资深汽车销售员"了。在车行的工作之前，弗兰克在一家叫作"杨&李"的会计师事务所工作了六年。桑宜用谷歌查了下，"杨&李"就在唐人街附近，是一条老街上一幢不算新的砖楼里的一间小办公室。律商联讯的报告还包括了弗兰克的教育背景，他是在北京读的大学，学的是物理，2000年来美国，读了一个桑宜并没有听说过的学校的硕士，专业不详。

之后，桑宜还找到了弗兰克的脸书页面。封面照竟然就是车祸中那辆银白色的奔驰SUV，车子很气派地停在逶迤伸展的一号公路旁。脸书的头像则是一个戴墨镜的男人半蹲着，咧嘴笑着，将一个约莫五六岁的小孩子抱在膝头，背景里是蓝得透明的天和白得像雪一样的云。

桑宜呆呆盯着屏幕，她吸了吸鼻子。

在今晚之前，她都希望帮助向寅将这场诉讼进行下去，希望帮助他赢得陪审团的多数票，帮助他"击败原告"。但如果进行下去的代价是原告弗兰克服用阿片类药物的秘密公之于众，桑宜不知道自己能否做得到。

她不知道应该采取什么样的立场。

"堤坝没有在上游拦住水，任它流到下游，就会一发不可收拾。"老板对她说。

老板当时还说，"和解不是放弃"。

桑宜连上远程操作，登录办公室的电脑，从电子档案中调出向寅的保险单。

在与向寅的首次通话中，桑宜为他解释过一个概念：她所在的律所是向寅的车险公司"天天轻松"聘请的，为他提供法律帮助。向寅的律师费由保险公司承担，那是向寅购买保单的"福利"。

她没有对向寅解释的，是这个概念的反面：保险公司有权利撤销提供给他的"福利"，只是需要满足一定的前提条件。

这个条件，用通俗的话说，就是被保险人做了出格的事情。出格的事情会急剧增加诉讼的不可控性，将保险公司暴露在无法预测的风险中。比方说，向寅"跟了原告弗兰克很久"，在后者的家门口，拍下原告的车子内部。

没有哪家保险公司会喜欢这种"出格"，这样的风险。

如果保险公司知晓了向寅的所作所为，再由律师强调可能产生的风险，保险公司就可以启动撤销"福利"的程序。这个时候，向寅要挽回福利就只有一条路可以走——和解。和解会让风险和不可控性瞬间降为零，保险公司也乐意看到这样的局面。

"这个案子，想办法让他和解，对他，对我们的保险公司，对我们律所都好。"老板说。

是啊，对所有人都好。如果能帮向寅争取到一个还算可以接受的和解数额，那么对向寅也好。

只是按照桑宜对向寅不算多的了解，以这样的筹码劝服他和解，不知道够还是不够。

桑宜给老板发了一封邮件。她打算一早就去办公室，先把向寅发给她的医疗记录原件的照片打印出来，然后把案子的最新进展和她的应对策略汇报给老板，最后看老板怎么说。

第十三章 | 被客户解雇

老板七点前就会到办公室。天还朦朦胧胧，老板的办公室就已经亮了灯，桑宜走了进去。

"我收到你昨晚的邮件了，东西带来了吗？"老板说。

桑宜将一个黄色信封和一沓照片递给老板。老板将信封中的内容倒出，和照片一并放在桌子上。桑宜只瞅了一眼，就再一次体会到那种触目惊心的感觉。

"的确是个很难把控的客户啊，"老板翻着照片，"这件事情他的做法，一点后路都没有了。"

"你怎么看他做的这些事情？"老板问。

桑宜揣测着老板所说"后路"的意思，斟酌着答道，"其实，无论是医疗记录里用马克笔涂掉的阿片类药物的服药史，还是向拍到的原告车里面的那些东西，我们都是没办法用的。"

老板示意她说下去。

"我们只能证明原告最近几年有阿片类药物的服药史，最多，也就是能证明原告有可能或者曾经在车里服过药。我们没办法证明原告在车祸当时服用了阿片类药物，因而影响了他开车的能力。但想要赢这个案子，我们还是得证明车祸和服药是同时的才行。"

"你分析得很好，"老板说，"我们离赢差得很远，逻辑链和证据链是断的。"他把照片推到一边，"你跟他解释过吗，他挖来的这些证据是不能用的？"

"还没有。"

"还是需要对他好好解释的。"老板说。

"我明白。"桑宜说。"但是有一点，"她想起昨天见面的场景，"我觉得他可能知道……"

"他知道？"

"是的，他可能……他并不是想从传统合法的途径——或者说符合证据链的途径——去利用原告的医疗记录。"

"说说看。"

"他说'他想证明的东西更有杀伤力'，他还说——"桑宜顿了顿，"他说'弗兰克用药很频繁，不正常，滥用药物了'。我猜，他是想用这个要挟原告。"

"呵……"老板从案卷中取出交通事故报告。"尔湾大街……"老板念着原告的家庭住址，"住得离金门公园不远，日落区的边缘，那一带还不错……你用谷歌和领英搜一搜他，看看能不能搜到原告的工作单位。"

桑宜没有说话。

老板扫了她一眼，"你查过了？"

桑宜有些心虚地回避了目光，"昨天查过了。"

"哦？"

"他脸书的封面照就是车祸那辆车子，下面有些留言，他回复留言的时候附了条广告，说明他是在车行工作的。"桑宜模棱两可地解释。

"向昨天还提到，去原告家拍照时看到一辆本田一辆雪佛兰，但都是很普通的款型，我也在想……"她也不知道怎么就说起了这些不甚相关的信息。

"你分析得倒是很有代入感啊。"老板打断了她，笑了笑。

"说了那么多，你对咱们客户的行为有应对计划吗？"老板又问。

"我其实……"桑宜想了想，"我其实有过帮他赢这个案子的想法……"

"我看出来了，"老板说，"昨天和你谈到和解，你的态度就不是很配合。你今天改变主意了？"

桑宜不知道答是还是不是，又想了想，尽量平和而中肯地说，"和解可能是更好的方式。"

"就像你说的，和解不是放弃，我们可以为客户争取一个最优的和解数额……"桑宜解释着，心下一阵惴惴不安。

老板没有接话也没有再看她，倒是扯过一张纸，在上面写了起来。桑宜等了一会儿，在老板停笔的间隙插进话来，"那……我去给向打电话？我昨天见了他，他还说要等我的诉讼策略的回复。我可以让他来办公室，我们跟他再好好分析一次，劝他和解。"

这下子老板放下手中的笔。

"……您不是这个意思？"

老板将刚写了字的那张纸提起来，"这是我写的约他面谈的对话提纲，你可以看看，学习学习。"

"所以您是想——"

"这次就由我来吧。你之前劝他和解也不止一次了，这次再由你上，可能会激起他的逆反心理。"老板的语气波澜不惊。

老板说着，又找出交通事故报告，指着第一页中间一栏的一串数字问桑宜，"他电话号码还是这个？"

桑宜点头后，老板便拎起电话，拨通之前又添了一句，"先去忙你手上其他的事情吧。"

桑宜明白道，她退出老板的办公室，回到自己的工位，忙起手头最后三个案子的交接工作。

然而桑宜完全没想到的是，老板打完电话两个小时后，向寅就出现在桑宜律所的门口。

那时候桑宜正去咖啡间接水，在走道上一抬头就撞见了向寅。她反应了有一会儿才勉强打了个招呼。后者直直看了她一眼，并没有说话。这时老板从办公室出来，举着咖啡杯，将向寅迎进了会议室。桑宜则仔细替他们带上了会议室的门。

会议室是落地玻璃的，被百叶窗覆盖。桑宜借着端水，来来回回经过几次，她没有刻意偷听的意思，这么做其实是下意识，但还是稍许缓解了她的紧张情绪。

两个多小时之后，会议室的门再次打开，桑宜恰恰又一次接水经过。老板将向寅送到律所的门口，后者礼貌地与前者握了握手。大学生拉开律所大门把手的时候，回了下头，刚好看到桑宜。这次他冲桑宜笑笑。

"我们的客户向先生说他需要几天时间考虑下，最迟这周末会告诉我们他是和解还是不和解。那个时候会是他的最终决定。"老板说。

"那么和解的希望大吗？"桑宜问。

老板没有直接回答。他看了桑宜一眼，示意桑宜跟他进办公室。"把门关一下。"在桑宜走进来后，老板又嘱咐。

"我们的客户，他目前为止的一系列举动，让这场诉讼的风险直线上升……"老板沉吟了下，"从这个意义上来说，你的分析是对的。"

"我告诉他，如果他肯和解，我们一定会尽力为他争取最优的和解数额，我们有信心原告会答应的……"

"为什么您会有这样的信心？你知道，原告修改了起诉状，要很多的医药费……"桑宜问。

"这就要感谢向为我们挖到的那些阿片类药物服药史和照片了。从某种意义上来说，'威胁'在诉讼中不完全是个贬义词，只是看你如何设计这个威胁。做过了就是敲诈勒索，是要负刑事民事责任的；做得在情理法度之中，那么敲山震虎，事半功倍。"

桑宜若有所思地点点头。

"不过这些等到了那一步再说。我们说回我们的客户向……"

"他怎么说？"

"他说他考虑一下。"

老板呷了口咖啡，"我很委婉地告诉他，保险公司不可能由着他继续做那些出格的事情，如果不和解，保险公司就可能出于全局的考虑不再为他提供法律帮助……但他只是低着头，也不说话……"

"百分之九十的把握，他应该会和解的。"老板语气笃定。

"那要是万一……"

"如果万一发生，那我们可能真的要考虑做出一个平衡各方利益的最优决定了。"老板措辞委婉地下了结论性的指示。

回办公室的时候，桑宜的手机响了。桑宜拿过来一看，是向寅的一条短信，她有些意外地读了下去。

短信只有一行字，"我以为你会在意我的案子………"

桑宜一下子想到向寅临走时扒着律所的门，侧头看她的那个眼神。在老板办公室时那种惴惴不安的情绪又攫住了她。九个点的省略号里面是没说出口的不满和嘲弄，还有别的什么桑宜不愿多想。

桑宜握着手机，想了想，给向寅回复。她的回复很外交辞令，重申和解对大家都有好处，还说了一些安抚的话语。

信息发出去，显示了"送达"，但并没有"已读"。

———————■———————

一直到三天后的周五下午，向寅再度出现在桑宜律所门口时，那条消息才显示了"已读"。

秘书见到向寅，急急忙忙通知桑宜和老板。

"我就不坐了，反正也没几句话。"向寅关上会议室的门，将黑色的双肩包丢在地上，绷着身子说。

"我不会和解的。"说得像个宣言。

"而且，我专门过来，是想告诉你们另一件事情。"向寅说，"从今天起，我不需要你们代理我的案子了。"

老板的表情很平静，像是意料之中的事。他只问了一句这是不是向寅最终的决定。

"当然。"大学生答得很干脆。"其实这样大家都省事，你们觉得呢?"他反问了一句。

解除与客户的关系需要一系列的文件手续，包括解约书、免责声明等，而这样的文件是需要律所、保险公司与被保险人三方签字才可生效的。向寅的意思是，文件起草好了，可以发给他，他找地方打印出来，签上字，给律所邮寄回来。他急切关心的是，能否在当日把他的案卷资料带回去。他已经感觉到诉讼是件很有紧迫感的事情，自己代理自己，他一刻都不想耽搁。

老板于是让律师助手把弗兰克·陈诉阿历克斯·向一案的所有资料文件整理出一份。四个近三十厘米厚的文件袋，包括向寅笔录的抄本，还有一张光盘——那是一些资料的电子版。

向寅勉强把两个文件袋放进双肩包里，费力地拉上拉链。他看着另外两个文件袋笑了笑，"看来我还是低估了你们律师做一个案子的文件量。"他耸耸肩，然后弯下腰，试图把那两个文件袋抱起来。

"我让秘书去给你找个结实点的袋子。"桑宜说完就往前台走，走得很快，像是躲避什么。她发现老板也在前台。见到桑宜，老板交代她给向寅打一辆优步，送他回他想回的地方。"善后工作一定要做好，这是我们律所的规矩和口碑。"

桑宜将老板的意思告诉向寅。"我们可以送你回家。"她说。

优步是用桑宜的手机叫的。她送向寅下楼，推开大门，两人走进停车场，在指定区域待车。App显示车子还有七分钟才能到。向寅低着头，桑宜也有心事，两人都很沉默。

面前长街上，车辆来来往往，不时溅起一些积水，哗啦啦的声音间杂着车轮与地面摩擦的隆隆声，倒像是有节律。

"我之前说的是实话，这样真的挺好，两边都省事情。"向寅突然开口，他冲桑宜笑了一下，像表演一样。

桑宜心中五味杂陈，一时间不知道该怎么回答。

"没关系，你也不用说什么。"向寅说，"我这案子对你们来说，就是个微不足道的小案子吧？"

"其实也不是……"

"我很好奇，我这个案子现在算是了结了，你是不是马上就接下一个案子去了，你们律师是这样的吗？"

"其实真的不是，你这个案子是我最近的最后一个案子。我过几天就开始就休假，很长一段时间不会回来了。"桑宜说。

向寅对她的回答有些惊讶，他愣了一下，"哦"了一声。

接着便又冷场了。说心里不堵是假的，桑宜张了张嘴，犹豫了下话还是说了出来，"其实我之前真的很想给你争取一个可行的和解数额，我……"

"现在说这些也没什么意义了吧。"

"嗯，也是。"桑宜说，"但是，我还是想最后说一句，弗兰克那里，拍照那样的事情还是不要做了，对你很危险，弗兰克也……"

"你都不是我的律师了，还对我有这么多要求？"向寅倏地偏过头，盯着她。

桑宜移开目光，不再说话。App显示，还有两分钟，车子就要到了。

"所以你要休假了，就待在家里还是去旅游什么的？"向寅瞥了眼桑宜的左手，突然问道。

这个时候，一辆打着双闪的白色轿车缓缓驶近。桑宜倾着身子，对了下车牌号。车子在两人面前停下，司机也跟着下了车。

"宜——桑？"司机问向桑宜。

"是，"桑宜应答，"但乘客是这位。"她指了指身边的向寅。

向寅冲司机打了个招呼，径自拉开车门，把两个文件袋先扔在后座上，又把背包甩了进去。但他没有急着上车。司机已经钻回车里，向寅却一手扶着敞开的车门，"你还没回答我呢，旅游吗？"他身体稍稍前倾，造成一种压迫感。

桑宜皱了皱眉，"你为什么一定要问这个问题？"

"不肯说就算了。"向寅松开把着车门的手，进了车，又砰的一声带上了车门。

桑宜一个人怔在原地。

第十四章｜不落雪的旧金山

两天后的早晨十点，桑宜走进老板的办公室。

"我收到向签字的和解协议和免责声明了。"她把两份文件放到老板桌上，"这是复印件，原件我交给秘书扫描存档了。"

老板沉吟片刻，伸手取过文件，略略翻了翻。"这案子到底是以这种方式结案了。"

舍车保帅的方式。

"不过这样其实更好，律所一直避免的，就是这样的案子，就好比打开一个罐头，里面都是虫子[1]。"

老板桌前的座椅空着，桑宜没打算长聊，也就一时没有坐下去。但老板扫了她一眼，吐了两个字，"请坐。"

人一坐下去，一些心思就一览无余，桑宜不由地叹出一口气。

"对这案子还有些想法？"老板的问题紧随而来。

桑宜摇摇头，"也不是，只是……"

"再过上几年你做到我这个位置，回头看，会发现这是最好的处理方法。向不肯和解固然勇气可嘉，可他该有别的事情要做。人要懂得向前走，律所要接新的案子，保险公司要持续他们的生意。不是所有事情都适合死磕的。"

"还有，'天天轻松'是我们所几十年的客户了，重要性你应该明白……"

桑宜没有答话，只是很认真地听，脑中忽地冒出一句吊诡的话，"铁打的保险公司，流水的被保险人"。

"不说案子了，我们来说说你。"老板一向点到为止，"我接下来讲的是保密的。我知道你一直都希望休个长假，一直在等这个案子结束。"老

---

1 俚语，open a can of worms 的字面意思，即事情越搞越坏。

板抬了抬手，示意桑宜把办公室的门关上。

"前几天所内董事会开会的时候，我把你的长假建议方案递上去了。所里的规定是，除了产假之外，一般事假不得超过两个月。你家里出事的时候，已经休息过三周，我们很感激你立刻回来工作。这次，我帮你争取到了六个月，算是好好给你放一次假。"

桑宜有些惊讶。

"谢谢你。"桑宜一时也不知道该说什么好，只有又将谢谢重复了一遍。

"前三个月是带薪的，后三个月保留你的职位、医疗保险和退休金计划401k。"

"好的。"

"开的是特例，在所内你不要太声张。"老板又加了一句。

"是。"

"过去几个月来，你来得晚走得早，但周六周日经常来所里加班，补平日里的工，我们都是知道的……"

"谢谢……"

"好好利用休假调整好，希望回来之后，继续好好工作。当然，我们希望你尽快调整好，尽快回来。"

"我明白，我会尽力的。"

"那就好。"老板从抽屉中取出一沓文件，"这个是你休假手续的文件，你看一下，没什么问题的话签个字。"

桑宜接过文件，一页一页翻着，却发现无法集中精神看进去。努力了几次，只好放弃，她从衬衣口袋里掏出圆珠笔，在最后一页落上自己的名款。

回到办公室，桑宜简单地收拾点东西，目光一瞥，便停留在书架上一盆仙人球上。准确地说，那是三颗仙人球叠砌在一起的植株，最下面的一颗已经萎缩枯竭，干皱的表皮上冒着少许黑硬的刺。但第二颗却截然不同，周身滚圆，绿得生意盎然，裹在绒绒的黄色小刺中，观之憨态可掬。

第三颗则是刚长出来的，只有小橘子那么大，嫩绿色，刺不多且还是乳白色的。

桑宜与美国同事不同，不喜欢在办公室添加任何装饰品。墙上没有悬挂的相框，台子上也不支着任何摆设。但那盆仙人球是她进所的时候就放在办公室里的，可能是之前什么人遗下的。

那时候仙人球还是名副其实的单球，模样远称不上好看，坑坑洼洼的表面，稀稀拉拉的刺，颜色总体是绿的，但那些黑黄的斑点又让它显得脏兮兮的。桑宜带着点可怜心，每日随太阳将它移动两次，每两周给它洒一点水，没想到一个月后，仙人球便开始以热烈的生长酬报桑宜的呵护灌溉之恩。只是生长来得并不容易，带着牺牲和舍弃的意味，最早的那只单球以肉眼可见的速度失水萎蔫，本就稀疏的刺脱去二分之一，剩下的变得又黑又硬，煞气横生。但与此同时，单球的顶部冒出一只嫩绿的新球，像顶着帽子一样顶着密密的白色绒毛。新的小家伙花了几个月时间，长成小西瓜那么大，绒毛也变成了淡黄色。小西瓜陪了桑宜两年多，直到两个月前，其上又长出了一只小橘子。

桑宜拨了拨仙人球的绒刺，手心很痒，这像是她和植物特殊的交流方式。她把它放进袋子里，轻轻带上办公室的门，走出了律所。

高速公路上，桑宜用一只手把着方向盘，微微仰靠在驾驶座椅上，长长吁出一口气。这个姿势让她觉得自己像卸下来的弓弦，她确实需要休息了。她像一个外观和洽，内里却虚空的病人，向寅的案子又敲在她所有的痛处。她不喜欢原告律师的敲诈式诉讼，却无可避免地对原告起了同理心；她不赞同向寅的某些做法，却又感到自己多少辜负了对方的信任；她如履薄冰试图找一个平衡点，一个和解的数额或者方式，却发现每个人都如此有主见，每一方都有不容置辩的利益……

她的车漫无目的地行驶着。车载音响循环播放着肖邦的《告别圆舞曲》，那是肯生前最喜欢的曲子。才华横溢、纤弱敏感的肖邦最终选择认命。

火红的落日悬在高速公路的尽头，如同孤独的舞者。公路并非笔直延伸，不时有弯道，如此夕阳便似在公路两侧左右摇摆，步调缓慢优雅，像那支告别的圆舞曲。

夜色渐落，鱼鳞状的灰黑色云片涌过来，或鲸吞、或蚕食着夕阳的光晕。桑宜突然想去看看肯。

湾区已是晚秋，太阳落山，气温骤降。桑宜裹紧外套，在昏暗的暮色中，分辨出肯墓前因连日降雨而竟显青绿的草秆。她把车里的那瓶黑皮诺葡萄汁也带来了，当然，还有开瓶器。和以前一样，她喝一半，另一半倒在草地上。

"想不到像你这样烟酒不沾的人，真有了什么瘾，会这么吓人。"桑宜盘腿坐在墓碑前。

"其实我不明白，有时候也挺恨你的。"桑宜用手捋着青草，她感到一种强烈的情绪，令她险些将一束草拔断。"你怎么可以就这么放弃了？住院医的名声就那么重要吗？就算做不了医生了又怎么样呢？"

"你为什么不相信，只要坚持下去，就还会有希望有可能？"

在草秆被掐断的一瞬间，她竟然毫无征兆地想起向寅。是否认同他的行为是一桩事，但向寅毫无疑问令她印象深刻。浑身是刺的大学生坚持自己无过错，在律所多次劝说下不肯和解，甚至在保险公司以撤去法律帮助相威胁时也无一丝一毫让步，在律所炒掉他这个客户前反炒律所鱿鱼。此后，毫无法律基础的人需要自己代理自己的案子，稍加思索便知道困难重重。桑宜不知道向寅的"不肯放弃"，是不是另一个极端。

几日后的晚七点半，桑宜准时出现在湾区大学的图书馆地下室。那间屋子一如既往，屋顶上横着的两道白色灯光也一如既往，只是组员只来了三个人，除了桑宜，还有那个瘦小的、戴黑框眼镜的亚裔女人，和那个学生模样的黑人。

从所坐的位置看不到医学院门口的喷泉池，但桑宜想象着水从高空落下来，像沾着糖粉一样沾着一层灯光。

凯瑟琳把门带上，说，"今天只有三个人，讨论你们提交给我的正式议题会有些困难，我提议，我们就随便聊聊。"她从角落里取过那些瑜伽垫子，铺在会议室中央，招呼其他三个人先坐下来，自己再落座。

"既然是随便聊点什么，就由你们决定话题，这样可以吗？"

桑宜等其他人先回答。戴黑框眼镜的亚裔女人木然地看了凯瑟琳一眼，没有说话。黑人学生抓抓头。凯瑟琳看桑宜。"我也不知道。"桑宜说。

凯瑟琳宽容地笑着，"昨天这个时候，我接到短信，是其他几个学员的。他们说这周没法来，因为情绪很差。原因就是大选，大选让他们感到分裂，感到歧视，感到压力……"

"不如我们就说说，在外界环境让你感到不愉快时，自己能做些什么……"

凯瑟琳的声音慢慢淡入背景，但背景里还有另一种声音。桑宜抬头，头顶LED灯管依旧滋滋作响，灯光下尘埃浮动。那一刻福至心灵，桑宜恍然就明白了她一直以来觉得这场景似曾相识的缘由。

灯管像老板办公室里的，也像琳达会议室的，发出那种暖气氤氲也无法模糊其边界的光，直照进褶皱和阴影里，赶出里面的尘埃。

一个小时后，课程结束，黑人学生与亚裔女人收拾东西离开，凯瑟琳正用擦子一板一眼将白板上的笔记抹掉，动作很慢很稳，墨水深的地方来回反复，白板在这样的待遇下几近光可鉴人。

"凯瑟琳，我想问你件事情。"桑宜走上前去，"请原谅我直说，我们每周来你这儿咨询都是免费的，但你却是在支出。这个会议室每周三个小时的租金，我知道并不便宜，你都是自己出钱，从来不让我们帮忙。学员有时候也不来，这样值得吗？"

凯瑟琳在桑宜开口时就已经转过头，手停在空中，微笑着看着她。待桑宜说完，凯瑟琳笑意更甚，"如果不从'值不值得'这个角度考虑，换个角度呢？"

"那是什么角度？"

"愿不愿意。"凯瑟琳说，"如果这件事情是你本身喜欢的、想做的，那也无所谓金钱或者利益上的回馈，也不会这样去衡量是否值得了，不是吗?"

"我有份白天的工作,生活上吃穿过得去,赚下的钱用来付每周租金,也说得过去不是吗?"

"你为什么今天突然想问我这个?"凯瑟琳继续擦着白板,像朋友调侃一样问道。

"我今天休假了,之后六个月都不用去上班。"

"是吗,很好,你可以真正好好休息下。"

"是的,我想回趟国,和爸妈待一阵子。但不会待六个月那么久,他们也有他们的事情……我来帮你。"桑宜拿过另一个白板擦开始作业。

"我想尝试和律所工作不同的事情,能让我觉得很充实的事情……我现在有时候还是会觉得心里很失落。我想,理想状态是有能让人满足而且有意义的事情……"

"我能理解……"凯瑟琳偏过头来注视着桑宜,"其实你自己心里有答案的对吗?你刚才问我的那些话里面,已经包含了你的很多想法了……"

"嗯,我本来想出去转一转,有很多我想看的地方,再次忙碌之前,我想看看世界。我在石家庄长大,在上海读了大学,之后一直在湾区,没有怎么出去看过……"

"'本来'?所以这是个已经舍弃的决定咯,你的顾虑是什么呢?"

"也不是什么具体的顾虑,我觉得看看世界是个好主意,但我就是提不起什么兴致……"桑宜说这话的时候,先想起了肯,想起了说好的婚礼后的旅行。但紧接着,脑中一闪而过向寅手扶着优步车门咄咄发问的样子,"去旅游吗","不肯说就算了"。桑宜一怔,一种难以言明的繁杂心绪倏地掠过,桑宜试图捕捉探个究竟,可它却如飞鸟过境,只在地面投下极短暂的阴影。

"怎么了,宜?"凯瑟琳探了探头,轻声问。

"没什么,我们还是说旅游。"桑宜说,"旅游虽然好,但我心里想到另一件事情,是你说的那种有意义的,也很接近我刚说的理想状态,我想试一试……"

"是什么呢?"

"其实我们律师有每年做义工的要求,要求不高,给人免费提供一些法律服务或者写公益文章就可以满足,所以大家也不是特别重视,到了截止日期,填个数字就算过了。但今年我想好好重视,我想回国看完爸妈,就去找一家法律援助中心做义工。志愿者,他们肯定需要。"

"去试一试吧。"凯瑟琳说,"有这些想法就去实践,希望你能找到你想要的意义。"

"是啊。"桑宜说。

"你还是要注意休息,"凯瑟琳对她笑,说,"也要注意睡眠,希望你能够睡好一点。"

"谢谢你。"桑宜说,"睡眠其实还是不太好。我可能会吃一阵子中药。"

"专门治疗失眠的中药?"凯瑟琳好奇地问。

"是的。"桑宜回答。

"好的。"凯瑟琳说。她露出思索的神情,"有个问题——其实我大约问过你,那次我们说到推荐精神科医生给你,你说不喜欢治疗失眠的西药,但是中药却可以接受?"凯瑟琳问。

"是不是在你看来,中药和西药都是药,不应该区别对待?"桑宜说。

"是的。"凯瑟琳笑,"我可以问一问为什么吗?我想,这对你的心理治疗也会有帮助。"

"因为……"桑宜犹豫了一下,说,"我怕上瘾,所有可能上瘾的药物,我都害怕,比如安眠药,比如……"她在凯瑟琳鼓励而关切的目光中放松了些情绪。她鼓起勇气,说,"比如阿片类药物。"

"阿片类药物你听说过吗?"桑宜问。

"当然听说过,我们还对它做过一些研究。阿片类药物,只应该用在极端的止痛情形下,不应该让它们流出手术室和癌症晚期病人的房门。"凯瑟琳说,"但很多诊所给那些仅仅轻微疼痛的病人开药,后果是很严重的。我知道有些诊所甚至违规给病人开出过量的药物,或者倒卖管制更加严格的注射类止痛剂，加剧阿片类药物滥用危机……"

"注射类止痛剂，您说的是芬太尼?"桑宜问。

"是。"

"其实我参加你的心理咨询小组，也算是和阿片类药物有关系。"桑宜说。

"原来是这样。那么我不多问了，你准备好了，想告诉我的时候再告诉我。"凯瑟琳说。

"我打算选一家接过医药方面案子的法律援助中心做义工……我想做的事情和阿片类药物也有一点关系，只是我还不知道怎么做……"桑宜有一个模模糊糊的念头，肯离开了，但他不该像一滴水一样消失在空气里。作为那个留下的人，她应该做些什么。

"试一试吧桑宜，不尝试，你怎么会知道呢?"凯瑟琳说。

走出图书馆，外头还在下雨，淅淅沥沥的，和着喷泉的水落声，循环往复。排排窗口亮着灯的医学院像是笼在烟纱中。桑宜呵出一口气，在眼前形成一团影影绰绰的白雾，但白雾在下落的雨线中很快散开了。

湾区从来只下雨不落雪，桑宜想家了，想北纬38°线穿过的另一片地域。

她想念那里的莽莽大雪，想念第二年雪融春至、植被葳蕤的状貌，想念阔别了一个寒冬，整个城市重又鲜活起来的样子。

不落雪的第二乡

·

中部

第十五章 ｜ 第二种故乡

杰克逊大道，近唐人街段。

清晨和谧夜，每当老式的有轨电车经过，叮叮当当的铃声和车轱辘摩擦铁轨的吱嘎声就会在街角处兜转上几匝。

电车斜拖着两条长辫子，搭在交错杂陈的黑色电线网上。太阳出来或者路灯亮起，电线的影子就会落在沿街的老旧公寓上。倘若按电车行进的方向，从街角第一间数起，数到那第六扇漆成墨绿色的窄门，再沿吱吱呀呀的楼梯爬到二楼，就到向寅的家了。

时间是2016年12月19日，礼拜一，早上五点一刻。

简单的黑色床头柜上，手机闹铃响了，向寅伸手撤掉闹铃，拧亮台灯——这是他的习惯，关闹铃的同时开灯，以便迅速清醒。

掀掉被子，踢掉睡裤，套上收口的运动长裤和短袖T恤，洗漱、冲冷水澡，最后走进厨房。他给自己倒了一杯牛奶，热了两片面包。开冰箱，从蒙了一层锡纸的烤盘里取出一只预先烤好的红薯，微波炉热过后放在碟子里，又拿了两个番茄。在灶台上点火烧水，然后往水池边一靠，等水烧开。

掏出手机刷新闻，铺天盖地都是特朗普赢了希拉里，大选过去一个月了，媒体仍然喋喋不休。向寅百无聊赖，将两只番茄在手上一抛一接。

水烧开，番茄烫熟，剥掉皮，切成小片再撒上细细的白糖，摆放在红薯旁边，屋子另一头已经有了木门开合的声响。

向寅看了看手机时间，五点四十五。他冲公寓的另一隅喊道，"阿公，早饭给你留了，我出门了！"

那头"嗳"了一声。

"阿公你今天去药店吗？"

"要的，开门了就走！"

"那我不管你了。"向寅说完，抓起搭在门口沙发上的黑色卫衣，拉开家门。半个身子在门外了，他又探回来，"今天下午考试，晚上朋友约着聚，就不回来了。"

"下午考试怎么这么早就走啊？"老人的声音颤巍巍跟出来。

"维维老板遛狗的活计，圣诞前最后就一次了。阿公我真走了。"向寅冲屋内撂下一句，顺手关上了门。

拉开那扇墨绿色的门，一阵冷风直向人扑来。旧金山临海，冬天不至于酷寒，但眼下毕竟是十二月，向寅搓了搓手，将风帽罩上，沿着电车的方向快步前行。

还有五天就是圣诞节了，道路两旁的公寓阳台和外墙上什么样的装饰都有。向寅在这条街上住了十八年，抬头看了一眼，认出斜对面那家人的雪花状招贴纸和去年一模一样，街拐角那家的彩灯则是至少三年没换过。他心下乐了一阵。

一路行到日本城，穿过中国领馆所在的那条街，向寅在一幢有着文艺复兴式三面凸窗的小别墅前停了下来。窗户透着光，是主人特意留的。

向寅侧耳听了听，屋内静悄悄的。但就在他掏钥匙开门的一瞬间，一阵"汪汪"的狗吠差点将房顶掀翻，一只浑身雪白的萨摩耶从客厅另一头奔袭而来，直扑进他怀里。

向寅狠狠揉着雪绒球的脖颈，雪绒球则呼哧呼哧扭头舔他手臂。向寅熟练地给狗套上项圈，扣上牵引皮绳。"阿富走咯，带你出去玩！"

雪绒球上蹿下跳，迫不及待。向寅一手扯着牵引绳，一手锁好门。大男孩与萨摩耶一起弹进迷蒙的晨雾中。

————■————

如向寅所料，考试进行得相当顺利。其实这学期最难的也就是他在湾区大学做交换学生选的那两门课，高等化学和高等生物，其余的都很常规。

走出教室的时候他心情还不错，打算成绩一出来，就把湾区大学转学的申请递了。能顺利转到湾区大学完成最后一年半的学业，并且拿那里的学位证书，也算是达成心愿。但短短一段路走到校门口，他脸上愉快的神情就消失了。

就算转到湾区大学又怎么样呢？拿了湾区大学的毕业证书又能怎么样？只不过是离横在面前的悬崖更近一点而已。

一种说不出的厌恶情绪攫住了他，他强压着回到家，冲了个澡，换了身衣服。外公去药店了，他开了一听啤酒，漠然地自斟自饮。慢慢平息下来后，他二度离开家，乘公交去往晚上"考后聚会"的地点——他最好的朋友提姆（Tim）的住处。

他七岁那年认识的提姆，这样看来，他们做朋友的时间已经是他们没做朋友的时间的两倍了。那天他第一次陪外公去往药店，店里有个跟他差不多大的小男孩，也是亚裔，比他矮半个头，笑起来憨憨的。

药店是外公开的，租的却是男孩爸爸的店面。"这是提姆，他爸爸就是我们的房东了，Tran你跟他认识一下吧。"外公对他说。

他后来知道，提姆一家是早年从马来西亚来美国的移民。

再后来，他和提姆进了同一所小学，接着是同一所中学，最后是同一所大学。提姆比他小两岁，隔着两个年级，向寅的成绩比提姆好出很多，但这并没有影响两个人成为最要好的朋友。

提姆的住处位于日落区最北端，金门公园西侧。和南面那些在山坡上排得密密麻麻的民居不同，日落区北面的房子大多高档而贵气。比如提姆的家，两层的小楼，一整面的落地玻璃对着大海、沙滩和船坞。现在已经是傍晚了，向寅倚在二楼阳台的躺椅上，跷着脚，看着前方海平面上一点点往下沉的橘红色太阳。

"Tran！我说找你半天找不到，原来你一个人躲在这儿看风景。"向寅回过头，提姆端着一个大盘子走过来，盘子里杂七杂八堆了不少东西。

"吃不吃，里面有你要的牛肉丸哦！"提姆在他旁边坐下，分给他一个叉子。向寅不客气地接过来，叉起一个丸子，囫囵回道，"屋子里挺闹腾的，人都来齐了？"

"不多啊，也就你，我，咱们一个学习小组的那几个人，十来个吧，还有好多都还没来。"

"还有好多都没来？你请了多少人啊？"

"不多不多，也就三四十个吧。"

向寅，"……"

提姆咧着嘴开心地笑了两声。突然他很认真地打量起向寅，"诶，问你啊，没看到克莱尔（Clair）啊，她没跟你一起来吗？好久都没看见她了啊……"

向寅脸色沉了沉，"嗯"了一声。

提姆眼力见儿一向不大好，挠了挠头又追问了一句，"嗯是啥意思？"

"分了。"向寅说完，起身拿过提姆的盘子，抬腿就迈进了屋。提姆在原地愣了三秒，这才追了过去。

屋内暖气开得很足，食物的香气在流转的热气中愈加馥郁，十几个人已经够闹腾的了，说话笑闹声此起彼伏，盘子杯子丁零当啷。

音响正放着查理·普斯（Charlie Puth）的《这就是我》（*The Way I Am*）。向寅找了个清静的角落，贴墙根坐下，听着音乐。

Maybe I'ma get a little anxious（或许我有些神经兮兮）

Maybe I'ma get a little shy（或许我有些羞启心意）

'Cause everybody's trying to be famous（人人都在汲汲于名利）

And I'm just trying to find a place to hide（*oh*）（而我却只求藏身一隙）

音乐一个转调，切入高潮。

I'ma tell 'em all（我要告诉他们所有人）

I'ma tell 'em all that you could either hate me or love me（我要告诉所有人，你可以恨我，或者爱我）

But that's just the way I am（但我就是我）

　　曲子落在最后一个鼓点上，戛然而止，提姆也在角落里揪到了向寅。

　　"这专辑还真不赖！"提姆说。他也学着向寅的样子，靠着墙坐下。

　　专辑向前切进，下一首叫《河流》（River），没有了查理·普斯标志性的强节奏，但民谣的曲调舒缓而忧伤。

　　提姆和着曲子摇头晃脑，哼哼唧唧。"人生苦短啊！"他突然冒了一句，"好想恋爱……"

　　向寅嗤了一声，"你苦短？"

　　"那，当然不能跟你比了……"话一出口，他那一向不大懂察言观色的脑袋突然开了窍，把后半句吞了回去。

　　向寅没有接话。

　　提姆抓了抓头。"考完试略放假略！"他伸了个长长的懒腰，"明天下午去不去踢球？"

　　"明天不行，有事。"

　　"什么事啊？还是那个车祸？你说他们律师真过分，说赶人就赶人……"提姆愤愤不平，"诶你记不记得高中，咱们老师教《神曲》时讲的那个笑话？"

　　"什么笑话？"

　　"说有个恶棍，特别恶，死后下到第九层地狱[1]，有一天他正在受刑，听到地板下面传来动静，他吓了一大跳，拼命敲地板。然后下面真的有人应答，那个人说他生前是个诉讼律师……"提姆笑得很夸张，拍着膝盖，前俯后仰。

　　向寅一点都没有笑，他说，"是我自己先走人的。"

　　他神情很严肃，提姆于是也不笑了，"你自己走人的？"

　　"是我解雇他们的。"向寅说。

　　提姆"啊"了一声，露出敬佩的表情。"真是那个车祸案子的事啊？"他凑过来，又问。

---

[1] 《神曲》中九层地狱的概念，跟中国神话中的十八层地狱差不多。

"不是。圣诞节法院关门了，那个案子没什么事。"向寅站起身，"是别的事情，比那个重要。"

"什么别的事，要不要搞这么神秘啊?!"提姆咕哝着抱怨。

"要的。"向寅拍拍裤子上的褶皱，站起身。屋子里的光线已经变暗了，这是天黑前的最后几分钟，他不想错过。

他走到阳台远眺，落日已经彻底沉入海平面下，但海天相接处仍留有一抹辉煌的金色，向着视线尽头无限延伸。

他让想象恣意，比如海与天分别是两种势力，它们短兵相接，交互搏击后留下了金色的印证。他在心里再次感受到那种悲壮的浪漫。

第十六章 | 在援助中心重逢

2016年12月20日，中午。

向寅的面前摆着一封信，收件人当然是他自己，而寄件人那一栏则写着"美国移民局"（United States Citizenship and Immigration Services）。

他把信收进抽屉里，出了家门。

旧金山市区里有三四家法律援助中心，它们有的隶属政府，有的则是独立的公益组织。但向寅不想去其中任何一家，他知道他有同学在援助中心做义工，为了简历更好看，读研或者找工作的时候更方便。他不想冒这个险。

他打算去远一点的地方。

他去的是位于圣何塞的湾区法律援助中心，湾区大学向南走20来迈。

前台很热情，比桑宜律所的好。登记完，他被领到一间会议室。

"请您稍待片刻，您的律师一会儿就到。水，咖啡，茶，您需要什么可以自己拿。"前台指了指会议室另一端的咖啡台。

向寅回了声"谢谢"。他拿了纸杯，给自己倒了些水，回过身的时候会议室的门开了。

向寅抬起头，一个穿浅灰色连身毛衣裙的女人走了进来。向寅的水在杯中晃了晃。

"怎么是你？"

女人也惊讶，将秀长的眼睛瞪得圆圆的。但她很快镇定下来。她用一个简洁的动作将头发往耳后别了别，又伸出右手，做了一个请坐的姿势，幅度不多不少，像训练出来的一样。"先坐下再说吧。"她说。

向寅并没有坐，他已经打算走了，但走之前有句话要说给她听。他喝了一大口纸杯里的水，把剩下的连杯子一起丢进身侧的垃圾桶。"我不是为了那个车祸案来的。"他说。

"我知道。"桑宜很快答。

"你知道?"向寅觉得好笑,他扬起下巴,垂眼看桑宜,"信不信我恰好也知道你是怎么猜出来的?毕竟家门口有的是援助中心我不去,要是为了车祸案跑来这么远,是不合理。"

"不是。"桑宜说着,向咖啡台走去。她倒了一杯咖啡,撕开一小盒奶精,转过身靠在台上。她用小棍子慢慢搅着加了奶精的咖啡,"我就是知道。"

她的声音很轻,但有种笃定。认识她也有几个月了,向寅对这种笃定并不陌生。似乎也是这就事论事的笃定令他尤为气恼,一股说不出的叛逆情绪蹿了上来。连他自己也不清楚为什么会对她有这样的情绪。

比起向寅,桑宜的思维过程则很简单了。她说"我就是知道",只是很单纯地想引出接下来的反击——律所的决策是不是对得起他是一回事,她不能再由着向寅想说什么就说什么。

"最早我接下那个交通事故案子,给你打电话,你没有立刻接。几小时后你打回来,告诉我你自己查了资料了。"桑宜说,"结案的时候,你从事务所带走了案卷,里面有我写的诉讼策略和动议,如果你看完我写的还不知道怎么打这个官司,我觉得你不至于笨到这个程度。而且你的自尊心也不允许,我说得对吗?"

向寅耐着性子听她讲完,不说对也不说错。

"你有自尊心,别人也有。你觉得你很委屈,别人也有委屈。"桑宜又说。

这下向寅摇头,"你说得不对。"

"怎么不对了?"

"自尊心可以是相通的,但委屈不一样。"

"那你的委屈是哪种?"

向寅顿了一下。

"你不说出来,我怎么知道你的委屈和别人不一样?"

向寅玩味地笑,"你还是想帮我?"

"这不是帮不帮你的事情。你既然来这里，就是我们服务的对象。你既然踏进会议室的门，我就对你有责任和义务。"

"矫情。"向寅还是笑，"把正义感和职业化混为一谈根本是矫饰。"

"那么对相关和不相关的人事一并打击就是偏执。"

桑宜这句话一出来，效果就像闹市临街的窗户砰地关上，两人都安静了。

静了一会儿，是向寅先开的口，他到底不想白跑一趟。

"这么说吧，"他说，"我只有一个请求。如果能做到再好不过，不能的话我也就走了。"

"请你讲吧。"

"我想问你们借法律检索工具用一下。就是你们律师用来搜法院的判决书、法条的解读，或者对政府政策预测的那种，我记得叫万律（Westlaw），或者是律商联讯（LexisNexis）。"向寅说，"我并不需要你们给我解答什么问题，但我想用你们的工具查一些谷歌和法院自助网页上查不到的东西。"

说完后他去看桑宜的表情。桑宜的眼睛又睁大了，但她仍然没有评判也没有追问，只说"登录账号和密码属于援助中心，我需要请示一下"。

接着桑宜就出去了，很快又回来，说，"你有四十五分钟的时间。"

"是这样的，"她解释着，"援助中心给每个客户一个小时的时间，我今天日程排得很紧，你之后已经约了别人了。我们刚才已经说了十五分钟，一小时减掉十五分就是你还可以用的时间。"

"懂了，我尽快。"

桑宜犹豫了下，"我问过我们主任，如果四十五分钟查不完，还有一个办法。"

"什么？"

"你不介意的话，可以等我们下班，那时候没有其他客人，你可以接着查。"

三分钟后，向寅被带到了桑宜的办公室。

打开办公室的门，就看到一张干净整洁的书桌。书桌的后方是一面大窗户，透过窗子可以看到远处的山和云。向寅将注意力移到窗台上，那里有一盆仙人球，由三个球累叠而成，上面两个球长得还行，最底下那个……真丑。

桑宜顺着他的目光也看了一眼窗台，但她没有说什么，而是走到电脑前，手肘支在桌子上，低头在键盘上敲了挺长一串，然后把电脑屏幕转向回过神的向寅。

"这是我们用的搜索工具，叫律商联讯。这里是输入栏，右边可以限定范围，下面那一行可以选择法条、案例或者学术论文。比谷歌搜索稍稍复杂一点，但也就是这样的难度了。"女人把鼠标向他推了推，说，"你试试吧。"

四十五分钟很快过去了，就像估计的那样，向寅只查了个大概，还需要更多的时间来进一步搜索和阅读。按照桑宜之前提出的解决方案，向寅暂时离开，在周边转了一个小时，五点才又回来。

他再次坐进桑宜的办公室，在律商联讯上搜了起来，这次锁定了几份文件，他打开其中一份。

"《童年入境者暂缓遣返计划》(*Deferred Action for Childhood Arrivals*)有可能被暂停吗?"——这是文件的主标题。"百万无合法身份的现住民(undocumented immigrants)将无可避免被驱逐出境"——这是文件的副标题。

文件的署名是湾区大学法学院的两名教授。

"特朗普上台，民粹、国粹与分裂将逐渐取代全球化的开放包容状态。今后十年，可以预测，美国对移民的态度将从接纳转向排斥……"

"……具体表现包括……将会逐步取缔《童年入境者暂缓遣返计划》(下文简称《计划》)。可以预见，在不久的将来，政府会撤销或者以渐进的方式停止《计划》的实施，无合法身份的现住民也会被逐步驱逐出美国境内。"

文档是PDF的格式，向寅拖动光标，用灰色的长条把"无合法身份的现住民"框在其中。

他接着读下去——

我们觉得非常可惜。《计划》是2012年6月，奥巴马政府推出的行政命令。《计划》为广大无身份的住民提供了巨大的机遇与公平待遇。根据《计划》，入境美国时尚未满16岁的非法移民（illegal immigrants）可申请两年暂缓遣返。两年过后，可以申请续期两年，原则上来讲，续期次数不限。

根据《计划》，申请暂缓遣返的非法移民应具备五项条件：

1.抵达美国时年龄在16岁以下；

2.在2007年6月15日之前抵达美国，并在此后持续居住在美国境内；

3.截至2012年6月15日，年龄在31周岁以下；

4.已上高中或高中毕业，或从军队荣誉退伍者；

5.无重大犯罪记录。

……截至2016年6月，美国移民局已收到844,931份初次申请，其中741,546份（88%）获得批准。超过一半的获批人居住在加利福尼亚州或得克萨斯州。

"那里面有一份申请是我的。"向寅心想，"我住在加利福尼亚州。"

他继续往下读，"社会各界对《计划》的看法不一。虽然学术界认为，《计划》帮助了那些无身份的孩子们。但以联邦总检察长、司法部长为代表的政客则认为，奥巴马的《计划》是给非法移民特权，不可取……不能牺牲中下层白人的利益来保护非法移民……"

像方才用光标框出"无合法身份的现住民"一样，向寅将"非法移民"也框了起来。前者他还可以接受，后者就……自己是做了多大的恶，就这样被打上了"非法"的标签？

"我们记得，当年奥巴马在社交媒体上这样说，'这些年轻人没有错'，'无论美国人对移民问题存在怎样的不满，都不应该威胁这些年轻人的未来，这些并非出于自己意愿被带到美国的年轻人没有错'。"

向寅漠然地看着屏幕。变化的移民政策、政客们对他这类人的歧视……《计划》没有真正解决过他们这类人的问题，每两年提交一次暂缓遣返的申请，就好像每两年要做一次手术续命那样，并不是正常人的生活。但《计划》的推行毕竟给他们带来了一些温暖和依靠，如果连《计划》都要被取缔，他的未来岌岌可危。他很难形容此刻的感受，说愤怒吗？倒也没有，更多的是习惯了。习惯了强加给他的困境，习惯了拼命奔跑却没有出口。

他从背包中取出那封移民局的信。难看的白色信封、A4纸和罗马字体。那是一封通知——他2014年提交并获批准的申请就快到两年期限了。信里提醒他，如果需要续期，请尽快向移民局递交材料。

续期又能怎么样？也就是再多两年时间——现在的情况，两年都不一定有，不知道什么时候就被遣返了，也许就是下个月……

他把信放回背包，清理掉电脑上所有的搜索访问记录，这才走出办公室。

————■————

出办公室后的第一件事情就是找桑宜。开始读资料的时候她就离开了办公室，但应该还在援助中心。向寅看了看时间，六点半，不知不觉他读了一个半小时的资料，也就是说桑宜等了他一个半小时。他将情绪从反移民、《计划》和遣返上撤回来，心里开始有了些隐约的歉意。

办公室出来是过道。向寅沿过道走了一段，经过和桑宜险些吵架的会议室，又拐了一个弯，就来到了前台处。他一下子就看到了桑宜。

那时候他还站在过道里，过道的灯熄了大半，他的周围都是阴影。但前台处的灯很明亮，桑宜身上像镀了一层光。

穿灰色连身毛衣裙的桑宜坐在前台的椅子上，是那种将小腿也折起收在裙下的坐姿。向寅注意到，桑宜腿上穿着他在沃尔玛见过的那种灰色毛料打底袜，质地很厚实，脚踝那里堆着一些褶皱。

为什么会想到沃尔玛？他也不知道，可能是因为他身边的女孩子没有这种穿着打扮的。她们如果穿裙子，那么即使在大冬天，也一定是光着两条腿。

他将视线上移，他的角度对着桑宜的斜侧，可以看到她面前摊着一本书。桑宜一手支着下巴，一手搭在书角上，她的背部微微斜着，看起来很放松。然后她抬起盖在书角的那只手，抵在唇部，打了一个长长的哈欠。

那一瞬间，向寅心念一动。他想到一种可能性，就是他悄悄退回去，把那条通道再走一遍，只不过这一次要弄出很大的声响，这样就不至于惊扰到沉思困倦的女人。但很遗憾，那样的念头只是一闪而过，他自懂事起逐渐形成的挥戈向前、不管不顾的行事做派还是占了上风。

他敲了敲通道的墙壁，走上前去。

果然，桑宜的肩膀一颤，身子立刻绷直了，她飞快地将收在椅子上的腿放回地面。她还没来得及扭过头，向寅已经走到她面前了。

"我都弄完了。"向寅说，"电脑我给你关机了，椅子都给放回原位了。"

"啊？"桑宜微微张开嘴，"我们的工作电脑从来不关机的，只让它休眠……"

"这样……"向寅皱了皱眉，"那我去给你重新打开？"

"不用了，我明天再来处理吧。"桑宜摆摆手，"时间也不早了，你回去吧。"说着，她又打了一个哈欠。

"谢谢你啊。"向寅说。他想再说点什么，但一时间没有找到合适的词。

"没关系的。"桑宜把书收进包里。但拎着包站起来的时候，她打了第三个哈欠。

看到她这样子，向寅忍不住问了句，"你还好吗？"

桑宜摇摇头说，"没事。"

"我刚问你的时候就猜你会答'没事'。"向寅步子停了停，等桑宜跟上，两人一并走出援助中心的大门。

乘电梯下到一楼，桑宜礼貌地告诉向寅，角落里有家卖三明治的店。向寅感觉得出对方的本意是借由买三明治来与他告别。"你不饿吗?"他顺口问。

桑宜双手抱臂，"不算饿。但最主要的是，吃了的话待会儿就睡不着了。"

向寅很惊奇，"现在不是才六点四十? 离睡觉时间还早着吧?"

"嗯，"桑宜的回答像是自言自语，"困了就要赶快睡，不然待会儿就睡不着。"

"你失眠?"向寅单刀直入地问。

或许是不意他问得直接，桑宜神色微窘，"这么明显吗?"

"对，你刚才的表现和话里的意思都很明显。失眠的人白天打哈欠，晚上睡不着。"向寅回道。桑宜看起来二十大几的样子，他想到来外公药店配药的各种顾客，这个年龄段失眠的，倒是和桑宜的观感很类似，纤瘦苍白，有一份长期坐办公室的工作，很难将他们与奔跑、运动或者阳光联系在一起。

向寅知道这是自己的偏见。从他所接受的生物化学的教育而言，失眠与运不运动没有太本质的联系，更多的是荷尔蒙和其他激素的影响。

他也不大相信中医和中药的作用（尽管他外公从事了半辈子的中医）。他认为中药充其量就是安慰剂，实际效用或许有吧，但主要还是在心理上的。

但他又确确实实在桑宜要跟他分别的时候喊住了她，给了一串他自己都不相信自己会说出口的中医药的建议。

他也不知道这样做是出于一种什么心态，或者是一些感激，或者是潜意识里的歉意，或者是她身上隐约的消极和笃定令他产生了一脉相通的亲切，又或者是他还未全然明了的、不希望就这样与她再无交集的心意。

总之，他在极短暂的踟蹰后冲桑宜喊道，"律师你等一下。"

桑宜停下脚步。

"我……"他吸了口气，"是这样，我外公你知道的，就是，录笔录那时候，你问过我和谁一起住的……"

桑宜疑惑地望着他，"是的，你外公，他怎么了？"

"他……我不知道你这个失眠有没有看过医生，有的话，看的是西医还是中医？"他整理了下思路，"我想说的是，我不是很相信中医，但那只是我。可是如果你相信中医药一类的，我觉得我外公是我见过的最好的中药师，他真的非常爱钻研这个，非常敬业负责。"

他有些紧张地看桑宜的反应，后者苍白的脸上忍俊不禁。他正要说点什么缓冲下气氛，桑宜开口了，"挺巧的，我是在吃中药。不过你刚才那番话，听起来倒是很像推销员。"

一个玩笑过后她就此打住，并没有让向寅的尴尬升级。接着她又耐心地问他要了药店的名字和地址。"有点远，我下次去城里的时候，一定到访。"

给完这样的承诺后她就向另一个方向走去。向寅在三明治店里排着队，透过玻璃门观察女人清清冷冷的背影。背影走向门口，再也看不见了，就像是和门外的月光融为一体。

第十七章 | 到访中药店

桑宜并没有实现在国内待上一个月的构想。到家第三天，她把肯的事情告诉了父母。之后的两周，家里竟然恢复了桑宜小时候的那种和睦宁谧。共同的苦楚像胶水，将裂痕重重的家暂时黏合在一起。然而第三周开始，母亲对父亲惯常的数落如止水重波，变本加厉。几天后，桑宜就买了回程的机票。

回程的路径是上海飞旧金山。一个原因是桑宜不想麻烦父母送她去首都机场，而另一原因，是她想见一见斐，她最好的朋友，也是法学院的同学。她提前几日从石家庄到了上海，约斐在静安寺旁吃了一顿素斋。

斐抱怨桑宜太过秘密，和肯分手的原因到现在都没有对她如实告来。桑宜有苦难言。两人走到袖珍温室一样的新鲜蔬果摊旁，桑宜择取着可以现食的豆芽、菌菇和马兰，感慨万分。

斐是大前年结的婚，用几段悲喜恋爱换一颗七窍玲珑心，往后的日子过得宜室宜家。

而桑宜则走了一条看似短道的弯路。23岁那年认识肯，法学院还没毕业就订了婚。世界小到只有学业、工作，肯和肯的家人。除了和父母关系不算好这点瑕疵，桑宜27岁前的人生是一场温室里的安居乐业。

直到风暴降临。撤掉了温室的庇佑，离开了模型般的稳妥体系，偏离了前人经验主义铺就的可放心循蹈的道路，重新学习生存。而这个生存的含义，绝不仅仅是每半个月拿一张工资单。

斐送桑宜去浦东机场。临别的时候两人像小女生一样抱了又抱。

"你接下来都怎么打算的？"斐问。

"我这次休假有半年，剩下的时间打算去法律援助中心做志愿者。"

"都联系好了？"

"联系好了，就是圣荷塞那家。我想做点更有意义的事情。"桑宜说。

"那你好好的，"斐说，"咱们保持联系。哪天你想回国了，随时来上海找我。"

就这样回到了美国。

落地当晚桑宜就被琳达逮住了。琳达给她打电话，说快到圣诞了，趁着过节出来聚一聚，这不本来还欠着桑宜一顿高端日料呢。

"我差一点就不敢联系你了，第一次给你买房子就搞砸了，就怕你以后既不把我当经纪也不把我当朋友了呢！"琳达在电话里说。

琳达神通广大，提前两个礼拜竟然订到市中心一家新开张的米其林日料店。按说寸土寸金的地盘，布局就该直奔主题。可这家店一进门，却先见一楹精巧的展厅，厅中央的巨大玻璃柜中陈列着成套的茶具和酒具，环抱展厅的三面墙壁凿刻着大大小小的、或方或圆的凹槽，槽中嵌着各式工艺品，比如折扇、银盘、内壁涂有彩绘的水晶球等。

总之，这家店呈现出一种仓廪足、酒馔盛的丰盈感。

与装饰的丰盈形成鲜明对比的是食物的不丰盈。大大的盘子，小小的分量，端的是眼花缭乱而不是果腹之需。两人都吃得很勉强。

但聊得可不勉强，相当在兴致。当然，女人聊起爱情来，也少有兴致不高的。

琳达慢悠悠地把一小卷海苔裹着的生牛肉碎送进嘴里，"可以冒昧问问，你和肯是怎么认识的吗？"

"很俗套的方式。"桑宜说，"那时候我在湾区大学读法学院，他已经是住院医了。有一学期我选了门法学院和医学院的联合课程，叫法医鉴定，是一门晚上的课……"

"我那时候喜欢上课前在医学院门口的喷泉那里看会儿书，他经常那个时候进医院值夜班，说了几次话我们就认识了。"

"桑宜呀，"琳达用过来人的眼光看着她，"我觉得你骨子里还是个相信爱情的，非常浪漫的小姑娘。"

"我不是什么小姑娘了，再过几个月我就29了。"桑宜说，"还有，你不相信爱情？"

"我结婚十五年了，"琳达说，"当然我的意思不是说我不再相信爱情，我觉得这个世界上少有女人是完全不相信爱情的吧！可是至于怎么个信法，各人就都不一样的啦。"

"我和我老公吵架吵得最厉害的，就是因为我要做地产，他觉得我应该继续找一个实验室的工作。"

"他的原话是，'做一个PhD应该做的事情'。"精明的地产经纪用通透的语调说，"桑宜我跟你说，爱情不是真空里的产物！两个人所在的环境一定会影响到他们的心态和想法，从而影响到这段关系！"

吃完饭，琳达需要给家里人买圣诞礼物，就去了附近的商场。桑宜没有逛街的打算，只是与琳达分手后，看天色还早，也并不急着回家。她忽然想到这里离唐人街挺近的，而琳达说过唐人街的中药店要比山景城的好些。这样又想起向寅向她推荐过他的外公。她从手机里找出向寅给的地址，向药店行去。

一路上，桑宜吭哧爬坡，途中经过一家糕点铺子两爿水果摊三间超市，油香果香米香，嬉闹声吆喝声叫卖声一起向她招呼过来。

"包子要看看哦，刚蒸出来的包子。"胖胖的老板努了努蒜头鼻，冲着桑宜嚷嚷。

香味直往鼻子里钻。桑宜买了两只豆沙包，两只菜肉包，两只三丁包，一共半打。

"老板生意兴隆啊！"走出一小阵，她又回头喊了一声。

然后药铺就在眼前了。

那是一间门面规整清爽的小铺子，门口浮动着丝缕苦涩的药香。桑宜嗅着那个味道，人也不由自主地跟进了铺子。

屋内光线柔和。密密麻麻的棕木百眼柜前站着一个人，正微垂着头，他的面前，一本大部头硬皮书摊在玻璃橱柜上。

这个人额前半长不短的头发几乎挡住眼睫。从这个角度看，他的鼻梁依然很高，下巴的弧度像是日式漫画里的形象。

听到响动，那人抬起头，说，"你来了啊。"带一点疑问的口吻，但更多的是种与年龄不相称的老道与自信，就好像今日的会面一定会发生一样。

桑宜环顾四周，这是一间很小的药店。左右是整面的百眼柜，柜前是长长的玻璃台。向寅所站位置的后方，有扇窄门虚掩着，桑宜猜测应该是中药师傅的诊室。总之，门面虽然小巧，一切却井然有序，静默有秩。

也不知道是不是环境变了，向寅身上多出一种中药般收敛的气质。四目交错的时候，桑宜甚至注意到了他窄开扇形的双眼皮和浅褐色的瞳仁。眉眼很秀气，冲淡了轮廓和骨骼的攻击性。

桑宜走上前，瞥了一眼玻璃橱柜上打开的书页，"在中药店里看外科书？"

"眼力挺好。"向寅把书合起来，封皮上赫然写着"外科中的手术技巧"。

"你大三？"桑宜问，"看这个还早了点吧？这应该是医学院的书。"

"谈不上早晚，喜欢就看，反正也只能看看而已。"

这句话很莫名，桑宜没听明白，向寅也没有解释。他从柜台后面绕出来，站到她面前。"我以为你来之前会给我发个消息，看来是估计错了。今天我外公不在，可能帮不了你了。"

"没关系，我这里有一张药方的。"

"抓药也要他来，我是不会的。"

"那……你在这里的作用是？"

向寅做了个无所谓的表情，"圣诞节了大家都很任性，看店这种事情就都交给我了。"他冲桑宜伸出手，"你把药方留给我，我给我外公。可是这样的话，要怎么把药给你？让我想想……"

正说着，门口传来一阵嚷嚷声，走进来两个人，一个是与向寅差不多年纪的男孩，长一张憨憨的圆脸，脸上有些雀斑。另一个则是位四五十岁的男人，五官与圆脸男孩有几分相似。

圆脸男孩进了店来就缩到一隅，似乎在避免与向寅的目光接触。男人则径直向柜台后方（也就是向寅刚才站着看书的地方）走去。经过向寅身边的时候，男人冲向寅打了个手势，示意他跟过来。

向寅看了桑宜一眼，之后面无表情地跟着男人进了那扇虚掩的门。

店里一下子恢复了安静。角落里的圆脸男孩冲桑宜挤出一个笑，然后摸出手机，横过来，左右大拇指来回点触。

桑宜也去取手机，碰到的时候震了一下。她拿到眼前一看，是向寅的短信，很简短的一行字，"等我一下。"

圆脸男孩站起来，胳膊肩膀左右晃。几分钟后，桑宜听到一声愤怒的"去你的！"

"这游戏根本不是人玩儿的！"圆脸男孩气哼哼地丢下手机。

"不好意思啊，"他对被晾在一边的桑宜说，"那个，你是顾客吗？"

"算是的。"

"哦。"

之后又是一阵寂静。

可能是觉得等得有点久了，圆脸男孩装样子看了看周围，"今天挺不巧的，师傅都不在。"他对桑宜说。

"我知道，刚才向寅跟我说了。"

"Tran跟你说的？哦，你认识他吗？"圆脸男孩问。

"算认识。"

"这样啊。"圆脸男孩用手挠挠头，咕哝了一句，"真是什么年龄段的都有。"他声音很小，但还是被桑宜听到了。

就在桑宜不确定该如何解读话里的信息时，柜台后的那扇门终于开了。向寅一个人走了出来，脸上依然看不出表情。他抓起角落里的背包，经过桑宜的时候停了下来，微微偏低了头说，"我们走吧。"

再次迈开步子之前，他侧身看向圆脸男孩，用下巴指了指主柜台的方向，说，"提姆，你爸在里面等你。"

———————■———————

"我送你到你停车的地方。"出了药店后，向寅对桑宜说，"另外，你把药方拍个照片给我，我帮你去问我外公。你可以先听听他说的，如果有必要，找个他在的时候再来。"

"今天真的挺不凑巧，"他说，"还是要跟你说一句抱歉。"

"没事。是我没有提前打招呼就来了。"

"你的车停在哪里？"向寅问。

"我也不大清楚。"桑宜方向感很差。"我中午是在金融区吃的饭，然后用导航导到你给的地址的。"她取出手机，"我拍了个停车场附近的照片。"

"给我看。"向寅从桑宜手里接过手机。低头研究了下后，他偏了偏头，"那个方向，跟我走。"

就这样，他们原路返回，经过了桑宜来时的水果铺、糕点铺和超市。

接下来的路桑宜就不大熟悉了，桑宜猜测他可能抄了一条近道。又走了一阵，他们来到了一串台阶前，台阶大约两层楼的高度，竖侧面镶有琉璃细瓦。这台阶工整地镶嵌在一个破败的广场和一座侧墙绘满涂鸦的民宅之间，夕阳之下，琉璃细瓦折射七彩，柱状的光棱淡淡地交错着。

一个满脸兴奋的女孩子正在台阶上摆着造型。

"诶好了没有啊，脸都笑僵了啊！"

"马上好了马上好了！要拍得好看总要花些功夫的呀！"楼梯下半蹲着的男孩子向催促他的女孩子挥了挥手。他又像有点不开心，小声嘀咕着，"不是才站了一会儿吗！"

桑宜看着这两个人，好多回忆像台阶折射的夕晖般交错隐现。

"挺好看的。"向寅忽然说。

"什么？"桑宜问，"台阶还是那个女孩子？"

"都不是。"

"那是——"

"夕阳。"

突然一声尖锐的爆破声，像在空气中划出一道血痕。

桑宜在原地呆住。不远处传来人群的尖叫。桑宜大脑一片空白，整个人像被钉在了地上。

就在这个时候，她的臂弯被一股力量拽了一把，这力量又扯着她向前疾走。

几滴雨水落在桑宜脸上。顷刻之间，大雨滂沱，密布的雨帘挡住了日光，一场太阳雨毫无征兆地降临了。

扯着桑宜的力量加快了向前移动的速度。也不知道跑了多久，桑宜脚下一软，那股力量从背后抄起她的腰，托着她站直。

那股力量松开了。

桑宜抬起头，正好对上向寅的眼睛。

"已经挺远的了，应该没事了。"向寅移开目光。

"刚才怎么回事？"桑宜惊魂甫定。

"有可能是气枪也有可能是爆竹，虽然这两者差很远。"向寅说。

"怎么会这样？"

"从今年开始就这样了，最近更频繁了。"

"天……"

"不是枪击，也并没有闹出什么大动静。但时不时扰这么一下，制造恐慌，真的很烦人。"

"那……"桑宜不知道该说什么。这时候她才注意到，之前一直被她提着的包子口袋已经到了向寅手里。而她自己，全身上下都在滴水，从外衣到里面的线衫都湿透了。她抹了一把脸上的水。

"你还好吗？"向寅问。

"没事，"桑宜透了口气，"歇一会儿就好了。"

向寅撇嘴笑了笑，"'没事'是你的口头禅吗……"

说完这句话他仰头看了看。顺着他的视线，桑宜看到一扇墨绿色的窄门，嵌在一面浅灰色的砖墙上。她向左右看了看，发现自己正站在一排木瓦风格的老式公寓前。拐角处的街面嵌有电车的轨道，垂直向上则是蛛网一样的黑色电线。

"这是……到哪里了？"桑宜困惑地问。

"我家。"向寅回道。

桑宜刚想说点什么，一阵冷风吹过来，她结结实实地打了个寒战。

向寅看了她一眼，喉结动了动，欲言又止。他头发上也都是水，顺着颧骨和下颌向下滴。但他似乎并不在意。

剧烈的奔跑、瓢泼大雨，加之那阵冷风，阵阵寒意像藤蔓一样往身上缠，桑宜不由地用手撑了撑头。

向寅一直在看着她，这下终于开口了，"从这里走到你停车的地方，还有十分钟。现在是晚高峰，你开回去大约需要两个小时。"

"如果你愿意，可以来我家恢复一下。"他迟疑了下，"我好像有个吹风机。"

第十八章 | 到访向寅家

"你记得设个实时定位，发给你家人或者朋友之类的，这样万一有什么问题也好处理。"两人沿着吱吱呀呀的木楼梯向上走的时候，向寅这样对桑宜说。

桑宜很惊奇，向寅竟然会主动给她这样的建议。但她还是"采纳"了向寅的建议，给琳达发了个实时定位。

向寅打开门，将桑宜让进客厅。客厅不大，约十平方米，连着一间小小的厨房。客厅里有一张黑色的沙发，一个金属书架，一架黑色的电视搁置在刷白漆的柜子上。桑宜瞥了一眼厨房，小餐桌和灶台干干净净，没有闲放的炊具，一切都有种强迫症般的整齐简练。

"你等我一下。"向寅说着，走向屋子深处。过了一会儿，他回到客厅，"吹风机我给你找出来了，我现在带你去卫生间。"

"这个房子造得很早，所以结构有点奇怪。"向寅说，"去我的卫生间要经过我的卧室。"他带桑宜进了卧室，向她示意卫生间就在墙上一扇门后。"我在客厅等你。"说完他就出去了。

向寅的卧室延续了客厅的干练风格，家具也皆是黑白二色。桑宜绕过那张被铺开的灰毯子覆盖的平板式床，走进卫生间。洗手台上果然放着一把吹风机，式样很老，只有开关两档。桑宜就着吹风机忙碌一阵，寒意去了大半，她收拾了下就从卫生间出来了。

再次经过向寅卧室的时候，桑宜多看了一眼。一张书桌靠着窗，桌上垒着三个风琴夹，正是他从桑宜律所带走的卷宗。旁边的书架上码着几本大部头，其中一本是桑宜在药店看到的《外科中的手术技巧》，还有一本依稀是那次在湾区大学喷泉前会面时他手里拿的。也就是那天，他向桑宜展示了从弗兰克医疗记录里发现的秘密，也无意撞破了桑宜的隐痛。

剩下的还有《菲舍的外科技巧》《当代外科治疗》，封面上印着银白色的手术刀。桑宜想起他在药店说的话，"反正也只能看看而已。"

桑宜轻轻将卧室门带上。转身的时候，一个声音钻进了耳朵。

"您还打算忍他到什么时候?"

那是向寅的声音，压得很低，但话语中的愤怒一清二楚。桑宜登时停住。

紧接着是一声沙哑的叹息，似乎是个上了年纪的人。然后又是向寅的声音，依然压得很低，"您有没有想过，您以为的善良实际上是软弱，只会让他更加欺负您!"

"可是我们哪里可以任性?"年迈的声音回复道。那声音再次沙哑地叹息着，然后很轻地喊了一声"Tran"。

那一声"Tran"饱含层叠交织的复杂情感，有歉疚、关切，还有一种像被藤蔓缠住一样的沉重。桑宜听得心下震动。

但她想躲回卧室已经来不及了，向寅一侧头就看到了她。"嘿!"他冲桑宜招呼着。

桑宜深吸一口气向外走。

客厅里除了向寅还站着一个老人，身材瘦小，微偻着背。老人头发大都白了，纵横交错的皱纹令脸色显得更深，露出的皮肤布有斑点，像往事的斑驳阴影，又像记忆的只言片语。

"你好。"桑宜冲他点了点头。

老人看着这个从外孙卧室走出来的女人，满脸的惊讶。但老人一双眼睛神清而矍然，带着温和的智慧的光彩，还有些许的期许。

"这是我外公。"向寅对桑宜说。也不知道是不是认真的，向寅又加了一句，"也是你要找的中药师傅。"

老人却像是没有听见加的那句话，他慢慢地走近一点，谨小慎微地向桑宜问好。又问她，"你是克莱尔吗?"

"克莱尔?"桑宜对这个名字一点也不熟悉。她脸上的困惑让老人也不知所措了。

不是克莱尔又会是谁呢?老人努力地在回忆里搜索，从前外孙提的就是这个名字，除了她Tran还会带谁回来?

桑宜求助似的去看向寅。

"她不是克莱尔，"向寅脸色沉下来，"阿公，能不能别这样一厢情愿？"他的声音还是压低着的，语气大约是淡漠的，但带了一点嘲谑和自怜。说完，他伸手抓过搭在沙发上的外套，往肩上一披，打开门就出去了。

这一下房子里就只剩下桑宜和老人。老人的无措触动了桑宜心里很柔软的一角，她取过黑色沙发一角整齐堆着的那几个垫子，将它们顺次铺开，又仔细掸了掸。"你请坐。"她对老人说。

老人嘴唇微微翕动，似乎还沉浸在方才的情绪中。过了一会儿，老人才抬起头，用他清癯温和的眼睛看着桑宜，"刚才把你的名字都搞错了，很是抱歉。"

"没关系。"桑宜说，"那位……克莱尔是向寅的同学吗？"

"说来怕你笑话，我也不知道。"老人嗫嚅着，"几个月前 Tran 对我说，要带一个女孩儿来见我……我见到你，还以为……你千万不要介意啊……"

"这也不是什么大事情，怎么会介意呢。"桑宜说。

"谢谢你，那么可以告诉我你的名字吗？"老人真诚地问。

"宜·桑，宜是名字，桑是姓。"

"桑树的那个桑？"

"是的。"

"我会一点中文，只是一点。Tran 会说的就多了。"老人喃喃说，"他是真的聪明，也努力。"

老人弓着背在沙发上坐下，"谢谢你的垫子。"

"应该是你们家的垫子才对。"桑宜笑了笑。

"我是不是在耽搁你的时间？"老人带着歉意。

"没有关系，我也不赶时间。"桑宜也坐了下来。

"你不是克莱尔，那你是怎么认识他的，又为什么会在这里？"老人依然很困惑。

"我以前是他的律师。"桑宜用一句话概括了和向寅的关系。"至于我是怎么来这里的——"她接着把如何去到药店、见到向寅，回来路上如何经历爆破声和大雨，又如何上楼避雨的经过说给老人听。药店之前的事情，桑宜想了想，只讲了车祸的情形，其余的略过不表。

老人耐心仔细地听着她讲完，但就"律师"这一点，他还有问题，"有一天晚上他对我说，因为他的原因，家里那辆车子不能用了，很对不起我……你就是那件事情的律师？"

桑宜回答"是的"。

"他是不是很难相处？让你费心了……"老人说。

"哪里的话，我是他的律师，应该的。"桑宜说。

但她心里很诧异。交通案子自始至终，向寅的态度都很强硬，而且，桑宜不认为向寅的强硬是装出来的手段或策略，而是他真的就是那么认为的。那么他为什么愿意对他外公道歉？那句"对不起"，如果不是出于他的立场，那么会是出于他对外公的感情吗？可这样又无法解释他刚才如此糟糕的态度。

她正想着，手机震了，取出来一看，是向寅的短信。依然是一行字的风格。"袋子在冰箱里。"

"袋子"指的当然是那半打包子。向寅不说，桑宜不一定记得起来。但经这条短信提醒，桑宜想起来的就不只是包子了，她意识到自己也应该走了。

"那么向寅他？"和老人道别的时候，桑宜还是问了一句。

"他会回来的。"老人说。

桑宜走出那扇墨绿色大门，关掉了进屋前设的与琳达的实时位置共享。

外头天已经黑了，桑宜迈出第一步的时候，感觉右眼角余光的范围内有个影子。她猛地扭头，看见高高瘦瘦的大学生靠在门边的墙上。他低着头，左手插在裤袋里，不知道在想什么。

路灯投来一束昏黄的光，光中浮动着细小的灰色颗粒。头顶的电线在灯光下像是沾了一层水渍，它们将横七竖八的影子往向寅身上砸。

"你还好吗？"桑宜问。

"还好。"向寅回答，但没有看她。

"你要走了吗？"向寅问。在等到肯定的回答后，他说，"你等我下，我送你回车里。"

"没关系的，我自己走走就行。"桑宜说。

"你第一次来我家，就让你见到这种场面……"向寅扯出一个笑。

"没关系的，"桑宜说，"我还要谢谢你让我躲雨呢。还有，我和你外公聊了一会儿，聊得很愉快。"

"没让他给你看看病症？"

"没有。"

"可惜啊……"向寅说，"那你们说什么了？"

"他说你很好，很聪明也很努力——"

向寅晒了一声，桑宜也就没再说下去。她正打算就此别过，向寅却突然问，"宜，你还记不记得刚才在药店，进来个男孩子，还有个中年人？"

"记得，两个小时前的事情。他们怎么了？"

"那个男孩是我最好的朋友，叫提姆，那个老的是他爸，也是药店的房东。"

"然后呢？"

"然后十年前，房东变成了药店的主人。再然后我和外公为了每个月该给他多少钱，吵过很多架。"

"你说'每个月给他多少钱'，意思是房租还是分成？"

"你看，和律师说话体验就是好，一点就通，根本不需要多说……"

桑宜想了想，反问，"也就是说既有固定的房租，也有浮动的分成？"

"你说对了。但是怎么样也堵不住贪得无厌的心……"

向寅说着，在门前的台阶上坐下。他指了指身边，问桑宜，"你站着累吗？坐不坐？"

桑宜在原地迟疑着。

向寅笑笑，脱下外套，垫在台阶上。"现在坐吗？"他问。

如此一来，桑宜那句"我站着就好了"只好咽了回去，她在向寅身边慢慢坐下。

"冷吗？"向寅又问。

桑宜摇头。

"那就好，你要喊冷，我也没衣服再脱给你披着了。"说这话的时候，他顺手理了理短袖马球衫的领子，裸露在外的手臂线条紧实，青色的血管微微鼓着。

"你玩过真心话大冒险吗？"桑宜坐定之后，向寅问道。

"很早以前玩过。"桑宜说。

"现在玩吗？"

"为什么？"桑宜皱眉。

"我想找人说话。"向寅答得很坦荡。

向寅不按常理出牌不是一次两次了，但这次的剑走偏锋尤其让桑宜哭笑不得。想了想，她也不知道该说什么。

"我是说真的，"向寅瞥了眼身边的女人，"只玩真心话，不玩大冒险，来不来？"

第十九章 | 真心话大冒险（一）

"先说规则，每个人有三次机会可以宣告off-limits（越界），用在你觉得问题太过隐私、没有必要回答，或者任何其他的原因不想回答的情况。"向寅说，"Ladies first（女士优先）。"

"好，那个交通事故案子，现在进展到哪一步了？"

"……我说律师，"向寅说，"这真的很没有想象力，不过第一个问题，情有可原。"

"那你的回答是——"

"Off-limits."

"什么？"

"Off-limits."向寅用一模一样的语调又重复了一遍。他从口袋里取出手机，那只向桑宜展示过原告弗兰克病例的、屏幕碎裂的手机。

"我能给你看样东西吗？"他从手机相册里调出一张照片，将屏幕递到桑宜面前。

照片里拍的是一张通知书。这种法律文件的左上角是留给文件起草人填写姓名和联系方式的，桑宜的名字已经去掉，换成了向寅的。

桑宜向下滑动页面，看明白那是向寅向弗兰克发的录笔录的通知，时间定在三个半月后。

"我给了他足够的时间准备，也给我自己足够的时间学习怎么做这件事情。所以我有个请求——"向寅说，"既然已经解除了律师和客户的关系，那么就解除得彻底一点。我这么说你明白吗？"

向寅的态度很坚决，但他语气恳切，没有以往的针锋相对，话里透着自尊和分寸。桑宜也很愿意尊重他。

"我的第一个问题，"君子协定后，向寅说，"除了说我聪明努力，我外公还对你讲了什么？"

桑宜心里想，"你还是很关心你外公的。"她耐心地将他外公说的话复述给向寅。

向寅沉默了一会儿，说，"又该你了。"

回忆完与向寅外公的对话，桑宜本来想问问克莱尔的情况，但转念觉得答案昭然若揭，实在没有问的必要。

于是她换了个问题，"我从你房间出来的时候，听到你对你外公说'你的善良在他看来就是软弱'，然后你外公回答，你们'无法任性'，这段对话的起因就是你下午在药店被提姆爸爸喊进房间，对不对？"

向寅噗地笑出了声，"我有种又被录一次笔录的感觉……答案是，是的。"

"所以，你和提姆爸爸就钱的事情没谈拢，你外公回来后知道了，他不满意你，你就跟他闹起来了？"桑宜猜测。

"差不多，就是有一点要反过来一下。"

"哪一点？"

"我外公没有不满意我，是我不满意他，他知道我是对的。"向寅口气戏谑，"顺便说，提姆他爸叫李（Lee）。"

"明白了。那，你和李是今天约好了在药店谈钱的事情？"

"我跟他从来不约任何事情。"向寅说，"要过圣诞了，他来收钱。我外公今天有事，就让我去店里，给李这个数的钱。"向寅晃了晃手指，桑宜也没看清到底是多少，或者向寅本意也没打算让她看清。

"李来了，我只给了二分之一。他脸色很难看，但我说这才是他该得的。"向寅说着，舔了舔后槽牙。

桑宜习惯性地皱了皱眉头，"那他应该不会罢休吧？"

向寅笑，"他能怎么样，来我这里抢吗？我不打算再怕他了——"

"我外公靠给人家开药谋生，不容易的。租金越加越高也就算了，要收入的一部分，我外公也给了。还不满足，好，那加他的名字进药店，让他做大股东，现在发展到他要拿所有，只给我外公留一小部分——"

"你外公也同意了？"

"同意了，挣扎了很久，但同意了。"

"为什么会同意这样苛刻的要求?"

向寅双手交叉举到脑后,以这个姿势伸了个懒腰,"想不想猜一个,发挥你的想象力?"

像给他的动作伴奏一样,丁零零的声音从街角扬起,又荡了过来。一辆拖着长辫子的电车在两人前方滑过,大片的影子在身后的公寓墙上抹过。

"今晚的倒数第二班车。"向寅望着电车摇摇晃晃的尾部,冒了一句。

"都不用看表,真是出行小灵通一般的存在,生物钟就是车子时间。"桑宜调侃。

"多谢谬赞。"向寅吹了个口哨,像是呼应远去的铃声。

"我在这一带住了十七年了,我今年21岁。"他轻描淡写地又加了一句。

他不说"21岁"还好,一说就带出一种故作轻松的语气也无法掩饰的沉重感,桑宜几乎能感觉到一种挣扎,和后一句那"十七年"有关的挣扎,没有出路,她也不知道为什么会有这种感受。

"好了律师,放轻松。"身边的向寅打断了她的思路,"你已经问了我那么多问题了,换我问你一个吧。"

他欠了欠身子,对桑宜露出一个似是而非的笑,"这么喜欢这个戒指?"

桑宜低头,戒指还戴在无名指上,像小飞象需要那根羽毛。

"第一次见面的时候,你就是单身吧?"

尽管已有明确的预感,但当这个问题被毫无回旋余地地问出来的时候,桑宜还是猝不及防,像被羽毛笔尖在心口扎了一下。

她正犹豫要不要援引"off-limits",向寅却侧过身来面向她,无形中他们间的距离被拉近了。

"如果不是,你就说不是,不说话我就当你承认了。"

桑宜不擅长说谎。几秒钟的沉默后,向寅在唇边浮出一个很淡的笑。

"又该你提问了,"他说,"想象力是这个时代最伟大的财富。"

第二十章 | 真心话大冒险（二）

如果说那天晚上分成上下半场，那么桑宜接下来的那个问题就是分水岭。这个问题之后，向寅语调和举止中的戏谑就一下子都消失了。像是某种掩饰被扯掉了。

桑宜当时是这样问的，"你让我猜为什么你外公会对李一再让步，我猜不出来。所以我打算直接问你。"

"因为我有把柄在他的手里。"向寅答得很干脆。

"所以你外公说，你们不能任性，指的就是那个把柄？"

"对。"

那会是什么样把柄，能起到这样的震慑力？桑宜心想。

"宜！"向寅忽然喊她名字。桑宜扭头看他，向寅脸上有一种苦涩的表情。"你有没有遇到过一种情况，就是，不是你的错却由你来负担后果？"

"当然有了。"桑宜说。

"可以说吗？"

桑宜没说话。

"跟那只戒指有关？"

"有一点点吧。还有就是，我做诉讼律师，也遇到过这样的情况，不是根据对错来分配责任。"

"你之前跟我提过一点，说打官司对错只是一个方面，还要考虑其他的，比如金钱、效率……"

"是的，"桑宜说，"效率很重要，有时候也要平衡他方的利益……我们就拿你的交通案子做例子——"

"怎么说？"

"到底是谁撞谁的——发掘真相当然很正义，但实践中，这需要花费很多时间精力，过程中还可能会牵扯出一些无关的、甚至你不想知道的事情……"

向寅若有所思。过了一会儿，他笑了笑，说，"我有点懂了。"

那是一个懂事又很无奈的笑。桑宜认识向寅以来，从未见他这样笑过。

"有件事情还是要跟你说一声，"向寅说，"那天在你们律所门口，我问你休假是不是去旅游，是我没做对。"向寅说。

"没关系，都是过去的事情了。"桑宜不是个记仇的人，"其实当时我也没有特别介意。"

"那就好。"向寅说。

"对了，"桑宜说，"你刚才说，不是你的错却由你来承担责任，你的情况又是什么？"

向寅没有直接回答她，而是将目光投向面前的马路。在桑宜数到第五辆车经过时，向寅开口了，说，"桑宜，你知道越南内战吗？"

"高中历史课上学过一点的。"桑宜说。

"1975年，越南内战结束，我外公就是这年来的美国。"向寅说。

"我知道越南内战打了三十年，死了很多无辜的人。"桑宜说。

"是。那些活下来的人，也未必就解脱了……"

"你说的这些我并没有经历，"桑宜诚实地说，"但我想人都是一样的，都希望有生之年不用搅进这样的历史。"

"我同意。"向寅说。

最后一班电车晃晃悠悠从一处街角出现，又在下一处消失，之后很久都再没有车辆经过。夜晚很安静了，连偶尔的风声都会引人无端心悸。

向寅放轻声音。"我也不是经历者，下面跟你讲的，都是我外公告诉我的。"他慢慢将听来的外公逃难的经历讲给了桑宜。

桑宜听着听着就疑惑了，故事里只有外公，并没有向寅的外婆和母亲。

"那近13万乘船来美国的难民里面，包括的只有我外公。"这是向寅故事的最后一句。

桑宜的两节心跳几乎连成一拍。

那么你的外婆，你的母亲呢？而你自己，又是怎么来美国的呢？她没敢问。

向寅也没有再说下去。他在沉默很久后，像是一下子失去了说话的兴致。他站起身，拍了拍身上的灰，又舒展了下手臂。桑宜跟着立起，并顺手将他的外套拿上。

向寅也不说话，径直向前走。过了一会儿，向寅放慢脚步，与桑宜并肩而行。

最后向寅在桑宜的车前停下。

桑宜将抱在手里的衣服还给他，然后打开车门，坐进驾驶室。她发动车子，挂上倒挡，向左车窗瞄着，却一下子看见后视镜里，向寅孤独的身影静静地立着。

桑宜于是毫无防备地对上他的浅褐色眼眸。

车镜中目光的交会悄无声息地持续着。也不知过了多久，桑宜才像挣脱封印一样，将推杆猛地挂上D挡，又狠狠踩下油门。引擎发出轰的一声，像嘲弄的笑；车子向前弹去，如同仓促逃窜的噬齿型动物。

———————■———————

桑宜把车载音乐打开，调到DJ舞曲，她要用这种强烈的节奏来折抵方才仓皇离场的情绪冲击。

她在舞曲震荡的音律中慢慢找到平衡，落荒而逃的感觉渐渐淡去。

她把车子的天窗打开，透一眼望向上空。墨蓝的天幕如同静止的海水倒转，北斗七星光华璀璨，像海中的灯塔。

明日会是个艳阳天。

桑宜呼吸着夜晚冷冽的空气，在恢复的平静中又感到一阵酸楚。她想起第一次见面时，向寅用手划着星冰乐杯子上的水雾，想起录笔录时他略带攻击性地望着原告律师。她想起法律援助中心他逞强的样子，"我不是为了那个车祸的案子来找你的。"又或者是他玩味地笑，说"你还是想帮我？"那天后来，他还说，"如果相信中医，可以来找我外公。"像个没有经验的推销员，紧张和局促都写在脸上。

他似乎有个外科梦，书架上整齐地摆放着那些封面印有银色手术刀的大部头。如果没有看错，有几本书是刚过时的版本，2017年新版发售，哪怕只有几个字改了，都会让15、16版变得一钱不值，那些旧版书籍被医学院的学生像废品一样丢给书店，它们中的一本被向寅珍惜地拾回了书架上。

当然还有他平淡得像是毫不在乎述出的那段历史：1975年，他的外公在距离西贡200公里的迪石港爬上一艘破败的组装木船，在中国南海水域没日没夜漂了十一天，最终被一架海上钻油台的工作人员救起，活着到达了马来西亚柔佛州的难民营。在那里，他接受了收容，以难民的身份来到了号称"阳光之乡"的加利福尼亚州。

"只有我的外公。"向寅强调这一点的时候，上空电线横斜的影子投在他的脸上和手臂上。

向寅的母亲应是经历了某些不幸，不管这不幸是什么，它都与向寅所说的强加给他的困境分不开关系。而这样的困境，导致了向寅的"把柄"，让他和他的外公，在面对欺人太甚的房东的时候，"无法任性"。

如果照着这条线想下去，那么那天向寅来援助中心，借她的法律检索账号，说要查"谷歌和法院自助网页查不到的政策分析"，也都应该是相关的。

在那一刻，桑宜产生一种强烈的要去调取他搜索记录的冲动。但她不是个破坏规矩的人，也不愿意越界，一个多月前她用律商联讯偷偷搜查弗兰克的背景，已经是她的极限了。她将冲动压下去，理性思维又告诉她，按照向寅的性格，搜索记录应该早就被删得干干净净了。

于是，她想做另外一件事情。她减缓车速，导航到就近的一处自动取款机，取了一笔她觉得不算小气、又不至于刺激到对方自尊心的数额。

半个小时后，她回到那扇墨绿色的门前。

门一推就开了。桑宜蹑手蹑脚地上楼，摸到向寅的公寓门前。她从包里取出圆珠笔和便笺本，撕下一页写上"为今天你做的所有事情"（For everything today）。她用便笺纸细细包了钱钞，沿着门缝塞了进去。

"所有事情"包括了什么呢？桑宜自己也在想。应该包括向寅送她回车里，包括他在爆破声后、在大雨里拉着她一路奔袭，包括那只他费劲找出来的、持续运作了四十多分钟后就发出了焦煳味的老式吹风机，包括吹风机旁边有心摆着的一条还没摘掉标签的新毛巾和一叠厚纸巾，包括他在客厅里等待的时间，还包括之后楼下见面、他第二次说要送她回车里。

好像还应该包括坐在台阶上聊天的那三个小时，以及那件被坐脏了的外套。

桑宜后来回顾那个给钱的举动，觉得自己的动机远比看起来复杂。她不只是想谢他或者帮他，而是，在还没有准备好投入真正的感情的时候，人们往往会诉诸那些可以量化的东西，比如金钱和物品，它们既是缓冲带，也是安全阀，在得失算计的冷静间将动情的人保护得很好。

当然了，就像桑宜预感的那样，向寅并没有要她的钱。但他还钱的方式，却是桑宜没有想到的。

第二十一章 | 向寅的三件礼物（一）

三天之后，正在办公室起草文件的桑宜收到了一封挂号信。信的收件人写得很详细，寄件人处却只有一个拇指指甲盖大小的"X"。

桑宜心跳加快，急忙拆开信封。

先掉出来的是一张支票，但数额却不是桑宜所给的。桑宜给的是整数，支票上小数点后还有两位。

桑宜发了一会儿怔，突然开窍。她拿出计算器按了几下，果然，多出来的数额等同于三日的利息，而采用的利率，则是当下通行的学生贷款利率。

除了支票，信封里还有一份折起的短笺。短笺上是一张手绘的表格，横向是周一到周日，竖向则是每日时间，中间三分之一的格子打上了对角线。

表格下是一段话：

没有用对角线画掉的格子就是我外公有空的时间，这是答应了要提供给你的信息。另外，如果你决定要来，请提前通知我。理想的状态是，我希望你挑一个下午就诊的时间，这也就是说，我希望你早上就到旧金山，把除了看病的时间都腾给我。届时我会来见你，有谢礼要给你。

向寅

桑宜捏着那封短笺，她好像知道赴约意味着什么，又好像不完全知道。她的手机就摆在桌角。

向寅是在一个周四收到桑宜短信的，那时候圣诞节已经过去三天。学校还没有开课，唐人街安安静静，但仍然有种喜庆的氛围，像是沉淀下来的。

向寅给桑宜回短信，让她记得穿运动衣和运动鞋。他还说让桑宜不要开车，最好坐湾区捷运（Dart）来，他会带桑宜去个地方，开两辆车不方便。至于什么地方，为什么要去，哪里来的车，一概没有解释。

周日早晨九点。旧金山金门公园。

在经历了一整夜的雨水后，公园里的土壤呈现出深沉的棕红色，雨水将高大松木上的尘泥冲刷去了大半，裸露在外的气根恣意盘错，像是急不可待要呼吸雨后的空气。

桑宜大口呼吸着，泥土的甜腥、松叶的辛辣和木兰花的清香全都糅在一起。她停下脚步，双手支着膝盖上方。

"嘿，你还好吗？"前面的向寅回过头。

桑宜摆摆手。

"你看你跟阿富一样，呼吸都那么用力。"向寅的手腕上绕着一根皮绳，绳子的另一头拴在一只浑身雪白的萨摩耶的颈部。说这话的时候，他正扯着皮绳，以至于向前冲的狗不得不掉过头来。

这只叫阿富的萨摩耶长着一只圆滚滚的鼻子和一双圆溜溜的眼睛。它咧着嘴，粉红的舌头吐着，急促地喘着气。

喘了一会儿，狗狗冲着桑宜眨眨眼睛，上眼皮的褶皱一开一合。

"诶，它是双眼皮儿哎！"桑宜直起身子，指着差不多有她腰那么高的大型犬，兴奋地嚷着。

向寅蹲下身子，在萨摩耶两只耳朵之间的白色绒毛上揉了揉，说，"小伙子，美女律师夸你长得帅。你开不开心？"

萨摩耶昂起脖颈，嗷呜一声。

桑宜被逗得咯咯笑。笑了一会儿她忽然说，"你别这么叫，不是什么美女律师。"

"这么不自信？"向寅马上回道，"自己都不相信自己，还能指望别人相信你？"

桑宜恍惚了一下，说，"有道理。"

"我试试带它跑一会儿？"歇了一会儿后，桑宜提议。雪绒球精力充沛，已经耐不住性子，上蹿下跳的。

"你?"向寅笑。

"我什么?"

"没什么。"向寅一边说着,一边拽着狗绕到桑宜背后。"可以吗?"他突然问。

"什么可以?"

"碰你的手。"向寅若无其事地说,"把绳子交到你手里的过程中,会碰到你的手。可以吗?"

桑宜学他的样子耸耸肩。

向寅抓住她的右手,将皮绳交到她手里。他自己则立在她身后,伸展开的右臂框着她的身体。

"抓紧了。"向寅说。

就在大脑释放信号操控右手肌肉握住绳子的瞬间,一股劲力将桑宜猛地一带,她整个人跟着向前冲,直往地上跪。

但另一股相反的力拖住了她的右手手腕,又帮她握住了绳子。

"咦,不是说让你抓紧的吗?"向寅用故作惊奇的语气说。他手上的绳子前后上下震动,萨摩耶嗷嗷叫唤着,伸长脖子要向前奔。

尽管开局不利,桑宜在之后的发挥中逐渐企稳。先天力量和平日缺乏锻炼一时半会儿补不起来,但萨摩耶似乎和桑宜很合得来,没有再为难她。

两人沿着金门公园跑完了一整圈。向寅说,"差不多十一点半了,我们走吧。"

"阿富的家在日本城,我们要把他送回去。"向寅说。

"你帮别人遛狗……"桑宜说。

"怎么了?"

"我做学生的时候就是一心一意念书,你除了念书,还要管药店,还要做其他的事情……"

向寅不置可否,"你以为很多么,其实也都是为了生存而已。"

他们并肩走到街边泊着的汽车旁。阿富乖巧地蹭着向寅。向寅发动车子，向日本城驶去。他们经过中国使馆街，在一幢有看维多利亚式浮窗的别墅前停卜。向寅下车，开门，还掉阿富。两人在附近一起吃了顿简单的午餐。向寅再把桑宜送到药店门口。

"我就不进去了，"向寅说，"结束了给我发短信。"桑宜刚想问他，短笺中说的要带她去的地方是不是就是金门公园了，向寅却在背后轻轻推了推她肩膀。桑宜一步迈进药店，再回头发现向寅已经走开了。

———————■———————

会诊进行得很顺利。在中药店门口接到桑宜，向寅先是礼貌地问了一句，"下午有安排吗?"

在桑宜也礼貌地回答"暂时还没有"之后，他说，"那我带你去今天第二个景点，叫'大地尽头'[1]，是一片很大的海滩，上面有古建筑的废墟，沉船碎片，还有石头迷宫。"

"我以前应该去过。"

"那你知道那海滩也连着山路吗? 山不高，但爬上去可以看到红色的金门大桥。"

"对。"

"从那个角度看金门大桥的落日，很美。"他停了一下，"想带你去看看。"

桑宜也停了停。她忽然笑了，捋了捋头发，问，"所以你今天的安排，到底是什么意思呢?"

"辅助疗法，配合失眠的中药理疗。"向寅淡淡地说。

桑宜在心里重复了一遍他的话。她感到自己被一层淡淡的、氤氲而苦涩的雾气包裹了。这雾气一直跟随她，随她沿山道上行，随她步至环抱海滩的丘陵顶端。

她站在丘陵顶端望下去，"大地尽头"向海洋伸出一隅，浪涛击在礁

---

1 大地尽头，Lands End，旧金山金门大桥附近的景点。

石上，水鸟嘹亮地呼喊着，从白色的碎浪中腾空而起。就在那个瞬间，伴随她的雾气散开了。她向远处眺望，落日将自身的颜色染在砖红的金门大桥上，也染在桥上往来穿梭的车辆上。在海浪的轰鸣和水鸟的呼喊中，整个画面都动了起来，一切生机勃勃。

"我想问你个问题——"身边的向寅忽然说。

桑宜将目光从远处收回。

"就是那天你没回答的——你就那么喜欢那个戒指吗？"

桑宜想了想，反问，"你看过迪士尼的小飞象吗，就是那个动画片？"

向寅笑，"美国长大的小孩里面，你要找个没看过迪士尼的还是有些困难的。"

"那，你记得里面乌鸦给了小飞象一根羽毛，就是靠衔着那根羽毛，小飞象起飞的时候才不会害怕。"

向寅眯了眯眼睛，若有所思。

两人又立了一阵子，直到太阳消失在海平面上。

"五点零一分，"向寅说，"今天大地尽头日落的准确时间。谢谢你陪我看落日。"

渐渐地，冬日傍晚的凉意从四方丝丝缕缕簇过来。"我们下山吧。"向寅说。两人沿着曲折的砖路下行，一路上仍然彩霞漫天。在回到山脚停车场的那一刻，余晖失去了粲然之色。天色一下子晦暗阴郁了，寒风四起。

向寅脱下外套，递给桑宜，说，"你每次进城都穿得不大够的样子。"

他们走到停车的地方。向寅看了看桑宜的表情，"今天跑了那么多地方，我知道你一直想问，我就跟你直说了吧，这车是提姆的。"

桑宜很惊讶，"你和他还能成为这么好的朋友——"

"其实我也不想，我试过不理他……"

"那后来呢？"

"后来都没成功。他是很好的人，性格也棒，他爸爸的做法跟他没关系。"

"就像，"向寅稍微凑近了些，"你们律所的做法跟你没关系。"

桑宜对着他的那一侧脸幕地烧了起米。

那晚向寅执意开车送桑宜回去。太阳落下去，金黄的月亮升起来，冰一样的云层托着它，云和月亮永远在车子的前方，像一个够不着的梦。

向寅左手握方向盘，右手随意搭在腿上。开车的时候他话不多，一切都很安静。

开到了，向寅没进车库，而是将车子停在小区外的台阶边。

"你今天开心吗？"

"挺开心的，这就是你说的谢礼了？"

向寅低下头，努了努嘴，像在思索。一会儿他摇摇头，"三件做完了两件，还差一件。"

三件？

难道说遛狗和看落日是两件，那还有一件是什么？

"……什么意思？"桑宜问。

向寅舔了舔牙齿，冲桑宜笑了下，带一点少年特有的似是而非的撒娇。然后他说，"我在想，下个周末可不可以也这样见到你？"

第二十二章 | 向寅的三件礼物（二）

桑宜回到公寓。她慢慢解开鞋子外套，忽然又像想起来什么似的，折身快步走到窗前，拨开百叶窗看向楼下。向寅的车还泊在路边，前灯闪了一闪。随后，车子在路灯昏黄的光晕中打了个回旋，就向夜幕深处驶去。

桑宜松开百叶窗，靠在墙壁上。她感到一种恓惶，一种惴惴不安，一种久违的约会后的疲惫与希冀。

"晚安。"向寅给她发短信。那晚是他们第一次互道晚安。

"你也是。"桑宜回。

"睡个好觉。"

"好。你一般也这时候睡吗？"桑宜问。

"会比你晚一点。"对方回。

"好，那先和你说晚安了。"

"其实你已经说过了。（笑脸）"向寅回。

"失眠的律师，睡吧。"向寅又发。

"好。"

"睡个好觉，明天又是新的一周。"

"好的，你也是，周一加油。"桑宜打出这行字又停了下来。她在想需不需要再加一句什么。

这时候握着的手机持续震动起来，屏幕上显示向寅的来电。桑宜接通电话。

"嘿……"向寅说。

"嘿……"夜晚很安静，对方的声音显得很亲切。

"我看你还在输入，就直接给你打过来了。"向寅说。

"嗯。"

"睡吧，不要再回了，为了你的睡眠好。"

"好的。"

周一在援助中心忙碌了一天。五点下班，点了外卖在家里吃。十点半，桑宜从浴室洗完澡出来，摆在床头柜上的手机忽地震了。桑宜自己都无法解释地心口一跳，拿起来一看，果然是向寅的短信。

"阿公给开的药，吃了吗？"

"嗯，刚刚吃完。"

"煎药麻烦吗？"

"还好。我就丢进去一锅煮开了，凉了再喝掉。"

"我猜，你没有那种煎药的砂锅吧？"向寅说。

"嗯，没有。我打算网购一个。"桑宜说。

"你可能不知道哪种好，我给你买一个寄过去吧。"向寅说。

"不麻烦你。真的太不好意思了。"

"没有关系的，"向寅回，"这个我比较懂一点。你要是相信我，就把地址报给我吧。"

"那我把钱给你。"

"不碍事的。"

就这样，每晚都有他的短信。最后一条也总是"晚安了，睡个好觉"，叙述风格简单而实用。桑宜意识到自己会在晚饭后就将手机一直带在身边，时不时查一查有没有新的短信。好像在不知不觉中产生了期待。

这样就到了周五晚上。桑宜照常喝完中药，向寅的短信也照常到了。"跟你确定一下，明天早上九点见面。"

"是的，确定。"短信发过去，桑宜的电话就响了。

有那么三五秒钟的时间，两个人都没有说话。听筒里安静得能听到自己的心跳。

"嘿……"那端清了清嗓子，终于开口了。声音很沉，带着一丝细微的滞涩。

"嘿，"桑宜也轻轻清了嗓音，"砂锅很好用，谢谢你。"

"喜欢就好。"对方说，"对了，明天早上，我来接你吧？"

"你从旧金山过来吗？要一个多小时的车程，太麻烦了。"

"其实——"那端放慢了语调。

"嗯?"

"是这样的,你不用考虑我麻不麻烦,你喜不喜欢更重要……"

"我……"

周六早晨七点五十,桑宜走出公寓大楼,就看到向寅的车打着双闪,规规矩矩地泊在黄线画出的等人区域。"你出来得好早。"向寅对桑宜感慨。

"不早了啊,我们约的是八点,我只是提前了十分钟出来。"桑宜说。

向寅低头笑笑。

"怎么了?"

"没什么,"向寅说,"我们出发吧。"

开车经停日本城,领了阿富,又在金门公园泊车。按照上周设计的路线绕公园慢跑一匝。这样就到了十一点。

"这次我们需要把阿富还到一个不同的地方,其实就是给我活计的那个老板,我当他是很好的朋友。"向寅说,"你愿意跟我一起去吗,还是在什么咖啡厅之类的等我?"

桑宜想,当然要说"和你一起去",哪怕出于礼貌也应该这样。可她抬头看向寅的时候,对方也恰好望向她,眼睛里有一些一闪而过的东西。

"我和你一起去。"桑宜说。语气和她预想的已经不一样了。

"谢谢你陪我一起去。"向寅接过话,他把"和"换成"陪"。桑宜的脸孔微微一红。

他们并肩走到街边泊着的汽车旁。阿富乖巧地蹭着向寅。向寅发动车子,向唐人街驶去。阿富从后座探出头来,蓬蓬的白色绒毛扫在桑宜的肩膀上。

———————■———————

唐人街西北角有条依坡而建的窄街,街口的一处店面正在开张。一个黝黑壮实的中年汉子把铁拉闸门推到一侧,又取出钥匙扭着玻璃门上的U

形大锁。

桑宜走近了，看到玻璃门面上挂着一块白底蓝字的招牌，招牌上写着"维维宠物日托店"，招牌的右下角还有一行黑字，"旧金山动物保护协会合作机构"。

"Tran！"中年男人冲着两人挥动手臂。

萨摩耶从两扇半开的玻璃门缝中挤进店里，就又开始四下乱奔。向寅一扯牵引绳，萨摩耶得了指令，撑住前爪，在店中央停了下来。

"Tran！"男人又喊了一声，拍着向寅的肩膀拥抱了他。他转过身来，看看桑宜，又看看向寅，等着后者介绍。

"宜她是……"向寅停顿了一下，飞快地瞅了桑宜一眼。他舔了舔嘴唇，说，"她是我的朋友。"

"啊哈！"中年男人扬了扬眉毛。

"她全名叫桑宜。"向寅说。

"知道了。你好，桑！"男人豪爽地冲桑宜打招呼。

"这位是维维老板。"向寅说。

"都没人记得我本来的名字了！"维维老板说。

"那我重新介绍一次。"向寅说，"王永（Vinh Vo），或者文森特（Vincent），我们喜欢喊他维维老板。"

"除了你外公，没有人再喊我永（Vinh）了！我老婆喊我文森特。"维维老板说。

"老板跟我一样，是越南人，"向寅对桑宜解释，"刚说的是越南名字。"

"1976年——越南'出口'美国。"维维老板指指自己，对桑宜说。

1976年，越战结束的第二年。桑宜不由地想。

"那年我才十岁，就被忽悠过来了。"维维老板哈哈笑着。

"遛好啦？"维维老板接过萨摩耶的牵引绳。

"对。"向寅低头摸出钥匙递给他，"阿富要剪爪子了，所以我没送它回它主人那里，我想带过来给你比较好。"

"知道了，我来安排上。"维维老板说，又笑，"我客人的狗，你好像比我还要了解，都来指导我了！"

向寅也笑，"那真是不好意思。"

这时候店面的一角传来窸窸窣窣的动静。向寅转过头，一个十多岁的小女孩从楼梯后面蹦蹦跳跳跑出来。

"Tran！"小女孩大声喊，"我好开心！"

向寅弯下身，手撑在膝盖上，视线和小女孩平行。小女孩跑近了，把两只软软的小手撑在他手背上，两只脚继续淘气地蹦啊蹦。

"为什么开心？"向寅问。

"过新年爸爸带我们出去玩！"

"带她和她妈妈回越南看看，丽拉长这么大还没回过老家！"维维老板插进话来。

"爹地说越南有好多好吃的，都是美国吃不到的。"丽拉踮起脚尖，用一只手背挡在嘴边，对着向寅的耳朵嚷。她以为做了个说悄悄话的姿势就是说悄悄话了，实则向寅的耳鼓膜都要被震掉。"爹地还说，越南有好多美国人开不来的店，美国买不到的好玩的！"

"那是。"维维说。

小女孩掉过头，冲向桑宜，说，"姐姐好。"

"你好，小朋友。"

小女孩又朝向向寅，眼睛上下瞄了瞄他，突然伸出手，说，"拿来！"

向寅一下没反应过来，"什么拿来？"

"圣诞礼物啊！"小女孩鼓了鼓腮帮子，"上次陪你遛狗到日本城，我在那家卖头箍的店前面站了那么久你都没有反应过来！什么好处都没有，下次不找你玩了！"

她又把头转过来对着桑宜，说，"他对姐姐你肯定不这样！"

"人小鬼大，别理她胡闹。"维维老板佯装训斥丽拉。小女孩扮了个鬼脸，就往桑宜身后躲。

桑宜扭过头，小女孩冲她比了个大耳朵鹿。桑宜蹲下身子，说，"我叫宜，你好啊。"

"我叫丽拉。"小女孩说。她又摆出一只手背挡在嘴边的姿势，说，"悄悄告诉你，Tran他……"

维维老板看了一眼女儿，回过头来，发现向寅也在看着那个方向。他拍了拍向寅的肩膀，"随她们去玩吧。"

"好。"

"对了，你外公怎么样了？"维维低声问道。

"他状态还可以，"向寅收回目光，"今年又过了一个太平年，应该不会再复发了吧。"

"我上次去药店，还跟他说了好久的话。我看他身体恢复得不错。"

"是的，医生说他恢复得算快的。"向寅说。

"多亏你的照顾啊！你外公对我一个劲儿夸你，说你越来越懂事，你外公这些年也不容易……"

这时，小女孩蹦蹦跳跳地，又绕到向寅面前。"我帮你说了好多好话呢！"她吐了吐舌头，"现在你欠我两个头箍了！"

"丽拉！"维维老板说，"越来越没规矩了，给哥哥姐姐道歉！"

小女孩嘟了嘟嘴，挤出一声"对不起"，然后一溜烟跑掉了。

"你们要有事儿就去忙吧。"维维老板对向寅说，"这小家伙，别放在心上。"

"怎么会，"向寅说，"那我们先走了啊。"边说边引着桑宜向外走。

两人回到车里，有一阵子谁也没说话。快到外公药店的时候，桑宜忽然笑了一声，说，"小女孩还挺好玩的。"

"是吗？"向寅转头看她，"我希望她没说太多我的坏话。"

"你想听听吗？"桑宜问。

"好话还是坏话？"

"放心，是好的。"

"那不听了，无法促进成长。"向寅说。桑宜被逗得扑哧一声笑出来。

中午依然是简餐。会诊也依然进行得很顺利。桑宜从药店出来，被向寅接上车，主动问了句，"接下来去哪里？"

"去双子峰[1]。"向寅说。

汽车沿着市场街一路向西南行驶，直到面前清晰地现出南北对峙的两座山峰。向寅减缓车速，沿着蜿蜒的山路向上攀升。风慢慢大起来，撞在窗玻璃上发出嘶嘶的吼声。快到山顶了，向寅把车泊下，这里的山路已经很狭窄了，却仍有车子不时经过。向寅对桑宜说，"我们需要一前一后，你走前面吧。"桑宜走了两步，回过头看向寅，神色有些担忧。向寅说，"真没什么，你向前走，不用回头。"

又走了些时候，两人到达了被垒石半围起来的峰顶。

那时候是下午四点，冬日的黄昏正缓缓降临。风很大，吹在耳边有啸鸣声。桑宜把风帽扣上，向前走了几步。半山腰的盘山公路在白蒙蒙的雾海中若隐若现，远处金色的太阳辐射着十字剑一样的光芒，周围云霞明灭。

"今天我们多待一会儿，等太阳落山。这里的夜景很好看。"向寅说。

他取出手机，说，"我给你拍几张照片吧。"他让桑宜站在夕阳的光束里，蹲下身子给她拍照。

慢慢地，天黑下来。旧金山市的灯光次第亮起来，渐渐有了铺天盖地的势头。而远处的太平洋上则是一片宁谧的黑色，只是偶尔会有一线白浪一闪而逝。桑宜从前怕海，尤其是夜晚的海水，站在岸边向远处看，黑黢黢的，无边无尽，泛着一种荒凉，有时候还有些悲怆和无望。但此时站在高处俯瞰太平洋与城市相衔相接，那荒凉和无望便有边有界，岸的尽头是海，可海的尽头也是岸，是明亮的灯光和踏实的陆地。

风软下来。桑宜在一块石头垒砌的围栏上坐下。向寅在她身后站了一会儿，也跟着坐下。桑宜嗅到他身上很淡很好闻的味道。风酥酥的。桑宜沉沦在一种气氛里。

"宜——"

1　双子峰，Twin Peaks，旧金山景点。

146

"什么?"

"你那天说……乌鸦和小飞象……"向寅说。

"嗯,是啊……"

向寅低头想了下,说,"其实上周回去,我把《乌鸦和小飞象》找出来又看了一遍。"

"啊,是吗?"

"宜,"向寅问,"你前任他……我可以问吗?"

桑宜用手揾了揾脸,说,"你想知道什么?"

"随便你,你愿意说就说说,不愿意说也没关系。"

"嗯,他其实,我们……"

"动画片里,乌鸦教小飞象怎么用大耳朵飞起来,乌鸦给了她一根羽毛……"

"是。"

"有一阵子,小飞象很依赖乌鸦,也很依赖乌鸦的羽毛,没有羽毛她就不知道怎么飞。你……你对你前任是这样吗?"向寅望着她,问。

"我……我不知道。"桑宜说,"可能吧。"

向寅将视线重新落回前方,没有再回应她。过了一会儿,向寅忽然伸手指了指城市的方向。桑宜顺着他的手指望过去,城市的灯光愈加温暖绵密。

"你猜我在想什么?"向寅冲桑宜笑了笑,问。

"你在想,灯很漂亮? 或者想大冒险?"

"差不多,"向寅说,"我在想,做只小飞象挺好的,这个时候就可以飞下去,绕场一周……"

他侧过一点,指了指左方,说,"从金门大桥开始,往城市里面飞,市中心最高那个塔楼上可以停一停,歇歇脚,然后再往伯克利那边飞……"

"伯克利那一段也有歇脚的地方吗?"桑宜问。

"应该有吧,我找找……"向寅说。

"欸，那个建筑物，那是什么？"

"那是一座普通的写字楼……"

"哦……不过也可以休息……"桑宜被他带动着，不知不觉也沉浸在天马行空的想象中。

峰顶的人来了又走，一茬又一茬。两人待到几乎失去时间才返程回到车里。

向寅送桑宜回家。途中汽车经过一处码头，透窗望去，地势很平，仿佛一副打开的扇面，斜斜倾入海湾。积木一样的集装箱堆砌得像大大小小的山丘。一轮淡淡的月亮，如水印一般，轻轻悬在脚手架的顶端。

"说不定小飞象还可以摘月亮。"向寅说。

"我也觉得可以试试。"桑宜说。和向寅在一起，她也变得轻松起来。

到了桑宜的小区，向寅在大门外的台阶边泊下车。他将引擎熄灭，车厢内瞬时安静了。

"最后一件礼物……"向寅用一种很认真的姿态说道。他的声音很轻，像一束羽毛拂过桑宜的耳畔。

桑宜的耳郭倏地发烫了。"真的？"她说。

"说到做到。"向寅说。他指了指桑宜手腕，说，"可以吗？"

桑宜心跳加快。她懵然问道，"什么可以？"

向寅没再回答。他伸过手，托起桑宜的手腕。他拇指和中指抵着那枚戒指向下褪。戒指缓缓离开桑宜的无名指，稳稳落在向寅手心。

"小飞象自己可以飞，她不需要乌鸦的羽毛，她不需要任何动物的羽毛。"他说。

第二十二章 | 今夜扁舟子

"车给你加满油了。"向寅把车钥匙丢给对面的圆脸男孩。

"都跟你说了下次不用给我加油了，不过，这油用得真快啊。"提姆摸着钥匙说。"某人要伤心咯……"提姆晃晃脑袋，故作感慨。

"谁啊?"

"隔壁班的艾米丽啊，听说你恢复单身后，来找了我好几次啊。为什么女孩儿来找我，问的都是你……为什么有些可怜的人啊，就只有传话筒的命……"

"……"

"这周还用车吗?"提姆凑过来，暧昧地问。

"还没定。"向寅说，"周三告诉你。"

周三的时候，向寅去楼下邮箱取信。一个薄薄的信封，打开一看，是他前阵子申请湾区大学转学的录取通知书。通知书里还说，转学的资料和相关表格会另行寄出。

向寅把通知书放到一边，取出手机。

正靠在微波炉旁热午饭的桑宜感到手机在震。打开来一看，是向寅的短信。

"周六晚上有空吗?"

"有啊，怎么了?"桑宜回。

"两件事情：第一，我要过生日了；第二，我有个好消息要和你分享。"

"你生日我知道的，案卷里有你的资料。不过好消息是什么?"

"我申请了转去湾区大学，被录取了。下学期开始直到毕业，我就在湾区大学念书了。"

"真是恭喜啊!"

"所以要庆祝一下，周六晚上可以吗?"

"可以啊。有蛋糕吗，我去给你订个蛋糕?"

"其实……不太喜欢甜食……"

"啊，这样……"桑宜立刻想起来，有次和向寅一起吃饭点了甜食，都是桑宜一个人吃掉的。

"那想要什么生日礼物，现在说还来得及哦。"她又问。

"不需要，带个人来就好。"口吻直接而肯定，并无引人遐思的波动，桑宜却无端耳垂一热。

周五晚上下了班，桑宜开车到湾区大学旁的购物中心。逛了半天，也不知道给向寅买什么礼物。她实在也是不知道，按照他们现在这样的关系，该带什么样的礼物合适。

现在和他是什么关系呢？桑宜走过一扇一扇亮着灯的橱窗，很认真地想。

过去一个月内，两人每个周六周日都见面。程序也是一样的：在金门公园碰面，与要遛的狗一起跑上一圈。高颜值的阿富出镜率比较高，除此之外，桑宜还见过一只蓝眼睛的哈士奇，一只脸皱巴巴的斗牛犬，一只黑白相间的边牧和一只流着哈喇子的金毛。十二点左右，桑宜陪向寅将狗送还，两人一起吃午饭。下午则相对随意些，去外公那里复诊过两次，其余的时候则是去附近的海滩和山林，边走边聊。

那时候天黑得很早，四五点的时候两人会静静等待夕阳。之后一起吃晚饭，地点多半是日落区的中餐或越南餐的小馆子。那里的桌子像是永远都擦不干净，但菜的味道确实是地道的小时候的记忆。

但他们真的是在约会吗？他从没有明说过。而且……他们也不是没有肢体接触，只是向寅似乎有意将肢体接触控制在必要事项内，比如将遛狗的皮绳交到桑宜手里，又比如爬山的时候扶她一把。最出格的那次，也就是摘掉她的戒指。

桑宜就这样边走边想，想向寅的礼貌与克制。她想不出答案。她仅有的两次恋爱经历（一次是大学初恋，一次是肯）帮不上忙，向寅和他们不一样。桑宜矛盾的心情撕扯着，扯出一个裂痕，让她陷下去。她又在被动中生出一种隐约的渴望，不动声色的，就像春雨里悄悄破土的绿芽。她眨眨眼睛，告诉自己要理性一点，和他之间不是没有差距的，并且她也希望再更多地了解他，比如说他的"把柄"到底是什么。理性意识回归了一点，她将注意力重新转移到给他买什么生日礼物上——虚长他八岁，真只带个人去，多少有点丢份。

最后，她到文具店买了一个红信封，在里面放了131块钱。给这样的礼物只有一个原因，她记得向寅提过，他的生日和过年离得很近，小时候每年那几日都会收到妈妈和外公的红包。

————————————■————————————

周六晚八点。帕洛阿托市中心。

离湾区大学最近的一家酒吧正用超大音量循环播放流行小天后爱莉安娜·格兰德的新专辑，顾客很多，走路不留神会撞到人，说话要靠喊，这些还在放假中的学生要趁着开学"收骨头"前再好好薅一把快乐生活的羊毛。

"向寅你想听笑话吗？"坐在转椅上的桑宜将手肘支在吧台上问身旁的大学生。

"你讲笑话吗？听啊。"向寅在转椅上左右转了转，心情似乎很好。

"我有一阵子，一个朋友都没有，特别特别沮丧。也没有人找我，除了客户和同事谁也不认识。每天都很渴望与人联系。有一天我上脸书，看到一个叫约翰·奥特莱斯的人加我，我还特别高兴。"桑宜呷了一口酒，"然后我通过了，那个人就给我发了一条信息，说很高兴认识我，有我这样的律师他们很荣幸。说以后我有用到他们业务的地方，给我打20%的折扣。"

"又是你的前客户吗？果然是美女律师，你看入坑的就不止我一个人。"向寅边说边拊了下桑宜支在吧台上的手臂，动作轻快又活泼。

"你听我说完嘛。"桑宜则用手指轻轻碰了碰他手背，作为回礼。"然后我就跑去查这个约翰·奥特莱斯是哪个案子的，干什么的。然后我查到了……"桑宜做了一个欲哭无泪的表情，"他是个卖移动厕所的，有一次被人告了，找的我们代理……"

向寅哈哈大笑，肩膀直颤。

"我还从来没看过你这么笑法，我很开心。"桑宜拍了拍他的肩膀。

"宜，你信不信，其实我笑点很低的，小时候老师讲笑话，别人都不笑的时候只有我一个在笑。只是后来好久都没有那样的心情了。"向寅说着，侧过身子，拿自己的酒杯去碰桑宜的，低声说"干杯"。杯子碰在一起，桑宜杯里的冰块晃了几晃。向寅看了一眼，说，"你喝太快了，让调酒师给你兑一杯橙汁缓冲一下。"他从桑宜手中抽出杯子。手指触碰手指，一瞬间两人都停了停才收回手。

向寅从调酒师手里接过橙汁，递给桑宜，说，"公平起见，我也给你讲一个笑话。我刚来美国的时候有人问我，'what's up?'我都会仔细看天，然后认真回答，'It's the sky！'好不好笑？"[1]

桑宜装不出来，只好老实说，"这个我以前听人讲过的。"

"是吗？那大概很多刚来美国的，都犯过这样的错吧，所以你不觉得好笑。"向寅倒也不介意桑宜对他的笑话不感冒。

"我再给你讲一个，这个你不笑我就罚酒！"大男孩在兴头上，越挫越勇。

"你知道你为什么方向感那么差吗？"向寅问。

"为什么？"

"因为你缺铁！你是女孩子，女孩儿身体普遍缺铁啊。你想啊，地磁场南北极是个大磁铁，你缺铁，怎么能搞得清楚方向呢，吸不过来啊……哈哈哈哈哈，好笑吗？"

向寅笑了半天，看桑宜，发现桑宜又没笑。"有那么不好笑吗？"他有点沮丧。

桑宜坐在那儿，她的注意力在向寅用的那个词"女孩儿"上，不管他是有意还是无意，这个词打动了她，她的感动大于笑神经末梢的震颤，所

---

1 what's up用于打招呼，有怎么样的意思。但up也是上方的意思，所以向寅当时会搞错。

以笑不出来了。

但是向寅显然没有反应过来这层玄机。他自个儿沮丧了一会儿，然后说，"走吧，我带你去夜店玩。我就不信今天不能让你嗨起来。"

"可是我今天穿的衣服不对啊。"桑宜说。

"没关系，我的衣服也不对。这次就是自己开心就好，下次换了合适的衣服再说。"向寅一把拽过她的手臂。

桑宜上一次去夜店还是法学院毕业的时候。这会儿她跟着向寅，沿着通道往舞厅走。她驾照上的年龄在几分钟前被门口的保安反复核对过。高大魁梧的黑人保安一手握着腰间别着的枪弹夹，一手高举她的驾照，借着路灯的光仔细辨别真伪。在确定证件不假之后，保安撮起嘴，用一只眼睛盯着她，另一只眼睛扫着她的驾照，两只眼珠倏忽靠拢又分开，像开了个短暂的碰头会，然后他的两只眼睛和一张嘴一起努向入口处，意思是可以走了。

通道很长，桑宜身边跑过几个女孩儿，赤着脚，手里拎着高跟鞋，有一个女孩儿还冲他俩飞了一个吻。女孩儿裙子上的亮片像仲夏夜空的星星。桑宜看了看自己到膝盖的裙子，她把裙边拎起来，捏住两个角打了个蝴蝶结，这样裙子下摆就在膝盖上面十厘米了。到这种地方来，她觉得自己快变成另一个人了。

那晚桑宜喝了好多酒。"我真的把'长岛冰茶'当'茶'喝了。"她咯咯笑着说。

她去拉向寅的手，开始只是松松握着，后来就成了十指交扣在一起。向寅的手背很凉手心很暖。他反过来抱桑宜，将她框在自己身体的范围内。向寅穿黑T恤牛仔裤，桑宜手勾着他的腰，小臂内侧隔着棉质T恤薄薄的衣料贴着他的身体，她再次闻到向寅身上很淡很舒服的味道。气氛引着她，她不由自主靠得更近，脸颊蹭在他的肩上。她扬起下巴，他低下头，嘴唇离得很近。他收拢双臂，却没有更进一步的动作。

音乐更野了。桑宜有时候探出身子，和着人群的节奏蹦蹦跳跳，有时候又笑着缩进向寅的怀里。

"胯！"向寅冲桑宜喊。

"什么？"桑宜也喊。

"要用拉丁舞步的话，你要动胯，不是左右摆，是上下摆。"

这时候放的曲子是查理·普斯（Charlie Puth）的《为我做了什么》（*Done for Me*），只不过是混音强节奏版。向寅和着音乐向后退着步子，步伐像猫科动物，但还是拉着桑宜的手。他用口型对着桑宜唱——

I lie for you, baby,（我为你而撒谎）

Cry for you, baby,（为你而哭泣）

Die for you, baby,（为你而牺牲）

But tell me what you've done for me。（但告诉我，你为我做了什么？）

唱完后，他又半开玩笑半认真地舔了舔嘴唇。

DJ把乐声弄得震耳欲聋。桑宜四下望望，越过攒动的人头，她发现大厅尽头的墙上竟然悬挂着一幅油画，灯光陆离，那画的背景看起来是幽蓝色的。画上隐约可见一个女人，在闪烁的光影里，带着审判似的微笑。

他们一直玩到夜店打烊才往外走。向寅开车送桑宜回去。开到桑宜的住宅楼下，他问桑宜要过车库自动门的钥匙，连按了好几下。

"宜，这个门打不开，怎么回事？"向寅问。

"昨天还好用的啊，"桑宜说，"怎么会这样呢？我试试。"她把头靠在向寅的肩膀上，从他手心里摸到钥匙，也按了按。没有任何动静。

"看来真的坏掉了。"桑宜觉得怪抱歉的，"那，不然停在街边？"她按着额头说。

"也只有这样咯。"向寅向车窗外探了探脑袋，说，"还能怎么办……"

这个时候附近街边的车位都被占满了，他们不得不把车子停到几条街外，然后寻着路灯的光往回走。

天下起雨。他们淋着雨开始跑，一路上向寅用手遮着桑宜的头。这样两人湿漉漉地回到了公寓，当然，桑宜有人工雨伞，要稍许好一些。

公寓的门关上了，向寅靠在墙上，意味深长地看了桑宜一会儿。那样的交流是心照不宣的。

然后他走到她面前，低下头，用食指背面轻轻刮着桑宜的下颌。他的表情与其说是深情，不如说是认真，就像是在完成一项很重要的任务。

桑宜忍不住思索。但思索立刻被打断了。

向寅手托住她的腰，温热缠绵的气息落在她唇齿间。

其实还有一些问题没有问他，其实关于自己的过去也没有完全告诉他。甚至包里的红信封都还没找到合适的机会给他——和大多数男孩子一样，向寅出门只在衣兜里装个钱夹手机，桑宜本想在当晚分别的时候把信封给他。

可在那个瞬间，这些好像都不重要了。在桑宜的意识里，周围的一切都慢慢消弭得无踪迹。在他的怀里，桑宜再次感到久违了的只有两个人的热度和柔软。有些渴望一旦开了口子，就有了覆水难收的势头。

那个快乐得可以忘掉一切的时刻终于到来了，桑宜闭上了眼睛。

———————■———————

桑宜缩在一件米色吊带棉睡裙里，睡着的时候像个蜷着的虾球。向寅将垫在她腰下的手慢慢挪出来，又给她盖好被子，来到客厅。

他需要暂时与她拉开一点距离。脑子里有太多画面在闪烁。

1月25日，也就是周三那天，他收到湾区大学的录取通知书。通知书放在桌子上，旁边他的电脑屏幕亮着，页面上是一条新闻。

特朗普的政府颁发了一道行政命令，这条被称为第13768号的行政命令要求"庇护城市"遣返非法移民。而拥有几十万移民人口的旧金山，就是这样一座庇护城市。

数字构成的名称让行政命令看起来一点也不显眼。但向寅觉得，这是他所恐惧的一切的开端。

如果他被遣返……被他翻查过无数次的移民局网页上清楚无误地

写着："在美国境内无身份期间超过一年，一旦遣返，十年内不得再次入境……"

十年。十年不得再次入境。

如果他被遣返，他要离开美国，回到越南……阿公怎么办，没有他那一点可怜的制衡，李只会变本加厉。但如果要带阿公回越南，阿公身体不好，病复发了又怎么办？

而他自己……还有一年半就可以从湾区大学毕业了，而且他有信心考入湾区大学的医学部，但是在那之前……比如说有一天他回到家，打开邮箱，里面掉出来移民局的一纸递解令，令他三十日内离开美国，他该怎么办？未来连同过去，将一起被掐断。十七年的记忆和习惯，那是从一颗种子发展成的完整根系，和旧金山的土壤纠缠在一起。

如果要走，需不需要把那棵长成的树连根拔起？不这样又怎么才能在西贡从头开始？

但每次他想多回忆一些这个他出生的城市，想起来的却只有湄公河上雾蒙蒙的炎炎烈日和母亲在最热的天气里仍然冰凉的手。说到底，那是一个他其实很陌生的地方。

但那里又毫无疑问是他的故乡，他的第一故乡。

西贡和旧金山，他到底属于哪里？又或者问题应该是，哪个地方会接纳他而不是抛弃他？

向寅从来不是被动的人。在坐以待毙等待救赎和主动出击夺其所需之间，他永远会选择后者。在那些模糊的、沉重的又相互冲撞的画面背后，向寅知道自己的答案其实很明确了。他不想离开，也不想再受人掣肘，他要他的"把柄"彻底消失。

时间不多了，每一步都要快速精准。

他回到卧室。桑宜并没有醒。

眼睛像夜猫一样适应了黑暗，卧室的物件摆设反哺了白日的天光，室内一切洞然。桑宜的睡颜在他眼前清清楚楚，带着一种很别致的美。

"谢谢你什么都没有问，就这样成了我的女友。"他在心里说。

第二十四章 ｜ 藏匿的真心与对原告的手段

"待一会儿进那个店，就按照我们刚才操练的那样子？"坐在副驾驶座上的圆脸男孩对左侧驾车的人说道。

"对，你行不行？不然还是我去？"向寅说。

"吓，你去还不立刻被认出来了！"圆脸男孩说，"放心，交给我好啦！"

"记得关键词，然后越简单越好。"

"再让我看一眼那个弗兰克的照片哩！"圆脸男孩嚷。

向寅瞄了瞄两侧后视镜，将车减速，停在路边。他从上衣口袋里摸出手机。

"直接给我手机不行吗，好矫情的……"提姆说着话，眉毛好奇地弹起来，"你该不是手机里有什么……嗯？"

"你想多了……"向寅说，"只是行车安全。"

向寅打开脸书，在搜索栏里输入"Frank ZhiXiang Chen"，调出用户页面。封面照上还是那辆白色的奔驰SUV，照片上用水印打了"金牌车行"的字样。头像则换成了一张蓝幕背景的职业照。嵌在背景中的男子露八颗牙齿笑，M形的发际线多割了一亩三分地给前额，大背头油光水滑，抿成一缕一缕向后梳着。

提姆把脸凑过去，对着照片啧啧啧。

向寅看了提姆一眼，下载照片，输入提姆手机号点发送，说，"记不住就存一张。"提姆像被揪住尾巴一样"噫"了一声。向寅没再管他，挂挡启动，车子又并入前行道。

这天是2017年1月29日，礼拜天，时间是早晨八点五十。距离桑宜成为向寅的女友，只过去了不到五个小时。早晨六点半，向寅从桑宜家离开，吻过尚在朦胧中的女人。他不是很确定桑宜是否听清了他给出的需要离开几个小时的理由，对她可能的埋怨也有些忐忑。但现在这些都要先放一放，他要先去办一件筹划已久的事情。

车子驶出日落区，金门公园深郁的树荫在后车窗上晕成一团墨绿的影子。前车窗出现一个接一个的45°陡坡，上坡的时候仿佛横亘在眼前的都是坡路，而下坡的时候又是伸长了脖子也看不见承托车辆的路面，整个人如坠云端。

渐渐地坡路趋于平缓，街道两旁出现五颜六色的房屋。又行驶了一阵子，房屋与房屋之间的间距逐渐拉开，街道尽头，一块足有一人高的红底金字招牌晃进了眼睛。

弗兰克就职的"金牌车行"到了。

这家名号霸气的华人车行坐落在唐人街的北边缘，早先是由仓库改建的，门面方正独立。车行几经修葺，仍保留了简单粗暴的装潢风格，比如遍刷银漆的门框，又比如那块巨大的红底金字招牌，就好像老远对着顾客招手，咋咋呼呼地喊着"快来买车啊"。

车行大厅内，穿西装衬衫打领带的弗兰克刚刚结束与上一位客户的吹侃。他抹了一把额上的虚汗，抖了抖衬衣（腋下的部分湿了一片），又按了按突突跳的太阳穴，就向门外走。

"喔嗨！"一个中等身材，圆脸有雀斑的男孩进了店面，绕过前台，直冲他走来。

弗兰克有些不悦。男孩看起来过于年轻，不像是有那个经济实力买奔驰车的。于是他有意躲过男孩的目光，继续向前走。

就在快走到门口的时候，他听到一个熟悉的声音，"弗兰克！"弗兰克猛地一回头，正好对上他的顶头上司那张严毅的长脸。

而糟糕的是，上司旁边就站着那个圆脸男孩。男孩冲他龇牙咧嘴一笑。

"这个顾客说在公司网站上看到你的个人简介，特地要你服务，你跟他聊吧。"上司说。

"是啊是啊，来聊吧！"圆脸男孩说。他晃了晃脑袋，指了指展厅内的一辆SUV，说，"我呀，对那种轿车啊，敞篷啊，两门小跑车啊都不感兴趣。我就喜欢SUV，运动感户外感强的，又刚又猛的。"他原地绕了圈，"我们去那边看看呗！"说着就往那辆SUV走。

弗兰克打了个泪水涟涟的哈欠，跟在圆脸男孩身后。

"诶，说说这车呗，挺酷炫的，数据啊什么的。"

"数据？我儿子打游戏才看数据……"

"啊那就说说性能，引擎啊，轮胎，对对，轮胎是不是雪地防滑的，四轮驱动还是前轮驱动？"

男孩的声音琐碎冗长，还带着来来去去的回音。

弗兰克用手指了指油乎乎的发丝，回答道，"这是2017年的GLC，性能非常好，涡旋动力，255马，可以在6秒内加速到每小时60英里。"

男孩"嘻"了一声，说，"几个轮子驱动呀？"

"四轮驱动。"

"还有哪，多说点会掉肉呀？还推销员呢。"

弗兰克凶巴巴地盯着男孩。

"你看我干吗呀，以为我买不起呀？你不推销好我怎么决定要不要买？"

弗兰克没好气地回，"它有九挡变速，五种模式，也包括比较环保的燃烧汽油模式。你还想知道什么，内置？"

"轮胎呢？"

"十八英寸的轮胎，可以升级到十九英寸……"

"哦……"男孩拖着长长的尾音。

弗兰克一愣神，圆脸男孩拉开车门，径直坐进了驾驶室。

"来，我们来看下内饰哦。"圆脸男孩说，"你帮我扶下驾驶室的门，开着比较好。"边说他还来回晃了晃沉重的车门，嘴里发着"喏"的声音，示意弗兰克接手。

男孩没有什么气势，但那种死缠烂打的黏性让人招架不住，弗兰克只好照他说的去做。

圆脸男孩微微一笑。忽然他抓抓鼻子，冒了一句，"接下来什么来着？"

他一拍头，"啊想起来了。"他的脸上顷刻换上一副很像那么回事的表情。他在驾驶座上坐直了身子，伸出一只肉乎乎的手，指了指中央扶手箱。他用手指在杯托边缘抹了一遍，说，"这个地方放奥施康定最合适了。"

男孩声音很小，但他的嘴唇在弗兰克眼前晃动，每一次开合都如同一个黑漆漆的洞口在示威。

弗兰克再也忍受不了。"滚出去！"他吼道。

————————■————————

"你没看他那个表情！"提姆手舞足蹈。"哇，今天发现我也挺行的！"他用胳膊肘儿撞了撞向寅，"要不是你说不好说出去，我就去跟艾琳（Erin）吹下牛了！"

"开车呢……"向寅说。他按了按自动钥匙，铁门悄无声息向上卷起，向寅将车子停进宽敞明亮的双车位车库。

"现在可以说了，"向寅将车熄火，"那什么……艾琳又是谁？"

"啊……"提姆脸唰地红了，窘促地说，"就是……最近……嗯……"说着又用手肘撞了下向寅。

向寅会意了，说，"那我不管你了。"

两人跳下车。向寅又问，"对了，弗兰克那里，后来怎么样了？"

"后来他喊我滚啊，各种脏话，声音还挺大，"提姆扣上车门，带着一种年轻男孩特有的不屑说道，"他老板还过来了！"

"委屈你了。"向寅说，"那你怎么说？"

"我说，没事没事，误会误会，就是今天你们弗兰克好像状态很差的样子啊……"提姆说着，五官自然而然地动起来，那副神气就像又回到了"金牌车行"，还在和弗兰克的老板进行着对话。

向寅瞥了他一眼，说，"那然后呢？"

"他老板唠叨了几句就走了，然后我也走了。"提姆揉了揉挤弄得发酸的苹果肌。倏尔他又凑过来，用一种神乎其神的语气说，"话说我现在有种复仇者联盟的感觉，特别行侠仗义，特别酣畅淋漓……"

向寅嗤了一声。

"我觉得我特别像蜘蛛侠，特别促进社区和谐……"圆脸男孩在兴头上。

"哦对了对了，这个给你。"圆脸男孩从夹克衫口袋里掏出一枚银色袖珍笔。把笔递出去的时候，他那张表情丰富的脸上又多了一层疑惑，"我说Tran，你费那么大力气就为了吓吓那个弗兰克，那干吗不把那些照片直接寄到他单位和家里，不是效果更好吗？"

"因为我查过。加州法律说，那样没法洗，不合法，"向寅说，"尺度很重要。"

"哦……"提姆豁然开朗。

"还有，你觉得我只是在吓吓他？"向寅接过录音笔，反问道。

"至少看起来就是这样啊……"

向寅拍拍提姆的肩膀，"那过阵子再告诉你。"

这下提姆真不开心了，他噘了噘嘴，"你这人，搞那么神秘，每个月都有那么几天特别矫情……"

向寅不气反笑，在提姆肩膀上砸了一拳，"怎么说话来着……"

两人穿过厨房，来到一楼的大厅。落地玻璃窗正对着涛声起伏的大海。

"我爸今天又不回来。你说，待会儿叫个外卖，再喊几个朋友来派对怎么样？"提姆往沙发上一躺，舒舒服服地提议。

"不了，"向寅想都没想回答，"今晚还要去见一个人。"

这下提姆从沙发上弹起，"这是什么情况？不会是你每周借车见的那个吧？"

"对。"向寅说。

"天啦噜！"提姆大呼，"我没记错吧，你不是早上才从她那里过来的?!"

"是啊。"向寅大大方方地承认。

提姆又开始喷，非常有代入感地吵嚷，"太不公平了，当年克莱尔那样，都没见你这么上心过！"

克莱尔。向寅一时没说话。他接过提姆扔给他的一罐可乐，刺啦一声拉开拉环。

提姆也拿了一瓶可乐，为难地说，"有句话不知道当讲不当讲……"

"没什么不好讲的吧。"向寅啜了一大口可乐。

"那个……其实吧……哎我就直说了！"提姆也刺啦一声开了易拉罐，"克莱尔前两天又联系我了。她说，给你发信息你都没有回过……"

向寅握着可乐罐的手停在半空中。过了一会儿，他冷峭地笑了笑，说，"其实……不太想听到这个名字。"

提姆本来还想问该怎么回复克莱尔，向寅这话一出来，把他所有能说的都堵上了。两人之间冷了一会儿场。但长时间的冷场不大容易发生在提姆这样忘性大于记性的人身上。他一拍脑袋，说，"啊对了，你几号开始去湾区大学来着？"

"下周三第一堂课。"

"手续都办好了吗？"

向寅点点头。他瞄了提姆一眼，忍不住笑道，"你那么伤感干什么，我又不是搬去南湾了，上个课而已。"

"不能像之前那样，上完课就一起玩啊，很不方便的。"提姆说，"那个手续不费事儿吧？"

"其实还有点费事的。"向寅自嘲，"我跟一般学生的情况不大一样，学校注册处弄了好久，后来还是把我踢到'国际学生'部解决的。但也没有国际学生的F1签证[1]，我这样的情况，基本上没有办法申请任何签证。"

与向寅的调侃不同，提姆的神情一下子低落了，还带着些负疚。他从沙发中立起身子，一口喝干剩下的可乐，简直是平地起豪迈。然而姿态做

---

1 F1签证，美国发放给国际学生的签证。

162

完，却发现并无豪迈的资本。他快快坐回沙发，叨叨着，"当年我爸肯帮你一把就好了。"

向寅还是笑，说，"你爸并不喜欢我，你知道的……"

"我知道啊，但以前不是这样的啊！"他重重叹了一口气，像个"大人"一样喟叹道，"现在好了，现在都回不去了……真是的啊……"

"我要是女生，就跟你假结婚帮你了。"提姆难过地说。向寅说他"基本上没办法申请任何签证"，提姆知道，他最好的朋友其实只有婚姻绿卡这一条路。

这下向寅笑出了声，"都什么乱七八糟的……还有，什么叫假结婚？说得好像跟我结婚很亏一样……"

"诶我不是那意思……"提姆着急辩解。

"我懂。"向寅说。"不说这些了。"他扫了一眼手机，"时间差不多了，我要走了。"

"这么早啊！"

"今天是周末，城里和南湾的交通会很糟，早点出发比较好。"

"真不一起吃饭了啊？"

"这次真不行，我还要去唐人街买个东西带给她。时间来不及。下次吧，下次帮你办派对。"说完轻描淡写地又加了一句，"帮你请你的艾琳。"

"嘿！"提姆脸红了一下。他又急急忙忙地说，"那你开回去路上小心啊！"

两人向车库走，提姆悄悄冥冥地，又问，"对啦，什么时候带她来见见呀？"

"过一阵子吧，我猜她可能要适应一下。"向寅说这话的时候，轻轻抿了抿嘴。在提姆看来，他最好的朋友像是笑了一下，脸上柔和的表情是提姆许久都没有见到过的。

两人回到车前。向寅并没有急着开门，而是摸出钱夹，取了一叠20美金递给提姆。

提姆看着他，表情有些怪异。"干吗？"他提高了声音，问道。

"现在看来借你的车不会是短期了，这样子公平。"向寅说。

"这还是朋友吗?!"提姆声音更高了。

"当然了，"向寅说，"不是朋友谁在乎跟你公不公平?"

提姆瞪着眼睛。

"别瞪我了。"向寅说。他微微低头，话随口就溜了出来，"其实，如果不是她跟我说，车子最好不要修，可以留作证据，我现在就去修车了。"

"她?"提姆眼睛瞪得更大了。

"哦，之前我的那个律师。"向寅意识到什么，打了个圆场。

提姆觉得"她"这个人称指代有那么点不对劲，但具体哪儿不对劲，他又说不上来。但脑子不愿意在这么深奥的问题上多费神。他嘟囔着，"听你刚才说，你是攒够修车的钱啦? 攒得好快啊!"

"不算快吧，"向寅答，"一万七，车祸是去年三月的，也攒了快一年了。这钱要摆在正常上班的人那，不得是拿低保?"

"我觉得还挺多的，"提姆说，"咱们是学生嘛，又不是上班族。"

"其实我觉得我能赚更多，"向寅不服气，"我最近申请了湾区大学一个教授的研究助理，那个时薪挺高的。"

"比遛狗高?"

"对。"

"比你那个调酒师的工作还高?"

"也高，"向寅笑了一下，"所以祝我好运吧。接下来是用钱的时候了。"

提姆只以为他的意思是和弗兰克打官司需要用到很多钱，顿时心里一酸。圆脸男孩走上前，给了他最好的朋友一个大大的拥抱，说，"我一直都祝你好运的!"

从提姆家出来，向寅先去了唐人街给桑宜买东西，之后就一路向南开。

在经过划分南北湾区的地标——那座腰间竖有荧光牌"南旧金山"的山丘——之前，视野里都是阴霾密布的。层层叠叠的乌云如同战斗开始前的硝烟。

随着车子驶入南湾，天色开始向明亮渐变。太阳出来了。阳光给乌云镀上了一层金边，也有光缕从云层较薄处迸射而出。

向寅的心情也和眼前景致一样，灰色的重云向明朗的金缕过渡，一切都在朝着希望驶去。

第二十五章 | 不肯和解的真正原因

桑宜彻底醒来，已经是上午十一点多了。她坐在床沿上发了一会儿呆，这才抱起浴巾进了浴室。扭开莲蓬头，冬日清晨的寒冽在温暖的水汽中很快消散了。水在头发上皮肤上流淌，像昨夜的那些默契与温柔。挤一点洗面奶揉在发烫的脸上，再慢慢冲掉。关掉水，用干发帽将头发包好，站在镜子前的桑宜望着镜子里的映像。

在镜子中审视自己的习惯始于 12 岁的某一天，像许多小孩成长必经的那样，那一天桑宜第一次目睹了父母的争吵。小女孩站在镜子前，从五官里分出哪一部分像父亲而哪一部分像母亲，她也由此模糊地分辨着所属的立场。

再后来，她的五官中渐渐生出那些谁也不像的部分，比如她嘴角的梨涡和脸颊的酒窝。梨涡在灯光下像两枚细小的阴影，而酒窝，只有桑宜大笑时它们才会显出形迹。

桑宜喜欢这些新生的面部特征，却不太知道缘由。

现在，她站在镜子前，看到眼睛里涌起未曾见识的神采。身体的起伏是潮汐是快乐和悲伤，身体的明暗是欲念是可以说的和不可以说的。她的脸颊泛起酡红。她看到一些坚决和犹豫，也看到另一些迷执和觉悟。

走出浴室的时候，桑宜闻到一股很淡的食物的香气。寻着气味来到厨房，一瞬间，她惊讶地张开嘴。

原木清漆的餐桌上放着两只餐盘，一只中摆了两片太阳蛋，另一只里则挤挤挨挨铺了一层金黄软糯的炸香蕉段。

桑宜这下想起来，向寅临走时问她，需不需要给她留早饭，如果需要，冰箱里的东西可不可以用？她模模糊糊应了两声。现在看着面前的早餐，桑宜很感动。她与肯都不谙厨艺，在吃这件一等一重要的事情上，两人的解决方案就是与当地的餐饮业广结善缘。

后来肯不在了，桑宜不愿意一个人去餐厅里面对菜肴碗箸。有时候她点外卖，有时候也摸索着自己下厨。

　　厨艺进步缓慢的桑宜清楚自己冰箱的储备。冷藏柜里有两盒鸡蛋，一捆挂面，一串据说有提神功效的香蕉。冰箱旁边的柜子中搁着一小袋包装精良的面粉，桑宜已经记不得是什么时候买的了。面粉旁是油盐酱醋，分装在玻璃小瓶中，就像桑宜律所会议室落地书架上的大部头案例汇编，仅仅是装点门面的。

　　桑宜坐到餐桌前，用筷子敲了敲鼓鼓囊囊的蛋黄，想象向寅在厨房忙碌的样子。不知怎么地又想起向寅跟她提过外公身体不好。"不知道在家里是不是他照顾老人。"于是就又开始想他了。想他昨夜说的那些话，为自己做的那些事。他比想象中要温柔。

　　边吃早饭边看手机。向寅最近的一条短信还停留在昨天下午四点，说从旧金山"出发了"，"一会儿见"。之后二十四小时不到发生了那么多。桑宜继续向上翻看短信，像在温习一段历史。

　　这时候才发现昨天琳达发给她的短信漏掉没回。于是现在回，跟地产经纪说谢谢关心，并主动提及以后买房的事还想继续拜托她。想起来琳达每周末都在南湾活动，于是又问她今天有没有空。五分钟后琳达的短信到了，说她就在附近，说好巧早上被一个看房的客人放了鸽子现在空得很，说桑宜和她就像是有心灵感应。地产经纪问桑宜想不想一起吃个饭或者点心，然后去看房。桑宜说好。琳达说山景城有家新开的甜品店可以试试。两人约了中午一点在甜品店见。

　　甜品店有个好听的名字，叫杏记，店本身也像颗杏子一样嵌在阛阓扑地的市中心主干道上。桑宜到的时候琳达已经在等她了。地产经纪一身运动装打扮，扎个高马尾，冲桑宜扬眉招手的时候，马尾就一晃一晃。

　　相比之下，桑宜的穿着倒显得很有女人味了。一件大翻领七分袖的羊毛连身裙，天空的颜色，又用一双猫跟短靴搭配连衣裙，小细跟踏在甜品店的瓷砖地上，发出泉水一样叮叮咚咚的声音。

　　琳达扬着的眉毛在桑宜坐下时都没能归之原位。两人点完吃的喝的，琳达像吐烟圈一样缓缓吐出一口气，问道，"你手上的戒指总算是没了呀?"

桑宜恍惚了一瞬,说是。

琳达又问,"晚上有约会的呀?"

桑宜又点点头。

"哟——"琳达"哟"得耐人寻味。接着她展颜一笑,说,"待会儿是直接去吗?"

"是的。"桑宜说。她转念一想,又补充了一句,"琳达我知道你是什么意思。我和你吃日本料理那天天气很差,而且市里边真的太冷了——"

"哎呀我开个玩笑啦!"琳达说,"约会比见朋友打扮得更像腔也是对的嘛,女为悦己者容呀。"

这下桑宜摇头,说,"这话挺古老了,我那次看一个文章,说应该是女为己悦者容。女性心情好,就打扮,不是为了别人。"

"哎呀,"琳达拍了拍头,"我竟然还能说出这么封建这么违背女权的话!荼毒未尽,该打该打!"

话音刚落,服务生举着个托盘走到两人桌前。"您的杨枝甘露和木瓜银耳羹。"服务生将碗碟落下,又说,"您慢用。"

琳达指了指面前的木瓜银耳羹,说,"我就喜欢点这个,对皮肤特别好!女人呀,保养特别重要。"

"对啦,有照片吗?看一个呀!"琳达慢条斯理舀了勺银耳羹,问桑宜。

桑宜取出手机,打开脸书,登录自己的账号。这时候她发现向寅在一个月前给自己发了一条添加好友申请。桑宜对约会互加脸书好友这样的事情已经不太在意了,她通过了向寅的申请,点进向寅的页面,找出头像相册给琳达过目。

琳达接过手机,用白色法式指甲尖点着屏幕放大照片,举在眼前端详。末了,她放下手机,似笑非笑说道,"桑宜呀,这我还真没想到呢。姐弟恋?"

桑宜"嗯"了一声。

"怎么认识的呀？"

桑宜把交通事故案和两人的相识经过大致讲了一遍。

"姐弟恋我也见过不少，你这种还是挺特别的。"琳达一手捧起装有木瓜银耳的碗盏，一手拿调羹在木瓜中慢慢搅着，眼睛却还盯着平放在桌面的手机。

"这个男孩子，"琳达说，"如果你愿意听我的意见，找个机会把他带出来，我要看看他说什么话，怎么说的。"

后来到了待售房屋，琳达还是欲言又止。两人靠在阳台上看院子里的花草。琳达轻轻拍了拍桑宜的肩膀，见多识广的地产经纪用一种忧心忡忡的腔调说，"我刚才说的话，你也别太往心里去。这男孩子，帅还是挺帅的啦，实在不成，你也没什么损失的啦。"

与琳达分别后，桑宜开车去往帕洛阿托（Palo Alto）。街边停好车，就向市中心的喷泉走去。到达的时候发现向寅正坐在喷泉池的台阶上等她。向寅难得地穿了件薄毛衣，米白色，配卡其色窄脚长裤，没穿外套。两手架在膝盖上，右手手腕上拴着一个塑料袋。见到她来，向寅起身迎接她。舒展四肢，毛衣下边缘就往上溜，露出架在胯上的棕色皮带和一线小麦色的皮肤。

新晋男友低下头，夸她"穿蓝色好漂亮"。桑宜忽然想起来第一次见他穿的也是蓝色，只不过是钻蓝。

接着向寅向她展示了塑料袋里的内容。

"四只三丁包，两只豆沙包，一共半打。白菜的知道你不喜欢，就没给你买。恭喜桑小姐，又一次吃上了只有周末才出品的三丁包。"

桑宜伸手去接塑料袋。向寅却把手收回来，说，"你车停哪儿的？我陪你把吃的放车里。"

桑宜开始摸手机找拍的停车地点的照片。

向寅在一旁看得好笑，说，"那算了，还是我先给你拿着吧，到时候再送你回车里。"

两人沿街走了一阵子，桑宜看中一家早早亮起灯的玻璃器皿店。向寅陪着她在雕镂木架间绕行。经过一盏玲珑走马灯时，桑宜停下脚步。灯是精巧的六棱柱，玻璃罩薄如蝉翼，上面工笔细绘了相互追逐的两只幼虎，幼虎上方又寥寥几笔勾勒出带刺玫瑰的形象。玫瑰未着色，看起来苍白秀丽。

横轴也是玻璃的，光可鉴人，照见桑宜和向寅。天蓝色羊毛裙的桑宜和米白色毛衣的向寅。心照不宣可遇而不可求，因此也就可迎而不可拒。

"喜欢的话我买给你？"向寅在旁边说。

"再说吧。"桑宜说。东西倒不贵，但桑宜没有让人给自己花钱的习惯，更何况那个人还是向寅。"家里空间小，东西已经很多了。以后要搬家会很麻烦的。"她这样解释。

向寅忽然笑了，说，"你是想给我省钱吧？"

"其实没必要，"他去抓桑宜的手，握她的手指，"请你吃个饭，给你买个工艺品的钱还是有的。"

桑宜抬起空着的那只手扪他的后颈，说，"大学生校外打工很辛苦吧？"

"可不就是……"向寅说。

"那钱还是你留着自己用吧，"桑宜说，"花销我们可以ＡＡ，我也可以请你的。"

"是吗，"向寅语气微妙地变了，"你前任这样对你吗？"

"我们——"

"你想说'我们'不一样？"向寅拿过她的话。

"生气了啊？"

"没有。"向寅答得很敷衍，却又扯过桑宜的手环着自己的腰。"不说这个了。你手好凉，昨晚也是这样。一年四季都这样吗？"

"嗯。但夏天会好一点。"

向寅点点头，"冬天跟你开始的，所以问一问。"

"对了，"桑宜说，"你今天后来去干什么了，方便说吗？"

"方便啊，都是女朋友了，有什么不方便的。"他勾着桑宜的胳膊，将她拉近，低声说，"我去见了原告。"

"交通事故案的？"

"谢天谢地，只有这一个案子告我。"向寅说，"对，我去了他工作的店里。"

桑宜心里咯噔一下，说，"那我想听你好好说下。"

"那不然这样，"向寅说，"想不想早点吃晚饭？边吃边说。"

十五分钟后，两人来到湾区大学生榜单前五的一家寿司店。坐定之后，桑宜问道，"你去他工作的地方干什么？"

"向他传达一个信息，他服用阿片类药物已经不是秘密了。"

"怎么传达的？"

向寅说了一个开头，忽然停了下来。他认真地想了想，说，"我想带你去一个地方，到那里再告诉你全部经过，你可能更好理解，理解我为什么不想和解。"

桑宜一如既往地，没有多问也没有置评，只是确认了一句，"白天在弗兰克的工作单位里，你没有和他直接接触吧？"语气中既有职业的敏感也有对向寅的关心。

向寅说没有。

桑宜放了心，说，"好，那按照你的安排来吧。"

她把手拢在桌上的透明烛台上暖了暖，说，"你还是不肯和解，就为了争一口气吗？还是——"

"还是什么？这个问题你从一开始就问过我，我从一开始就回答过你。"

桑宜收回手，坐正了看着他。"一开始是以你律师的身份问你，现在是以你女友的身份。"桑宜说。

向寅一愣。

这时候两人之间隔着烛光摇红，桑宜的眼睛处在最亮的那个区间。桑宜的声音也很柔和，她说，"如果只是缺修车钱的话，我觉得没有必要……你懂我的意思吗？"

"这有什么难懂的。"向寅说。

"算我借你的。"桑宜说。

向寅想了想，忽然诡秘地笑了下，"桑律师工作赚钱很辛苦吧？"语气学桑宜的，惟妙惟肖。

桑宜一下听明白了，但她说不出向寅那句"可不就是"，于是又好气又好笑地看着向寅。

向寅脸上挂着很淡的笑，歪一点头看着她，有那么点惹是生非又有那么点没心没肺。过了一会儿，向寅说道，"如果我跟你说，修车的钱我已经攒够了，你相信我吗？"

"钱够了？那……"

"那什么？"

"那就真的只是因为觉得错不在你？"桑宜把手支在台子上，"当然这也是很好的理由，但我说不上来，总觉得哪里不太对。"

"这么懂我？"向寅笑。

"其实那天玩真心话大冒险我想问你的，只是……"

"只是我宣告'越界'没肯答？"

"嗯。"

向寅身体前倾，靠近了一点，说，"你是不是在想，现在是男女朋友了，可以解除越界？"

桑宜没说话，只是很沉定地看着他。

"那好，就依你。"向寅在她的目光下让出第一个句子，"我不肯和解是因为我不想就这么结束这个案子。"

"不想结束这个案子？"桑宜思忖，"不是争一口气也不是要钱……你看起来也不像是打个官司过把瘾的人……"

"确实不是。"

桑宜继续思索，难道说原告身上有什么值得挖掘的点？"原告是个幌子？"她试探着问。

"很对。"向寅说。顿了顿又补充，"说原告是'线索'或者'机会'

更合适吧。一旦和解，机会就失去了。"

"什么样的机会呢？"

向寅的目光从桑宜脸上移到她搁在餐台的手上。他手掌覆上桑宜手背，食指在桑宜的桡骨茎突上打着圈，像一道寿司前喂一片甜醋红姜似的调情。

桑宜脸色微酡，抽出手来，说，"先说正事。"

"好。"向寅也收回手。这下他敛容正色问道，"宜，你记不记得弗兰克滥用阿片类药物？"

"当然记得了。"

"那你还记得那次我给你看弗兰克的用药记录吗？"

"那个当然也记得。"桑宜说。

眼前向寅的神情比之那一日还要严肃。他将声音压得很低，"世界很小。我以前听人开玩笑，说谁都可以认识谁，是真的。"

"为什么这么说？"桑宜一下子也警觉起来。

"你绝对想象不到弗兰克可以和李连接起来，"向寅说，"而连接他们的点……"

桑宜心跳加快，气管里有芥末在呛。

"就是给弗兰克开药的那个医生。"

"找一个合适的周末，我带你去一个地方。"向寅说。

第二十六章 | 给原告开药的狼医

旧金山，Tenderloin区。

Tenderloin有很多种翻译，按照读音译成田德隆区有种表面的平静，按照字面意译成小里脊区则有种只可意会不可言传的阴幽暧昧。

相传Tenderloin的得名与1876年从纽约调任来旧金山的一位警官有关。警官还在纽约时，就有广收贿赂的嗜好，额外收入用来买酒买牛排饱食餍饫。到了旧金山以为好景不再，却发现贪贿之机缘胜之纽约数倍，红酒牛排不在话下，连牛身上最昂贵的Tenderloin（牛柳，小里脊肉）都可以随享随用。警官便把他的辖区称为"小里脊"区。为刀俎的是当日沆瀣一气的警匪，为鱼肉的是身不由己的平民。

一百四十多年后，蹒跚而行的小里脊区依然是旧金山的背阴面，是这个城市滚滚向前弃下的车轴辘印，却又始终与那些华服广厦黏吝缴绕、相李相生。

时间是2017年2月26日，距离向寅录弗兰克笔录还有一个半月。向寅开车，带着桑宜向小里脊区驶去。

桑宜还没有完全告诉向寅的是，她也有想做的事情。

去年十一月最后一次参加凯瑟琳的小组心理咨询，并在那日决定去法律援助中心做义工，那个时候桑宜就有了一些模糊的想法，只不过还只有雏形。在援助中心工作了近两个月，雏形慢慢清晰起来。普渡等制药厂是阿片类药物危机的源头，但他们太过强大，她这样的小律师势单力薄，必然是难以撼动的。然而整条产业链，从制药厂到病人，中间必然还有其他的环节，薄弱的可以击破的环节，或者她可以从这些环节入手。

桑宜还想到的是，肯直到离开都保留了医生的最后一份职业尊严，并不曾违规从湾区大学医院取走过一厘一毫的阿片类药物。但他确实使用了远超安全处方剂量的奥施康定，以及芬太尼——特别是芬太尼，那是严格管制的药物，只允许用于重症癌症晚期病人和某些手术，且需要层层登记和注册。桑宜想知道肯那些大剂量的奥康施定是哪里来的，他的芬太尼又是从哪里来的？在整个旧金山地区，到底是哪些诊所在给肯这样的病人开着远超安全剂量的奥施康定，或者非法售卖严格管控的芬太尼？如果她能得到足够的信息，是不是可以做点什么。

两人乘坐的车子是按小时租来的，很不起眼的车型和款式，以方便行动。此时车子已经上了艾迪（Eddie）大道，正转向西行驶。

根据手机地图，他们从唐人街出发，到达其下边缘后又向南开了两条街，然后左转切入一掷千金的金融区。摩天楼的玻璃幕墙相互映照，新辟的建筑工地如火如荼，地铁口有不断冒出来又没下去的人，往来车舆扬起喧嚣阗溢的大都市尘灰。

车子在一个十字路口右转上艾迪大道，视野骤窄，歌舞升平向后隐匿，车子进入小里脊区。

"宜，问你个问题。"向寅忽然说。

"嗯？"

"你做律师，除了写诉状录笔录发调查取证，也会使用其他的手段吗？"

"什么意思？"

"就是律师技巧之外的击败对方的手段。"

桑宜想了想，说，"当然有了，只是我不知道该怎么理解这样的手段。"

"为什么这么说？"向寅问。

"我给你举个例子，"桑宜说，"我法学院三年级的时候在一家律所实习，给一个建筑施工事故案打下手。那案子也不复杂，工人从脚手架上跌下来，找雇主赔钱，我们律所代理那个工人的雇主。"

"官司开打需要调查取证，也需要录笔录。工人向我们提供了他的医疗记录，包括他的三次手术，在骨头上钉钉子这种，还有他的康复治疗，吃的药，等等。"

"审完医疗记录后，我的指导律师就去录工人的笔录，中途提了一个要求，让工人把手臂露出来，给大家看一下他受的伤。工人犹豫了一下，拒绝了。"

"犹豫下不是很正常吗，有多少人喜欢拿伤疤给人看？"向寅插话。

"是，我也觉得犹豫很正常，但我的指导律师并不这么认为。他立刻宣告中场休息，重新开始笔录前悄悄把笔录室的空调调高了。那时候是五月初，屋子里马上热起来。工人没有意识到是空调的缘故，只是习惯性地撸了撸袖子。"桑宜忧戚地回忆，"然后我们都看到了他的手臂——上面贴了好几条创可贴，但也有没贴到的地方，那些地方可以看得到淤青还有针眼。"

"所以这个工人在用毒品？已经是针头注射了，就不是吃点奥施康定口服药那么简单了……"

"是的。"

"那你的指导律师很厉害啊，那后来呢？"向寅说着，打了把方向盘，车子拐入海德（Hyde）大道。

"后来工人的雇主要求法院驳回工人的诉求，用了两个理由：第一，工人在职期间隐瞒滥用毒品的情况；第二——关键是这第二条理由——工人从脚手架上跌下来，是因为长期吸毒造成的身体和精神不佳。工人败得很惨。"

桑宜说，"而我的指导律师，靠着这个案子在升职评估中赢得了关键的一票，那一年晋升成了合伙人。我们所是1935年成立的，他是史上最年轻的合伙人。你见过他的——"

"你的老板？"

"对。"

向寅眯了眯眼睛，"其实说实话，虽然我的案子他不支持我，但我挺喜欢他，他是个强者。"

"强者？"桑宜直起身子，"其实我老板还跟我说过一句话，合格的律师把控案子，优秀的律师把控人。"

向寅沉默了一会儿，说，"这话本身我挺同意的。"他左于调方向盘，越过右肩向后看，车子向后倒去。"达尔文进化论说'物竞天择，适者生存'，把控力本来就是适应力的高阶表现形式。"他又说。

桑宜一愣神的工夫，向寅又打了一回方向，车子嵌入一条狭窄的私车道。那车道属于一幢破旧的六层公寓楼，尽头是一道生了锈的铁栅栏门，通向公寓的地下停车场。

向寅把车停稳，说，"我们到了。"

眼前就是两人的目的地了，那是一幢靴子形的两层小楼，坐落在小里脊区的左上边缘。谷歌地图告诉桑宜这间楼就是吴杰森医生（Dr. Jason Ng）（也就是给弗兰克开药的那位医生）的诊所了。

桑宜透过车窗看向靴子楼，发现小里脊区的区界将靴子由鞋帮处一分为二。鞋面陷在泥淖中，靴筒则伸向干净敞亮的毗邻区，张着口子像张着无限可能。

"看到那个停车场了吗？"向寅戳了戳玻璃，指了指连着靴子楼的背面（也就是鞋面）的停车场。

桑宜顺着他的手指看过去，停车场不大，却停满了车，什么颜色的都有。地上时不时可见白色或黄色的塑料袋，泼洒出的结成痂块的食物汤汁，丢弃的残破的衣服布料，上面沾满灰色黑色的脚印。

这时桑宜还注意到，附近并没有街边泊车位，道路两旁的台阶都刷了红漆[1]。他们违章堵停的公寓楼私车道反而是除了停车场外唯一可以泊下车的地方。

"你看到那个门了吗？"向寅又说。

桑宜继续望过去。靴子楼焦黄色的墙面中央有一扇黑色的铁门。

"那是诊所的后门。"向寅说。

"这就是你要带我来的地方？"桑宜问。

"对。"

"你说在这里我可以更好地理解你为什么不肯和解，那你说吧。"

---

[1] 加州法律规定，台阶上刷红漆表明街边不允许停车。

"好。"向寅说，"笔录那天，我拿到弗兰克的医疗记录原件……其实我最先注意到的并不是黑杠下还有字，而是他医生的署名——"

"杰森和他的诊所。"桑宜说。

"对。我因为看到了这个名字，才对弗兰克的医疗记录格外留意。"

原来是这样。桑宜试着将已知的信息拼图一样拼接起来。"所以这个杰森和李有关系？"

"是的。"向寅说，"一年前，我有一次跟踪李，结果跟到了杰森的诊所。"向寅向窗外瞄了一眼，"那天我看着他把车停在停车场，绕到前门。那是个下午，我等了三个多小时，他终于出来了，但是从那道后门出来的。手上还拎着一个袋子。"

桑宜望向窗外，他们停车的位置很凑巧，可以同时看到诊所的前门和后门。桑宜意识这是向寅在向她复刻那日的情形。

"宜，你看到那个垃圾桶没有？"向寅指了指停车场的角落，一个已经看不出来本来颜色的半人高的垃圾桶。

"李，他走到那个垃圾桶，把那个袋子扔了进去。"向寅说。

"这点我不太明白，不就是扔一下垃圾吗？"

"在你看来可能是，"向寅说，"可你要知道，我七岁那年就认识李了，到现在十五年了。在有些方面，我看他就像看解剖一样……"

"他是个很爱体面的人，喜欢精致的、昂贵的、漂亮的、一切花费大量金钱才能换到的东西，你只要去过他家一次就明白我说的意思了。"向寅说，"其实他出现在小里脊区的诊所，本身就很不合理。有什么是这家诊所能给的而那些设在金融区的诊所没有的？"

"就算杰森医生的诊所独一无二——我承认他的诊所的确是小里脊区名气大的了——但诊所里不可能没有垃圾桶吧，有什么垃圾是不能在里面处理掉，而必须扔进外头那么脏的垃圾桶的？"向寅手指抵在窗玻璃上，"你看到了吗，那个垃圾桶是有盖子的。"

也就是说丢垃圾必须有一个掀开盖子的动作。桑宜在脑中补全了李扔垃圾的动作。在脑补过程中，桑宜还注意到了垃圾桶旁散落着几只踩得半扁的橘黄色处方药瓶。

"我带你开近一点，你可以再仔细看看那个垃圾桶。"向寅边说边挂挡启动，"除了李本人的喜好，还有一件事情，发生在我外公和李之间的，让我基本上肯定了李来这儿的目的。"

"说'基本'只是为了严谨。"向寅又补充。

桑宜刚准备问发生在外公和李之间的是什么事情，向寅忽然停住。他在唇边比了个先别说话的手势，然后放下座椅，让桑宜侧过来靠在他肩膀上，并示意桑宜向外看。

垃圾桶三米开外出现了两个打打闹闹的流浪汉，流浪汉推推搡搡着就到了垃圾桶边。稍微矮一点的那个对着垃圾桶就是一脚，高一点的那个则一把掀开盖子。矮的以一种近乎疯癫的姿势探手进去，似乎在扒拉什么，高的则像击鼓一样踹着垃圾桶。折腾了一阵子，矮的那个直起身子，手里抓了件物什，看不太清楚是什么。高的跳起来伸手去抢，矮的则转过身撒腿就跑，高的于是张牙舞爪地追。

桑宜看得目瞪口呆。

"现在请我的桑宜律师发挥想象力，"向寅握着桑宜的肩头，在她耳畔压低声音说，"有人将东西放进垃圾桶，有人从里面捡出来——"

在桑宜的想象里，掀开盖子丢塑料袋的李和从垃圾桶中取东西的流浪汉严丝合缝地拼在了一起，只不过流浪汉的脸可以替换成这街上走的任何一个人。

恍然之下，桑宜问道，"那他们交易如何付钱呢？"

"金钱转账有的是隐蔽的方式，比如比特币，甚至乐高玩具都可以。小里脊区臭名昭著的脏乱差，警察愿意抓现行邀功，却不愿意碰垃圾桶——天衣无缝的药物交易计划。"

"你以为开在小里脊区的诊所是普世救人的上帝，可实际上它是上帝的小儿子撒旦。"向寅说，"他们每一个人，从那个杰森医生，到李，到交易网的每一个执行者，都是撒旦。"

第二十七章 | 外公的遗憾

诊所被利用成了一张交易网，而垃圾桶是他们交易的工具。"我明白了。"桑宜深叹了一口气，说不出其他的话。

顿了一会儿，桑宜说，"你说你跟踪李，看到他把塑料袋丢进垃圾桶，就是那一次吗？之后还有吗？"

"之后又有两次，都是大半夜，只跟他到前面那个岔路口那，"向寅隔着挡风玻璃指了指，"我没敢再跟下去，怕打草惊蛇。"

"这个李，他本职工作是什么？按照你说的，他好像很会挑时间段，不是大白天就是凌晨。"桑宜问。

"正经职业是地产开发公司广告部的小头目，副业嘛，其实他这个人很有生意头脑，旧金山房价没上来之前就买了几套房——"

所以你外公从他手里租了店面。桑宜想。

"没有副业，他其实也挺有钱，但他实在是贪。"

"你说他贪，"桑宜问，"交易这种阿片类药物，到底能赚多少钱？"

"你有没有听说过暗网？"

"听说过一点，说是正常搜索引擎搜不到的，要特殊软件和特殊授权才进得去。"

"对，是个交易的黑市。拿奥施康定举例吧，暗网上能卖到大几百美金一小瓶。"

"那芬太尼呢？"桑宜又问。

"你还知道芬太尼？"向寅有点惊讶，"芬太尼的药效更强，价格当然也就更贵，几千美金一瓶的都有。再上去就是可待因海洛因了，再上去是冰毒……那就是真的毒品了……很多人都是从奥施康定这种处方药开始的，然后一步步上瘾，到处求非法毒品。"

"宜，你脸色不太好……"向寅望着桑宜。

"没事。"桑宜说。她用手揉了揉脸，慢慢地说，"我有点明白了，弗兰克是吴杰森的病人，而李——假定你推断正确不存在任何意外，李确实是这个交易网的人……"她心里一惊，"难道你想通过弗兰克，通过他对李做什么？"

话音落下，桑宜又一次看到了向寅漫不经心舔后槽牙的样子。"你冷吗？"向寅岔开话题。这时候车内已经转凉了，失去阳光普度的冷空气透过门窗罅隙向内钻。桑宜还没回答，向寅已经把暖气打开，又开了座椅加热。他把桑宜的手握在手里，这才慢慢说道，"是的，我想让弗兰克主动去找李。"

桑宜反应过来了。她的猜测得到了验证，向寅这是将钓鱼执法运用到诉讼中。她想起向寅在弗兰克车行的所作所为，向寅对弗兰克的手段显然打了法律的擦边球。他并没有直接拿原告的服药记录来威胁弗兰克（这是侵犯他人隐私的违法行为），而是敲山震虎地将弗兰克"状态不佳"透露给了他的雇主。他要让弗兰克配合他，引出李来交易阿片类药物。而如果弗兰克不配合，那么这样的游击式骚扰只会一而再再而三地发生，直到弗兰克的雇主做出弗兰克是个不称职员工的决定。弗兰克越是不想丢掉工作，向寅成功的可能性就越大。

可向寅这样做，是为了他外公吗？还是跟他的"把柄"有关？他的"把柄"究竟是什么？该不该支持他的做法？

正胡思乱想着，向寅已经发动引擎。"系好安全带，我们走了。"

车子载着两人沿海德大道往回开。

太阳斜到了天边，沿街的店铺关上脏兮兮的门面，又拉起一层锈迹斑驳的铁栅栏。桑宜想到其实这些店铺都不便宜。毗邻金融区的房价已经飙升至两万美金一平米，小里脊区的房价是其三分之一。房价上去了其他的都没有上去显得很讽刺，但似乎房价上去又是洗白必经的第一步。

"旧金山政府说要整顿小里脊区，先从改变卫生状况开始，"向寅说，"发动志愿者上街捡垃圾。去年八月，旧金山法律援助中心在海德大道上捡到了十万支针头。一个月，十万支。"向寅打方向盘，切入左转道。

桑宜向窗外望去。路面上时不时可见垃圾袋、药瓶、针头，在冬日傍晚杳冥的天色下显得面目模糊。

"十万个针头，"桑宜想，"肯的针头又是丢在哪里的呢？"她心里涌起悲悯，这份悲悯很快又潜入了她对向寅的感情。

"其实我四年前就开始跟他了，"向寅说，"但李太精了，行踪也不定，我还被他发现过一次，很丢人……我停了好一阵子……"

"所以一年前才有了成果？可以这么理解吗？"

"是。"

四年前。一定发生了什么让你这么做，桑宜想。"Tran，你刚才提到一件发生在你外公和李之间的事情，是什么？"她问道。

"是件非常有想象力的事情。"向寅答得很干脆。车子在一个路口停下等红灯。向寅挂上空挡，头靠在座位上。

"我八岁那年，李来找我外公，说想和我外公合作做一件事情，一起赚钱。我外公听完，脸色就变了。"

"那件事情可以用一句话概括，就是让我外公去考一个护士证。"

"你外公不是中医吗？为什么需要护士证？"桑宜问。

"问题就在这里。那时候我外公已经考了自然疗法医师[1]的证，可以在美国执业了。但李想要我外公再考一个护士证，要的就是护士的开药权。"

"中医的开药权很有限，药监局清单上一级二级药物碰不了，只能开三级以下的药物。"向寅说，"而开药权，也意味着从药厂进购药物的权限。"

"因为药监局把成瘾性药物都放到了一级二级。一级药物包括大麻、海洛因，二级药物包括所有阿片类药物，比如奥施康定、芬太尼。"桑宜接道。

"是的，"向寅伸手摸摸桑宜的头发，"这你也知道。"

"你接着说。"

"李的意思很明显，我外公考取护士证后，挂靠一个诊所，就可以为

---

1 自然疗法医师，这个类别包括了在美国合法执业的中医。

他搞来阿片类药物，主要是奥康施定，再由他拿到黑市上去卖。我不知道李有没有让外公搞芬太尼的计划，芬太尼管制更严。"

"那么你外公答应他了吗？"

"我外公去读了护士学校，50多岁的老头子，一个人坐在教室最后一排和一群年轻男孩女孩一起上课……"向寅说着，猛地将挡位推到前进。桑宜视线转回前方，交通灯变成了绿色。

车子加速穿过十字路口。

"我外公以前在越南做过军医，能拿些课程减免，但还是花了四年才从护士学校毕业。"

"那他是答应李了？"

"我也以为他是答应李的意思了，没想到他在最后一刻还是拒绝了。"向寅手指扣着方向盘，"李说的事情，他是真的做不来。"

向寅的语气很平静，平静到桑宜觉得反常。她扭过头看他。向寅的眼睫处很轻微地抖了一抖。

"我和他都为此付出了代价。"向寅说。

又过了不知几个红绿灯，向寅忽然冒了一句，"其实我不怪他。"就在桑宜试图理解他这句话的时候，向寅又补了一句，"就这件事情，我从来没有怪过他。"语气像在颇有争议的文件后盖上一枚印章。

向寅的声音很轻，却在桑宜脑中掀起一阵风暴。桑宜在那一瞬间串起了许多从前的不解和猜测。

她心里蓦地生出悸动，像海水一样的温柔包裹着。她伸出手去摸了摸驾车人的脸，又顺了顺他的耳垂。

"好痒。"向寅笑，轻且短促，又像个小孩子一样缩了一下。两人都没再说话。

第二十八章 | 把柄

车子驶出小里脊区，转回金融区，投进一渊灯火通明。向寅将车速减慢，"想去哪里吃晚饭？"

"都可以，"桑宜说，"你明天有课的吧？"

"对。吃完饭送你回去。"

桑宜想了想，"不然住我那里吧，省得来回跑。"

"你是要我陪你吗？"

"我是为你好诶……"

"桑宜律师承认下很难吗？"

"……"

"承认的话，你会不会心情好些？"桑宜探头问道。

"这是两码事吧。"

"不完全啊……"

"那我说会好很多，你承认吗？"向寅说。

两人有一搭没一搭地拌着嘴，车子已经又回到了唐人街。向寅还掉租来的车，换回提姆的凌志（雷克萨斯），凌志沿着杰克逊大道向东行驶。

"阿公在家吗？"桑宜问。

"应该还没回来，他到家会给我打电话的。"

"那要给他带吃的吗？"

"今天不用，"向寅说，"等下你跟我上去还是在车里等？"

"那我跟你上去？"

"随你了。反正收拾下很快。"

五分钟后，桑宜跟着向寅，踩着吱吱呀呀的楼梯来到他的公寓前。向寅掏出钥匙开门，屋子里一如既往地干净整齐。两人走进向寅的卧室。

桑宜在铺了一层棉被的床上坐下。向寅整理衣服与洗漱用具，在卫生间和卧室间走来走去。桑宜眼睛跟着他，像猫咪跟着激光笔。

一会儿后，向寅回到书桌前收拾电脑课本，过程中将台上支着的一个相框收叠起来。大学生穿一身运动服，黑色长裤松紧口和白色浅口袜之间隔了一枚凸起的脚踝骨，深蓝色长袖 T 恤，弯腰的时候肩胛骨会从棉质衣料下透出一个浅浅的形状。桑宜站起身，走过去，从背后抱住他，脸贴在他肩胛骨之间平坦温厚的区域。

向寅停下手上动作，转过身，把桑宜抱在怀里，轻声问，"怎么了？"

桑宜用一种以前没有过的表情望着他，"告诉我，你到底有什么把柄在李的手里？"

桑宜的手还环着向寅的腰，一瞬间感到他背脊绷直。向寅表情僵了一僵，尴尬地扯了扯嘴角。桑宜没有说话，将他的眉眼鼻梁颧骨嘴唇人中都收在自己的眼睛里。

"真的要说吗？"向寅问。

"你以为呢？"

"我以为你已经猜出来了。"

"是违法的事情吗？我问你的话你肯承认吗？"

"你问问看吧。"向寅说。

桑宜颓然松开他，坐回到床上。"Tran，你觉不觉得，我们开始得太快了一点？"

向寅站在那里没有动。他的五官也没有动。过了好久，他笑了一下，像轻风下不达水波深处的縠纹。"如果你不喜欢，我们可以退回去，做朋友或者你挑一种你觉得舒服的方式，我都可以。"

"我不是那个意思。"桑宜摇着头。"做男女朋友这件事——"她小心地组织语言，"那天晚上……之后我们谈过的，我说我虽然在美国待了些时候，但可能还是会觉得有男女朋友关系……会更有安全感——"

"我知道。"

"谢谢你尊重我。"

"我现在也可以很尊重你，你想要什么样的关系都可以告诉我。"

"我没有想要退回去。只是既然开始得快了，那么就让其他的事情跟上这个节奏。我……"

向寅一动不动地望着她。

"那天你说过你有'把柄'在李手里。我想知道'把柄'是什么。"桑宜头微仰着望向寅。她双手分支在床沿上，身子前倾，"我很认真想过，想好好问你……我们用排除法——"

"OK."

"是你犯过刑法上规定的不可以的事情，但没被爆出去也没被提起公诉，只有李知道？"

"怎么可能？"向寅嗤了一声。

"嗯，我也觉得不是，"桑宜说，"接着来。是你犯过婚姻法上规定的不可以的事情，但没被爆出去也没被人告，只有李知道？"

"……"

"我22岁。"

"嗯，再来——是你犯过普通民事法上规定的不可以的事情，但没被爆出去也没被人告，只有李知道？"

"……"

"一共有多少种法？我就想知道这个问题你要用多少个排比句？"向寅问。

"一点也不多，"桑宜回答，"加州立法委一共整理颁布了29部法典，但有些法典肯定不适合你，所以还有大约16个问题……"

她将腿收到床上，抱着膝盖，"水资源法应该不适合你，农业法也应该不适合，公共资源法也不行……"她抬起头，"联邦移民法？"

话音刚落，向寅的手便下意识握在了书桌边缘。这时候卧室开着一盏顶灯，灯光很亮，打在向寅脸上，平日小麦色的皮肤居然被照出几分苍白。鼻子是分水岭，鼻梁骨的阴影落在右半边脸，右侧眼睑比左侧深沉。

总是有一部分的自己比另一部分的更光明或者更真实。或者反过来，总是有一部分的自己比另一部分的更阴暗或者更虚伪。

向寅启动嘴唇，说，"是。"

桑宜明白了，"所以我第一次见你的时候，你问我诉讼需不需要公开很多个人信息，也是这个原因？"

"是。"

"说到护照绿卡你很紧张？"

"因为我既没有护照也没有绿卡。"

"所以我和你去酒吧去夜店，你拿出来的驾照是俄勒冈的……"

"因为早些年俄勒冈管理比加州松，没有护照绿卡也可以申请驾照。"

桑宜张了张嘴，想说话却深深叹出一口气。

她起身走到书桌处，向寅机械地往侧旁让了让。桑宜指了指叠在书桌上的相框，问，"我可以看看吗？"向寅不置可否点点头。桑宜于是拿起相框。

照片里是个年轻女人抱着个胖头娃娃。泛黄的老照片，人物的轮廓磨得钝了，可女人的眉眼保留了一种干干净净的辨识度，一种折戟沉沙后仍可磨洗认前朝的质感。女人的眉眼从照片里看向桑宜，那也是向寅的眉眼。清秀而纯粹的眉眼，冲淡了他轮廓与骨骼的攻击性。

桑宜看得眼睛发酸，于是将相框反过来，一刹那她怔住了。这种相框背面是有扳扣的，扣里可以别东西。眼下别的是一个红色信封，平整服帖，像好脾气的恋人。桑宜认出来，那是她送给向寅的生日红包。红包没能在庆祝生日当天给到他，而是一直拖到两天后的早晨，在向寅扶着车门俯下身子亲吻桑宜时才被递到他手上。当时向寅把钱还给了桑宜，但留下了信封。这下桑宜鼻子也有点酸了。

"宜。"

桑宜转过身，她手里还捧着相框。她看着方才一直没有说话的向寅。

"如果你觉得不现实，想跟我分手，不必考虑我的感受。"向寅也看着她，平静地说。

第二十九章 | 桑宜的决定

那天晚上，桑宜是独自回家的。

在向寅说完那句"分手不必考虑我的感受"后，桑宜回道，"我很想问你，你为什么觉得我会因为这个就跟你分手？"向寅没有说话。桑宜说，"以前你告诉我，如果自己都对自己没有信心，那别人为什么要对你有信心？"

桑宜眼睛很亮，像蜂鸟的眼睛映着露水。"你在怕什么？"向寅依然没有回答问题，只是说，"你既然说了开始得太快，那不可能没有顾虑。"

桑宜唏嘘，说，"我不喜欢你的态度。"向寅反问，"那你希望我是什么态度。"桑宜心里说，这样的事情你要我来说吗。

桑宜长时间没说话，向寅皱着眉低头看着她，"如果你明确告诉我，你希望我怎么做，我照着做就是了。"主动权递给桑宜，可桑宜不想要。她希望向寅告诉她，即使没有身份，他也不怕，愿意和她一起为两人的未来尽力。那样桑宜也可以表明她的立场，身份这件事情，其实真的只要一个人有就够了。她不明白在其他事情上一贯强势的向寅为什么不肯说这些话。想不明白就不想了。他是"退"还是"以退为进"，桑宜更不想去猜。

桑宜替两人做了决定。她说，"那好，既然你体谅我的感受，今晚就先不要待在一起了，暂时分开来想一想也好。"她拒绝了向寅送她回去的要求，叫了辆优步，一路回了南湾。

一进家门，向寅的短信就来了，问桑宜是否一路顺利。桑宜简短地回过短信就去洗澡，让热水温暖她的情绪。可一跨进浴缸就看见台面上摆着的一瓶无香型沐浴露。向寅对大多数香精过敏，沐浴露是为了他买的。洗完澡回到卧室，注意到被子是平铺开的而不是叠起来的。那是向寅的习惯。桑宜赌气地扯过被子，重新叠了一遍，这才再次打开盖上。

睡得并不好。半夜冻醒了一次，不得不调高暖气。清晨的第一缕阳光透过纱帘落在桑宜脸上，桑宜坐起身了，靠在床头板上，不可避免地想起那些在他的怀里醒来的早晨。

起床后去厨房吃点东西，拉开冰箱却发现里面堆满了向寅给她留的菜，包括一碟越南米皮春卷，一碗炒甜虾，和一小奶锅莲子红豆汤。桑宜拣一个干净的杯子，给自己倒了一杯水，抿了一小口后陡然惊觉，短短一个月，向寅的影响已经渗透到生活的诸多细微处。

中午时分又收到向寅的短信，问桑宜好，说下了课就先回去了，除非桑宜想清楚了想见他。桑宜握着手机，一行短信打出来又删了去。反复之间，向寅又来了一条短信，提示框是一句，"宜，我说尊重你决定的意思不是我不想争取"，悬在桑宜正在输入栏的上方。

桑宜点开向寅的短信，后面还有一段，"我如果给你承诺，就一定会做到。只是我不知道你想要的里面，有没有我无法承诺的。我是个相对现实的人，所以不希望你后悔。"

桑宜冷静下来，终于知道该怎么回，"我不是在赌气。只是既然说了想一想，就借这个机会想清楚。"

向寅说，"好，那就等你的最终决定。"

在做决定的日子里，桑宜给斐打了一个很长的电话。她没有对琳达倾诉，是担心向寅身份问题的敏感性。同一个地理区域的人，少一点节外生枝的好。她想。一瞬间又想到肯，她替肯保守的那些秘密。她摇摇头，感到一种说不出的宿命。

桑宜对斐说起向寅，说，"不论以前的事情了，我想好好过现在的生活，过以后的生活。"

斐说，"你纠结的点到底在哪里？"

桑宜说，"我也不知道。"

斐于是替她举例，"你是担心他小太多，以后会有各种问题？"

桑宜想了想，说，"会吗？别人跟我说姐弟恋的话，男生那一方以后容易出轨？"

"出不出轨在于他对感情的态度以及你俩感情的牢固程度。同龄情侣就不出轨了？"

"我也是这么理解的。"桑宜说。

"那还有什么？"

"他在美国没身份。"

"你有不就行了？而且你这个人，真的做得出来因为他没身份就把他甩掉的事情吗？"

"我也是觉得我有就行了，但是——"桑宜犹豫了下，"但是他说怕我后悔。"

"这话有什么问题吗？"

"听起来怪怪的，我以为……以为他会说些更努力争取我的话。"

"啊哈，那我知道了，他说的不是你想听到的，不过这个应该可以沟通啊。"斐说，"还有什么吗？"

"还有……身份的事情他之前没有告诉我……"

"之前是指你们在一起之前？"

"是啊，不过其实我能理解。"桑宜马上又说，"而且现在他都跟我说了，我感觉他其实是信任我的……"

"他之前没告诉你，可能是怕说了就直接被淘汰出局了，姐弟恋嘛，男孩子也会有不安全感。"斐分析着，"不过话说回来，他之前告诉你，你会放弃他吗？"

"我……"

"桑宜啊，我可看出来了，你是真喜欢他……"

"我……"

"你爱他吗？"

"我们才开始没多久啊，哪里能说爱……欸，斐你说，喜欢和爱之间的差别是什么？"

"那，如果去掉那些标签那些名号啥啥的，你还喜欢这个人，那就很接近爱了！你把他的标签啥的去掉试试？"

"他本身也没什么标签名号。"桑宜说。

斐，"……"

斐在电话那头笑了起来，说，"桑宜，法学院那会儿，我，还有几个我们共同的朋友都特别羡慕你，你知道为什么吗？"

"因为你身上有种爱情的理想主义。"斐说。

桑宜，"……"

"斐你还拿我取笑……"桑宜说。"这种理想主义是不是不太好？"她问。

"好啊，怎么不好？而且话说回来，我跟你说理想主义不好，女生爱情里要现实一点，你听得进去吗，你改得了吗？"

"每个人都有自己的一套生活方式，你改不了的。"斐说。

桑宜不说话了。

"我教你一个办法，"斐最后说，"你列个表，喜欢他什么不喜欢他什么都排出来，再给每一项加一个重要程度的百分比。如果喜欢的总值大于不喜欢的总值，你就勇敢地向前走。觉不觉得很多纠结其实是自己看不开？人一生那么长，岂能让几段感情就给随便定义了？"

之后的三个星期，桑宜与向寅没有见面，但保持了每日早晚的短信联系。又到了礼拜五，向寅给桑宜道早安的时候加了一句，"今天降温，记得多穿一点。"

桑宜回他"谢谢"后，也加了一句，"录弗兰克笔录准备得怎么样了？"

短信刚发出去，向寅的电话就到了。

接起电话，对方一时没出声。就在桑宜忍不住发问的时候，耳机里传出一句，"宜，我想见你。"声线比桑宜记忆里的深沉，还带着暗哑。

这份暗哑也打开了桑宜的情绪。她说，"Tran，我也想见你。"

下了班，桑宜赶到湾区大学医学院喷泉处。那日天阴阴的，没下雨，空气里却有种冷凝之感。向寅穿白毛衣黑色长裤，戴一顶粗线帽站在那里等她。

看到桑宜，向寅走过去。两人之间隔着半臂的距离站定。

"这几天还好吗？"

"挺好的。"

"你看起来脸色还行，睡得还好吗？"

"也好的。"

"晚饭想吃什么？我带你去吃。"

"都可以，你定好了。"两人说话时退避了肢体接触。然而半臂的距离又刚好能够感受到对方的气息。

"那吃拉面吧。"向寅手虚托着桑宜的背心，为她指示方向。两人调头向湾区大学购物中心走去。去到一家热气腾腾的味千拉面店。靠窗的吧台座位。桑宜用手在起雾的窗子上涂涂画画，向寅起先望着她，后来掏出手机，拍桑宜画的画，也拍画画的桑宜。身体力行的求和的意味。

拉面上来后，两人边吃边聊。先是聊了聊录弗兰克笔录的相关事项，接着向寅问桑宜周六是否有空。

"是这样的，"向寅说，"明天有个派对，是提姆给他一个叫艾琳的朋友办的生日派对，你……可以来吗？"

桑宜还没回答，向寅又说，"主要是会挺好玩的，次要的话——"

"还有次要？"

"对，次要是这个派对是我答应提姆负责帮他安排的，我会在现场，希望你能陪我。"

"为什么希望我陪你？"

向寅愣了一下，说，"其实，我还当你是我的女友……"

这话在桑宜心口扎了一下。她手捧着瓷杯抿了一口热茶，说，"Tran，我们找个机会好好谈一谈吧。但不是今天。因为我还在整理需要和你谈的那些点。"

"但周六我会陪你去的。"她说。

第三十章 | 前女友（一）

周六吃过午饭，桑宜换了身牛仔装就往向寅家开。

大学生的派对有个约定俗成的预热环节，即各自在家里先灌些酒精让情绪嗨起来。桑宜一到向寅家就被递了一小听啤酒。

"阿公不在家吗？"桑宜问。

"周六他都在药店，你不记得了？"向寅答。

说话时两人一个靠在餐桌边缘，一个靠在灶台上。开始是像完成任务那样一口一口地喝，在向寅点评桑宜"喝啤酒也文雅得像喝红酒一样"后，就变成了像朋友那样说说笑笑地喝。快喝完的时候向寅说要回卧室把T恤换了。他隔空冲桑宜晃一晃易拉罐，问桑宜想在客厅还是卧室等他。

桑宜捏着易拉罐，说，那就卧室吧，我们刚好来聊一聊"分不分手"的问题。向寅脸色微微一变，转过身向卧室走去。

门关上后，向寅抓着后领将T恤从头顶扯掉。下午暖黄色的阳关从窗帘的罅隙透进来，小部分打在向寅紧实的身体上，剩下的悉数落进衣柜的敞口。向寅冲敞口伸出手就像冲阳光伸出手一样。他从里面扯出一件黑色衬衣。

桑宜看了他一会儿就到书桌处晃荡。她注意到上次看到的那个相框已经被向寅挪到了书架上。桑宜拿起来。框子的正面是向寅母子的照片，背面是她送给向寅的信封。桑宜抚了抚照片又抚了抚信封，好一会儿才将其轻轻放回书架，又轻轻支好。

这个时候向寅已经扣好衬衣扣子，走到她身后，说，"可以聊了。"

桑宜转过去面对他，"我有很多话要跟你谈。"

"没关系，一次说不完我们可以派对之后再接着说。"

"嗯。"

"你……真的想和我分手吗？"向寅问。

"这是你希望的吗？"

"不是，短信里我已经解释过了。如果你觉得短信不够正式，我可以当面再对你说一遍。"

桑宜还没回答，向寅已经说下去了。他说的是短信里第二段的第一个句子。说完，他望进桑宜眼睛里。停了一下，他用没商量的语气又加了一句，"我想争取你。"

桑宜的语言抛锚了，想和他谈的腹稿都散掉了。过了好一阵子，她才拢了拢头发，仿佛想将那些词句重新拢起来。她慢慢回道，"既然你也不想分手，那我也告诉你我的立场。"

向寅安静地看着她。

"仅仅因为你没有身份就跟你分手，这样的事情我做不来。"善良又克制的人无法在得知同伴隐秘而困苦的过去后抛弃他。"如果那样做了，我既会对你抱歉也会对我自己抱歉。"抱歉还有个诚实又温柔的注脚，叫作舍不得。

向寅一时未接话。他手撑在桌子边缘，人也向后靠在桌上。桑宜在他脸上看到一种动容，夹杂着一掠而过的痛苦和欣喜。

当时的桑宜对这种动容有着并不完整的解读。她冲向寅平摊双臂，想予他一个安慰的拥抱。两人之间隔着一副相框的距离。向寅靠着桌沿看桑宜没有动。就在桑宜手臂发酸要收回姿态的时候，向寅突然立起身，勾住她的腰，另一只手抬起她的下颌。桑宜闭上眼睛，任由他于两人的罗曼史上再添一个吻。

————■————

下午四点。近金门公园。

别墅雕木门口，提姆正两手插在裤袋里，耸着肩膀一副等人的样子。见到桑宜，提姆张口就"啊"了一声。他很不确定地看了看向寅，说，"怎么是她啊！"向寅大大方方地笑，说，"为什么不能是她？"提姆没有话来回他，只好抓抓头，嘿嘿笑着就往屋内走。

"啊对了，"提姆羞赧地说，"艾琳已经来了，那个……介绍给你们。"

"寿星竟然来这么早？"向寅说。

三个人跟着提姆走进厨房，看到一个女孩子正一板一眼地将二十多个杯子蛋糕放进一个木制的大托盘里。听见脚步声，女孩抬起头。也是位亚裔。女孩穿一件白底黑点及膝裙，裙子的小圆领托着小巧的下巴，细细的鼻梁上架着一副白框眼镜，时不时皱一皱鼻子镜片就会惆怅地向下滑，女孩叹口气用食指去扶。提姆像向日葵跟着太阳一样跟着女孩，也像向日葵一样忘记了说话。

女孩小声提醒，"提姆，你介绍一下呀。"圆脸男孩这才"噢"了一声，履行起屋子主人的职责。

介绍到桑宜时，提姆求助似的看向寅。"还是我自己来说吧。"桑宜说完，先报了名字，接着介绍自己目前在法律援助中心工作。

"援助中心呀，"艾琳的声音又轻又柔，"我在援助中心打过工呢！"

"是吗，"桑宜接道，"是哪家援助中心啊？"

"提姆，冷冻比萨什么时候烤？"向寅突然插话。

"现在烤就行啊。"提姆答着，溜到向寅旁边，"这个我擅长，我来！"边说边去拉冰箱门。

"是旧金山的法律援助中心。"艾琳对桑宜做了个耳语的手势。"那我先去帮提姆啦。"艾琳说完就从对话里退了出来。她跟到冰箱边，从提姆手中接过比萨。

四人开始忙忙碌碌。隔夜腌好的排骨拿出来，时刻准备着进烤箱。门口送越南餐的大包裹被迎进厨房，盖子一揭开香气就满屋跑。桑宜在厨房中央的岛边洗草莓、蓝莓和树莓。向寅系着围裙把吃食分装进大餐盘里。流行音乐响起来，那是提姆在客厅调好了音响。

一切准备停当，外面天也黑透了。门铃一个接一个地响，屋子里很快热闹起来。向寅说，"我带宜去见见我的同学。"就牵着桑宜向客厅走。打了一圈招呼后，向寅被一个戴黑框眼镜、瘦长脸的男孩拽住。两人先是客套几句，紧接着就围绕"关于器官移植中保持捐赠器官的活性，你最近看了哪些论文"展开了话题。

"汤姆是去年刚考进湾区大学医学院的学生，之前是我学长。"向寅说。桑宜说，"没关系你们先聊。"向寅忙问，"可以吗？"桑宜说，"当然啦。"向寅说，"那你往客厅里面走，有个游戏厅，你可以先玩玩手柄，我待会儿过来找你。"

往游戏厅走的过程中，桑宜仔细打量了客厅的装饰。地面是镶大海蓝的花岗岩，壁纸是金色沙滩绿色椰子树。花岗岩的地面铺着白色地毯，巨大的餐桌是桃花心木的，五颜六色的大学生在其间穿梭游弋。桑宜想起向寅的话，"你只要去过李的家，就明白我的意思了"，她心里顿时五味杂陈。

桑宜在游戏厅找到一副任天堂掌机。她拿过红蓝两色手柄，像小时候去同学家偷偷摸摸玩小霸王其乐无穷那样，从菜单里挑出超级玛丽赛车游戏。她在一整页的角色中选了小时候最喜欢的桃子公主，又挑了一条中等难度的赛道，开始游戏。

车子拐入弯道，桃子公主呼啦一下冲过终点线。桑宜放下手柄，揉揉发酸的手腕。

"这游戏好玩吗？"忽然一个又甜又脆的声音介了进来。

桑宜抬头。

左侧站着一个年轻女孩。女孩一头绵密的浅棕色头发，三七分的羊毛卷，从肩头层层叠叠一路铺将至腰际。棕发没有覆住的地方是镂空的白色紧身连衣裙和镂空下浅小麦色的皮肤。女孩眉梢眼角都往尖里收，鼻头微翘，薄薄的嘴唇扬着水栗子一样的尖尖角，不说话的时候也像是在笑。她马上又说道，"嗨，我叫克莱尔。"

桑宜站起身，发现女孩比她高了差不多半个头。

"坐着就可以啦。"女孩说着，在沙发上坐下。桑宜也跟着坐了回去。

"你介意我跟你一起玩这个游戏吗？"

"不介意啊。"桑宜说。

"听他们说，你是跟阿历克斯一起来的？"女孩接过手柄，偏一点头问桑宜。

阿历克斯？桑宜反应了一下，"是，和Tran一起来。"对桑宜来说，向寅对应的更应是Tran而不是阿历克斯。

女孩"哦"了一声就开始拨弄手柄调配设定。

"你是阿历克斯的同学吗？"女孩问。

"不是，我已经工作了。"

"好羡慕啊，你工作多久了？"

桑宜算了算，"三年多了。"

"哦。那你是做什么的？"

"我是律师。"

"好巧，我有个亲戚是律所的合伙人诶，不过他的生活可无聊了。"女孩皱了皱鼻子，"你也是在律所吗？"

"以前在律所，不过现在在法律援助中心。"桑宜回答，"你是学生吗？"

"我当然是学生啦。只是我不是阿历克斯的同学。哦不对，其实这学期开始就是了。"女孩说。

"所以你是在湾区大学读书？"桑宜问。

"对，生物系的。阿历克斯转学过来了，我想你也应该知道的……"

"对了，你去过湾区大学吗？"女孩问。

"当然了，我是从它的法学院毕业的。"

女孩抿了抿嘴，笑了下，"那你去过湾大医院吗？很漂亮。那也是阿历克斯的梦想，他希望以后能去那里工作。"

"听说湾大的医院在扩建？"桑宜岔开一点话题。

"对，整个儿童医院都要重建。那整条街道都被湾大征下来了。"女孩在屏幕上选了桃子公主作为自己的赛车手，"你不介意我用你刚才选的角色吧，我就是很喜欢桃子公主。"

"没关系。"桑宜说。

"你脾气真好。"女孩说，"哦对了，我特别希望早点看到儿童医院建成，我爸爸捐了好多钱呢。"

桑宜没有接话。她从角色中选了塞尔达传说旷野之息的林克，说，"我们开始吧。"

"嗯好。"女孩说，"哦，还有一个问题，你是在这边长大的吗？"

"我是大学毕业才来美国的。"桑宜回。

"这样吗，那你在这边是一个人吗？会不会很孤单？"女孩说着，选了一条无比复杂的跑道，又选了最快的速度等级，"如果对跑道和速度没意见的话，就请你点个确定。"

"一个人还好，不孤单。"桑宜边回答边按下"确定"键。

"那你家人在这边吗？"

"他们都还在中国。"

"你是中国人？好巧，我妈妈也是中国人。"克莱尔弯起宝石一样的眼睛。

克莱尔和桑宜的赛车隔一个位置列在起跑线前。"所以你算是移民啦？"克莱尔问。

红灯灭，绿灯亮，两辆车一齐冲了出去。"我是不折不扣的移民。"桑宜说。

"这样的话，我们有个共同点诶。"女孩边说边弯道超车。

女孩的英文是地道的加州腔。桑宜不太明白，车子速度也慢了下来。女孩嫣然一笑，"我是加拿大出生的，初中才来的美国。"

就在这时，坐在外侧的桑宜余光扫到一道人影。她转过头，一声"Tran"还没有喊出口，向寅已经走到两人面前。

向寅立在沙发旁，一只手托着一只杯子蛋糕，另一只手插在裤兜里。他低头看着女孩，没有说话但有种居高临下的意味。

克莱尔一下子站了起来，羊毛卷在肩上颤了颤。

"你怎么会在这里？"向寅问。

"我……"克莱尔不意被向寅凶到，咬着嘴唇像濡湿尾巴的小狐狸。

"我在问你问题。"向寅又说了一遍。

这次女孩恢复了镇定，她用无名指撩了撩头发，搭配手的动作弧线，头也轻柔地摆向一侧。她就这样偏一点头看着向寅，说，"提姆让我来的。"

向寅面无表情，"很好。"

说完向寅就转向桑宜，正低头，克莱尔却向前迈了一小步。"阿历克斯，你不可以这样一直躲着我，你不是躲避的人。"

向寅直起身子，"你想说什么？"

桑宜从来没有置身过这样的处境，整个人是愕然的。

"我们出去谈——"克莱尔用发布通牒的语气说。

"该谈的我和你已经谈完了。"向寅说完低下身子，把杯子蛋糕递给桑宜，"只剩下最后几个了，我给你拿了一个。"语调一时没转换过来，还显得很生硬。

女孩将视线转向桑宜，"你应该不介意我和他谈谈吧？"

"克莱尔，"向寅忍无可忍，"你到底想要干什么？"

就在这时，客厅传来一阵丁零丁零敲击玻璃的声音。

桑宜循声望去，提姆正站在一张椅子上，手里拿了个调羹，敲着一只高脚玻璃杯。"大家静一静啊静一静，我们要开始切蛋糕啦！不是你们刚才吃的那种杯子蛋糕哦，是更好吃的栗子蛋糕哦！"

桃花心木的大桌子上已经摆了一个不大不小的蛋糕，白色的奶油上插着一支金色的蜡烛。五颜六色的大学生们向白色蛋糕和金色蜡烛涌去。

小小的艾琳站在花团锦簇中，但花团锦簇又自觉腾出和她的距离，于是又有一种圣洁感。提姆站在艾琳旁边，就很像个骑士了。

也不知道是谁起了个头，大家开始唱起生日歌。音符像旋转木马，高高低低转了一圈又一圈。

这个时候桑宜站在向寅身旁，两人在花团锦簇的圈子里，隔着一米开外对艾琳张大嘴型唱生日歌。桑宜向斜对角望过去，看到了克莱尔。克莱尔也看到了她，但女孩很快将目光从桑宜脸上撤退，投向圈子中的艾琳和提姆，她脸上的表情像旋转木马的彩灯一样忽明忽暗。

生日曲终了，旋转木马停下来，大学生们大喊，"生日快乐！"喊完又一起噼里啪啦鼓掌。艾琳红着脸，呼地一下吹灭蜡烛，又学着提姆刚才那样敲了敲玻璃杯，说，"可以吃蛋糕啦！"

人群一部分拥上去，另一部分则向外散开。桑宜向侧旁让了让。向寅拉了拉她的手，说，"要不我去给你拿块蛋糕？"

桑宜说，"没关系。心意到了就行，是不是真的吃得到没有关系的。"

两人于是从人群里挪出来，像游泳的人靠岸一样靠着客厅的窗台。桑宜看着挤挤闹闹的大学生，又回头看了看窗外的街景色，眼前身后各一片灯火辉煌。

"Tran——"

"嗯？"

"这样的派对，是不是吃过蛋糕以后再走就不会不礼貌？"

"对。什么意思，你要走？"

"嗯，我差不多想走了，你送我一下？"桑宜说。

"宜——"向寅说，"我不知道该怎么跟你解释和她的事情。"

"没关系，不用解释。"

"你相信我吗？"

"相信。但我现在真的要走了。"

"为什么？"

"我还有个备忘录要写。"桑宜端起双手，冲向寅很认真地比了一个敲键盘的~~姿势~~。

向寅笑，"真的？"

"假的。"桑宜承认。她慢慢说道，"是因为我觉得如果我在这里，会激发矛盾。""而且，"她谨慎地挑选措辞，"我在想，她刚才为什么会和你说那些话。"

向寅微低下头，像在思索。

桑宜琢磨着向寅的表情。过了一会儿，她从手提包里取出手机，"但我觉得这样的问题可能在这里谈不好，等你空了我们再谈。"她在手机上打开优步。"我打个车回你家取我自己的车。你不用管我了。"

向寅抬起头，"至少让我送你回我家吧。"

"真的不用，"桑宜说，"我又不是小孩子。而且，你看人来了那么多，我怕你回去一趟再回来，找不到街边泊车位。"

车库的位置让给了桑宜。

向寅用嘴型对她说，"好体贴。"带一点孩子气，但仍盯着桑宜看，像要在她脸上找出她情绪的线索。

桑宜冲他笑了笑，说，"我真的没有生气。生气的话我会跟你好好说的。"

两人转身往外走。门一打开，冷风直吹在发烫的脸上。向寅将桑宜拉过来，替她竖了竖罩在牛仔裙外的大衣领子。"那你回去的路上小心，到了给我发短信。"

桑宜上优步车前，向寅冲她张开双臂。桑宜会意，轻轻抱了抱他。她感到向寅的身体很热，心跳得很快。

———————■———————

向寅看着优步车在一个十字路口停了停，接着左转就消失在视野外了。他双手交叠在脑后，又站了一会儿，这才转回身。

视线顺着台阶向上，向寅停住了。

台阶尽头，一个女孩子正直直立着。女孩裹一件夹克衫，白色裙角不甘心地从夹克里探出来。可她双手交握紧紧按在领口，又像害怕冷风灌进来。女孩低着一张脸，一声不吭，就这么看着向寅。

向寅曾经在这张脸孔上见识过各种各样的笑和各种各样的泪，可现在这张脸上的表情不是他记得的任何一种，他很难形容当下的感受。克莱尔站在门廊的灯柱下，却用一种黑黢黢的方式看着他。

女孩一级一级走下台阶，高跟鞋敲在石质地面上，还间杂着鞋跟摩擦地面发出的嘶嘶声。女孩在向寅面前停下。"原来这么快你就可以找到新的人……"

"我没有兴趣跟你再吵一架。"

克莱尔换了一种声音，"可我比她漂亮，不止一点半点。"

"是吗？"

"是！而且你竟然会找比你大那么多的。"

"不关你的事。"

"阿历克斯——"

"没什么事我先走了。"向寅迈开步子，打算从克莱尔身边绕过去。

"你跟她在一起是因为她有绿卡吗？"

向寅猛地停住，回身看向克莱尔。向寅冷笑，"你还真是一点都没有变。"

"彼此啊。"

向寅缓缓吸进又缓缓呼出一口气。

克莱尔向向寅挪了一步。她抬起头，宝石一样的眼睛在经历一场月全食。她翘着薄薄的嘴唇，"我好恨我是加拿大人，我——"

"你和我都心知肚明，"向寅打断她，"分手的原因跟你是加拿大人没有半点关系。"

"真的吗阿历克斯？如果我是美国籍，你会舍得跟我分手吗？"

向寅盯着她，看了一会儿他摇摇头，边摇头边笑，"有件事情我怎么也想不明白。"

"什么？"

"号称一个月三十天天天有不同的男生请吃晚饭的克莱尔，为什么对男女关系究竟如何运转可以如此一无所知？"

克莱尔的眼睛里蒙上了一层雾。"你不要用这样的语气跟我说话，冷暴力分手的人是你！"

"我对你冷暴力？"

"难道不是吗？"

向寅张了张口，反复几次，想说什么最后却什么也没能说出来。他偏过头，脖颈浮起隐约的青筋。

"我找你，你都没有理过我。"克莱尔垂下头，兀自说着。"我好嫉妒，"克莱尔彻底垂下了方才按在领口的手，"我好想你，想你的所有。你……你也会想我吗？"

"你今天到底是来干什么的？"向寅说。

"我们以前真的很好啊，我们……多开心的……你以前多爱我的……"

克莱尔眼睛里流下泪，泪水让她的脸闪着光。她没有去擦拭，而是任由这样子对着向寅。"我没有办法，除了你，没有人能让我那么开心……"克莱尔伸出手，去抚向寅的脸。

手腕被钳住了。

克莱尔淌着泪的眼睛里多了针芒，比高跟鞋敲击石头地面更刺人。"阿历克斯，你是不是很讨厌我这个样子？我也不喜欢我这个样子。"

向寅抓着她的手腕，两个人都僵在那里。

穿着高跟鞋的克莱尔只比向寅矮了两寸。女孩扬起下巴，那样的近距离带出一种时空错乱的恍惚。女孩用幻梦般的声音说，"我今天来找你，是想彻底和你了结的。"

向寅漠然地看着她。

"只要你告诉我，你现在对我一点感情都没有了，你看到我甚至不会有任何感觉，我就……我就放手。"

向寅忽然无声地笑了，"这段感情其实一年前就已经了结了。"

克莱尔张开嘴，摇着头，"我不相信……"

"有些话你真的一定要我说出口吗？一定要一点情面都不给彼此留？"他放开克莱尔的手腕。女孩向后踉跄一步。

"我和你是真的不合适。我也不可能再回头。有合适你的人。我祝你幸福。"

———————■———————

桑宜洗过澡，将升降床调成适合阅读的躺椅状，又将台灯扭到光线舒服的一档，然后摊开昨晚看了一半的《肖申克的救赎》。

床头柜上的手机震了起来。拿过来一看，是向寅的短信，问桑宜"睡了吗？"

"还没呢。"桑宜回。

回完电话就来了。"宜，我从派对出来了。"

桑宜看了一眼床头的闹钟，"这么早？不多玩一会儿？"

"提姆带人到地下室看电影去了。"

"那你不跟着一起去？"

"没有，我去给他把厨房收拾了。"

"真是劳碌命啊……"

那端传来短促的气息流动声。桑宜握着手机，想象对方的表情。

"所以是想聊天吗？刚好我们下午也只聊到一半，我想和你说的只开了个头……"

桑宜用玩笑的口吻说一件认真的事情。她以为向寅会接一句，"怪我咯？"或者，"好啊，那接着聊。"可没想到电话里一下子安静了。

"Tran？"桑宜小心地问。

"嗯我在。"对方说，"宜，你可不可以等我一个小时？"

"可以啊，怎么啦？"

"我打算来找你。"

桑宜从床上坐起来，"一切okay？"

"非常okay，但今晚我需要见到你。"向寅说，语气带了点不确定，

"可以吗?"

一小时十五分钟后,桑宜的通话门铃响了。按下按钮,对讲机里传出哐当一声,公寓大门被打开了。桑宜起身,把书放回书架,穿上拖鞋刚刚走到门口,就听见了敲门声。咚咚两声,第一下很轻,第二下节奏冲撞,像没准备好就踉跄跑出去的样子。

桑宜在第三声前应了一声,然后打开门。看到向寅的一瞬间,桑宜愣了一愣,然后扑哧一声笑出来。

她将向寅让进屋子。带上门转过身,却发现大学生直直站在玄关处不动。

桑宜忍俊不禁。她踮起脚尖,伸手帮向寅理了理前额黏着的碎发。"你是一路跑上来的吗?没有必要跑吧,公寓又不长腿又不会跑掉的……而且我家电梯虽然不算快但也没有——"

向寅拽过她的臂弯,将她一把扯进怀里。桑宜悄悄将剩下的话咽了下去。

过了一会儿,桑宜觉得肩膀一沉。向寅将下巴抵在她的肩头。

桑宜摸摸他的头发和后颈,"这是怎么了?"

向寅含糊地"唔"了一声。

桑宜拍拍他的背。她想起克莱尔,心里有模模糊糊的猜测。但并没有直接问,而是就这样抱着他或者说被他抱着。

向寅也在这时轻轻松开她,重新站直。

"你不会是,又想玩真心话了?"桑宜问。

向寅抬起头,眼睛很亮,里面有些许跃动的期待,"这次可以连大冒险也一起带上吗?"

第三十二章 | 别对我隐瞒（一）

"酒还是葡萄汁？"桑宜冲向寅晃晃手里的高脚杯。

"你想喝什么我就陪你喝什么。"

"那酒吧。"

两人歪倒在沙发上。懒懒散散喝下几口酒，向寅将身子坐直，桑宜滑下去枕在他腿上。向寅低头看她，又拿她的头发玩。

"真心话大冒险，可以开始了吗？"桑宜问。

"开始。"

"我先问，"桑宜难得抢一次，"先说你和克莱尔的事情吧。"

"从哪里说起？"

"都可以。比如，你和她是怎么认识的？"

向寅坐正了一点，"比赛认识的。你知道美国有那种大学生竞赛的吧？一年一度，很多组织都在办，各个学科都有。2015年我们学校校队去参加一个生物竞赛，那是十一月份。"

"那时候你还在城市大学吧？"

"对。"

"在旧金山比的？"

"没有，在上纽约州的一个小镇子。我们飞过去的。东海岸的大冬天，真特别冷。赛程是一个礼拜，我们在室内比赛，外面天天在下大雪。但很漂亮。"

"嗯。"

"那种竞赛不只有笔答题，还有现场题，就是站在记分台后面，主持人问你问题，你答对了大屏幕上就加十分，冒险题倒扣十分，抢答题双倍计分这种。小组赛的时候，有一场是我们学校对阵湾区大学。那场现场题，我的对面就是克莱尔。"

桑宜慢慢也坐起身子。

"我们队赢了她们队，但赢得很艰难。"

"后来我们都从小组赛晋级了。但在半决赛的时候我们又遇到了，现场题我们学校输了，但我的个人得分是最高的。克莱尔她……她输了好几道抢答题的分给我。"

"后来呢?"

"后来就是发奖。我们第四名，没拿到奖，但也算不错了。我们教练请我们吃晚饭，说要庆祝一下。"

"那个镇子真的特别小，常住民不是学生就是老师。整个镇子只有一家能算得上饭店的饭店，开在一个大山坡下面。我们就在那家饭店吃晚饭。湾大的人也来了，克莱尔她们就坐在我们旁边那桌。"

"吃到一半，克莱尔和一个女生过来我们桌子，夸了我们一堆。你懂的，就是那种比赛结束后跟竞争对手说的客套话。"

"然后呢?"

向寅隔壁座位的队友用手肘撞了撞他，"那漂亮姑娘一直在瞄你呢。"向寅抬起头，刚好与克莱尔对视。女孩弯着眼睛冲他一笑，嘴唇像新月。然后她扬起右手，俏皮地招了招，说，"很高兴认识大家，回湾区再见咯。"向寅看着她回座位，看着她拿了外套，又看着她向门外走去。

"然后她就朝门外走。我跟周围打了个招呼就跟出去了。"向寅说。

那个时候雪停了，天空干净得只剩一轮银色的月亮。路面和路边堆雪的松树被月光照得明亮。向寅走出门就看到了站在屋檐下的克莱尔。克莱尔偏一点头，冲他甜甜一笑，也用目光触碰他，带一点矜持和试探。

收回目光的时候像收网。女孩转身向前走，向寅跟着她。两人绕过一条短街，女孩在一扇还亮着灯的书店橱窗前停下。窗子上贴着绿色的圣诞树和红色的圣诞老人帽，窗子的另一边是按照DNA双螺旋结构堆叠的硬皮书和软皮书。向寅将手撑在窗子上，低下头和她接吻。掌心隔着凉冰冰的玻璃对上圣诞老人的红帽子。那天晚上的克莱尔不仅仅是漂亮，她本身就是节日就是假期，让人不满足于短暂的邂逅而想要将一切无限延长。

"我们就是从那天晚上开始约会的。"回忆被删减为一句话，可以稳妥地汇报给桑宜。

"刚开始的三个月就挺好。除了我外公还没见到，我身边的人也都挺喜欢她。但之后就开始吵。她你见过的，那我的脾气……我的脾气我自己也知道，就很糟糕……"

"都吵些什么呢?"桑宜问。

"什么都能吵起来。"

"比如呢?"

"不记得了。"向寅很快地说。但他又补了一句，"我也不想去记这些事情。"

"那你们……就是吵架吵分手的?"

"不完全是。"向寅说。

"那是什么?"

向寅呷了一大口酒。"你真的想听? 我的意思是，其实没必要，我跟她……也不可能再有什么。"

"我想知道，如果你不介意说的话。"

向寅把杯子放回沙发前的茶几上。"去年四月份，我们学校一个教授退休，学校为此专门办了些活动感谢他的教职。有一项是坐游轮，就是太阳快下山的时候船从渔人码头开出去，在海上转一圈，到星星出来再开回来。船上可以看日落吃晚饭喝酒跳舞。"

"嗯我知道，我们律所也常搞这种落日游轮。"

"我跟克莱尔说了带她去游轮，那天是4月23号，我去南湾接她。她爸妈给她在湾大旁边买了个小公寓，她自己住。那天我到的时候她还没弄好，她让我上去等她。我在她公寓里等她化完妆换好衣服，等了两个多小时。但这不是重点，重点是她那一身……我当时也没想那么多，就直接跟她说那么穿不合适。"

桑宜想象了一下当时的场景。

"她问我为什么不合适，"向寅说，"她说她又不是第一次去游轮，她以前都这么穿没有任何问题。我跟她说，我不管她以前是怎么穿的、合不合适，但既然她是来我们学校的活动，就要参考下我们学校学生这种活动一般怎么穿。我觉得我没说错，但她就生气了。"

"她说那都是她的衣服鞋子，她想怎么穿怎么穿。我跟她说不是那样的，如果只是我跟她两个人，那她怎么穿我都不管；如果是去她的圈子里活动，那么我会尽量照着她那个圈子来。反过来我的圈子，我也希望她能够体谅。"

"但她完全听不进去，说她花自己的钱买衣服穿衣服，我一分钱没出还干涉她很不可理喻。她那样说我也火了，我说'你爸每个月给你打钱那不叫花自己的钱'。"

"然后呢?"

"然后就一发不可收拾，什么话狠就拣什么话说。就像打比赛一样，看谁的杀伤力强。吵到最后她跟我说，要么你就跟我分手啊！我也很生气，说，那就分吧。"

"她突然就安静了，开始哭，然后摔门跑了出去。我跟过去发现公寓门从里面打不开。"

"我给她发短信打电话她都不回。我喊了保安，保安也打不开门。保安说她应该是自己换过防盗门，换成了那种里外都可以锁的——"

向寅看着桑宜的表情，说，"对，就有这么狗血。"

"我后来只好跟我同学说我去不了了。他们也没问什么原因，但我真的觉得很丢脸。我当时在心里发誓，她一回来我就再跟她强调一遍我们分手了，分得干净彻底。"

"但是没分掉?"

向寅咬着牙齿摇头，"她走后三刻钟，外面开始下雨。两个小时后，雨停了。三个小时后，又开始下。你说我为什么能记得这么清楚?"

天黑下去。客厅的电子钟显示凌晨三点，门锁发出咔嗒的响动。向寅猛地转身。手机还在手上，"911"拨了两个数字。

房门在他面前无声滑开。克莱尔站在门口，棕色头发拧成一股一股向下滴着水，整个人摇摇欲坠。

"阿历克斯对不起，我不是故意把你锁在家里的。那个门锁是我之前设的，我……我跑出去的时候没有意识到……"

"对不起阿历克斯，我只是想漂亮地出现在你同学和朋友面前，我花了好多时间和心思，可你……你只看了一眼就让我把衣服换掉……我好难接受……我也没有想到会闹成这样。"湿漉漉的克莱尔翕动着失去血色的嘴唇，"我好后悔说那些伤人的话，你可不可以原谅我？"说完她轻轻咳了两声。向寅皱着眉看着她。女孩的咳嗽先是压着的，闷闷的，慢慢变得越来越剧烈。

向寅走过去，弯腰将克莱尔打横抱起。女孩在他怀里轻轻挣扎了几下，然后身体软下来，把脸埋在他胸口。"你是不是在发烧？""我不知道。""头疼吗？""挺疼的。"向寅替女孩除掉鞋袜和外衣，又从浴室里摘了条大毛巾将她裹了放到床上，他说，"你哈一口气到我手背上。"落在手背上的气息比向寅预料的还要烫。"你药放在哪里的？""冰箱旁边的柜子里。"向寅找了一圈后放弃。他说，"我出去给你买药和体温计，你先洗个热水澡，等我回来。"他走前烧好热水，给她倒了一杯放在床头。

向寅把刚放下的高脚杯又拿起来，他握着杯子细细的支脚，说，"具体的我可不可以不跟你说了？反正就是，那天没分掉。但现在想来，是个错误。"

"为什么这么说？"

"那天要分掉了，后面的伤害就不会有了。"向寅声音很低，"闹过一次分手之后，我跟她都特别小心，说话也很小心，好处就是好长时间没有吵过架。但我能感觉她没有以前有安全感，我回短信晚个几分钟，她就会觉得我是不是要跟她分手。"

"之后就到了去年九月，我当时想带她去见我外公。我外公是我唯一的亲人，那是我能想到的给她安全感的最好的办法了。"

"那是你第一次跟外公说要带女生回去吗？"桑宜问。

向寅看了看桑宜的脸色，这才放心似的说，"是。"

桑宜想起三个月前在向寅家避雨，偻着背的老人充满期冀地问自己是不是克莱尔。

"就在约好见我外公的前一个礼拜，那天我从湾大下课，有个男生跟过来。那男的我以前见过两次，是克莱尔圈子的人，是个白人，追了她很久。那男的找到我，跟我说，他说……"

桑宜从向寅手里抽掉高脚杯，到厨房用瓷杯倒了一杯水换给他。

"宜，"向寅接过水，"这件事情我从来没有跟任何人说起过，因为很丢脸。我不知道如果告诉你，你会怎么看待我。"

"如果你想告诉我，你就说好了，不用担心我评判你。"

向寅说，"好。"他呼出一口气，"那个白人男生跟我说，看我平时那么嚣张，原来是个黑户。"

桑宜下眼睑跟着一跳。

"他说他其实半年前就知道了。他还报了个知晓的时间给我，4月24日凌晨一点。就是我和克莱尔分手的那个晚上。那时候我已经被关在她的公寓里9个小时了；而她在她的追求者那里抱怨我，拿我最不愿意让人知道的隐私当作底料。我当时信任她到从来没有问过她，关我在公寓里的时候，她去了哪里。"

向寅沉默顷刻后，又说，"其实克莱尔说的也没错，我有什么好？对她又差又给不了她未来。她这种公主，实在是没有必要和我这样的黑户搅在一起。"

桑宜消化着句子里的信息，说，"我大概懂了。"

向寅冲她笑了笑，笑里面有感激也有无奈。

"那后来呢？"桑宜问。

手机在书桌上震动，屏幕上克莱尔的名字固执地亮着。向寅拿过手机，盯着名字看，终于按下接通。

"阿历克斯，你……我们已经有两周没有见面了……你真的就那么忙？""对。"电话里一阵沉默。"阿历克斯，你还在生我的气吗？我真的不是故意的。那天你说要跟我分手，我真的好难接受，刚好他给我发短信，我赌气才和他见面的。我跟他真的什么都没有，我已经全部拉黑他——"

"你说的这些我都信。"

"那你为什么还在生气？他跟你说的并不是我的原话啊，"电话里响起啜泣声，"我只跟他说了我也不知道为什么那么放不下你——""你已经解释过了。""阿历克斯，你不会真的因为这一件小事就跟我分手吧？""小事？""对啊，我只是抱怨了下你。他的话能伤害到你的根本原因不就是你没有身份吗？所以我觉得想办法解决你的身份才是大事。我问过我爸爸了，我爸爸不肯给我投资移民美国，他觉得没有必要，你……你愿不愿意先拿加拿大身份，如果你愿意的话我……"

向寅将手机丢在一边，克莱尔的声音变得遥远而模糊。又过了一会儿，手机完全安静了。克莱尔挂断了电话。

"后来就跟她分了。其实是她跟我分的。那阵子很忙，其他事情又搞得很心烦，也是借那段时间先冷处理。结果她受不了了，跟我说分手。当然我也没有挽留。"

"但她后来又回头找你？"

"对，那是一个多月之后的事情了。脸书和短信上都有找我，我回了她一次，跟她说我没有复合的意愿。她不相信'跟别人倾吐我'这么一件'不算故意'的小事情就可以导致分手。她总觉得应该有'更大'的原因，比如她是加拿大人。可能把分手归咎于外在原因就可以心安理得吧。"

也可能人们只相信他们愿意相信的事情。桑宜心里想。

"那么，4月23号那件事情里你最介意的到底是什么？"桑宜问。

"这个问题我其实想了很久，想到生理性头痛。"

"有结论吗？"

"有，"向寅吞下一口白开水，"我最介意的其实是，这件事情折射出来，我和她竟然会那么不合适。我为此很沮丧。"

"她把问题看得很简单，以为好像只要解决了身份，那么我没有身份的十七八年衍生出来的问题就可以一笔勾销。不是那样的。"

"那些问题，我的痛点我的秘密，它们已经独立存在在那里了，我需要一个人去面对和解决。她不能理解。"

"反讨来我也不能理解她，也就无法真正爱上她，因此也就没办法宽容，没办法继续。最开始的那三个月，可能就是我和她感情的最高点了。"

向寅喝完了水杯里的水，桑宜也喝完了酒杯里的酒。两个人用几乎同样的姿势两手捧着杯子，紧挨着坐着。两个人都很安静。

"我有点懂了。"桑宜说。

"真的?"

"真的。"

"那关于她，你还有想知道的吗?"

桑宜犹豫了下，"那她今晚来找你——"

"派对电邮邀请函是我负责的，她不在里面。但她找了提姆，越级授权……也是她的风格。"向寅说，"提姆一直对她印象很好，分手的原因除了你之外我没对任何人说过，提姆答应她很正常。"

"明白了。"

"这就是我跟她的全部了。"说完这句话，向寅后仰靠在沙发上，有一种卸下包袱的轻松感。他望着桑宜，眼睛又像是在说，"放心了?"桑宜一部分心思被看破。向寅自然地张开双臂，她也自然地靠在了他肩上。

"好奇怪。"向寅没由来地说。

"什么?"

"我们是这种关系，但我跟你讲她的事情，却不尴尬。但又绝对不是普通朋友聊天的那种不尴尬……"

"什么叫普通朋友聊天的不尴尬?"

"就……普通朋友没有那种感觉，就不会尴尬……我也形容不出来，"向寅难得的脸红了一瞬，"反正我现在感觉挺好。你呢?"

"也还行。"桑宜说。

"关于我的过去，你还有什么要问的吗?"

桑宜摇摇头。

"那该我了。"向寅恢复了平日的神气，"是你先来告诉我你的情史，还是我们先玩大冒险?"

第三十三章 | 别对我隐瞒（二）

向寅惊讶地看着面前的女人将半杯红酒灌了下去，半晌没说话。

桑宜用纸巾轻轻抿了抿嘴角。"因为这段过去，必须要喝一点酒才能讲出来。"

"比我的还伤人？"向寅问。

"不能说伤人，"桑宜说，"是很无奈。"

"但我想先问你一个问题……"桑宜盘腿坐下，慢慢说道，"Tran，你最害怕什么？"

"为什么问这个？"

"你先回答我。"

"最怕什么……"向寅仰着头想，"这问题好抽象啊，我能打比方吗？"他一手握拳，轻轻捶了一下另一只手的掌心，"我最怕没有入场券。"

"什么意思？"

"就拿生物竞赛举例吧，我不怕在计分台上见对手，也不怕从海选里杀出一条路，我对我自己有足够的信心……"向寅停了一下，"但我怕我连报名参赛的资格都没有。"

"其实很多比赛，都不是所有人都有资格参赛的。"

"我想，我知道你指的是什么。"桑宜说。

"我的身份。"

"我明白。"桑宜说。

"不说我的事情了。"向寅说，"说说你吧，你最怕什么？"

桑宜没有立刻回答他，向寅于是很安静地等她。那个时候桑宜靠在沙发上，散下来的发丝飘在脸上。向寅伸手将她脸上的头发拈开，动作很轻，说，"宜，我在这里。"

桑宜忽然就有种向他倾诉一切的冲动。她对向寅说，"这件事情，除了我妈妈，我也没有和其他人说过。我不知道完全告诉你，你会怎么想……"

向寅对她笑，还是很温柔。他说，"你不试试看，怎么知道我会怎么想？"

桑宜眼泪在眼眶里积蓄。她慢慢说道，"我害怕迷失。"

"就是生活没有方向感？"

"是的。这种感觉跟我前任……我前夫有关。我有过一段婚史。我前夫，他以前是湾区大学的住院医，麻醉科，在使用止痛片的过程中接触到了阿片类药物……"

"后来呢？"

"后来他上瘾了，但不肯接受戒毒治疗。他说他不想让别人失望，就选择了自杀。"

向寅吸了一口气，"原来是这样。"他无奈地说，"看来我们的生活都被阿片类药物打搅得不轻。"

桑宜仰起头，泪水倒回去。她说，"我不明白他为什么要这么做。他的死亡让我质疑以前相信的一些东西。就像一辆火车平稳行驶了二十七八年，突然前面轨道断了。"

"那种感觉让你很害怕？"

"是的。"

"你说你以前相信一些东西——"

"是的。他死的时候，我在心里问他，他是不是觉得人生只有一种活法？只有大学医学院住院医麻醉医生这一条路？一步偏差就再也没有机会了？"

"那时候我和他一样，相信现成的道理和前人搭建好的系统。但那些道理和体系是双刃剑，坏处就是，它们有可能会把人变得像流水线上的零件，同质化，没有了差异也没有了锐性。"桑宜吸了吸鼻子，"我现在想，可能生存真的是一件因人而异的事情。"

向寅听得若有所思。但他没有评述，而是站起身，亲了亲桑宜的头发。他到厨房给她倒了杯水，将她的手和水杯都握在自己的手心里。这时候，他发现桑宜正用她刚被泪水润过的黑眼睛看着他。

他体会到一种隐隐的局促不安。他说，"宜，别难过了。"

桑宜回过神，说，"对不起。我一直在想一些事情……"

"我知道，"向寅说，"其实你不用说对不起，我也没有那么小气。"他从茶几上的纸盒里抽了一张纸，帮桑宜擦掉执着地留在眼眶处的一点泪珠，纸巾的屑屑再用拇指轻轻抹掉。他轻声问桑宜，"他是你前夫，那么你们结婚多久了？"

"一年多。"

"那你们谈了多久？"向寅问完马上又说，"算了你不要告诉我，当我没问。"

桑宜在他的反复中揣测，"Tran，你……是不是介意这个？"

向寅摇摇头，冲桑宜笑，说，"这一点我可以向你保证，交往过几个男朋友，结过几次婚，从来都不是我介意的事情。"

"那年龄呢？"

"婚史都不介意，你说年龄呢？"

"完全没有上限吗？"

"我说没有硬性的上限，你信我吗？"向寅说，"只要我喜欢，只要她也不介意。"

这句话带着甜美的无力感攥住桑宜，桑宜于是停止揣测。向寅也在这时候说，"宜，我想跟你说句话，你别笑话我。"

"为什么要笑话你？"

"因为……我其实不知道该怎么……怎么去说这种很直接的甜蜜的话。"向寅神情有些局促，手心也很烫，他说，"那我开始说了？"

"嗯。"

"就是，我觉得我方向感挺好，以后你要是迷路，都可以依靠我。"说完他松开桑宜，像个不太习惯掌声的表演者，匆匆谢幕似的从桑宜手中抽掉杯子，再次去厨房倒水。

倒完水回到沙发的时候，向寅已经换上了一副轻松的姿态。他伸个懒腰后坐下。侧过身，伸手顺了顺桑宜的头发，又将手指穿进发丝，托着她的头。他很轻地吻她的额头、眼角和嘴唇。桑宜闭上眼睛感受他。

睁开眼睛的时候看见向寅也刚好睁眼。向寅冲她笑，像个懂事的孩子安慰大人，带着一点撒娇的语气，"说好了你要陪我玩大冒险的，不可以赖账。"

桑宜看着他，掉进他创造的语境中。她将手放在他的掌心，手于是没有那么凉了。她说，"不赖账。"

———————■———————

"准备好了吗?"向寅问，"没有限制，充分发挥想象力。一切愿赌服输。"

"我的第一个大冒险是——用二十分钟时间，穿回你第一次见我时的那一身，包括裙子外套和那双鞋子。"

"妆可以不用化了，"向寅说，"化妆品对皮肤也不是很好。"

桑宜怔了一下，想说不一定记得，却发现自己其实记得很清楚。那日出门前，她想到凯瑟琳的建议，"对生活做一点改变，不要总是穿一样的黑色长裤。"她于是换了一身蓝色裙子，配同色西装外套，还穿了一双很久没有碰过的鞋子。

十分钟后，桑宜重新出现在客厅。向寅靠在沙发上，看着她笑。他说，"果然。"然后说，"该你了。"

桑宜指了指向寅的手机，"邮箱里从第一封开始数起，第106封邮件，内容念出来。"

向寅没防备，用嘴型对她说，"你可以啊。"说完拿出手机，开始翻邮件。翻着翻着脸色暗下去。

"如果为难的话，第105封也可以。"桑宜说。

"真的可以吗?"

"可以，友谊第一，游戏第二。"桑宜很大度，"那就第105封邮件好了。"

三分钟后，向寅将手机摊在茶几上，说，"就是这封了，那我念了？"

"念吧。"桑宜点到为止。

向寅于是开始念，内容是申请湾区大学某位教授的研究助理。大学生念着念着就开始笑场。桑宜说，"我可是从字里行间听出你很想赚那笔外快。"说完她也笑。笑完后，向寅说，"又该我了。"

接下来的几轮回合中，两人分享了手机里的第 N 张照片，幼年时最囧的经历，和长辈最糟糕的一次吵架，和朋友最糟糕的一次分歧。在"大声唱出手机音乐库的第九首歌"这个大冒险下，向寅不得不跟着《狐狸怎么说》的旋律学狐狸叫。两人笑得从沙发跌到地毯上。

"又该你了，"向寅说，"麻烦桑宜律师手下留情，我不想大半夜再学什么动物叫了。"

桑宜很无辜，说，"之前是你说的，要我提升下想象力，现在提升了你又有意见……"

"我没有想到你进步那么快……"

"好吧，那我温和一点。"桑宜想了一会儿，"给你二十分钟时间，就地取材，送一样礼物给我。"

向寅从地毯上坐起来，"接受挑战。"

"需要我回避吗？"桑宜问。

"暂时不用，先让我想下创意。"

五分钟后，向寅捶了下手掌心，说，"有了，我觉得你会喜欢。但是二十分钟可能会有点紧张，能多给点时间吗？"

"你要多少时间？"

"得要个四十多分钟吧，"向寅用一种可怜兮兮的神情看着桑宜，"但不是让你干等，你跟我一起去。"

"是要出门吗？"

"对，但不远，就去湾区大学。"

桑宜看了一眼表。

"相信我，这个点湾区大学很安全的。而且，有我在。"向寅说。

————————■————————

十分钟后，两人来到湾区大学医学院的实验楼。向寅刷卡带桑宜进入四楼的防控门内。声控灯亮起，桑宜发现两人正站在一条长长的走道上。

"这是哪里啊？"桑宜问。

"湾大器官移植研究所的一个实验室。准确地说，是实验室外的一条走廊。"

桑宜看向走廊的尽头，"这里有……你给我的礼物？"

"对。"向寅说，"但是你没有授权，不能再往前走了。所以要靠我把礼物带出来。"

桑宜更加不解其意，只好瞧着这位不按常理出牌的男朋友。

"我打算先进去拍照，然后让你看照片挑。你挑定了，我再去一次，把礼物拿出来。"

桑宜学他的样子耸耸肩，说，"你的礼物，你看着办吧。"

五分钟后，向寅从走廊的另一头冒出来，走到桑宜跟前，把手机拿给她。桑宜眼光落在屏幕上，没忍住发出一声惊叹。

"怎么样，喜欢哪一只？"

桑宜手指在屏幕上来回划动。

那是一组照片，一共七张。头两张分别是一胖一瘦两只小白鼠，一半手掌那么大——照片里向寅细心地用手比在旁边做参照物。小白鼠短绒毛覆盖的身体看起来光溜溜的，小家伙拖着长长的尾巴，用一对粉红色的眼睛冲着镜头发愣。

"只有白鼠的眼睛是红色的。"向寅说。

桑宜继续往下翻，接下来三张是灰色的实验鼠。绒毛更长，眼睛黑溜溜的，个头也稍微大一些。三张照片里的灰鼠都在跑转轮。

最后两张则是黑色的实验鼠，灰眼睛，头枕在前爪上趴着。看起来更安静而不是更活泼。

"可以三种都要吗？"桑宜抬头问向寅，不知道自己的表情像小孩子要糖果。

"可以啊，你喜欢就好。但黑色的和其他两种放在一起，会比较难养一点。"

"为什么呢？"

"跟人一样的，每个品种都有自己的性格。黑色的喜欢和自己同类别的玩，跟别的要打架。白的没有这个问题，比较天真活泼。灰的嘛……灰的脾气不是特别好，但互动很有意思——"

"那灰的跟你一样？"

向寅，"……"

"好吧，跟我一样……"

桑宜想了想，"那就灰的和白的各一只吧。白的我要那只胖的。"

向寅笑，"原来你喜欢胖的。"

桑宜，"……"

"不过，你可以这样随便把实验鼠带出来吗？不违反规则吗？"桑宜问。

"不会。我们实验室人员允许拿，只要不超过五只就好。"

"免费拿？"

"哪有那么好的事，要付钱的，还要登记好。"

"多少钱啊？"

"一百美金一只……"

"啊，那我替你把钱付了吧……"

向寅露出为难之色，"宜，这个问题我们以前聊过的……而且，我已经登记了我的信用卡了……"

向寅没让桑宜继续辩驳，他说，"挑定了你就在这里等我，我去把它们捉出来。"

又是五分多钟过去，向寅再次从走廊另一端冒出来。他手里提着一个塑料笼子。

桑宜凑过去看，里面是一只呼哧呼哧跑转轮的灰色鼠和一只咬着后爪发呆的白色鼠。

桑宜用手指点着笼子的玻璃。白色鼠用红眼睛看她，过了一会儿鼻子贴上桑宜手指的位置。"它们……可以摸吗？"桑宜问。

"当然，它们其实比你的手干净，摸它们的时候你还要洗下手。"说着向寅又有点伤感。他指指灰色鼠，"你有没有发现这个小家伙跑轮子的时候步子不太稳？"

桑宜仔细看，发现真是这样，灰色鼠跑不了多久就会从轮子上跌下去。但会执着地爬起来，爬到轮子上继续跑。

"为什么会这样？"

"这些实验鼠都是基因改造过的，它们出生就是拿来做实验的。比如说这个灰鼠，它们脑袋里的平衡有点问题，"向寅指指脑袋，"但用它们做实验可以为治疗瘫痪提供一些突破。"

"原来是这样……"

"其实我们带它们回去挺好的，一般实验做完它们就会被处理掉……挺可怜的。"向寅说，"我们走吧。"向寅把笼子从桑宜手里拿过来，空着的那只手掏门卡开门。

回家的那段车程，桑宜坐副驾驶，实验鼠的笼子被她抱在手上。

"所以 Tran，你是一直都很喜欢小动物吗？"

"我想说是，但会不会感觉有点假，因为我学的专业其实是支持动物实验的……"他减缓车速，扭头看了看桑宜，"宜，你还记得维维老板吗？"

"宠物日托店的维维老板，当然记得啦。"

"我十多岁的时候因为外公认识他。他特别酷，每天都会有一群流浪猫流浪狗到他家门口等他投喂。后来熟了，他就带着我一起给小动物喂吃的，再后来我就跟着他做事。所以你说我喜欢小动物，我觉得算是吧，"向寅说，"跟动物相处有时候会比跟人相处轻松。"

车子开进桑宜的小区。

"跟你说件事，你不要笑话我，其实那时候我是想做个兽医的。"向寅笑。

"那后来是怎么变了的呢？"

"也不是说就变了，那时候才十多岁，本来想法也不成熟。而且，"向寅顿了顿，"我应该没跟你说过，五年前我外公生病了，肝癌。幸运的是发现得很早，治疗之后就稳定下来了。就是这个原因，我开始对外科感兴趣，特别是器官移植外科。"

向寅按下车库钥匙，车子驶进地下车库。"到家了，"向寅说，"这个悲伤的话题我们以后有机会再说吧。"

两人回到桑宜公寓。桑宜把笼子在客厅安置好，问向寅，他不在的时候，自己该怎么照顾这两个小家伙。"我到时候给你列张清单，你照着做就行。"向寅说，"对了，给它们起个名字吧。"

"还没问你它们是公的还是母的？"

"两只都是公的。"

桑宜琢磨了一会儿，说，"那就一只叫舒克，一只叫贝塔吧。"

"这名字有什么来历吗？"

桑宜于是耐心给他解释了小时候看的动画片《舒克与贝塔》，向寅被逗得手撑在墙上笑。两人趴在地上，逗着憨态可掬的公寓新成员，恍惚间桑宜有种与他分享一个家的错觉。

那个夜晚最终结束在桑宜隐晦却坚定的誓语中。

在向寅从背后环住她的时候，桑宜转过身，在他的怀抱里面对他。桑宜说，"我想跟你说谢谢。但又觉得谢谢太轻了，我下面说的话，你可不可以认真听？"

"我有哪次是不认真听你的话的？"向寅笑着反问。

"嗯，我知道。我只是想强调一下。"桑宜说，"我想告诉你，你其实……不用担心你的参赛资格。"

桑宜望进他的眼睛里，"我其实也不习惯说一些很直白的话……但我想告诉你，如果一切顺利，我应该可以帮到你。"

向寅呆立在她面前，不敢相信地看着她。那时候的桑宜以为，他的不取置信源十他在那个瞬间知晓了自己有绿卡这件事。

在呆了很久之后，向寅向桑宜问出这样一句话，"宜，你觉得我贪心吗？"

桑宜摇摇头。

向寅也摇头。他的语调平缓中带一缕伤感，"我只是在底线允许的范围内，为我自己争取一片天地而已。"他在桑宜腰间收拢双臂，说了一句非常无厘头的话，"我希望以后无论发生什么，你会选择相信我。"

许久之后，桑宜还是会回想起那个夜晚。她会意识到自己从来没有怀疑过向寅动机的纯粹，恰恰是因为她对向寅那个不敢置信的表情有着错误的理解。向寅知晓她身份的时间远比她以为的要早。

而在那之后又有更多的时间仿佛流水一去不复返。最终有一天桑宜将恍然顿悟：以"纯粹"来审判向寅始终失之偏颇。他们由各自的世界里伸出触手交缠在一起；而向寅，用他全部的力所能及去选择她、接近她和守护她，戴着脚铐为一个人起舞。他的用力和争取与当时的桑宜之间，隔着用另一种方式爱一个人的遥远。

不落雪的第二乡

·

下部

第三十四章 | 与原告达成协议

"我最近一直在做一个梦，搅得我心神不宁！"中年男子伸着脖子，用手整了整领带的温莎结。大背头因为出了汗而更显得油光锃亮。

中年男子旁边坐着另一个男人，五十开外，一身嵌银丝的西服。他用一种走过场似的关切回应道，"做梦是很正常的生理活动。"

"话不能这么说，不是什么样的梦都正常——不是这样的吧！"中年男子的不满带着种絮絮叨叨的腔调。"我这个梦……是……是鬣狗，一大群，追着我，咬我的裤脚，哇啦哇啦叫。"他刻意抖着肩膀，做出一种又厌恶又害怕的样子。

银丝西服的男人笑了。他含糊地说，"想太多可不好。"

"可他、他——"

"他什么？"银丝西服男人继续笑，翻着上嘴唇。

中年男子抽过一张纸巾，汗在额头上已经起了密密的一层。"他……我……"他想起过去几个月在金牌车行遭遇的诡异事件。最开始是一个圆脸男孩，指名要他提供推销服务，问一堆不着边际的问题，最后手在中央扶手区杯托上抹了一圈，像把锉刀在他心口锉了一把。

时隔不久，类似的事情又发生了。这次是个敦实的40多岁的男人，开口爽朗，伸着脑袋看了一圈车，临走的时候对他秀了秀手里的一只药瓶。弗兰克脸色骤变，刚刚好他的顶头上司就在旁边。

好在一共就发生了两次。上司对他嘀咕了几句，也就被他应付了过去。但那诡异的感觉怎么也轰不走。

弗兰克"他他我我"地磨蹭了半天。原告律师像老狐狸一样眯起眼睛，"你有什么事情瞒着我？"

弗兰克把袖管撸了几撸，说，"不就是那个鬣狗嘛，一大群，追着我，咬我的裤脚，哇啦哇啦叫。"

律师打量着他，眼光像扫描仪一样把他的头肩部左右扫着。律师用弯弯曲曲的口音说道，"我是你的律师，有什么重要的事情你千万不要瞒着我。"

"哪里哪里，为什么要瞒你嘛。"

"那就好。"

弗兰克转了转眼珠，压低声音，"倒是有一件事情，我还是不放心，就问问你——"

"问吧。"

"我那医疗记录，就是我给你的那一叠，你拿去给那个男孩和他的律师的——不会有什么问题吧?"

"那能有什么问题?"原告律师嗤之以鼻，"你的阿片类服药史我都用黑笔涂掉了，可没有放过一处。"

"那就好那就好!"弗兰克抖了抖衬衫，让透进来的流动空气风干出的汗。

"没必要担心。"律师说。他轻拍了下这位客户的手臂，"不管怎么说，你还是要相信你的律师。"

弗兰克用点头的姿势告诉他的律师，他们两人一条心。律师又看了他一眼，然后站起身，将会议室的门打开。

"笔录快开始了吧?"弗兰克说。

"还有二十分钟。"律师说，"你说说看，是我们的笔录记录员先到，还是那个男孩先到?"

事实的进展是，笔录记录员在原告律师话音落下后就提着工具箱，风风火火冲了进来。而向寅，则是在笔录紧挨挨开始前，踩点进了会议室。大学生进门后，冲记录员打了个招呼，没有理会弗兰克和他的律师，而是在弗兰克的对面拉开两张椅子。

一张自己坐下，另一张放背上的双肩包。他自顾自从双肩包里取出一个大号文件夹，摊在桌上，这才抬起头，看向原告和他的律师。

笔录的上半场如同原告律师录向寅那场的复刻，区别仅仅在于角色对调。

"向先生，你已经盘问我客户两个半小时了，他需要休息。"原告律师终于忍不住了。

向寅想了想，说好，但加了一句，"大半年前我录笔录的时候，您对我的律师可不是这么说的。"

原告律师碰了个软钉子，就着咽唾沫咽下一口气。

中场休息后，又录了一个半小时。向寅好整以暇地开始收拾，将笔记纸页夹回大文件夹里，又把荧光笔和水笔放回书包里。

"向先生，如果您没有更多的问题要问我的当事人，请您直截了当地宣告一声。我们就当笔录结束了。"

向寅抬起头说，"谁告诉你我没有更多的问题要问弗兰克的？我说律师先生，自以为是的假设是很危险的。"他不紧不慢地把最后一页笔记固定进了文件夹。

"如果你还有问题，就请赶快问，"原告律师说，"多余的话少说。"

向寅没有理会原告律师，而是直视着弗兰克，"我的最后一个问题其实不能算是问题。"

在确定获得了弗兰克的全部注意力后，他说，"我打算录你上司的笔录，我有很多问题要问他，当然主要是你的工作表现。"

弗兰克脑袋轰的一声。车行内发生的事情在他周边嗡嗡作响。笔录室的墙壁压下来，压到面前变成哇哇叫的鬣狗。鬣狗张开嘴，森牙刮在他脸上，撕咬他的面子和他的里子。

———————————■———————————

弗兰克不知道自己是怎么从笔录室里出来的。他的律师似乎扶了他一把。"你还是要相信你的律师。"他的律师说。

室外的冷风刮在脸上，人终于清爽了些。他决定还是先不要跟他的律师说在车行发生的事。他已经有点后悔打这场官司了。

弗兰克用手搓了搓脸，沿原路返回停车场。拐过一扇门，通过楼梯进入地下车库。在拉开地下车库的防盗门时，他突然被一道人影挡住了。他还没看清楚，就被猛地扯到一边。

人影在他面前将卫衫的风帽摘下。弗兰克啐出一声，"混蛋！"

人影耸耸肩，"你骂我也没用。"

弗兰克像拍打虱子一样拍打着刚才被他拽过的衣袖，十分嫌恶中又混杂着两分惧怕。这个拍打的过程仅仅持续了短暂的两秒，拍完弗兰克转身拔腿就走。

"我是来与你和解的。"向寅在他背后迅速说道。

弗兰克停住。

"你有不想让你的律师知道的事情，我也有。"向寅说，"所以我们绕开他们，来谈一谈和解。"

弗兰克冷笑一声，迈开腿继续往前走。

"如果你不肯，那么明天我就发通知录你上司的笔录。"向寅继续说。

弗兰克背上的汗方才已经干了，此时一阵寒意顺着脖子往上爬。一条腿就这么停在半空中，进也不是退也不是。

"你需要那份工作。"向寅在他背后强调。

弗兰克转过身，他冷笑，"之前你死都不肯和解，现在求着要和我和解，你在玩什么猫儿腻？"

"我可没有求你。"向寅说，语气平淡，但每个字都给他发得工整强势。他说，"我再说一遍，是你需要那份工作。"

弗兰克发出一截一截的冷笑，他食指中指并起，指着向寅的鼻子，"你卑鄙！"

"是吗？"

"你卑鄙！你在要挟我你知不知道？"

向寅平静地看着他不发一言。

弗兰克龇着牙，并起的食指中指几乎点着向寅的鼻尖。他"你你你"了一阵，最后像泄气的皮球一样垂下手。

"你说我要挟你？"向寅这才开口了，"那么我给你看看什么才叫真正的要挟。"

向审上前一步，飞快地将手机在弗兰克面前一竖，手机屏幕上是一张照片，医疗记录某一页的一部分，黑色马克笔涂覆下隐隐可见文字。

弗兰克的脸像马克笔涂覆一样黑了下去。

向寅收回手机，迅速翻了一页，再次举到弗兰克眼皮下。白色的奔驰 SUV，窗子上有个辐射状的白色光斑。开着闪光灯、贴着车窗从外向内拍的照片。饼干屑、电线、杂乱无章的车内陈设，橘黄色半透明的药瓶从杯托处露出来。

这下弗兰克的脸又变成了药瓶，丧气的黄色，五官像贴着的药品标签，没精打采的。弗兰克发出一声闷号。

"所以说，你的律师可真差劲。"向寅哂道，"比我的律师差远了。"

弗兰克喘了一口气，"你跟踪我，还跟到了我家？"

"你没有证据。"向寅说。

弗兰克两条腿支着他的上半身很累，只得俯下腰，手撑在大腿上。"原来车行的事情也是你在背后捣鬼！"

向寅没说是也没说不是。

"你想怎么样？"弗兰克又喘了一口气。

"和我和解。"向寅盯着他的脸。

"和解？你做梦！"

"我没有把照片直接寄给你的老板，就是给你和我谈判的余地。"向寅说。

"你的意思是我还要谢谢你咯？"弗兰克歪着头也歪着嘴，"有本事你去寄啊？你寄我就报警，让你进监狱！"

"我不会把照片寄给你老板的，不可能给你这样的把柄。"向寅说。

"你真是个流氓！"

"多谢谬赞。"向寅几乎吹了个口哨。他平扯嘴角笑了笑，说道，"不管怎么样，你在乎你那份工作。"

弗兰克眼睛瞪出，"我倒了八辈子的霉才碰上你！"瞪了一会儿，他的视线松弛下来。他闭上眼睛，调息自己。

"既然你讨厌我，那么现在是个绝好的机会解决这个问题——"向寅说着，手撑着膝盖也俯下身子，他和弗兰克面对面，视线平视在他脸上，"和我和解，我一分钱都不要你的。"

弗兰克眼皮向上抹，看着他。

"你和我心知肚明，你的车仅仅蹭掉了点漆，而你的人根本没有受伤。"向寅继续说，"跟我和解，你没有任何损失。"

"真像你说的那么好，这种赔本买卖，你为什么要跟我做？"

"我不要钱不代表我不要其他的东西。"向寅说。

"我就知道。"弗兰克冷笑。

"但这件事情对你来说一点也不难。"向寅说，"只是对我来说意义重大。"

弗兰克撇了撇嘴。

"你有在意的亲人，我也有。"向寅说。

弗兰克盯着他。

向寅没有说话，似乎由弗兰克自己去想。

慢慢地，弗兰克的目光有些散，思路也有些散。他忽地想起他的两层楼房，那是旧金山相当好的一个学区，从小学管到初中再管到高中。他想起他的儿子，会指着天上的云说"爸爸我要棉花糖"。他并不想失去这些。他一个移民，换了几份工作，能有今天的日子，并不容易。

而向寅的声音也在这个时候介入进来。"看在我们都有家人的分上，"他说，"我要你帮我一个忙，作为和解的附加条件。"

手撑着腿的弗兰克缓过劲儿来。他慢慢直起身子，看着向寅。"帮忙？"

"对。一个很简单的忙。事成之后，我会把那些照片全部销毁。"

弗拉克歪嘴笑，"我怎么知道能不能相信你？"

向寅倒是愣了一下，似乎弗兰克的质疑是毫无理由的。"我给承诺就会做到，从没食言过。"他说。

弗兰克收起笑，说，"那你倒是先说说，是个怎么样的忙？"

"非常简单。你帮我从一个人手里买一次阿片类药物。"向寅平静地说。

他望着表情值得玩味的弗兰克，又说，"我不需要你真的买，只要你能联系上他，拿到他同意卖药给你的书面证据，就可以了。"

"从法律角度而言，你是安全的。"这最后一句话是他向桑宜请教的。甩出去的时候，他在弗兰克的脸上看到了它的分量。

———————■———————

"今天一切还顺利吗？"桑宜扶着方向盘，问向副驾驶座。

"挺顺利的。"向寅说，"宜——"

"嗯？"

"谢谢你开车来接我。"

"不能总是什么事情都你做。"桑宜说。

向寅抱着头伸了个懒腰，说，"突然觉得我今年过完生日，运气就变得特别好。"他偏低头，隔着衣服在桑宜肩膀上轻轻吻了下。

"跟你说正经的了，"桑宜说，"弗兰克答应你的要求了吗？"

"答应了。"

"那他接下来会怎么做？"

"他说他会通过给他开药的医生去联系李，给他开药的医生就是那个杰森。"

"这方案可行吗？"

"应该可行。弗兰克说杰森以前就暗示过他，开的药'不够需求'的话可以通过'其他途径'购买。"

"这么看来，这家诊所确定无疑是在做卖药的生意？"

"是。买药的产业链，也真是够黑的。"向寅说。

"Tran——"桑宜有些忧心忡忡。

"怎么了？"

"一定要这么做吗？"

"你今天好像特别担心。"向寅说。

"我在想你的计划——"桑宜说,"用弗兰克引李出洞,拿到李非法交易药物的证据,拿这个和李谈判,让他把霸占你外公的权益还出来——"

"是不是特别绕弯子?"向寅说。

"是。"桑宜说,但她马上又说,"其实我能理解。"李这么多年来一直以向寅的身份问题威胁外公交出越来越多的药店权益,桑宜查阅了很久的法条案例,仔细思考过能否以胁迫为由,要求法院判定李退还权益。但他们没有任何书面的记录;有一些口头的对话,但是没有证人。外公这么多年一直都是在吃哑巴亏。

"我们没有证据,就算去告李也是告不赢的,"桑宜说,"只能通过这种方式跟李叫板。法律有很多保护不周到的情形,不一定在理就能赢。"

但桑宜职业的和本能的担忧挥之不去——向寅的整个计划都在法律的边缘走平衡木,只有万分仔细才能平安度过。

"我仔细想了下,其实最让人担心的就是你让弗兰克配合你而采取的方式——"桑宜说。

"我知道。"向寅说,"我也在想——"

"你没有把东西寄到他家里或者工作的地方,避免了留下任何实体的证据——"桑宜说,"隐私权、敲诈勒索——那些和你计划相关的法条我都查了一遍……没有实体证据,很难逮到你。"

"你也没有要弗兰克的财物,只是让他去交易网做一次卧底,严格意义上不符合敲诈勒索的法典定义……这个卧底还有一定的社会积极作用,如果真的被发现或者他供出你,可以尝试做个开罪的抗辩。"桑宜又说。

"那你还有什么不放心的?"向寅问。

"可能是职业习惯。"桑宜说。

"理解。"

"我们每走一步都要小心,只能这样了。"桑宜说。

说话间,车子回到了唐人街。桑宜把车停下。

"宜——"

"怎么了？"桑宜偏过头，分出一点视线，向寅正侧着身子，望着她。

桑宜觉得他和平时有点不太一样，他的坐姿和语气都像序曲，急迫地需要引出接下来的内容。

"想说什么就说吧。"桑宜说。

"我外公，他——"

"他怎么了？"

向寅把两只手叠在一起，"我外公说，你好久没去他那里复诊了。他想问……他想让我问问你，你失眠状况有没有好转……"

"他想让我问问你"这个分句提醒桑宜，她有好一阵子没去复诊了。这在她心里掀起一种又歉疚又甜美的情绪。她还没答话，向寅又轻声说道，"外公说他想见见你，你愿意吗？外公他……他是真的很喜欢你。"

第三十五章 | 像外科手术一样精准

那天定下正式见外公的日子，就已经到了傍晚。短暂的春天踩着降雨量钟形曲线的窄尾姗姗而来，太阳不再早早沉入地平线下，湾区的人们开始拥有一日更长一日的白昼。

那时候是晚上六点半，夕阳留下一圈光辉，在天空慢慢晕染。白日离开时不再将暖意悉数带走，春夏的夜晚比秋冬的更怡然可盼。

桑宜将车开到一家做越南菜的小铺子。向寅与她隔90°分坐桌子的两边。爱情的两脚圆规，一支定准才有另一支环绕安然，反之亦然。一碗越南粉、一叠米皮春卷、一份甜蔗虾，两个人分着吃。筷箸在碗碟中磕碰打闹，直线亦有缠绵之意。

吃饭的时候又聊起案子。"Tran，原谅我多问一句，"桑宜说，"你真的就没有考虑过直接报案，把李报出去？"

向寅很无奈，"其实如果不是提姆，我会直接报案，让警察和检方去调查他。他根本经不起查——"

"而且如果李进去，以后也不会有人威胁阿公了，只是以前李侵占阿公的那一部分股权没办法退回来了。"

"如果李真能以后不欺负阿公，我也就认了，阿公他也不是一个计较的人，之前的股权没有就没有了，只是……"

"只是你跟提姆是最好的朋友——"桑宜替他说。

"是，李这个人虽然很糟糕，但对提姆来说他是个好父亲。"向寅扭头看窗外，窗外的景致都成了思考的背景板。忽然他知道该怎么对桑宜解释了。"就像外科手术一样。"他豁然开朗的语气把桑宜吓了一跳。

"什么像外科手术？"桑宜问。

"就是这件事情，像外科手术。你要把病变的器官和组织摘除，但不可以碰到完好的部分。"向寅说，"每一步都要精准，不可以伤害无辜的人。"

"我懂了，"桑宜说，"只是这样的话，整件事情都变难了。"

"是。"

吃过饭向寅提议到附近的渔人码头逛一逛。

两人逛了一整圈，竟又有些饿了。桑宜玩心大起，说要尝遍码头每一家小吃店的章鱼丸子。这份宏大的愿景在桑宜腼腆的胃口前成了一句俏皮话。桑宜捧着纸盒子，最后两颗章鱼丸子赖在盒底。"吃不下了。"桑宜把纸盒子挪到向寅面前。"眼大肚子小。"向寅边笑边接过盒子。

桑宜与向寅肩并肩，坐在码头的木板上，前者学后者晃荡两条腿。海浪是天然的节拍器，缓慢的二四拍，像一首抒情调。不远处的浮木架上，海狮们拍着肩头拥在一起，也昂着脖子呼来喊去，发出的声音像狗吠。

"宜——"向寅始终有些不安，迟疑了一下开口了。

"嗯？"

"我想请教一个问题——"

"好啊。"

"你们法律里面是不是有个类似于过期不候的概念？"向寅问。

"有啊。"桑宜答，"就是如果你想上法院找一个人的麻烦，要在一定时间内做，过期法院就不理你了。"

向寅低下头，像在想什么。

"怎么了？"桑宜问。

"那找李的麻烦，最迟可以是什么时候？"向寅问。

"我一时说不上来，需要回去搜一搜加州法律的规定。怎么了？"

"我在想……我为了提姆——"向寅说，"宜，你觉得我这么做对吗？因为提姆……"

"你还是不想放过李？"桑宜问。

"我不知道。"向寅说，"我曾经想过，让李吐出侵占我外公的股份，然后再把他告了。但又觉得那样很自私，如果提姆知道了，会恨死我的。可是我什么都不做，就不自私了吗？我真的不知道。"

向寅抓过桑宜的手，"像你前夫那样的受害者，以前有，以后也不会少吧。"

桑宜在他手心里拳起手指，也低下头，看海浪舔着码头的支柱，像黑色的舌头。

"我很讨厌李做的那些事……"向寅说。

"我也不喜欢，"桑宜说，"我也不喜欢那些开药的诊所。"

"李的事情，你跟提姆提过吗？"桑宜问。"提姆知不知道他爸爸做的事情？"

向寅摇头，"我不知道提姆知不知道。"

"那……"

"我开不了这个口，"向寅说，"很难。"

"和我说说吗？"桑宜说。

向寅摇摇头，"如果和提姆聊这件事情，我不是合适的人。我没有那个资格去教他做人，或者对他说'大义灭亲才是对的'这种话……"

"我懂你的意思。"

"我七岁的时候认识提姆，"向寅拨着纸盒子的边缘，"那时候李还没有那么'发达'。我和提姆……我们那时候老被唐人街那些小混混欺负。有个小头目，让提姆跟他混，但提姆宁愿挨揍也不愿意帮他欺负我……"他吁了一口气，停了一会儿。

"其实我很小的时候，李还没有那么混蛋……"

"那他怎么变成那样的？"桑宜问。

"跟提姆妈妈有关。"向寅说。

"不说这个了，那是提姆家的事，我这样说不太好。"向寅说，"总之李对提姆是真的好，提姆也很在乎李，我没权利毁掉提姆在乎的东西……"

桑宜没有再多问。静了一会儿，她直起身子，说，"李的事情，我帮你一起。我们再想想，有没有两全的办法。"

"会有吗？"

"我有一个方向——"

"什么？"

"我的本行，法律的手段。"

这下向寅愣了愣。"我以为恰恰是因为没有合法的手段，我才不得不像现在这么做……"

"不是的 Tran。我的意思是，我们需要分两头行动。"她忽然想起向寅对她说的失眠的辅助疗法，"就像辅助疗法，外科手术再精准也不能只有它，对不对？"

"听着很有意思。那具体怎么操作？"向寅问。

"具体来说，我周一会去法律援助中心，确定一个情况，争取他们的帮助，然后开始计划……"

"援助中心？"

"对。"

"那你问清楚了告诉我。"向寅说。

"好。"

忽然，向寅伸手指了指浮木架。

"水獭。"

桑宜一下子坐直了，"哪里？"

"喏，看到那几个小脑袋了吗？"

桑宜探着脖子看。

"看到它们拉着手了吗？"

"嗯。但为什么呢？"

"拉着手就不会漂走。"向寅说。大学生忽然间又有了好心情，他伸了个懒腰，说，"遵纪守法的桑宜律师，想不想起来再转一转？"

那晚，两人逛荡码头的商铺直至午夜。十二点的时针分针并在一起，大大小小的店面齐刷刷熄灯。两人在忽而降临的阒静中立起身子。海风像从地下冒出来一样，带着咸咸的气息。黑暗像海水。向寅紧紧牵着桑宜的手，他说，"水獭，回家咯。"

第三十六章 | 我来加入你

甜美的周末一晃而过。

周一一大早，桑宜就赶到了援助中心。她带上一个文件夹，穿过回形针一样的走廊，没有去自己的办公室，而是拐进了走廊远端主任的办公室。

"桑宜你好，今天怎么有空来我这儿？"主任很热情。

"我想打听一件事情。"桑宜说。

"你说。"

桑宜把文件夹摊在膝盖上，"我想问下主任，援助中心有没有涉及过诊所非法开阿片类药物的案子？"

"有过，不多，都是在你来之前。"主任说。

"来求助的人……他们都是些什么样的人？"桑宜问。

"外表上很难看出来，有的本身有很好的工作，也赚很多钱……"主任说。

桑宜沉默了。

"其实我们也很为难，也不知道该拿这些上瘾者怎么办。"

"上瘾者想起诉那些制药厂，但我们帮不了他们啊……"主任叹了一口气，"我们力量不够。援助中心就是一个小小的社会公益组织，起诉那些一年几百亿营业额、还有监管罩着的大药厂，我们办不到……不仅仅是我们律师人手和能力不够，我们的社会资源也办不到……打个比方，假如我们起诉普渡药厂，要求这些树大根深的企业配合调查取证，就像是蚂蚁在和大象叫板，我们扔出去的炮弹就是一粒灰尘，你明白吗……"

"我明白您的意思了。"桑宜说。

"而且阿片类药物上瘾者纠纷是近几年才有的，前几年很少有人意识到这些药的危害性。普渡药厂广告做得好哇，长效止痛药，无成瘾性无副作用，花大钱营销，让经销商和广告商帮他们作假……我们起诉药厂，社会舆论上也占不了多少上风……"主任说。

"那我们什么都做不了吗?"桑宜问。

"也不是。前一阵子总结工作的时候,我给加州政府的同事写了份报告,他们是政府,社会资源丰富,可以推动立法,也可以和大律所做公益合作,总之可以做点什么……"

"我想我们也可以做点什么。"桑宜说。

"你的想法是——"

"我们可以起诉那些开药的诊所。"桑宜说。

主任眼睛亮了,他摸了摸下巴,说,"有道理。"

"那些诊所也应该负责任,他们应该对受害者进行公正赔偿。"桑宜说。

"我怎么没有想到呢!"主任说,"之前只盯着制药厂了,其实除了起源端,还可以打击这些中游的机构嘛!一样保护下游的病人和消费者!"

"感谢你,桑宜。"他伸出手,和桑宜握了握。

"不过,我们需要好好讨论下具体的策略。起诉有两种方式,刑事和民事。民事的话,我们需要联系那两个阿片类药物上瘾的受害者,他们来做原告。刑事的话,我们和地区检察官合作,由地区检察官提起公诉,追究那些诊所的刑事责任。[1]"主任说。

"我觉得两种一起比较好。"桑宜说。

"同意。还有就是证据,地区检察官会帮助我们侦查,但要说服他们和我们合作,我们手上必须先有一些证据,否则人家会觉得我们在浪费他们的时间,他们每年那些重案要案抢劫案忙不过来的。"

"我明白,我也仔细想一想,"桑宜说,"再把具体的草案交给您讨论。"

桑宜回到办公室,打开word文档,摊开诉讼法条,开始琢磨起诉方

---

1 程序上,诉讼必须以案件利害关系主体的名义发起。在民事诉讼中为受到侵害的那一方;在刑事诉讼中,则由检察官代表受害者提起公诉,追求犯罪责任。

案的细节。这样很快就到了下班的点。桑宜收拾东西，走出援助中心的大楼，向寅已经在等她了。"接你回家咯。"向寅说。

两人顺路在库比蒂诺的中餐馆吃了晚饭。回到家，盘起腿面对面坐在床上，睡前再说一会儿话。

"我今天和主任聊了。"桑宜把一只枕头抱在怀里，说道。

"怎么说?"

"我可以加入你了。"桑宜说。

"加入我?"向寅很高兴，"就是周末你说的，分两条线走的计划?"

"是，你一直说，因为提姆的原因不想把李抖出去，但我们都不愿意看到李继续这样，没有任何制约。"桑宜说，"我们可以通过援助中心，起诉杰森的诊所。"

向寅琢磨了一下，说，"我明白了，你是想告倒杰森的诊所，这样李也没有药品的货源了，他的上游断了，一石二鸟。"

"是的，"桑宜说，"有些东西需要在上游拦截。"她想起老板的话。

"只不过，要起诉杰森的诊所，我们需要证据。"桑宜说，"这个……你知道的?"

"知道啊，我的女友还只是我律师的时候，就教过我，'证据不够，我们不建议继续诉讼'……"向寅说。指的是让两人相识的车祸案子，语气学桑宜的。

"继续说刚才的吧，"桑宜拿他没办法，接上刚才的话题，说，"弗兰克如果能够按照计划进入交易网，可以帮我拿到一些针对诊所的证据。"

"弗兰克勾搭杰森，联系李，假意做药品交易，这过程中可以有不少证据……"向寅说。

"是这样的。"

"完全明白了，"向寅说。他揉揉桑宜的头发，说，"宜，你说起专业的事情，果然厉害……"

"你什么时候也会这么夸人了。"桑宜笑。

"我说的是真的。而且……不全是夸，专业的时候很专业，平时，就得……"

"很什么?"桑宜皱起眉头。

"就……还挺可爱的……"

桑宜作势要打他手背,向寅也不躲,大大方方伸出手随她处置。闹了一会儿,向寅收敛神色,说,"谢谢你,宜。"

桑宜则像个大姐姐一样轻轻拍了拍他的臂弯。

"其实还有一件事情,我想跟你澄清一下,"桑宜说,"我之前没有完全跟你说——"

向寅坐直了,说,"是什么?"

"你知道,我前夫去世就是和阿片类药物有关……"桑宜慢慢说道,"如果说我做这些没有一点是为我前夫,也不诚实。"桑宜顿了顿,"我怕你会不开心,想先和你坦白,你明白我的意思吗?"

"明白啊……"向寅轻描淡写地说。在桑宜回话前,他伸手够到台灯,说,"困了,想睡觉了。"

"Tran……"

"怎么了?"向寅缩回手。

桑宜侧着脑袋,从下往上看向寅,寻他的眼睛。"生气啦?"桑宜轻声问。

"没有……"

"真的生气啦?"桑宜问。

正瞅着,身旁的向寅忽然神神秘秘笑了。"有一个办法可以立刻消气。"他指指自己。

"什么办法?"

"我问你一个问题,你诚实回答我。"向寅说。

"什么问题?"

"帮我打败李,和帮你前夫讨回公道,哪个对你更重要?"向寅一本正经地问。

这下把桑宜逗笑了,"怎么跟个小孩子一样……"

"你还没回答我的问题。"向寅强调。

"帮你更重要。"桑宜也认真地说。

向寅欢呼了一声。他把台灯轻轻熄掉，连枕头一起将桑宜抱入怀中。

一周后，桑宜将一份文件交给了援助中心的主任。文件的首页是一张表格，标出了市面上常见的阿片类药物及其有效成分，第二页则是与起诉诊所相关的诉讼法条，而页面的底部赫然列着杰森诊所的地址和联系方式。那是弗兰克取药的诊所，也是李这样的人为虎作伥的舞台。

"主任，我还在等一些证据，我想请您再给我两三个月的时间，那时候我们就可以正式起诉杰森诊所了。"桑宜说。

"没问题，你要多少时间都可以。"主任说。

试一试吧，看能否利用援助中心的资源，截断李的上游。桑宜看着那张表格，在心里说。

就在同一天，弗兰克拨响了杰森的电话。"我想近期约一个面诊。"他用一种焦躁又乞怜的语气说，"我的药，不够用了。"

"那你来吧，"那端的声音波澜不惊，"这周没有空，最早要到十天后。"

"十天后可以，我可以等的。"

向寅和桑宜的合作计划，那建立在精密平衡之上的计划，就这样展开了第一个步骤。

第三十七章 | 没长大的提姆

"这周我爸出差去了，出来玩吗?"提姆给向寅发短信。

过了一天才收到回信。"这周不行，我有点事情。"向寅说。

提姆很郁闷。没空就算了，等你回信周末都过了。

这时候手机又震了。向寅发来了第二条，"李叔又出差了?"

提姆没好气地拿过手机。"对啊，本来喊你来家里玩，等你回信，我爸都回来了。"

"哈哈哈。"向寅回。

"那李叔回来了吗?"向寅又回。

"今晚回来。"

"哦。抱歉提姆，这周真的太忙了。"

"算了算了，原谅你了。"提姆说。

提姆把手机丢在一旁，心情有些低落。老爸不在的时候，他想找向寅来家里玩，可是向寅最近也找不到人。什么时候开始的?好像从向寅转学到湾区大学之后就这样了……

提姆晃晃脑袋。这下就看到了墙上的挂钟。四点了，要出门了。

他下楼到自家车库，发动车子一路开到机场。停好车，又一路小跑到候机大楼。

圆脸男孩找了一圈才找到老爸那班飞机的行李带。他耸着肩膀，手插在裤兜里，来回踱着八字步，端着一份小心翼翼的老成。

哐当一声，传送带尽头的方形窄门吐出一只酒红色皮箱。提姆伸长了脖子，冲着红箱子跑过去，跑近了伸出手就要提箱子。

"儿子——"

提姆扭头，手还伸在传送带上方。中年男人不知道什么时候已经到了他的身后。男人将一只手按在提姆的手臂上把它收回。提姆愣愣地张着嘴。李慈爱地说，"儿子啊，这可不是我们的箱子。"

提姆发愣的脸松下来，咕哝了一声。

"说什么呢儿子？"

"没什么。"提姆鼓了鼓腮帮子。

李伸手揪他耳朵。提姆身子一缩，小声嘀咕，"每次都被你吓一下，下次发个短信不行嘛。"

李呵呵笑了笑，提姆心里没由来一抖。不知道什么时候开始，老爸的笑总让他觉得哪里不对。但见到老爸的喜悦很快盖过了一切。

行李带的窄门"波多"一声吐出了当晚第二只酒红色行李箱。李上前粗粗对了一眼，便示意提姆将箱子取下。之后李又仔细检查，确定无误后，父子两人便离开候机楼。

"诶爸，接下来去哪儿啊？"提姆又问。

"爸爸订了米其林泰国餐，"李说，"带我的儿子去尝尝。"

提姆"哇"了一声，说，"谢谢爸！"接着，就按照李给的地址向餐厅开。可到了这家位于繁华金融区的餐厅，提姆忽然又变得闷闷的。他磨磨蹭蹭地在金边的玻璃桌子前坐下。服务生送上来两本菜单，碎木压制的，又轻又软。提姆接过来就低着头，两只手压在菜单上。过了好一会儿，圆脸男孩才抬起头，他揉了揉脸，声音也闷闷的。他说，"爸，下次不用陪我吃你不喜欢的泰国菜了。我不是小孩子了。"

李一手还握着手机，但目光已经挪到了儿子脸上。

"爸，你怎么这么看着我呢？"提姆被李看得有点发毛。

"看看你。"李说，"我看你这鼻子，一点不像我。"

"你一直说，说我鼻子圆像我妈……"

"也不一定要像我，"李说，"这样好。"隔着桌子，李冲提姆抬了抬下巴，带点父权威严的，却又是舐犊情深的。"不说这个了，泰国菜，你喜欢爸就喜欢。"李说。

提姆揉了揉眼睛，鼻翼两侧的雀斑一下子全都跳起舞来。"谢谢爸！"

"爸，你出差辛苦了吧！"菜上来了，提姆拿过李的盘子，给老爹舀了一勺绿咖喱鸡肉汤。看杯了里的水只剩一半了，又招呼起侍应生，忙前忙后，不亦乐乎。

李手上没有烟，说话的口气却像两个指头夹一支烟卷睨人那样，带着点得意。他说，"儿子懂事了啊。"提姆再给他夹菜，他就摆摆手说不用了，让儿子多吃点。

付账的时候李重重地拍了拍儿子的肩膀，说道，"爸再干几年，送你上医学院，再给你办个大场面的婚礼，就这样子。"

当时提姆只是小心地点头，没胆量扫他父亲的兴致。从饭店开车回家途中，圆脸男孩用他摸方向盘的手摸了摸头，还是忍不住说道，"爸，我其实……不想上医学院。"

李不动声色，说，"先好好开车吧。"说完他伸手扭开车载广播，正在播放的是一档深夜访谈节目，李眯着眼睛，仰靠在座椅上，手指时不时敲一敲左侧的中央扶手箱。

车子拐过最后一个弯道，自家车库门出现在前方二十米处，李忽然坐起，用一个很突兀的动作关掉了广播。"你去读医学院——不需要贷款，这样的条件不是每个人都有的。"

"我……"提姆抓了几下头，又慌慌张张伸手到中央扶手箱找车库门遥控器。

"定心点。"

圆脸男孩头上沁出汗珠，"爸，我……我不是那块料的。"

"这是什么话？"

"我……"圆脸男孩急得舌头打了结，"我、我想、想毕业就、就找个工作，药、药厂什么的……"他吞了一口口水，"好……好的医学……院，我申……申请不上的——"

"能申上什么就读什么！"李用将烟头掐灭在烟灰缸里的语气命令道。

"我——"

"让你多读点书又不是让你挨刀子！"李终于生气了。

圆脸男孩不再说话了。

李啪的一声打开手套箱，从里面摸出遥控器按了一下，车库门优雅地升起来。提姆沮丧地低下头。

"我要是 Tran 就好了。"圆脸男孩心里想。

"你在嘀咕什么?"李突然发问。

原来心里想的话不小心说了出来,让父亲听到了。

"你刚说 Tran 怎么了?"李又问。

"啊我没说什么。"提姆忙着掩饰。车子在车库停稳。提姆熄了火,心情也像引擎熄了下去。圆脸男孩难过地说,"爸,我……我给你丢人了。"

"胡说!"

"爸……"圆脸男孩带了哭腔。

"好好考医学院,剩下的少想。"撂下这句话,男人便下了车,又径自到车尾取行李。提姆急匆匆跟过去。

"至于 Tran,"男人单手从后备厢中提出行李,往地上一掼,"Tran 这个孩子,心思太重,很麻烦的——"

"爸!"

"爸是过来人,能看到你看不到的东西。你啊,还是太单纯……"李说,"我看你们两个最近也不怎么在一起玩了?"

"爸,Tran 转去湾区大学,跟我的时间表不太一样了,我们就——"

"他还挺能耐的,"李说,"转去湾区大学了,好学校啊,所以不理你了?"

"爸你怎么这么说,Tran 不是这样的人……"

"是我儿子善良,不把人往坏里想。Tran 我从小看到大,这孩子不行。你啊,还是趁早离他远一点……"

"爸……"提姆在心里喊。

晚上,李睡下了。提姆一个人跑到阳台,风吹在耳朵边,翻来覆去都是父亲的那些话。

"Tran 啊,"提姆心里想,"如果那时候我爸爸不那样对你,如果他肯帮帮你就好了。"

他心里难过,就拼命揉眼睛。揉着揉着,他那一向不太记事情的脑袋里冒出来许多回忆。

向寅从营业员手里取过两杯奶茶，递一杯给圆脸男孩，"甜的给你。"

"真不明白你为啥不爱吃甜食。"提姆说，"而且奶茶都不放糖……那你喝奶茶干吗？"

"我也不知道。"向寅回得很简短，"对了，提姆，你能不能帮我一个忙？"

"咋啦？"

"我记得你说过你有个很好的朋友在旧金山法律援助中心工作？"向寅问。

"对啊，"提姆不好意思地挠挠头，"就是……哎呀就是，我……我喜欢上的那个……"说着脸就红了。

向寅"哦"了一声，"那会不会不方便？"

"不会啊！"

"真的？"

"咱俩谁和谁，我什么时候坑过你？"提姆说，"你快说，什么忙？"

"是这样的，"向寅说话的时候没有看他，语气也不像他平时，"你能不能帮我问个问题？"

"可以啊，什么问题啊？"

"就是……如果没有绿卡或者国籍，可不可以在法律援助中心工作？"

提姆挠了挠头，"怎么啦？你想去法律援助中心工作呀？"

向寅一时没接话，过了会儿才摇摇头。他答非所问，"我只知道一般的工作类签证是不允许在援助中心工作的。"

那是去年十二月底，一个礼拜六发生的事情。

提姆晃了晃脑袋，这下又想起几天之后在药店里见到的那个女人，脸色苍白，一看就不是同龄人。她怎么就成了Tran的女友，提姆是一点都不知道。而且Tran的菜不一直都是克莱尔那个类型的女孩子吗？提姆想。

"所、所以，你们为什么分手的啊？"圆脸男孩结结巴巴问面前的漂亮女孩。几分钟前，克莱尔把他从一堆人中喊出来，说有话要和他说。那是艾琳生日聚会上发生的事情。

克莱尔低着头，栗子色的头发像瀑布一样裹着她。"阿历克斯给了我理由，"克莱尔用细细的手指顺着头发，"可我不信。"

提姆手足无措。Tran在半个小时前就已经离开派对了，寿星艾琳还在等他，还有几个朋友在地下室看电影。他一个人面对克莱尔，不知道该和她说什么。他捶了捶自己的脑袋，在心里说，"叫你多管闲事，叫你答应她来，咋就不长记性呢！"

"如果我有美国身份，阿历克斯是不会走的，他会原谅我，会再给机会的……"克莱尔继续说着。

"克莱尔，Tran不是那样的人，"提姆憋了半天，为他最好的朋友辩解，"他班上和我班上都有喜欢他的女孩子，她们……都有美国身份，他也没有理过的……"

"是吗？"克莱尔打断他，"那是他自视高，和他非常想要绿卡，并不矛盾。"

"他看不上的，"克莱尔又说，"就像他看不上城市大学，也从来都不觉得自己属于那里，一有机会就会离开，头也不会回，就像他转学去了湾大。他就是这样对人对事的。"

"克莱尔，我也是城市大学的……"提姆尴尬地说。

"我是说阿历克斯，"克莱尔说，"城市大学很好啊，城市大学的女孩子也都很好的。"

说完克莱尔站起身，"我走了，谢谢你让我来艾琳的生日派对。"她再次用细长的手指拨了拨头发，又扶了扶金色镶钻石的臂钏，"艾琳也是很可爱的女孩子呢！我祝福你们呢！"

提姆愣愣地望着克莱尔，他发现自己真的很难讨厌她。可是Tran真的是因为身份和她分手的吗？提姆想不明白，Tran什么也不肯说。

"Tran啊……"提姆缩在躺椅上，海风刮着他的脸。说起来，艾琳派对之后，他都没见过Tran。他和艾琳在一起了，这么大的事情都还没机会当面告诉他最好的朋友。

　　真的要考医学院吗？真的要这么听老爹的话？很想问问 Tran 的意见啊。可现在和 Tran 隔得好远啊。不过再一想，也还好，也就是一两个小时的车程——等一等，这样一来，他无可避免地想到困扰向寅的身份问题，感同身受让他打了一个寒战。不要遣返他呀！让他留在旧金山吧！

　　为什么他在乎的人要站在对立的两边呢？提姆越想越低落，越想越没有心情待在阳台了。他起身往屋里走。短短一段去往睡房的路程，他又想起从前向寅外公逢到周末就给他们俩准备的米皮春卷，包好几只大红虾，阿公挑的生菜都比外面卖的好吃。他还想起以前爸爸出差，带回来的礼物总是他和 Tran 一人一份。那时候妈妈会给他们做便当，也是一人一份一模一样。

　　他又想起在那间租给阿公的药店里第一次见到 Tran。他比自己高半个头，穿着好像是灰色的卫衣和运动长裤，不太说话。但他用一双褐色的眼睛打量自己的时候，提姆还是感受到了他的好奇和善意。他们各自伸出右手，像大人那样握了握。

　　那天晚上，他们一起吃妈妈做的饭。妈妈还让他们一起坐在沙发上，像拍照那样给他们俩画"合照"。妈妈是个画家。

　　后来妈妈的脾气变得越来越差。后来妈妈再也不画画了。后来妈妈就走了，再也没有回来。

　　爸爸对他还是和以前一样，只是爸爸变得越来越忙，总是见不到人。是和那位他总也记不住名字的阿姨在一起吗？他不知道。妈妈离开太久了，有时候他也会希望爸爸和那位阿姨在一起。

　　曾经他有爸爸妈妈，有阿公，有 Tran。曾经大家都是一家人。现在不是这样了。

　　他张开双臂，像一枚骨牌一样面朝下倒在床上。"好困，好难过。"他想，"明天再说吧。"他打了个长长的哈欠，红着眼睛进入了梦乡。

第三十八章 | 原告打入了交易网

碗里生牛肉去了粉红色，饱满的豆芽在滚水中缩成柔软透明的细条子，紫苏和薄荷糅在一起，热腾腾的，熏得桌子上窗子上都起了一层细细密密的雾。

"好香啊，在饭店从来没吃到过这么好吃的牛肉粉。"桑宜很珍惜地一勺一勺舀着汤喝。

"阿公做的牛肉粉，没人能超越。"向寅放下碗，冲佝偻着背的老人露出牙齿笑，"对吧，阿公？"

老人也放下碗。他动作慢，手微微颤着，手背上的皮肤皱了，静脉经过的地方拱起来，像阡陌纵横，朴实得让人心安。老人用他清瘦的眼睛看了看向寅，又看了看桑宜，温和地说，"Tran，下次你看我做。她喜欢吃。"

饭后向寅刷碗，桑宜和老人坐在沙发上聊天。外公年纪大了，刚才在厨房一阵忙碌，已显出劳累之色。桑宜拿过一只米色的垫子放到老人身后。"阿公垫个垫子吧。"

"你第一次来我们家的时候，也这样把垫子给我。"老人比画着。

老人颤巍巍站起身，嘴角原本因疲惫而下垂，却被老人努力支撑着。"我的女儿谈对象的时候，我不在，不是个合格的父亲。Tran带你来见我，我想这次我可以试试做个合格的外公。"老人说，"我有样礼物要给你，我们图个好寓意。"

老人回房间取礼物。厨房处向寅收拾好了碗筷，便出门倒垃圾。老人再回到沙发的时候，手上多了一个羊皮纸包着的盒子。"打开看看吧。"老人说。

桑宜当着老人的面小心打开盒子，里面安静躺着一条毛料围巾。婴儿蓝，工整地叠成四方形，边缘淌着流苏。是桑宜喜欢的颜色和细节设计。

"说来很不好意思，不知道送你什么好，还是问了Tran才知道。"老人说。

桑宜用手摸了摸围巾，极柔软的触感从指尖一路传递到心里。桑宜说，"谢谢您。"

老人笑起来，皮肤上的斑点都躲进了皱纹里，像只言片语连成快乐的句子。但老人很快又忧心忡忡，"Tran，他有没有不好相处？会不会委屈你？"

桑宜想起半年前第一次见向寅外公，老人家也问了同样的话。老人问外孙的律师，外孙是不是很难相处，让她费心了？

"阿公这是哪里的话。"桑宜说。

老人还是忧惚，"他妈妈在他很小的时候就离开了。自己家的孩子，缺点是很知道的……希望你能包涵他，但这样的话其实不好直接对你说……"

"没事的，没有什么不好说的。而且阿公——"桑宜倾着身子，轻声说，"他对我很好的，我们相处得也很好……"

"如果是那样就太好了。"

"您刚才说Tran的妈妈——"桑宜问。

"他没有跟你说起过吗？"老人问。

"他只说，小时候他妈妈把他带到旧金山，交给您，开始还会来看他，后来就不来了。过了两年多，您才告诉他，他的母亲去世了。"

"是啊。"老人叹着气，皮肤的斑点从皱纹里跑出来，往事的斑驳阴影重新笼罩了老人的面孔。"1975年我从越南逃难，没能带上他怀孕的外婆。"

老人清瘦的眼睛里有什么东西涌出来。"二十年之后，我才找到我的女儿。那时候我的女儿已经怀了Tran。"

"我很后悔这件事情。"老人停了一下，"可是人啊，前一步路没走对，就很容易接着错。你们中国人说，一步错步步错，就是这样的无奈。"

"我拿了难民绿卡，入了籍，找到了我的女儿。我想把她和Tran接来美国。可我当时不懂，也没有找到好的律师。"老人说着古旧的事，可脸上的悲和悔仍有新伤汩汩流血的模样。"我女儿的绿卡申请没有被批准，也影响到了 Tran 的绿卡申请。害得他没有身份，却也只能待在这里，回不去越南了。"

"给 Tran 申请绿卡的时候，我又做错一些事情，把路都堵住了。后来只好去请求我的房东，就是那位李，请他收养 Tran，他开了一些条件，我做不到……"

桑宜听得恍恍惚惚。越战结束四十年了，仍在影响着当日的见证者，还一并影响他们的下一代。一个人背负的重量，有时候并不来自他自己的所作所为。记忆不管是个体的还是集体的，一旦存在，就很难被清零。

门口响起锁匙转动的窸窣声。"是 Tran 倒垃圾回来了吗?"老人问。

"应该是的，我去看看。"桑宜说。

"我回来了。"向寅的声音传过来。

桑宜扶老人起身，一起到门口迎接他。向寅走进屋子，将三杯奶茶和一个蛋糕盒子放在收拾好的桌子上。"一人一杯，不加糖的那杯是我的。"向寅说。

"阿公也喜欢喝奶茶?"桑宜好奇地问。

"这个你要问阿公，对吧?"向寅调皮地说。

老人谦和地笑着。

"阿公等下估计要睡会午觉，我们去房间里说吧。"向寅对桑宜说。

两人和老人打过招呼，就来到向寅的房间。

"是关于弗兰克的吗?"桑宜问。

"是。"向寅靠在书桌上，表情变得很严肃，"弗兰克最近一次见他的医生杰森，有了突破性进展。"

桑宜若有所思地点点头，"我没有记错的话，这应该是原告第六次会诊了……我们等了足足三个月。"

"那医生很精，也还算意料之中吧。"向寅说。

"所以，弗兰克从医生那里套出了交易网?"

"对。但那医生真能做到把自己择得干干净净的——你猜他是怎么把买药的和卖药的联系起来的。"

"嗯?"

"他跟弗兰克说,'你不是说你很痛苦嘛,我们有一个患者俱乐部,你要感兴趣可以加一加'。"

"'患者俱乐部'?"桑宜说,"他们管阿片类药物交易圈叫'患者俱乐部'……"

"是不是很荒谬?"向寅说。

"掩饰做得真好,"桑宜捏着奶茶杯子,"这样即使被发现,也是'患者俱乐部'内部搞出来的事情,和医生没关系。"

"是。据弗兰克说,那医生还劝他,止痛药少用一点。"向寅说,"表情可真诚了,现场效果非常之动人……"

桑宜叹了口气。

"不过这医生其实也不是什么作用都没有,他和病人之间那层关系就是在给俱乐部把关,否则随便什么人都能进那个'患者俱乐部'了,"向寅说,"像我这样的就进不去。"

"看来这家诊所很有反侦察能力。"桑宜说。

"关于这个'患者俱乐部',还有更具体的信息吗?"桑宜问。

"有啊。"向寅说,"弗兰克说,上上周他第一次参加了'患者俱乐部'的活动……"

"他们还有活动?"

"对,就是一堆人聚一聚。弗兰克参加的那次,那群人去打了保龄球。所以说这个杰森医生也是个人物……这'患者俱乐部'真的有实现它本应有的功能……"

桑宜,"……"

"那弗兰克,他见到李了吗?"桑宜问。

"没有,李不在'俱乐部'里面。"向寅说,"'患者俱乐部'里面只有患者,如果要买药,会有个加密的平台,用来勾搭卖药的,就有点像暗网……"

"加密的平台？"

"对，具体的操作弗兰克还不太清楚，他才刚开始。"向寅说。

"那下一步怎么说？"

"弗兰克说患者俱乐部这些天又要聚会了，他会参加，到时候问清楚怎么用那个加密平台，有进一步消息就给我们答复。这次他刚混进去，我让他别问太多。"

———————■———————

三周后的一个周六，桑宜正在家里修改针对杰森诊所的诉讼策略，向寅发短信说刚和弗兰克碰过头，有新消息，打算来找桑宜。

到了桑宜住处，向寅先将一袋包子放进冰箱，又递给桑宜一杯奶茶。刚刚进入八月，天气热得迅猛。向寅穿一件短袖T恤，手臂上蒙着细细的汗珠。"桑宜律师，你要的吃的和喝的都齐了。"向寅说。

"谢谢。弗兰克怎么说？"桑宜问。

"他说从'患者朋友'那里拿到了加密平台的登录地址，已经试着注册账号登上去了。"

"这个平台我们也可以登录吗？"桑宜问。

"登不了，要身份验证的。你猜他们用什么验证身份？"

"是什么？"

"杰森诊所的病人档案号码。这个我们没有，弗兰克也不可能给我们。"

"所以还是需要弗兰克，"桑宜有些遗憾地说，"我本来还想，如果我们可以登录那个平台，就可以不用牵涉他了。"

"是很遗憾，我们登不了。"向寅说。

"那弗兰克登上那个平台，有看到什么吗？"桑宜问。

"他给了我几张截图。"向寅说着，取出手机，翻到相册给桑宜看。

"界面有点像我大学时候用的那种小众博客网站。"桑宜翻着图片，说道。

"那我就不知道了……"向寅说。

桑宜忽然想到什么,"这个交易网里有多少卖药的人?弗兰克他怎么能够确定是和李接上头呢?"

"凭加密平台上卖药人的账号。"向寅划到一张截图,指着被修图笔圈出的一个名字说,"我第一眼看到这个名字,就有90%的把握是他。"

"s-a-n-i-r-u-r-p-d-e-m——这名字有什么特别吗?"桑宜边拼边读。

"你不能像拼单词那样,他打乱了顺序的,"向寅说着,指指桑宜的键盘,"你得在键盘上找字母和数字对应的关系。"

桑宜低头看键盘,"s对应——"

"1,"向寅说,"字母的上方是数字。这串字母重新排列组合是'u-r-spiderman','你是蜘蛛侠',蜘蛛侠是漫威漫画里的一个角色,也是提姆最喜欢的。李打乱顺序重新组合,中间对应的几个数字又刚好是提姆的生日。"

"真的,"桑宜试了一下,说,"也只有你看得出来。"

"我说过的,我认识李十几年了……"向寅说。

"你刚才说,你看到这个名字90%确定是李,那么……不是还有10%不能确定吗?"

"你问到关键了。"向寅说。"我让弗兰克去'患者朋友'那打听那些卖药人长什么样——"向寅说,"他们见过一个,穿黑衣黑裤戴口罩鸭舌帽的,身高大概在这个位置。"向寅比画了一下。"体型偏瘦,"又比画了一下,"加上那个诡异的走路姿势,和李非常吻合。"

桑宜想起在药店见过李,印象中李步子迈得小,上身几乎不动,也几乎不发出什么声音。

"加密平台的账号加上患者对他的描述,我明白了。"桑宜点点头,"那弗兰克下一步怎么办?"

"下一步就是联系这位sanirurpdem,"向寅说,"和他约一次交易。"

"好,那按照计划一步步来。我们每一步都要小心。"桑宜说。

"是。"

桑宜一只手习惯性地揉着肩颈，另一只手晃晃鼠标，屏幕亮了起来。向寅帮桑宜揉肩膀，也把头凑到电脑屏幕前，他指了指屏幕上画满红线的文件问道，"这是什么？"

"诉讼策略。"桑宜说。

"起诉杰森诊所的？"

"是的，"桑宜说，"援助中心联系了之前寻求法律帮助的两个阿片类药物上瘾者，打算用他们的名义提起诉讼。我现在已经回律所工作了，只好下班和周末弄这些事情，再发给援助中心。"

向寅"唔"了一声，但他马上又摇了摇头。

"怎么了？"桑宜问。

"你好辛苦，白天在律所上班，晚上和周末还要管这个案子，你吃不吃得消？"

"我没有关系的。"桑宜说。

"你为了我，还换了律所的岗位……"

"其实也没有的。"桑宜安慰他。她知道向寅指的什么，律所本身不禁止律师和前客户恋爱，但桑宜对老板的想法还是有所顾虑的，因此主动换去了另一间办公室。"我老板没有说什么，是我自己想换个组换个环境……"

向寅望着她，表情有些复杂。"有什么我可以为你做的，你都可以告诉我。"他说。

"你已经做了很多了。"桑宜说。屋子里整整齐齐，灰鼠舒克在跑转轮，白鼠贝塔在睡回笼觉，冰箱里微波炉盒盛好了周一要带去办公室的午餐。

"等外面没那么晒了，带你去游泳。对你这种久坐办公室的特别好。"向寅说。

"好啊。"桑宜说，"你别想那么多了，真的是我自愿换组。倒是你，

MCAT[1]准备得怎么样了？"

"我觉得没什么问题吧。"向寅说。

桑宜看了眼电脑，电子日历上9月15日圈了个红圈。"还有一个多月就考试了，李的事情，要不要缓一缓？"

"问题不大，"向寅说，"MCAT这种，其实功夫都在平时。而且我考试一般不会失手。"

"口气倒是很大。"桑宜道。

"看结果吧。"向寅说。他绕到桑宜身后环住她，"宜，我不会让你失望的。"

向寅的语气太过正式，桑宜被逗笑了。"你这句话听起来，就好像我是你的辅导老师一样……"

向寅手臂收紧，下巴贴着桑宜头顶。"宜，我指的不是MCAT的考试——"

"那是什么？"桑宜向后仰着头问他。

"我指的是，外科医生这条路。"向寅自上而下看着她，"我跟你说的，我以前没有考虑到和你在一起有很现实的问题……你其实要放弃很多……"

"你不要这么说，我也不希望你这么想……"

"宜，我只是想告诉你，你愿意相信我，我不会让你失望，"他说，"你愿意等我——"

就在这时，向寅的手机开始持续震动，屏幕上显示一条短信和一个待接来电。"我先去接下电话，待会儿一起和你汇报。"向寅说。

电话打了很久，久到桑宜将十页纸的诉讼策略完整改了一遍。回来的时候，向寅的脸是木的。"一个坏消息和一个好消息。"他说。

1　MCAT，医学院入学考试。

第三十九章 | 来自外公的财富

"这种病……复发……能治吗？"桑宜问得很艰难。

"不知道。"

"如果不能治的话，那——"

"能治的。"向寅生硬地接过话。

"好。"桑宜说。

向寅苦涩地笑，"其实我也不知道。"

"那……下一步该怎么办？"

"化疗？放疗？"向寅背靠桌子，上身僵直。"我不知道……"

桑宜走过去，将手覆在向寅撑着桌子的手背上，她感到对方凸起的手骨连着筋绷着。桑宜不知道该说什么，语言很苍白了。

"对不起，宜。"向寅忽然抽出手。"我出去走走。"他直起身子，低声快速说道。

走到门口的时候，桑宜在背后轻声唤他。向寅手搁在门把手上，停了步子，但没回头。

"好消息是弗兰克联系上了卖药人sanirurpdem。下个月底碰面，就在那个垃圾桶。"

桑宜呆了一呆，想再唤他一声，但向寅已经拉开门。"好像没什么意义了。"向寅背对着她说。

轻微的咔嗒一声，门从外面关上了。

坏消息是外公的癌症真的卷土重来了。向寅接的那个长电话是医院打来的。医生有外公的书面许可，化验的结果可以直接告知向寅。桑宜说，"我都不知道阿公前阵子做了检查。"

"阿公也不知道有没有事，所以想先别惊动你。"向寅说。

向寅走后，桑宜在沙发上坐了一会儿。太阳快落山了，她抓起手机给向寅拨电话。那端几乎一声都没响完就被接起了。

"阿公现在在哪里？"桑宜问。

"家里。"

"要不要去陪他？"

那端迟疑了一下。

"其实阿公不喜欢别人当他是病人……我怕他以为我是知道了化验结果，专程回去看他的，我怕他不喜欢。"向寅说。

"我懂了，"桑宜说，"那你现在在哪里？"

"七十一[1]——"

"什么？"

那边清了清嗓子，声音有些沙哑，"我在家附近的七十一。"

家附近只有一个七十一。

"那你要我来找你吗？"桑宜问，"还是你想一个人待着？"

"刚才想一个人待着——"

"嗯。"

"但现在想见你。"向寅说。

"那我去找你。"桑宜说。挂断电话之前，她隐约听到那端说了句什么。

桑宜只抓了手机钥匙就出门了。她低着头匆匆走到路口，按下按钮，抬眼一看变了绿灯，于是过马路。忽然一个影子挡在了她面前，桑宜走得快，差点撞进那人怀里。

那人迅速扶她一把，桑宜抬起头，刚好对上男友的眼睛。当时向寅站在夕阳里，光线射下来，他抬手挡了挡，又快速地眨着眼睛，仿佛被仲夏傍晚依然炽烈的太阳光灼到了。可在桑宜看来，那样子像是即将流泪。向寅张了张嘴，团着话语说不出口。

光线刺在桑宜眼睛里，桑宜也有流泪的冲动。她抓着向寅的手，向寅握着她的肩膀抱了抱她。离得很近，桑宜嗅到向寅身上的烟味。她一下子

1　7-Eleven，连锁便利店。

明白他去七十一的原因了。此时周围人来人往，阳光扬起热浪也扬起灰尘，烟味沉入灰尘与热浪里。桑宜感到奇异的眩晕，以及流动在她与向寅之间的共享的孤独，彼此依恋慰藉却又与世隔绝的孤独。

"你挂电话前，我说让你在家里等我……"向寅说。

"没关系的，我想出来找你。"桑宜说。

"外面太晒了。"

"没关系。"

"宜——我想，就跟阿公说我想他了，想和他吃晚饭，你要不要跟我？"

"我跟你。"

他们去车库取了车，就往旧金山唐人街开去。杰克逊大道上，灯火依旧。

那天晚上，说是桑宜和向寅陪伴老人，却是老人又一次做饭给他们吃。老人额头上挂着汗珠。汗珠滚下来，羼进皱纹里。桑宜忽然明白了，老人的疲惫并非因为苍老，而是因为病灶。"阿公有什么我可以帮忙的吗？"桑宜问。老人吃力地摆摆手。正在水池洗着菜的向寅听到动静赶忙扭过身，"阿公我来吧。"老人依然摆了摆手。老人的声音很轻了，不用力就要抓不住一样。可老人说，"这样我开心啊。"

老人说这次要给桑宜讲讲向寅的小时候，讲讲那些开心的事情。比如说，带向寅去博物馆，但小向寅在车上老是动来动去，从安全带里钻出钻进的，一路上车开得心惊胆战。又比如说，在家里种了一些花草和蔬果，但每一次交给向寅照管，就会失去一盆植物。

"最难以置信的是阿公养过一盆仙人掌，我照管了两天，后来看它太干了，就多浇了点水，结果第二天就蔫了。"向寅说。

"你浇水的方法不对，"老人严肃地说，"不能从顶上浇，要从根部，小心地浇一圈。"

"阿公说得特别对，我之后也学到了。"向寅认真地说。

"我记得宜的办公室有盆仙人掌。"向寅又说，"宜，你以后可以和阿公一起养花养草。"

"是有的，"桑宜接过话，"我可以把它搬到家里来。阿公，我们可以弄个很小的植物园。"

说着就开始计划在阳台上圈一小块空间，搭一个三层的架子，蔬菜可以放在第一层，仙人掌放最上面一层，旁边可以养一盆吊兰，中间一层留待以后补充。

就这样，从过去说到未来。在那些想象与规划中，阿公身体康泰，生活乐足，桑宜和向寅快乐地陪伴着他。

吃完饭，又说了一会儿话。老人睡下了，桑宜跟着向寅出门沿街道走走。电线如同蜘蛛网横竖密布，有轨电车的丁零声在街角兜兜转转，有种物是人非的意味。

"还有多久？"桑宜问。"我不知道。"向寅答。来往车辆的影子在两人身上晃过来又晃过去。"半年？一年？"向寅停下步子，不知道在向谁发问。

两周后外公第一次化疗。医院是向寅选的，湾区大学校医院。病房是主楼四楼出电梯左转第二间。十来平米的小屋子，床侧开一扇窗，窗外人工草坪绿茵繁茂得有虚假之意。它们不会老，也永远不会承受死亡的恐惧与不甘。

老人身上接有点滴管。鼓鼓的塑料药瓶高高悬在白色病床的上方，浅红色的液体在蜿蜒的点滴管中爬行，光看着就有冰凉之意。接着管子的老人看起来比平日更瘦弱了。桑宜觉得那管子没有给外公输入生命，反倒是从外公体内抽出最后的希望。

塑料药瓶瘪下去，点滴管连着针头的那段里有暗红的血液回流。一个长一张小凸脸的护工进到房间，替老人拔下管子，又用浅蓝色医用胶布将老人的手小心地包起来。老人阖着眼，手指轻微动了动。

护工示意呆立在一旁的向寅老人需要休息了，桑宜也拉了拉向寅的手。向寅这才像回过神来，被桑宜牵着走出了病房。

出了大楼，两人往人造草坪走，走到金属椅子处坐下。向寅从口袋中摸出烟和打火机，甩了甩后点燃。他用拇指并食指拈着烟头狠狠吸了一口。

"我以前不知道你抽烟。"桑宜说。

"确实也不。"向寅又吸了几口后，把烟头按灭在一旁垃圾桶顶部的烟灰筒里。

"Tran——"

"嗯？"

"跟我说说。"

"我想起好多以前的事情。"向寅说。

向寅支着椅子扶手，身体前倾，抬眼望桑宜，额上一道浅浅的抬头纹。"我跟你说件事情，你想听吗？"他低下头，手叠在一起压着指节。"阿公第一次查出这个病的时候，做了手术，切了五分之一的肝脏，之后还要做化疗。"

"化疗，很伤身体的，"向寅说，"我担心阿公吃不消。但你知道他说什么？"

"什么？"

"他说他这一辈子最苦的日子，就是漂在海上的那半个月。他总觉得自己快死了，但不知道什么时候死，死亡就像每天的日落那么近，他不知道能不能见到第二天的太阳。但他要活下去，活下去就有希望再见到我外婆。"向寅说，"阿公说，在那之后就再没有吃不下的苦。"

向寅吁了一口气，"他还说，后来他有了我，就更舍不得了，能活下去他就不会放弃。他说化疗不算什么，他挺得过去。"

又是傍晚时分，阳光越过病房所在的大楼倾泻下来。人造草坪也像沾着露水一样亮晶晶的，呈现出一种似假还真的希望。

向寅低着头，手搭在膝盖上，"我有没有跟你说过，小时候阿公经常会带我去博物馆？"

"说过，"桑宜说，"你还说，阿公是左撇子，有了你之后才学会了开车。"

"对。"

"你还说，开的是那辆尼桑车——"

"被我开了出车祸的尼桑车——"向寅笑了笑。

"阿公喜欢植物，带我去看植物园，跟我讲《本草纲目》，跟我讲草和菜的区别，我根本听不进去。但他带我去动物园，我就特别高兴。我不知道我后来想学生物，是不是就是那时候被启发的。"向寅说着又笑起来。

"我想做器官移植外科，也跟他有关。我想了那么多对付李的办法，也是……也是……"

桑宜去握他的手。似乎不想流露脆弱，在桑宜掌心短暂碰到向寅的手背之后，向寅反过来握住桑宜的手。

过了一会儿，向寅收回手，若有所思地唤了一声"宜"。

"这两周我和阿公聊了很多。"向寅说。

"我知道。"

"有件事情，想跟你说下，"向寅说，"唐人街我和阿公住的地方，那个很旧的公寓——"

"怎么了？"

"那不是租的，是阿公差不多三十年前买的。前几年才还清房贷。"

桑宜怔了一下。

"三十年前买得很便宜，现在翻了三番不止。托旧金山的福气。"向寅说。"阿公还跟我开玩笑，说那是他唯一一次经济方面正确的决定。"向寅继续说。

桑宜听到他提房子，只以为他遇上了经济困难。

"你放心，"向寅像是看出了她的心思，"不是需要卖房子治病，阿公有保险。而且如果跟钱有关，我是不会对你提的。"

"那保险够吗？"桑宜问。

"够。"

"那是什么？"

"是这样的，"向寅说，"阿公想把这个房子转给我，我想征求下你的意见。"

他摇摇头，"我没有想到，我人生中第一笔大钱会以这样一种方式到来。"

第四十章 | 我想向她求婚

　　家庭成员间赠与房产的手续并不复杂。琳达早早就将文件准备好了。到达医院四楼的时候，桑宜已经在电梯口等她了。

　　琳达随桑宜来到病房门口。这时门从里面开了，一个高高瘦瘦的男孩走出来。他对琳达礼貌地伸出手，说，"我是阿历克斯。"

　　琳达也礼貌地伸出手，并做自我介绍。

　　"我听宜说起过你。"男孩说。

　　"是好话还是坏话呀？"琳达在呛人的消毒水味中开了一个玩笑。

　　"好话。"男孩长相偏冷感，神情偏淡，话也不多，他说，"我们准备好了。"

　　这时候桑宜手机响了。"有个工作上的电话，我出去一下。"她说。

　　病房里剩下琳达、向寅和外公。琳达朝病床的方向望去，老人家背靠一个枕头，支着上半身，床边的仪器发出嗡嗡的鸣响。琳达把见桑宜时的那种姐妹间嘘寒问暖的笑换下，换成了一种怜悯的掏心窝的笑。琳达取出文件给老人过目，老人不懂的条款，她就耐心细致地解释。琳达的举止出奇地稳当，这稳当给屋子里所有人带来一种实打实的慰藉。最后，琳达把签字页和水笔递给老人，并指了指用黄色荧光笔标出的签字行。老人将被子下的手伸出来，吃力地接过笔，一笔一画地签下名字。

　　琳达注意到，老人的手背发黄发黑，指头皱了皮，紧握着笔写了一会儿脸上就露出痛苦的神态。

　　地产经纪从业十多年，自诩颇识得些人情冷暖，此时也不禁在心里叹一声"造孽"。她从老人家那儿接过签字页，又递给向寅。向寅签过，琳达检查了一遍无误，便问向寅要驾驶执照。房屋转让文件本身只需要双方签个名字即可，但地契后附有一份公证书，需要被转让人提供身份证件。公证人当场核对信息，证明"签订合同之人即为出示身份证件之人"。

　　眼下琳达接过向寅的驾照，瞄了一眼，顺口问道，"怎么是俄勒冈州的驾照啊？"

问完她倒也没深究，而是在病床旁的桌子前坐下，一手扶着卡片大小的驾照，一手往公证书的空白行里填信息。这时候桑宜已经回来了，地产经纪把头埋在文件里，没有注意到向寅有些紧张地看了桑宜一眼。

一切完备，琳达将文件一一收进公文包中。地产经纪对着全屋子总结式地微笑，意思是"交给我您放心好了"。她对桑宜打了个手势，小声说，"我这就走啦。"桑宜跟着她出去，病房里留下向寅继续陪伴外公。

"谢谢你啊。"电梯里，桑宜对琳达说。

"你太客气啦！"

"你都没收我们的佣金……"

"本来也是赠与，不是买卖，没有收佣金的道理，"琳达说，"而且你看老人家那个样子，这样我还收你们钱，那我也别叫琳达了。"

电梯发出"叮"的一声，一楼到了。两个女人并排走出电梯。"我送你去停车场吧。"桑宜说。

"好呀。"琳达说，"刚才气氛好严肃，现在可以跟你说点姐妹间的话。"

琳达向她靠过来一点，问道，"你待会儿还有事吗？"

"我想回去再陪陪老人，和他一起。"桑宜说。

"哦，那明白啦！"

"但明天白天我都有空的。"桑宜说。

"算啦，"琳达挥挥手，"恋爱之后就找不到人，都说年下恋最最情难自已，看你还真是……"

桑宜耳根一红，说，"明天白天，明天白天我一定找你。"

琳达又换上笑，说，"好呀。"

这时候两人已经走出了医院大楼，走到了停车场。琳达忽又压低了声音，说道，"老人家面善得很呢。"

桑宜感慨，"阿公人是真的好。"

琳达凑过来，"我那时看你这个小男友的照片，多说了两句——"

桑宜摇摇头，"我懂你的心意，没事，"

琳达沉吟了下，说，"你这个，是认了真的啊。"

桑宜轻轻"嗯"了一声。

"我看他也挺认真的。"琳达说。

"你……怎么知道？"

琳达压低声音，"刚才呀，你出去那会儿，我跟他聊了一会儿，都是些买房子的事情。他跟我说他自己有收入，我就跟他说呀，他虽然是学生，但有收入就可以贷款，他的房子算作资产，也可以用来贷款。我跟他说了好几种你们可以一起买房子的方案呢——"

"琳达，"桑宜说，"我们没有——"

"哎呀桑宜，这你就不懂了！我做地产经纪这么多年了，买房子这事儿可是最能探出男人的真心了，他想不想和你结婚和你过日子——"

"琳达，他才22岁——"

"桑宜你别着急嘛！你听我说呀，我当你是好朋友，哪能坑你呢！你这个男朋友听得可认真了，请教我怎么做比较好，很诚心的！"

"而且我跟你说呀，"琳达信心百倍地说，"买房子这件事，处理好了，可是感情的加速剂。我以前代理过男女朋友买房子的，开始都是一方要买，买着买着就成了两个人一起买，买好了也就结婚了！"

桑宜只好说"谢谢"。

琳达舒展眉眼，"那有好消息了记得告诉我呀。"

送走琳达后，桑宜回到病房，轻轻推开门，看到向寅正弓着身子，替老人掖被子。老人阖着眼睛，发出轻微的呼吸声。听得响动，向寅转过身，手指比在唇边做了个不说话的手势，然后拉过桑宜的手，牵着她走出病房。

两人下电梯，出医院大楼，在停车场找到车，便开去桑宜住处吃晚饭。

"房产手续还算顺利。"桑宜靠在座位上，松了一口气。

"是。谢谢你的那位朋友。"向寅一边把着方向盘，一边应道。

"她挺职业化的，也不会多问。"桑宜说。指的是俄勒冈驾照的事情。

向寅点点头，说，"其实也没什么的，我总不能一直躲着。"

"对了桑宜，"他又说，"现在这个房子是我的了，我想问你，你有没有什么打算？"

"打算？你指什么？"

"我知道你其实挺想有自己的房子的，我在想，我能做些什么。刚才病房里你出去那会儿，我和你的朋友聊了聊。"

"琳达怎么跟你说的？"桑宜问。

"她说，我的这个房子可以让我多贷些款，我的个人收入只要报了税的，也可以有一样的效果。她跟我说了几种操作方案……"

"Tran，"桑宜说，"我事先不知道她会跟你说这些，我——"

"没有，其实我很感谢她跟我说这些，也确实是我想知道的。宜，我以前交往的都是同龄女孩子，没有到这种阶段，没有考虑过这一类现实的问题。以后你希望我怎么做，都可以告诉我，我也在学习……"

"我对你没有这样的要求，"桑宜说，"而且买房的事情，我是这样想的——"

"什么？"

"如果我们以后都在一起，那么一起买房子住也是顺理成章的。如果我们有钱了，那么买个大的，钱不够，就买个小的。实在没有钱，一直租房子也是可以的。"桑宜说。

向寅张了张嘴。

"我觉得最重要的，还是两个人真心实意在一起。"

向寅没有接话。桑宜以为他有感而发，也随他沉默了半晌。窗外掠过熟悉的街景，快到家了。桑宜的思绪也有些纷乱。她想到前一阵子和父母提到向寅，说了说基本情况。父亲挺开心的，但母亲一直没有表态。末了，二老说要来湾区看看她，也检验一下这位小男友。对此桑宜有些忐忑。

这时候向寅倒开口了，问她，"怎么了？"桑宜想大概他觉察出自己神色有异，于是把父母要来的事情说了。

"他们打算什么时候来？"向寅问。

"本来说是春节，但我妈想早点来，让我爸去单位请了假，说感恩节或者圣诞节来一趟。"

向寅"哦"了一声，说，"那挺快的了。"

这时候，桑宜小区最高的那层楼已经出现在眼前了。向寅减缓车速，进入车库。

"对了，弗兰克那边有没有新的进展？就在等着交易了？"桑宜问。

"在等交易，"向寅说，"也挺快的了。"

"那你一定小心。"桑宜说。

"放心。"

车子停进了车位，向寅熄火，偏过头望了望桑宜。他的眼睛里有一些桑宜从前没见过的东西。桑宜形容不出来，如果硬要说，那是一种天真又冒险的光，带着一种奇异的感染力。

"宜，我想问你件事情——"向寅说。

"嗯？"

"最近你睡着的时候，喜欢握拳头，是不是有什么不开心的事情？"他问。

———■———

两周后。南湾，申行珠宝店。

拉开玻璃门，穿过接待区径直向里走，可以看到整面的玻璃展柜。头顶射灯亮晃晃的，展柜下的灯管晶莹剔透，交相辉映都聚在宝石上。

柜台后胖胖的店员放下擦玻璃的绒布，直起腰，冲着面前的年轻男人摆出一个职业化的微笑，"您好，请问有什么可以帮您？"

"我想……看下订婚戒指。"向寅下意识地舔了舔嘴唇，"我的要求比较特别，不知道能不能成。先谢谢你。"

店员笑得露出八颗牙齿，"那您真是找对人了！我们最引以为豪的，就是我们的服务，满足各类'特别的要求'！请容我先向您介绍下我们出色的服务！"

"好。"

"首先，我们提供终身免费清洗服务。只要您在我们这儿购买了订婚戒指，就可以享受每半年一次的免费清洗，直至生命尽头⋯⋯"

向寅心想，这真是富有戏剧性的说辞。

"其次，我们提供终身免费维修服务。戒指出了什么问题，比如磕坏了一角，比如金属圈刮坏了，只需送到我们这里来，再拿回去的时候——就是一枚崭新的戒指。"

"这两项可都是包含在购买价格中的，无须额外付费！"配合他的说辞，店员将食指拇指圈起，比了个零的手势。

"确实很好。"向寅说。

"第三，也是最最重要的一点，我们提供私人定制服务，和您一起参与戒指的设计——"

"这第三项不会也包在戒指的价格中吧？"

"惊讶吧？意外吧？但答案是真的！只是根据具体情况，我们会要求您留下设计图供我们未来使用。"

向寅点了点头。

"那么请您告诉我您的需求。"

"我想自己设计这个戒指。"向寅说。

"太好了！"店员说，"她一定很特别。"

"想用什么样的宝石？"店员又问。

"想用两颗。"

"哦？"店员说，"两颗什么样的宝石呢？"

向寅指了指柜台，"一颗钻石，一颗蓝宝石。"

"这样的安排有什么特别的原因吗？"

"为什么问这个？"

店员继续微笑，"为了更好地和客户沟通，理解客户的需求。这不也是您希望的吗？我大胆猜一次，蓝宝石是九月份出生人的守护石，至于钻石，用钻石的原因就太普遍了，女孩子哪有不爱钻石的？"

这次向寅笑了，"其实，我也觉得钻石太普遍没有特色。"

"那您用钻石——"

"钻石是四月份出生人的守护石，她是四月底的。"向寅说，"其实你猜对了一半。"

"哦，所以钻石才是她的生日石！特别的女生。那么蓝宝石又是什么原因呢？"

"蓝宝石是因为她穿蓝色很美。"

店员露出豁然开朗的神情。

"其实我觉得她不是很适合钻石，但是像你说的，也没有办法。"向寅说。

店员笑道，"不试一试，你怎么知道她不适合钻石？"

"因为我见过。她戴过钻石，梨形的。"向寅说。

店员发了一瞬的愣，不知道如何理解眼前这个年轻男人的话。但他的职业本能让他很快知道该说什么了。他恢复了一脸的笑，说，"那让我们来听听你的设计思路吧！不过在这之前，需要敲定两件事情。"

"你说。"

"第一件就是，你的预算大致在什么范围？"

向寅报了一个数字。"第二件呢？"向寅问。

"戒指是几号呢？"店员问，"因为尺码决定了放多大的宝石好看。说起来很简单，大一点的圈要配大一点的宝石；反过来，细细的圈子，宝石太大了就会像大头娃娃，不好看。"

向寅认真地听，听完后掏出钱夹，从中间抽出一个密封的小塑料袋。他当着店员的面打开袋子，从中取出一根细长的白色棉线。

店员笑开了，说，"聪明啊！"

"网上看来的攻略。"向寅说着，把棉线递给店员。

"实践下来怎么样？"

"还不错，"向寅说，"就是如果女孩子睡着了喜欢握拳头，会很难量。"

店员掏出一串戒指圈。第一个试的是标准号6号，棉线沿戒指圈走到三分之二就没有了。店员一路减号。"3.75号，手指真细啊！"

向寅看着店员举在手中的戒指圈，和早餐的麦圈差不多细巧，他笑了笑，说，"我还想在戒圈内刻字，不知道这个号码可不可行。"

第四十一章 | 原告试水成功

一个多月后。小里脊区。海德大道与艾迪大道交会处。

最后一丝暮光消失在公路尽头，吴杰森的诊所也寂寥下去。诊所大门拉上了铁栅栏，窗子也被挡板严严实实地遮上。偶尔还是有车辆经过，但渐渐地，整条街都安静了。

距离诊所二十米处，一座公寓楼的黑影子里，正停着一辆毫不起眼的小轿车，黑色的大众捷达，那是向寅为他们的"任务"专程租来的车子。车子熄了火，原告弗兰克正躲在其中，从贴了防护膜的车窗向外张望。停留的时间预计在十五分钟，现在已经过去了十分钟。

弗兰克焦躁地在座椅上挪动身子。又是两分钟过去了。弗兰克一直捏着一只手机——他登录在加密平台上，生怕待机时间一久就自动退出登录。他手心的汗渍蹭在了机身上，眼睛也因持续盯着狭小的屏幕而酸痛不已。他甩了甩手。

就在这时，手机嘶嘶震了起来。弗兰克心脏狂跳，他将手机举到面前看，加密平台亮了起来，果然来了一条信息。弗兰克哆哆嗦嗦点开信息。

屏幕上只有一个词：垃圾桶。

弗兰克一手抓着手机，一手扒着窗户向外看。

一辆脏兮兮的黄色出租车正沿着海德大道，向诊所缓缓逼近。到了近前，出租车斜刺停进一处停车位。车门开了一个口子，下来一个黑衣黑帽戴口罩的男人。男人走路猫一般蹑手蹑脚，但姿态毫无刻意，倒像是多年习惯了的行走方式。

男人径自走向停车场一角的垃圾桶，掀开盖子，将一个黑塑料袋丢了进去。

弗兰克反应过来，慌里慌张点开手机的相机功能，对准垃圾桶一顿猛戳拍摄键。稀里糊涂拍了十几张，清一色的黑黢黢的，啥也看不太清。弗兰克骂了一声，把手机从眼前一挪，往窗外看，发现男人早已静悄悄回到了出租车旁。弗兰克再集中注意力，就只看到一只脚缩进车内，黄色门轻描淡写地合上了。

出租车冒出一股灰白的尾气，在停车场打了个旋儿后扬长而去。弗兰克歪着嘴琢磨了一会儿，又待到四下无人，才从租的车里爬出来，小心翼翼地摸到垃圾桶处。掀盖子前，他再次张望，周围静得连个鬼影子都没有。他这才放心地一把拉开盖子，将黑衣男人刚丢进去的垃圾袋拎了出来。

回到车里，弗兰克迅速打开袋子。袋子里是两只白色药瓶和一个银色的泡沫夹，药瓶上标签已全部撕去。弗兰克揭开泡沫夹，里面有两只安瓿瓶。弗兰克拧开药瓶盖子，倒两片药在手心仔细瞅着，没错，至少外观上看是奥施康定的药片了。他笑了两声，将药瓶和银色泡沫夹并了并，放回塑料袋里扎好。

他摸出手机，找出存储名为"混蛋XY"的联系人。"试水成功，什么时候见面把东西给你？"他按下短信发送键。

━━━━━━■━━━━━━

门锁咔嗒一声开了。桑宜侧耳听得响动，把手上的切刀平放在砧板上，切了一半的番茄汁水渐渐沥沥。桑宜擦干手，向着门口走去，走到了脚下一轻。她被年轻男人环腰抱起，随后又轻轻放下。

"确定是李了？"桑宜问。

"确定。"向寅说，"交易的时候，我在最近的一个公寓楼里看着，李从车里出来，到垃圾桶丢东西，跟一年前被我跟到那次一样。他那走路姿势也是别人学不来的。"

桑宜点点头。"他是开什么车来的？"桑宜问。

"你绝对想不到，出租车。"

"天……"桑宜说，"那东西拿到了？"

"拿到了。"向寅说。

"难怪，你看起来心情好一些了。"桑宜说。

"有吗？"向寅说着，把一个黑色塑料袋放什么关上。

"就是这个？"

"对。"

"有没有他们交易的书面证据？"

"也有，"向寅说，"在我手机里，是他们短讯息的截图。不过都在一个加密平台上发的，也有几条不用加密平台，用网络电话发的，单看短讯截图意义不大。"

"那有没有让弗兰克拍下李放东西在垃圾桶的照片？"

"有，"向寅说，"但很不清楚。"

"我看看？"桑宜问。

向寅取出手机，打开"击败原告"的相册给桑宜看。桑宜叹了一口气，"只能看见一个黑影子。"

"我说过，李很小心的。"向寅说。

"是啊，不过总算还是被我们拍到真人了，我今早还在担心，李会不会先把东西丢进垃圾桶，然后再通知弗兰克……"桑宜说。

"你说的那种做法在'患者俱乐部'也是有的，"向寅说，"但好在弗兰克住得比较远，等收到通知再赶去垃圾桶，很可能东西就没了，所以我让他跟李要求了一下，希望尽可能现场交易……"

"还好李答应了。"桑宜说。

"他裹那么严实，确实也不怕……"

"看来试一次水的决定是正确的。"桑宜说，"下次约了吗？"

"约了，李给了弗兰克两瓶奥施康定，一瓶二十粒，外加两支芬太尼。"

"二十粒吃完大概二十天——"

"对。两瓶，四十天之后。"向寅说。

桑宜点点头。

"对了，阿公怎么样了？"桑宜问。

"不太好。"向寅答得很简短。

桑宜"哦"了一声。她看向寅的脸色又黯下去，于是说，"先吃饭吧，吃点东西再说。"说着，就打算回厨房。"我来吧。"向寅说，抢在她前面往厨房走。桑宜争不过他，只好跟在他身后，看他拾起切刀，继续自己方才遗下的作业。

"牛尾解冻了吗？"向寅问。桑宜指指水池。向寅探头看了一眼，从池子中捞出四截骨连着肉的牛尾。牛尾在加了姜片的滚水里汆一道，撇去血沫。换一锅水重新烧开，半熟的牛尾丢进去，玻璃盖子一盖上就被蒸汽糊满。"等吧，"向寅说，"等差不多熟了再加番茄。"

一个多小时后，汤好了。桑宜拌了一份沙拉，又切了两片面包调上橄榄油，摆放在桌子上。向寅抽了叉子调羹，和她一起坐下。

"对了，我爸爸妈妈说定了，圣诞节那几天过来。"桑宜说。

向寅"哦"了一声，说，"还有点时间。"

"你还没准备好？"桑宜问。

"其实还好，总是要见的，早一点晚一点也没有所谓了。"向寅说。

这个时候，向寅的手机震了。他拿起来看了一眼就开始回短信，回了一会儿又将手机扔在一旁。

"怎么了？"桑宜问。

"提姆的短信。"向寅说。

"说什么了？"

"说有一阵子没见了，喊着要一起吃饭。"向寅顿了顿，"阿公的事情，我想是不是先不要告诉他——"

"可是也很难瞒吧？"

"他和李能猜出来多少是多少，但我想我们不要主动说，"向寅说，"可以吗？"

桑宜点点头。

"我不想李知道他有机可乘。"向寅说。

"那提姆会不会介意？"

"我会找机会跟他解释的。"向寅说，"我一定会尽快从李那里讨回说法。"

第四十二章 | 抓到李的现行

又是一个多月后。那是2017年11月6日。星期一晚。旧金山小里脊区。

夜色贴地而起，又像黑烟缓缓笼罩了杰森诊所的靴子楼。靴子的鞋面与鞋帮间嵌着停车场。白色的垃圾袋，灰色的破烂衣服，黄色的塑料药瓶，在地上翻着滚着，面目模糊，撞到边角的黑色垃圾桶才停下。

垃圾桶的盖子在风里"阔多阔多"抖着，像高烧的人上牙磕着下牙。今晚风很大，又到秋天了。

一辆黑色的大众捷达逆着风驶近了，在距离诊所约二十米处停住了。黑色捷达停在一条狭窄的私车道上，刚巧堵住车道尽头的铁门，整个被笼在一幢六层公寓楼的阴影里。公寓楼方圆二十米内，只停了这一辆捷达。

捷达窗子咻的一声摇下一隙，又呼的一声关上。"妖风！"副驾驶座上的人向后一靠，歪嘴骂了一句。

"风是挺大的。"向寅说。他把驾驶座的椅背放倒，枕着双手平躺在椅子上。

"今晚能成功吧？"弗兰克说。

"不能也得能。"向寅说。

"那就好。那就好。"弗兰克搓搓手，做了个深呼吸。

夜色像墨汁滴入水中，浓得匀了。弗兰克直起背，瞄了眼握着的手机，十一点差一分。"每次这么个等法也是够受的。"他抱怨着。"等不及要离开那个患者俱乐部了……"弗兰克摇着头，"那地方真是……"

"我大概知道一点。"向寅说。

"有个越南老兵，你不知道，他眼睛是这样的——"弗兰克用手指比了个空圈，"没有眼珠。""腿是这样的——"他在膝盖处做了个横切一刀的手势，"膝盖下全是钢棍……"

"他会发病，发病的时候像鬼一样！"弗兰克说着，脸上露出惊恐的神色，"身体是僵的，石膏你摸过吗？他那次发病我坐他旁边，他僵得像石膏……"

"不吃药，每天都要发病……"弗兰克凑过来，压低声音说。

"他是什么病？"向寅问。

"说是叫什么'创伤后应激障碍'，治了十几年了，也治不好。"

"我听说过这种情况，"向寅说，"我外公跟我说过的。"

"就是啊，你看你外公懂……"

就在这时，弗兰克的手机猛地震了。他像触了电一般，手一抖又猛地捏住屏幕。等到看清屏幕上的来电显示，他忽然又犹豫了。"家里的电话。"弗兰克对向寅摊摊手。

"你接好了。"向寅说。他从口袋里取出一副橡皮耳塞，说，"我不会听的。"

弗兰克一缩脖子，四下一张望，手摸在接通键上撤了下去。

他把手机压在耳边，低着嗓音先咳了一声。那端发出了一声"喂"，却被这咳嗽搅得扑棱棱散了音节。"说了在外面呢。"弗兰克埋怨道。那端嘀咕了一句，听筒里不知怎的又传来嗲气的一声"爹地"，再接着就安静了。

弗兰克把手机从耳朵旁挪开，举到眼前，电话挂断在11点10分43秒。弗兰克用手抹了抹手机屏幕。他戳了戳向寅的肩膀，"接完了。"

向寅摘下耳塞。"今天之后，我就把记录和照片都销毁，以后不会为难你。"向寅说。

弗兰克叹了一口气，"都走到这一步了……"

"诶，"弗兰克眼珠转了一下，"你刚才是说外公？这还是我第一次听你提你家里人。"他呵呵笑了两下，拍了拍向寅胳膊，"原来你真有家人……不是说说的……"

"本来就跟你说过……"向寅说。

"你到底为什么要搞这个交易证据？"

"可以不说吗？"

弗兰克晃着手指，"就知道你不肯说。"

"那你呢，"向寅反问，"你是怎么开始用上阿片类药物的？"

弗兰克露出窘迫的神色，他说，"告诉你也没什么，就是心里闷得慌……"

"心里闷得慌？"

"慌啊，要挣钱要拿绿卡——"

"绿卡？"向寅打断他。

"说了你也不会懂，我一听你英文就知道你是在这边长大的。"

向寅扭过头，面对着窗外。

"我可告诉你啊，我以前念书很厉害，不是你这种小混混可以想象的……"

"我小混混？"向寅说，"那你现在呢？"

"习惯了……"

"习惯了？"

"没钱也没前途，还要受你要挟……"弗兰克怪笑了下。"这次说什么也得成！"弗兰克说，"想回去过正常日子了！"

就在这时，弗兰克的手机"嗡"的一声又震了。这回是简短的两次连震。弗兰克急忙切换到加密平台。屏幕亮着一条讯息，内容只有一个词："一样"。"他来了。"弗兰克紧张地说。

向寅把脸贴上窗子，一辆黄色出租车从远处驶进停车场。出租车绕了个弯子才在停车场停稳。门开了，下来一个人，黑衣黑裤，戴黑色口罩。

弗兰克趴在车窗上，几乎不敢喘气。

黑衣人略一张望，手伸进外套中掏了掏，再拿出来就是一只黑色的塑料袋。黑衣人掀开垃圾桶的盖子，将塑料袋轻轻丢了进去。

就这样完成了向垃圾桶丢东西的动作，黑衣人转过身，猫一样踱回出租车。

就在这个时候，向寅猛地松闸一踩油门，车子瞬间加速，轰的一声向前弹去，又歪歪扭扭冲进停车场。向寅微侧着身子，抓着方向盘猛地一摆。

李闻着动静，猛然回头。他所站的地方与出租车之间还有不到十米，他转了转脖子，拔腿就跑，抓到黄色出租车侧门把手顺势一带，门咣地敞开，他像炮弹一样射进车内。

黄色出租车摇摇晃晃起步。向寅和弗兰克的车直冲了过来，与李的黄色出租车一前一后轧过黑黢黢的停车场。

一下到马路上，黄色出租车就开始"轰轰"加速，向寅他们瞬间被拉开了一些距离。距离在五米左右稳住了。这样又追了一程，两侧高高矮矮的店面楼房、木板铁闸门影憧憧掠过。两辆车向同一处路口逼近。

黄色出租车向左急转，几乎成直角切过街角店铺前的水泥坪，车厢几乎擦上铁栅栏门，轮胎在地上发出尖锐的吱吱声。

向寅则向左切道，加速，从外侧超车，又是一阵尖锐的轮胎摩擦地面的声音，一股橡胶燃烧的焦煳气味钻进车厢。

黄色出租车拐了个弯，忽而又不见了。"诶，哪里去了？"弗兰克瞪着眼睛，凑上挡风玻璃。

向寅没有说话。车子猛地一斜，安全带砰地绷直了，拍在弗兰克的肋骨上。弗兰克揉揉肋骨，这时忽地眼前一黑，几秒钟后，路灯的微光又透进来。

"我们追到巷子里了，他们想抄小巷子上高速。"向寅说。

说话的时候，两辆车已经一前一后钻出了巷子，又回到了海德大道上。两车始终差着五米左右的距离。

高大的白色路灯照得周遭亮晃晃的，车子向前方逼近。一条弯曲的匝道从四车道的海德大道穿出，斜斜延伸出去。

高速立交桥的入口就在眼前了。"可以报警了。"向寅对弗兰克说。后者摸索出电话。

李的黄色出租车离入口越来越近，一旦上桥，就再无可能追上了。

就在这个时候，后视镜中，向寅车子的左后方冒出了一辆灰蒙蒙的小型掀背车，毫不起眼。但那车似乎无意上高速，盘旋了一会儿就消失在后视镜的视野外。

突然一声爆破。黄色出租车的尾部在一瞬间弹起又跌下，紧接着左后轮"夸吃"一声塌了下去，车子以弧线轨迹骤然减速。

向寅的黑车紧跟着就靠过来。两辆车几乎同时发出轮胎摩擦地面的尖锐声响。

"怎……怎么回事？"弗兰克说。

黄色出租车猛地一偏，拖着瘪掉的轮胎继续前行。

"怎么办？"黄车内，司机问向后座的李，"爆胎的车是肯定不能走的了。"

"继续开！"李将手重重捶在前座的椅背上。

然而又是一阵尖锐的轮胎摩擦地面的声响。

李扶着副驾驶座的椅背向前望，那辆甩不掉的黑色轿车"咔嚓"横停在了他们面前。

──────────■──────────

那辆灰蒙蒙的小型掀背车竟然又出现了。它打了个溜，在黑色轿车旁忽地停下。黑色轿车的门猛地开了，一个中等身量略发福的男人，用帽子遮着脸，匆匆下车。灰色掀背车已经开了副驾驶的门迎接他，中等身量的男人佝着背，挤了进去。

警察很快就到了。来了三辆警车，"呜呖呜呖"响成一片。警示灯的红蓝色晃得人眼瞎。

向寅走出黑车，一抬头就看到从黄色出租车上下来的李。李的脸上，红蓝灯光扫过来又扫过去，这让他显得格外阴森难测。

李也望着向寅，他向地上啐了一口。

一个大腹便便的警察朝李走过去，让他往旁边站站，把空间腾出来给其他几个警察勘查现场。李往右退了几步。

又有一个警察往向寅这边走过来。这时候李那出租车的驾驶员也已经下了车，站在李的身边。

大肚子警察冲着向寅一通指挥，将三个人集中到了一起。"怎么回事？"他向他们一并发话。

"车祸，"出租车的驾驶员回答，"我们的车和他们的车都赶着上高速，没当心就撞到一起了。"

大肚子警察旁边跟过来个小年轻，像是见习生。小年轻一手捧着笔记架，一手飞快地记录驾驶员的话。

"有人员伤亡吗？"

"我们车没有。"向寅说。

"你们呢？"大肚子警察问向李。

"我们也没有。"李压着嗓子道。

"嘿，大家注意啊……"一个正勘验出租车的女警察冲大家喊道。

"有什么发现吗？"大肚子警察转过头问。

"出租车的轮子爆胎了，地上有钉子。"女警察拍拍手套上的灰，说。

大肚子警察跟过去看了一眼，说，"先打扫干净吧。"

"好的，头儿。"

大肚子警察转头冲向向寅和李，"这大半夜的，都是从哪里出发要去哪里啊？"

向寅意味深长地看了李一眼。

"从家里出发，去看女朋友，"李回答，"再具体的就是隐私了，恕不作答。"

"那么你呢？"大肚子警察问向寅。

"我也是从家里出发，去看女朋友。"向寅说。答完发现李似笑非笑盯着自己。

"你是司机，开车的。"大肚子警察转向出租车驾驶员。

驾驶员点了下头，没出声。

记笔记的实习生昂起头，问大肚子警察，"头儿，要不要排查其他犯罪行为啊，比如卖淫贩毒这样的？"

"交给你处理，"大肚子警察说，"你也不能算新人了，去问他们吧。"

"好的。"实习生说。

"你们今晚出行，和卖淫嫖娼有关系吗?"实习生一五一十地问。

"没有。"向寅说。

"不搞这些。"李说。

"跟贩毒没有关系吧?"实习生又问。

"也不搞这些。"李说。

"好的。"实习生说。

"两位驾驶员都没有酒驾吧?"

"你可以测一测。"向寅说。

出租车的驾驶员则摇了摇头。

"没有嗑药开车的行为吧?"实习生问。

"我这里没有。"向寅说。

出租车的驾驶员再次摇头。

实习生的问题温和极了。

"李先生这边是一辆出租车，车牌号xxxxxxxx。向先生，你叫阿历克斯。嗯，大众捷达，车牌号是……找到了，xxxxxxxx。这个车子是你自己的吗?"实习生问向寅。

"不是自己的，租来的。"向寅说。

实习生警觉起来。"租来的?"他低头看了一眼笔记，"你是住在唐人街附近的? 住得那么近为什么需要租车呢? 麻烦你解释一下。"

"我自己的车出车祸撞坏了。"向寅说。

"好的。那就说得通了。"实习生说。

"排除卖淫嫖娼，排除贩毒，排除非法交易违禁物品，排除……"实习生笔端飞快地动着，在本子上画线打叉。

"还有什么问题吗?"李问实习生。

"没有了。"

"接下来怎么办?"

"接下来，会建议你们都去医院检查一下，确定没有人身伤害……"

"我觉得没有任何必要……"李说。

"当然，您自己决定，但建议还是查一下。"实习生说。

"没有必要。"李又说了一遍，"赶路了，遇到这种事，晦气。"

"您打算去医院检查下吗?"实习生扭头问向寅。

"我没有问题。"向寅说。

"那就好，只有财产损失。"实习生总结。

"对了，车怎么办?"向寅问实习生。

实习生指了指黄色出租车，"这个要拖走，打电话给拖车公司。"

"那我们的呢?"向寅问。

实习生看了眼黑色捷达，"你们的还能开，不需要拖走，可以自己修。"他做了一个将人拢在一起的手势，"你们两边交换一下机动车保险的信息，万一以后索赔什么的也用得到。"

"好。"向寅说，"都理清了吧?"

"理清了，其他都排除了。"实习生说。

———■———

在收到向寅的短信"警察到了"后，桑宜给向寅打去了一个电话，"你现在具体位置是哪里呢?"

"快到唐人街，上桥匝道那里。"向寅说。

"那你发个定位给我，"桑宜说，"我过来看看。"

"宜，不用了，你在家里——"

"待会警察到了，我还能帮忙说上几句话。"桑宜坚持。

因为是凌晨，路上几乎没有什么车。五十分钟后，桑宜就到达了现场。警察眼见"要看望的女朋友"真的出现了，先前的最后一点疑问也烟消云散。事故处理得更加顺利。

一回到家打开门，向寅来不及放下背包，就将桑宜一把抱紧在怀里。"谢谢你，桑宜。"

桑宜伸手摸摸他的脸和头发，说，"刚才没有看仔细，嗯，你确实没有事。"

"怎么会有事，你想多了。"向寅说，"那段路我专门去开过好几次，也有限速，不会出问题的……"

"总还是不太放心，"桑宜说，"还好是在李逃到高速立交桥前解决的。"

"当然了，上了高速就真危险了。"向寅说。

"要办的事情还顺利吗？"桑宜问。

"很顺利。"向寅松开桑宜，从背包中取出手机，打开一个追踪软件。"从今晚十点半开始到两点，我自己的行程都在这里了。到了诊所停下车就开始拍，李一来接着拍，跟他车的时候继续拍，李被警车灯照着下车也拍了，无缝衔接……他逃不掉了。"

"那就好。"桑宜说。"对了，"桑宜往厨房走，"你饿吗渴吗？要喝点什么吃点什么吗？"

"不用的宜，我现在感觉很好。"向寅说。

桑宜还是递给他一杯水。说着"感觉很好"的向寅接过杯子，一口气喝了个底朝天。

他把杯子放下，一抬头瞧见桑宜手撑在桌子上，神色有些忧虑。"想什么呢，宜？"

"弗兰克他——"

"我就知道你要问这个，按照你的建议，已经让他提前下车了。"

"那就好……"

"之前是真的没有办法，我和你解释过的，登录交易的加密平台需要他在杰森诊所的病人档案号码——"

"我明白，我明白的。我其实……"

向寅走近了，伸手抚了抚桑宜的头发，"别担心了，弗兰克和李没有直接接触。"

"我知道的。"

向寅看着她，"宜，我理解你看到弗兰克会想到你前夫，所以对他特别同情，但你要知道，他和你前夫不一样……"

"不是的，跟我前夫没有关系——"

"真的？"

"真的。"桑宜说。

"好吧。"向寅说，"那我先去洗个澡。"说着就往卧室走。"对了，"他回头说，"这次交易丢垃圾桶的药瓶子，维维老板替我们拿走了，所以物证我们也有了……"

"真的啊？"

"对，追踪的照片、视频和物证——宜，你那边起诉杰森诊所，应该也够了。"向寅说。

第四十三章 | 从哪里开始，在哪里结束

2017年的11月11日。

那是一个下着小雨的周六早晨，桑宜将一份起草好的药店股份权转让补偿合同递到向寅手上。

一个半小时后，两人到达药店，桑宜再一次嗅到那缕浮动的苦涩的药香。

光线似乎比上一次来时生硬了些。店里有三两顾客，或闲闲踱着，或倚着玻璃台与百眼柜前的店员窃窃聊着。没有看见李。

"他到了吗？"桑宜问向寅。

"说是已经在里面的办公室了。"

"那你快去吧，我等你。"桑宜说。

向寅应了一声，推开柜台的薄木门，就向药店后方走去。桑宜在前厅找了张椅子坐下。

向寅将办公室的门在背后关上。"十一个月前，就在这间房间，我们没谈成。"他直望着李。后者穿一件松松垮垮的对襟褂子，鹰钩鼻子，半睡眼，也正从一张厚重的雕花红木桌后望向他。

向寅把背包解下，从中取出一份文件，摊在面无表情的李的眼皮下。雕花木桌前摆了一张皮椅子，向寅却没有坐，而是一手撑着台面，另一手摸出荧光笔。

他在文件上画着，"药店的权益，留10%给你，90%归外公所有。"

李看了一眼文件，又看了一眼向寅。

"下个月开始，房租降回到这个数。"向寅用笔在文件上圈了圈。

李依然面无表情。

向寅翻了一页，"最后一条，一次性补偿外公这个数。"他在那一行上标高亮，荧光笔来回拖了两次，纸张都被油墨浸透了。

这次李的嘴角微微抽了抽。他眼皮上抹看着向寅，说，"你真是出

息了。"

"11月6号的那场车祸，"向寅回避了李的目光，"如果你签了字，那么车祸就是车祸。"

"不签呢？"

"不签的话，那就是我从杰森诊所的停车场一路追你到高速公路上桥口，照片和视频我都有，还有你丢进垃圾桶的那个塑料袋……"

李阴阴地笑了，"高速公路口的钉子是你扔的吧？不然怎么会那么巧呢？"

"我在追你的车里，不在现场。"

"跟我玩话里的文字游戏，这就没意思了。"

向寅偏过头，抿着嘴唇。

"我上高速前，有辆灰色掀背车在附近——开那车的是你的朋友吧？替你撒钉子的？"

向寅喉结动了动。

"让我猜猜是谁——"李的语气很挑衅了。

"替你开出租车的，跟你又是什么关系？"向寅打断他，反问道。

李收起笑，盯着向寅，"跟我玩转移话题，没意思了。"

向寅不说话了。

李晃晃肩膀，从座位上站起来，"Tran啊Tran，你出息是出息了，可要更上一层楼，还差点火候……"

"我不需要你的指教！"

"你不会当面撒谎。"李翻着手腕，"刚才我问你灰色掀背车是不是你朋友开的，你站那不说话，你撒不来当面的谎话——"

"我说过不需要——"

"嘘——"李像哄小孩一样。他慢慢走到向寅身边，向寅警惕地扭头看着他。

"看你紧张的……李叔跟你说点心里话。"李抬手拍了拍向寅的肩膀，"你外公老脑筋了，可你不一样，你应该懂变通的，我可以给你出你医学际的钱——"

"不需要——"

"我知道你缺钱，你家老头值钱的就是那套房子，可那是你们住的房子，又怎么能卖呢——"李继续说道，"你是块好料，天生的外科的料，不该浪费了——"

向寅向那张雕花木桌瞥了一眼，皮椅子刚好挡住了桌上的合同。向寅猛地捉住椅背向侧旁拖去，椅子的金属腿在地上刮出尖锐的吱叽声。他把椅子拖到墙边，又是一掼，接着两步走回桌子处，抓了合同抖在李的面前，"我和你没什么好说的，签字吧。"

李那张脸阴沉了一瞬，但旋即又似笑非笑了。他望着向寅，也不说话。过了好一会儿，李幽幽叹了口气，"你14岁之前，我是想收养你的，给你身份……"

"是吗？"

"可惜你外公不让，他自己把你的绿卡申请搞砸了——不仅搞砸了你的绿卡，还砸到他自己都不能收养你的地步，又不肯接受其他的机会……你说说，你说说这叫什么？"李摇着头，惋惜似的叹道，"你相信也好不相信也好，当年我是真心想帮你的……"

向寅难以置信地瞧着李，"你让阿公给你弄阿片药，让他去读护士学校，你说你真心想帮我？"

"那是后来，是你家老头多事，和我女人说了不该说的话！"李的语气突然强硬起来。

"阿公不说，你卖阿片药的事情也瞒不了露西阿姨……"向寅短促地吁出一口气，"阿姨没在判抚养权的时候把你抖出去，已经很好了。"

"可她没有钱，"李森森地笑，"一个画画的女人，和她那些卖不出去的画……她拿什么来养我的儿子？"

"提姆要是知道你做的那些事情——"

"他永远也不会知道！"李声音骤然高上去。他意识到自己极少的失态，闭了嘴，慢慢地调息自己。

他绕着向寅走了个半圈，上下打量着这个从小看到大的男孩子。

"真该收养你的，你像我，提姆没半点像我……"

"你应该不希望提姆像你吧。"

李"哈"了一声，半睡眼里射出狠厉的光，"你以为我卖阿片药只是为了钱吗？我可以给我儿子他想要的，而你，你只能去求别人……"他突然想起来什么，不怀好意地笑了一下，"法律上讲，过了14岁，就不让收养了。你再要绿卡就只有和人结婚一条路可以走——"

"你想说什么？"

李睨着他，"11月6日车祸那天，来接你的那个女人，和你以前交往的那些花蝴蝶们很不一样——我在想，她如果不是公民，就一定有绿卡，你说我猜得对吗？"

向寅猝不及防，握着合同的手不易察觉地紧了紧，纸张发出轻微地卷折的声音。

李像鲨鱼嗅到血腥，目光紧跟到向寅手上。他从向寅手里唰地一下抽过合同，随意翻着。"车祸事情之后，我问我儿子，'你最好的朋友Tran，他新交的那个女朋友，叫什么？'我儿子说只知道她叫'Yi'，再问又不肯说了。你说他在帮你瞒什么？"

他像抖扇子一样抖了抖合同，"你的斤两我很清楚，文字类的东西你不喜欢也不擅长……我再猜，这也是她写的吧……"

向寅咬着牙齿不说话。

李眯着眼睛，目光意味深长地在向寅脸上扫过来又扫过去。他忽地笑着摇摇头，"都跟你说了，学学怎么当面撒谎……"

李话锋一转，又换上一种引诱的语气，"有绿卡，还能帮你对付我，看来你这副皮囊在年长女人那效果更好……她还不知道你这些心思吧？不知道她要是没绿卡，你哪里会和她在一起？嗯？"

向寅额头的青筋爬到脸的左侧，消失了一截，又在脖颈处凸了出来。"你可以侮辱我，但你别侮辱她。"这话从牙根子里挤出来，他忽然有种奇异的勇气。他摸出手机。"我为了提姆，才费这么多心思，给你这些机会的，"他说，"我早就该听她的，直接报警。"

他手指在键盘上移着，"抓了你，我自己去跟提姆解释。"

李不动声色盯着他的手指。

向寅按下接通键，听筒里传来清晰的"嘟嘟"声。

"嘟嘟"声停了，一个和气的男声响起来，"您好，这里是接线员艾伦，今天有什么可以帮您？"

李扑过去，夺过手机。他动作太快，推得向寅一个趔趄。李狠狠地按下了红色的挂断键。

向寅忽地笑了，笑得讥诮。他用一种胜利者的姿态将合同和笔按进李的手中。

"你在乎提姆，就跟我在乎阿公和她一样。区别在于，提姆会相信我说的话，而阿公和她，不可能相信你。"他说。

———■———

嵌在百眼柜中的门砰的一声开了。向寅大步走出来，反手将门哐的一声带上。

三个店员两个顾客齐刷刷抬头。桑宜站起来，顶着他们的目光向柜台走去。向寅看到她，加快了步子。到了近前，挽了她的手，说，"我们走。"

"怎么样，签了吗？"迈出药店，桑宜才问道。

"签了。"

"好。待会儿原件给我，我帮你复印存档。"

"谢谢你，宜。"向寅说。

桑宜仰着头望着他。

"怎么了？"

"累坏了吧？"桑宜问，伸手顺了顺他的耳垂。

向寅拿脸蹭着她的手，"嗯"了一声。

"晚上给你做好吃的。"桑宜说。

"还是我来吧。"向寅勉强笑了笑。

"没关系的，"桑宜说，"庆祝一下。其实我现在做得挺好吃的了。"

向寅揉了揉桑宜的头发，算作肯定。走着走着，他扭头又望了一眼药店。桑宜跟着他的视线，看到小小的店铺嵌在街衢中，秋日的夕阳均匀地洒在门牌和台阶上，像一个回归的梦。

"下个月，这家店就又是阿公的了。"向寅轻声说。

"是啊。"桑宜也感慨。"对了，"桑宜又问，"李……他竟然肯在药店和你签这个合同？"

"是我坚持的，"向寅说，"从哪里开始的，就从哪里结束。"

第四十四章｜在雪山上求婚

湾区的雨季是渐进的。

最开始的那几场雨，还带着与炎夏炙烤纠缠的意味。雨水落到地面，点出一个个青灰色的印子，但浇不透的，阳光从厚厚的云层背后析出，水汽蒸腾，地面很快恢复风尘仆仆的原貌。然而这样的日子一掠而过。此后白昼渐短，时常清晨醒来，模糊的灰暗中，能听得到窗外淅淅沥沥的雨声。

像一场款款而深情的恋爱。

向寅忙着药店交割手续的那几日，又来了一个好消息。这天向寅早晨醒来，捞过手机刷邮箱。刷着刷着他轻吁一声，但没忍心喊醒桑宜，吃早饭的时候，才郑重告诉她，医学院入学考试的成绩下来了。

"申请湾区大学够了吗？"桑宜问。

"比够了还要稍稍好一点。"向寅说。

加之申请医学院，向寅变得更忙碌了。但忙得开心。外公经过两轮化疗，身体竟也好了起来。又过了几天，向寅正式接手药店，医学院的申请也依数提交。

这天桑宜下了班，向寅照例去接她。回程的路上，向寅表现得有些局促。"感恩节你们放假吗？"他问。

"从周四放到周日。怎么了？"

"太浩湖那里下雪了，想带你去看看。"向寅说。

桑宜很开心，说，"哇，好久没有出去玩了。"

带着一点期待和兴奋就到了感恩节。周三，桑宜早早下班回家，两人一人一口行李箱大敞着，收拾起去太浩湖的装备。

其间，向寅离开了一趟，回来的时候捧了个礼盒递给桑宜，"给你的。"

桑宜拆开盒子，塑料包装下是一层精致的皱纸。揭开皱纸，脆脆的天蓝色料子露了出来。桑宜扯着一角拎起来，"滑雪服啊！"

"是。"

"只说去看雪，没说要滑雪啊。"

"不然怎么叫惊喜。"向寅说。

"……好吧。"

"宜，你以前滑过雪吗？"

"滑过四五次，"桑宜说，"兔子道[1]没问题的那种。"

向寅笑。

"其实绿道也没问题。"桑宜说，"你呢？"

"黑的吧，但钻石上不去。"向寅从背后环住正在扣滑雪裤背带的桑宜，跟她一起望进镜子里。"尺码合适吗？"

"特别合适。"

"体育运动很多都相通，滑雪和跑步游泳其实差别也没那么大，"向寅说，"我觉得，带你上蓝道没问题。"

桑宜哆哆嗦嗦站在蓝道的顶端时，脑子里转来转去的也就是向寅这句"带你上蓝道没问题"。

十分钟前，他俩乘缆车上到山顶。天很蓝，没有风，阳光清清爽爽映下来。桑宜被向寅牵到雪道的起始点，踩在一片白茫茫之上。有两个穿亮色滑雪服的，唰地一下滑开了，亮色一落一起，就再也看不见了。

桑宜伸了伸脖子，坡面看起来像是垂直向下的，不知道底在哪里。

桑宜往后缩了缩，不留神就撞进了向寅怀里。向寅托着她的背，告诉她"别怕"。他卡着桑宜的腰，让她身子再往前探一点，说，"你现在再看呢？"

呈现在眼前的，是一整面斜斜向下的洁白雪道，上面犁出数十条交错

---

1 兔子道，Bunny Slope，不属于正式的雪道难度评级体系，是给初级者热身的雪道。在正式的雪道难度评级体系中，雪道一般分为绿道、蓝道、红道和黑道，难度依次增大。其中黑色钻石道又是黑道中难度最大的。

294

的S形尾迹，庞大、充满召唤力。也有种搏击的生命力，可与恐惧对抗的生命力。

"刚才你站太远了，看到的不真实，所以才怕，"向寅说，"现在是不是好很多了？"

桑宜"嗯"了一声。

"在绿道上我们都练得很熟的，"向寅说，"实在做不来平行式，你就一路比萨饼式向下。[1]我在你背后看着你。"

桑宜说，"那再给我一分钟吧，要是一分钟后我还下不去，你就推我一把。"

向寅笑，说"好"。

其实滑不滑蓝道并不是什么大事。但桑宜较了真，雪道便有了象征意义，而象征不容怠慢，不容侵犯。

桑宜在一分钟内回忆起许多事。她回忆起读法学院时书包的重量，把她的肩膀压出三指宽的红色印子。回忆起第一场面试，第一次出庭，第一份法官签下的判决书。回忆起第一次在湾区大学的喷泉前见到肯，在那个"说再见"的房子里，她无声地望着肯灰色的脸。她磨砂塑料的工作证，她的职业照，照片上她拘谨地笑，酒窝也只肯浅浅露着。她在那些事件中曾感受过恐惧，恐惧与对抗恐惧是相通的。

桑宜深吸一口气，冲了下去。

开始颇有些跌跌撞撞，换了几次重心后，慢慢找到了感觉，人也放松了。桑宜甚至还分出一部分心思，想到一会儿到了坡底，一定要回头找到自己的那根S形曲线，让向寅拍个合照……

而就在这时，桑宜左板猛地一顿，似乎卡到了什么，她摇晃了一下，来不及细想，只觉一阵心惊，人就已经摔在地上了。两块雪板因受力保护，已经脱落，甩在了两米外。

背后有人喊她的名字。桑宜扭过头，看到穿红色滑雪服的向寅正朝她

---

1 平行式与比萨饼式是两种滑雪的方式，得名于滑雪时雪橇板的位置。

冲过来，像一团仓促的火焰。到了近前，对方卡刹停住，卸下雪板，一把扯掉头盔和目镜，单屈一只膝盖跪在她面前。

向寅先是问她"有没有伤到"，在得到否定的答复后，向寅整个儿地抬起她的一只手，上下左右轻轻摇撼，又紧张地观察着她的神情。这样四肢都试过一遍，才真的放了心。桑宜低着头不说话，向寅也没有打扰她。

他站起身，替桑宜捡回雪板，说，"要不然，我陪你走下去吧"。但桑宜不同意。她坐在地上，给自己套上雪板，接着又撑着手，拖着腿，将雪板挪到与雪道垂直的位置。她将两根滑雪杖插进雪地里，卡住横向的雪板。她抵着滑雪杖，全身绷紧，一点点往上起。中途又跌回去三四次。总算在力气耗完前站了起来。

"加油桑宜。"向寅说。

桑宜休息了一会儿，接着一咬牙就往下冲，直冲到了底端。她晃了几晃，好不容易停稳了。她背对着坡，如愿以偿地拍下了长长坡道上的尾迹。"我可以自己爬起来，自己滑下来的。"桑宜对向寅说。语气像小孩子，又很骄傲。

那晚的最后一滑冲向夕阳，金黄的、火红的夕阳。雪场开了一整天了，雪道布满了或连续或断裂的S形尾迹，坑坑洼洼的。消磨了白色珐琅质地的雪道，看起来伤痕累累。伤痕里盛着夕阳的底色，映丽而壮阔。天气预报说，晚上会有新的雪落下来。也会有压雪机浩浩荡荡出没，所有的伤痕都会消失，第二天的雪场会恢复白色珐琅的质地。

"明早还滑吗？"驾车离开雪场的时候，向寅问桑宜。桑宜说，"滑的，今晚休息一下，明天继续。"向寅略微犹豫了下。桑宜突然有种模模糊糊的奇怪预感，一种很细碎的兴奋和紧张。

两人回到住的地方——向寅租的一幢林间小木屋。车子在露台前停下，正对着架起的木台阶和小巧的窄圆门。屋子前后左右各有一株高大松木，堆着积雪，松鼠在沉郁郁的枝叶上蹦来蹦去，雪片就簌簌落到木屋尖峭的斜顶上。

开了门，扭亮灯，打上暖气。桑宜洗了澡出来，先闻到一阵馥郁的果香，寻着香气就到了壁炉处，火烧得正旺，哔剥燃着劈开的木柴。她向后仰着头，垂着湿漉漉的头发烤火，整个人暖融融软酥酥的。烤了一会儿，向寅也洗完澡，走过来，挨着她坐下。拥着她坐了一会儿后，向寅说，"宜，我有东西要给你。"言语间是罕见的不自信了。

"在哪里？"桑宜问。

"在院子里。"向寅说。

桑宜披了羽绒服，套上雪地靴，搓了搓手又搓了搓脸，拉开通向后院的玻璃移门。一盏壁灯透着昏黄的光，光晕映在莹白的雪地上——那里空旷旷的什么也没有。"你走几步试试看。"向寅说。

桑宜依言向院子中心走，雪没到小腿肚，踩下去发出寂落的沙沙声。

就在这时候，周围亮了起来。由外围向中心，一圈圈亮起彩灯，闪烁不息，喧哗得像波浪由远及近。桑宜站在院子中央，仿佛站在与世隔离的幻境中。桑宜原地转了一圈，彩灯全部亮起，并停止了闪烁。这时反倒有了种安静之感，像彩纸上的湿晕。

向寅不知道什么时候也到了她的身边。年轻男人屈一只膝盖跪在雪地里，他把一只台灯大小的盒子捧给桑宜。桑宜模模糊糊的奇怪预感变得越来越清晰了。她探手进盒子，摸到光滑的玻璃平面和略粗糙的木质圆柱。她抓着圆柱将盒中之物提了出来，不由地"呀"了一声。

那是一盏玲珑走马灯，薄如蝉翼的玻璃罩在精巧的六棱柱上。玻璃上工笔细绘了一只幼虎，幼虎上方勾出一朵蓝色玫瑰。他们在一起的第二天，在帕洛阿托市中心的工艺品店里，桑宜看中一盏走马灯却没有买下。眼前这盏灯与当日的大体一致，但细节略有不同，桑宜猜他应该是花了心思，让店员改的。

这时桑宜又发现，有一面的灯柱上系着一只红色的荷包。她细碎的紧张感变得密密麻麻了。她伸手探进荷包，摸到一个凉凉的金属圈。她心跳得很快，手倒僵在那里，动弹不得。

好不容易稳了稳心绪，桑宜将金属圈取了出来。

真的是一枚戒指。细细的银圈上嵌着并肩相依的一颗钻石和一颗蓝宝石。长方形的石头，没有多余的碎钻装饰，简单大气。

桑宜手心托着戒指，眼角湿漉漉的。

向寅还是跪着，仰头看着她，额上沁着汗珠，融在浅浅的抬头纹里。桑宜等着他说点什么，向寅却舔了舔嘴唇，轻轻笑道，"真的好紧张。"

但该说的话还是要说出来的，毕竟他也真的练了很久。

"后来就觉得和你很合适，"他说，"在我冲动的时候你很冷静，在我否定一些事情的时候，你比我善良。我很感谢你。"

他不知道桑宜能记得多少，但其中有一句，他说出口的时候，桑宜的眼睛亮了。那句话是，"你让我相信以前不信的东西。"

他给桑宜看戒圈内的字，"Tranyium"，给她解释尾缀"-ium"是合金的意思。"本来是想把你的名字放在前面的，"向寅很抱歉地说，"但'yi'刚好和'ium'连上了，这样子要顺一点。"他将戒指推上桑宜的无名指，突然想到了什么，笑了笑，说，"好早以前我摘你戒指的时候，其实有想过，要是不赔你一个新的，总觉得哪里不大对。"

他与她十指相扣，无名指摩挲新添的戒指。壁炉燃得更旺了，果香缠绕着两副身体。向寅汗水濡湿发根，又沿着鼻梁向下滑，很痒，汗珠滴在桑宜的锁骨上。桑宜笑，酒窝深得醉人。向寅俯身欲吻，桑宜敛了神色，酒窝消失了。一切都像酌酒人迷醉杯中月之倒影。

后来桑宜先睡了。向寅拥着她，他也很累了，可脑子里的事情怎么也停不下来。明早起床，带她再滑半天雪，然后往回开。带她去见外公，告诉外公他们订婚了。如果最后的结果还是无法挽救，那么至少让外公不再有遗憾。

这几天是感恩节，再过几周又是圣诞节长假，政府机关都不会有什么人办公，所以要尽快去市政厅领证。走加急通道，准婚证和证婚仪式一起办，当天就可以拿到结婚证明。然后争取在那个礼拜结束之前把绿卡申请的文书递交上去。应该有七张表格要填，还要准备一份证人证词，由一个熟识的人证明他们两人是自愿诚实进入婚姻关系的。

就在这个时候，他听到桑宜发出燕子呢喃般的梦呓。很软很甜的几个音节，像他锁在记忆深处的越南语的词汇。他凑近了，却听不清楚。只是短暂的音节而已，像一个一闪而灭的梦。桑宜又变得很安静了。

一种很湿润的感受从向寅心底透出来。

在那一瞬，桑宜作为他争取目标的那部分消失了，她完完全全成了与他并肩而立的人，他的人，他的未婚妻，他的妻子。

他不再想回程后要办的一桩桩事情，而是任由此刻情绪曳着他来回漂荡。四周黑暗纯净得像水一样，也像水没有束缚没有界限。向寅伸手摸到桑宜的长头发，有一点凉，在他的手指间有流动的质感。他靠近一点，枕着她的头发，嗅着她皮肤的气息，从背后抱着她。人变得很轻，他想起在渔人码头给她讲的水獭手拉手入眠的故事，抱紧她就不会漂走了。

就这样吧，完完全全敞开自己，完完全全拥有她。他慢慢陷下去，并慢慢进入了梦境。

第四十五章 | 起诉杰森诊所

从太浩湖回来后，桑宜去了一趟法律援助中心，和主任碰了个头。

"我们终于可以起诉杰森诊所了，"她说，"有证据了，不会被法院认为诬告了。"

"太棒了，"主任说，"能要求桑律师加加班吗？再过两周就是圣诞节了，我们想节前把起诉状交给法院。"

桑宜自然说好，那也是她的计划。

上午即将结束的时候，桑宜和援助中心的律师将起诉状起草修订完毕。吴杰森和他的诊所毫无疑问被准确无误地列为被告。

起诉状的背后附上了从向寅处得来的证据，包括弗兰克在"患者俱乐部"加密平台的聊天截屏，李给弗兰克发送的交易信息。仅仅用了一部分11月6日向寅追踪李的照片视频，用上的那一部分里，李裹得严严实实，看不出体貌特征。也没有用到垃圾桶里捡出来的黄色药瓶物证。

如此保守地使用这些牵涉李的照片视频和物证，是因为如果它们全部公开，就可以严丝合缝地拼出李卖药的完整经过。而向寅因为提姆的原因，不想对李斩尽杀绝。用向寅的话说，"药店还给阿公，进货点端掉，他以后要再兴什么风浪也难了。"

"目前能用的证据就是这些了。"桑宜对援助中心主任说。

"没有关系，桑宜，"主任说，"我们看杰森诊所的反应再决定下一步。另外，我打算把这些证据也送到地区检察官那里，看够不够他们展开调查和提起公诉。"

"有消息我会通知你的。"主任说。

事情进展到这一步，桑宜既感慨又欣慰。她也终于查清楚，肯生前不止在一家诊所领取过阿片类药物，其中也包括杰森的。

这其实也是拜托向寅帮的忙。向寅让弗兰克在"患者俱乐部"打听了肯，俱乐部的几个老成员说，从前看到过好几次"描述中这个长相"

的人。

虽然多少是意料之中的，但在向寅对她原原本本复述弗兰克的答复时，桑宜还是怔了许久。

不管怎么说，生活在向好的方面发展，桑宜也真的比去年这个时候开心好多。闲下来的时候，她和向寅还会讨论理想中的婚礼，计划两人的未来。"想来想去，还是想旅行结婚，我其实没有那么喜欢请一大堆人来。""不想热闹一点吗？"向寅回道。"好像真的没有这个需求，只想和亲近的人在一起。不过你会不会想要一个传统的婚礼？""不会，"向寅又说，"我其实和你一样，没有那么多亲近人的需求。"

一周后的周五，桑宜下了班，向寅来接她，两人陪外公吃过晚饭后，就回到桑宜的住处。窝进沙发，电视随意调在一档不知名的电影上。对白声线娓娓，洇得墙壁家具都柔软了。

两人闲闲瞥一眼电视，也闲闲聊着。桑宜说，她父母会在平安夜下午到达，打趣说，他们两个订婚，是先斩后奏，她打电话知会家中，隔着九千多公里的无线电波传递，能感觉到那端摇撼的空气。

向寅却忽然有一些局促，说，"我其实知道应该先和你父母打招呼，再和你求婚的。"

"有点仓促，没达到我自己的要求。"说着，很认真地比了一个道歉的姿势。桑宜揉了揉手上的戒指，说，"没有啊，其实我很喜欢，很惊喜。"向寅还是强调，说，"以后我都慢慢补给你。"

接着又说到领证的事情。向寅主动说，"那不然等你爸爸妈妈见了我再去领证？"

桑宜说，其实她也是倾向于见了再领证，毕竟父母只有她一个孩子，毕竟结婚也算是比较大的事情了。又说道，她白天给市政厅打过电话，因为要圣诞了，领证的人特别多，接线员建议他们预约一个时间，免得直接过来白等一天。

桑宜说，"呐，我向你保证，除了见我爸妈，不会再有什么其他的事情来拖延了。"说这话的时候，她的模样既有正经事儿的严肃，又有热恋人的虔诚。

向寅歪着头观察她的表情，忽地笑了，说，"原来你这么急不可待要跟我结婚……"

不知名的电影里忽然就撤了娓娓的不值得一提的对白，镜头一晃，竟晃到了法庭审判。"毒树之果！"某一方的律师挥舞着胳膊嚷着，律师袍像立场鲜明的旗帜。

"原告方获胜的手段不合法，是毒树，毒树上长出的果子不可食用！我方特申请法官排除原告方的证据。"

桑宜一惊，蓦地坐直了，手还抓着枕头的绳边。"怎么了？"向寅问。桑宜指了指电视。"我记起来，这部电影我以前看过的，"桑宜说，"叫《破绽》。"

"真是职业律师。"向寅笑。他拿过遥控器，调高音量，说，"那我陪你看吧。"

———————■———————

"毒树之果跟我们其实没有关系，是针对警察和检察官的，主要打击刑讯逼供。"桑宜说。

"那你在担心什么？"向寅问。"那天晚上看完电影，你就一直在担心。"

桑宜拿笔抵着下巴，出了会儿神，说，"毒树之果背后有个哲学理念，来路不正当的不可取，行不正当之事的人会受惩罚。我不知道为什么，始终放不下心。"

"可能是要见你爸爸妈妈了有点紧张，"向寅说，"别多想了。"

桑宜静了一会儿，忽然又说，"不行，我还是要和你理一下整个经过。"

她翻开新的一页笔记本纸，边写边念，"2016年3月，唐人街上桥匝道发生车祸，因不肯和解，与弗兰克成为民事诉讼中的原告和被告。"

在这第一句话后，她画了第一支箭头，依着箭头所指的方向，她写下了"医疗记录"和"车"。"2016年10月，弗兰克的律师录你的笔录，笔录中给了我们弗兰克的医疗记录。你发现弗兰克在使用阿片类药物，你还发现弗兰克就诊的诊所竟然是你一年前跟踪李跟到的那家。"

紧跟着"医疗记录"与"车"，她又画下了第二个箭头，并在箭头所指的空白处写下了"吴杰森"。"弗兰克就诊的诊所叫杰森诊所。一年前，你跟踪李到杰森诊所，发现李往垃圾桶里丢黑色塑料袋，你怀疑李在贩卖阿片类药物。"

桑宜画下第三个箭头，写下"与弗兰克合作"。"这个时候，你想到利用弗兰克打入杰森诊所的内部，从而接近李。为了争取到弗兰克的合作，你去了他的工作单位，向他'展示'了你可以在不寄病历、甚至不直接接触他老板的情况下，仍然把他滥用阿片类药物的事情传播出去。之前，你还去过他家，拍了他车子里的空药瓶。有了这层铺垫，你在两个月后录他的笔录那天，和他单独谈了。"桑宜做了个OK的手势，"他害怕失去工作，你和他达成了协议。"

"接下来就简单了，"桑宜画了第四个箭头，"弗兰克不负所托，混进了'患者俱乐部'，和李接上了头。这第四个箭头，我们就叫它'患者俱乐部'吧。"

"最后一个箭头，"桑宜边画边说，"叫它'现行'。通过垃圾桶和李进行了几次交易之后，终于抓到了李的现行。你还安排了一场车祸，捕捉到了李走出车子的那个瞬间，你有追踪李的视频，也找到了他扔进垃圾桶的药瓶，人赃并获。"

"整个过程我琢磨过很多遍，你对弗兰克做的，没有留下实体证据，而且阿公药店也已经拿回来了，按理是很安全了，"桑宜说，"但我总觉得我有什么地方没考虑到。"

"比如呢?"向寅问。

"我真的说不出来……"桑宜撑着书桌，"而且追踪李的那天，弗兰克提前下车了，两人都没有碰面。"想了一会儿，桑宜又说，"你也跟我分析过，'患者俱乐部'的结构是独立在杰森诊所之外的——"

"是。"

"别多想了。"向寅说。

"好，"桑宜摇摇头，"还是等援助中心那边的进展，希望是我虚惊一场。"

就在这时，她的手机响了。

第四十六章 | 反水（一）内部矛盾

杰森诊所在圣诞前的那个周五收到法律援助中心递送来的起诉状，这才知道被告了。圣何西一家小小的法律援助中心，以两个阿片类药物上瘾者的名义，向法院起诉杰森诊所非法倒卖阿片类药物，坑害病人，制造社会危机。

第二天一大早，起诉状的复印件就被送到李的家门口了，来人把李的雕花木门砸得砰砰响。"杰森说让你尽快看，看了尽快给他答复。"那人说。

李捏了捏信封又掂了掂，这才关上门，上二楼进他的书房，用裁纸刀将信封拆开。

他像点钞一样点了点起诉状，一共三十一页，十页是正文，二十一页是附录的证据。他盯住证据。

加密平台的聊天记录，他发给那个买药人的信息，还有七张背景黯淡的照片，照片上有个人影，人影旁边有个垃圾桶。

李冷笑一声，摸出钥匙，从一面锁着的书柜里取出一个文件夹。他把文件夹里的一份合同，一沓照片，一份交通事故报告倒在桌子上。

合同是在药店签下的那份退还股权的合同，照片是向寅拿来要挟他的，和起诉状附录有部分重叠，交通事故报告则是11月6日的那张，报告上列有他和向寅的名字，以及那两辆车的信息。

11月6日，那辆逼停他的车竟然是向寅租的。李本以为可以通过那辆车反查出从他手里买药那个人的信息。没想到向寅防到了这一手。

他拿起电话。

嘟嘟声响了很久才被接起。他等到那端出了声音，才微微清了清嗓子，"杰森啊，我是李。"

"哦，李啊，马上圣诞节了啊！"

"是啊。"

"东西还充足？"那端问。

"充足。"

"顾客还充足？"

"也充足。"

对话到这里停住了。

那端叹了口气，"李啊李，你可真是给我带来大麻烦了……"

李没有吭声。

"起诉状看完了吗？"那端说。

"看了，"李说，"看了才给你回电话。"

"你说吧，说说感想。"

李睨了一眼摆在一侧的起诉状，"11月我问你要那个买药人的信息，你就该给我。"

"李啊，"那端说，"你被人算计了，想到我这里要信息翻盘，做人不是这样做的。"

"更何况你也知道，泄露病人信息是犯法的，传出去多不好。"那端又说。

"传出去不好？"李重复对方的话，"你不信任我，所以诊所被人告了。"

那端"呵呵"笑了笑，"李啊，我们认识也有些时间了，规矩是最早就立下的，你和患者之间，那是你们的事，和诊所没有关系。"

"杰森，你怎么说这样的话？！"

"这是事实。李你要看清楚，不要自欺欺人。"那端叹了口气，"况且病人信息也帮不了你，病人那么多，我哪里知道他们里面哪几个想不开了，又去做了什么不恰当的事情呢？"

"杰森，那个交易平台，它不是你搞出来的？你可以查到平台用户信息的吧，你——"

"李啊，"那端又笑了，"我什么都不懂哇！你知道我的，连服务器是什么都不知道，你说我怎么搞？'患者俱乐部'他们自己搞事情，搞了个交易平台。来，我给你读读这起诉状里说的——"那端响起翻动纸张的声音，接着又是杰森的声音，"'病人加入患者俱乐部，即可从现成员中获取交易平台的登录信息，使用病人档案号码登录，在平台上，患者用隐蔽的语言联系卖药者——'"

"杰森，起诉状你早上派人给我了。"

"是啊，你也是读过了的。哦，我还没读完，这段也很有意思，'买卖双方随后在线下达成交易，交易过程中，也会使用网络电话联系，见附录证据A……'，看来病人买药，也不都在那个什么平台上吗？11月那会，你是不是告诉过我，你和买你药的人还用网络短信？那这就更和诊所没关系了……"

李将起诉状在手里揉得滋滋响。

那端停了一会儿，语气相当公事公办了，"我请了个律师，希望能帮我们渡过这一难关。"

"律师怎么说？"李问，手指在桌子上敲着。

"律师说的自然都是事实，'患者俱乐部'结构严谨，只要好好应对，不会有问题。至于起诉状里的那点证据，不足为信，是外头人污蔑诊所。当然了，诊所也不知道'俱乐部'出这种么蛾子……"

李停止敲桌子，"杰森，你这是要和我划清界限啊？"

"界限本来就很清晰。你看，病人加入患者俱乐部，对他们的康复很有帮助。但不巧，俱乐部里有两个人散布违法购买阿片类药物的渠道，拉来了卖药的人，还建立了一个交易的加密平台，借用诊所停车场那个垃圾桶作为交易地点……"

"律师的说辞怕是保不了你的诊所。"李说。

"你更不能。"那端冷冷地说。

"这不一定。"李森森地说。

"那你说说看吧，我最后听听你要说什么。"

"你把那个买药人的个人信息告诉我，我自然有办法——"

那端传来一声同情又奚落的笑，"李啊，现在找他还有什么用？"

"我告诉过你，这个买药的，背后有人指使……"

"你到现在还不知道指使的人是谁？"

"我当然知道——"

"那你更不该去找这个买药的，他是个工具，你该直接找指使他的人……"

"我有我的打算。"

"李啊，你真是折煞我了，我不想再罪加一等。"杰森说。

"我们现在在一条船上了。"李说。

那端停了一下，随即哈哈大笑，"我们在一条船上？李你真会开玩笑。这张起诉状只告了我的诊所，可并没有告你。从一开始我们就是分开的。"

"已经到这个份上了，我也就不说什么好听的了，"那端说，"你还是给自己请个律师吧。"

"你不要怪我。诊所和我，本来就是清白的。你找一个好律师，看来这几年我们流年犯冲，还是少联系为妙。"那端最后说。

放下电话，李抓起桌上的吹制玻璃烟灰缸，猛地往对面的墙上砸去。精致的烟灰缸在李的怒气中碎了一地。

杰森的意思很清楚，责任推给患者俱乐部，也推到他李的头上，再把他踢出交易网。不肯给那买药人的信息？杰森他这是要滴水不漏哇。

李闭起眼睛静了一会儿，再睁开时，将揉起的起诉状重新打开，翻回首页。首页的左上角标明了起草这份起诉状的律师的信息，其中一行这样写着：宜桑，代理律师，加州律师执照xxxxxxxx。

他从笔筒中抽出一支红笔，将那一行圈了起来，又在"宜"字下重重画了一道。

是她吧？向寅的那位年长女友，儿子说她叫"Yi"，再问就不肯说了。是她一直在背后出谋划策吧？

他将桌角的笔记本拖了过来，打开邮箱。他找出置顶的那封邮件，又读了一遍。

"价格一千美金一小时，的确是市场价之上，但我们的法律服务质量也远远高于市场平均水平……"

李找到邮件底部的电话号码，拨了过去。

"我想聘请你们做我的律师，帮我查两个人，一男一女。"他说。

"可以的，请问您具体需要查什么？"那端问。

"可以查到些什么？"

"我们一般是用律商联讯查询公开资料。"那端说，"请问您是对这两人追债吗？有没有进入正式的追债程序，有起诉他们吗？"

"有这个打算。"

"您的意思是还没有？那抱歉，如果没有正式的追债或者诉讼程序，我们是不可以违规私自调查背景信息的。"

"没有其他的途径吗？"李问。

"很抱歉。"

李停顿了一下。"我觉得你们的小时计费还可以再增加。"李说。

那端也停了片刻，然后说，"您稍等。"

两分钟后，那端的声音再次响起，"我们律师说，可以约个时间，见面讨论。"

第四十七章 | 反水（二）应对措施与污点证人

"主任来电话了，"桑宜看了一眼手机，对向寅说，"我去接一下。""你周末都在忙这个案子——"向寅话音还没落下，桑宜已经走到书桌处，用肩膀夹着手机，边听边记。

"情况有点不太乐观，"放下电话后，桑宜说道，"杰森诊所请了律师，发来了答复，说起诉状控诉的是无中生有，说药品交易是'患者俱乐部'自己搞出来的。"

"援助中心给他们打电话，一直是无人接听的状态。"桑宜说。

"这么嚣张，"向寅说，"那现在怎么办？"

"主任的意思是，他还在等地区检察官的消息，如果地区检察官能提起公诉，那么也不担心。"

向寅想了想，问，"那要是地区检察官那边不成呢？"

"如果是那样的话，可能还需要你的帮助。"桑宜望着他，说。

向寅反应了一下，"你还是想把11月6号追踪李的照片视频都用上？"

"不是的，Tran，"桑宜说，"我知道你不想暴露李。"

"那你们打算怎么办？"

"援助中心的意思是，直接找李，让他站出来指证杰森诊所。"

"我不太明白，李出来指证杰森诊所，不是连他自己也一起暴露了吗，他怎么会肯？"

"你有没有听说过污点证人？"桑宜解释。

"有污点的证人？"

"如果证人本身是违法活动的参与者，我们就管他们叫作'污点证人'，他们通过提供'内部证据'，来交换不被治罪。但我们需要有筹码，才能和他谈……"桑宜说，"比如说李，他就可以是污点证人。"

向寅恍然大悟，"明白了，让李做污点证人。"

"是的。"

"李做污点证人……你又说了11月6号的证据……等于说11月6号诣踪他的证据用两次，上一次要回药店，这一次逼他做污点证人。"向寅说。

"是的。"

"那，你是要我再去和他谈一次吗?"向寅问。

"不用的，到时候会有专门的律师去跟他谈。"桑宜说。

"这么好。"

"是啊。"

"那这算什么帮忙?"向寅笑。

"当然算啦，11月6日追踪李的照片和视频是你拿到的，再加上你要考虑提姆，所以要你授权我才可以用。"

"不要分那么清了吧，"向寅说，"证据我从手机导到电脑里了，你要的时候跟我说。"

————————■————————

这样又过了两天，就到了平安夜。两人一早起床，打扫屋子，买菜备饭，忙忙碌碌就到了下午。四点半，桑宜的手机提示响了，要去机场接她的父母了。桑宜换下围裙，向寅从衣柜里拿了她的大衣，顺着肩线替她披上。

拉开门，深冬黄昏的阳光融进来，入室又黯淡了。两人从公寓走出去的短短一程，仿佛溯光而上。

进了车内，一路北上往机场去。向寅开车。夕阳转瞬即逝，这一周以来，桑宜心里累积的不安，此时也向她拢聚。她安慰自己，这是要带向寅去见父母的缘由。她心里默默想，希望一切顺利，也希望爸妈能喜欢他，即使决定是她自己做。

车辆减速，前方一盏盏尾灯亮起红色，像俄罗斯方块都堆到了一起。

"今天还会堵车?圣诞节路上应该很空的。"桑宜问。

向寅看了一眼导航，"是前面出事故了。"他指了指地图上的小车符号，"离我们5迈的样子。"

桑宜叹道，"过年过节慌慌张张，看来全世界都一样。"

"我在想，有没有人从来没出过车祸？"向寅说。

"我呀，"桑宜说，"虽然我方向感不太好，驾驶技术也不行，但我开得少。"

向寅笑，"小姐，敲敲桌板……"

车子缓慢挪动，终于经过地图标出的车祸地点。桑宜向窗外望去，两辆撞坏的轿车斜错着停在路肩上，另有两辆警车拦在左侧。警车与事故车之间站着好几个人，或抱着胳膊或东张西望，还有两个正交谈着什么。

桑宜忽然想起11月6日那场车祸，弗兰克和李的脸在眼前一晃而过。她几乎喊出来，"车祸……我知道问题会出在哪里了！"她侧过身，直对着向寅，"我老板曾经跟我说，好的律师不仅仅是把控案子，还要考虑到'人'，我还是犯错误了……"

第四十八章｜反水（二）弗兰克

平安夜。

金门公园附近，尔湾（Irving）大街上，红色的砖瓦房里，弗兰克正和家人吃着晚饭。外头风呼啦啦地吹着，屋里里却很暖和。

餐桌旁立着一棵高大的圣诞树，树上挂着彩灯、玻璃球和亮闪闪的装饰礼盒。树根处随意堆着包装好的圣诞礼物，等待着晚饭后被给予和被拆开。

"爸爸新年快乐！"他的儿子爬上椅子，昂了小脸，在弗兰克的脸颊上亲了一口。妻子在一旁乐得直笑。儿子从椅子上挪下来，"我吃好啦！""吃好就去玩吧。"妻子说。

饭桌上只剩下弗兰克和妻子。

"我今年没有拿到奖金，也没有涨薪水。"弗兰克扒了一口菜，说道。

"怎么会呢，我看你整天早出晚归的，而且听你说销量挺好的？"妻子放下筷子，不解地问。

"就是给了别人吧。"弗兰克恨恨地说。

昨天是圣诞节前最后一天工作，车行的传统是在这一天发放年终评估和奖金。下班的时候，弗兰克有些忐忑地走进上司的办公室。前些年他的奖金一直都很不错，主要原因之一是他有着汽车销售中少见的高学历。但这几年这行的门槛也提升了不少，那些比他小十岁多的年轻同事，个个都是大学生，有个别还是研究生。他的奖金也日益减少。

今年更特殊。他站在上司办公室门口回想发生的一件件事情，先是三月份出了场车祸，开的是公司那辆白色SUV，接着是身体状况越来越不好，药瘾也常常犯，之后就是混蛋来车行搅局……多少被上司看在眼里了啊？

十分钟后他就知道了答案。"你今年的表现不佳啊，"上司说，"干不过那些年轻人了啊。"上司把一个信封递给他。出了办公室他急忙拆开，只有一张评估表。

"我倒还好，老板给了全奖金。"妻子说。

"哎，"弗兰克叹了口气，"算了，看明年吧，明年别降薪了……"

"哎，瞎操心。"妻子说。

"明年看看能不能换个工作。"妻子又说，"总还是换个专业对口的工作好。"

"哪有那么容易呢，能找着早找着了。"

"快别说这样的丧气话。"妻子说。

"也是。对了，前两个礼拜倒有个猎头加我。"弗兰克说。

"哦？没听你说过呀。"

"加了我脸书，聊了两句就没下文了，也就没和你说。可能还是不匹配吧。"

"你看，不还是有人来找你了吗？再等等，还会有的吧。"

"哎。"

就在这个时候，弗兰克的手机响了，摸出来一看，是个陌生号码。他满腹狐疑地将手机贴到耳边，先没说话，却听到那端轻咳一声，之后就没声了。

"找哪位？"他问。冲妻子递了个眼色，站起身，走到卫生间，带上门。

又是一声轻咳。

"说话啊？"弗兰克说。他把手机挪到眼前，屏幕发着幽幽的蓝光，陌生号码看不出任何来头。骚扰电话吧，他心想，再不出声就压电话了。

就在他手指移到红色挂断键的时候，面前的屏幕闪了闪。"找你。"声音幽幽的。

弗兰克把手机重新贴回耳边，"你是谁啊？"

"我们见过的。"

弗兰克吓了一跳，"说什么呢你？"

"我们见过的，11月6号，那场车祸。"对方说。

■

空荡荡的电梯里载着弗兰克一个人向上攀升。

他并不想来，可没有选择。就在昨天，他刚在家中吃完饭，过着平安夜，却接到一个不显示号码的电话。对方说，"11月6号的车祸，我们见过。"

"什……什么？不可能。"

"你没有看到我，不代表我没有看到你从某个人的车里出来，进了一辆灰色的掀背车……"

弗兰克浑身一哆嗦。"你……你不会是李吧？"弗兰克问得结结巴巴。一横心，摸上机子顶部的关机按钮，按了下去。

这时手机发出了连续的"叮叮叮"的短信提示声，像阎王催命。弗兰克手一软，机子屏幕重又亮了。弗兰克做了几个深呼吸，这才点进去。

"我们需要见一面。"这是第一条。

"如果你躲我的话，我会打电话到你工作单位。"这是第二条。

"我知道你的秘密。"这是第三条。

电梯停在了28层顶楼，门"叮"的一声打开。弗兰克搓了搓手，走了出来。按李给的指示，他在走道尽头一间空荡荡的休闲室里找到了李。

李站起来迎他，抓着他的胳膊和他握手。弗兰克第一次见李笑，发现这个一脸凶相的人笑起来特别滑稽。

"请坐，"李说，"大过节的让你跑一趟，过意不去啊。"

"哪里哪里。"弗兰克堆着笑。

"坐啊，"李说，"别那么拘谨。"

面前的茶几上摆着一只巴掌大的银盒。弗兰克偷偷瞄了一眼，盒子上一串烫金字母，"Treasurer"[1]。抬头的时候，发现李正乜斜着一双半睡眼，意味深长地睨着他。弗兰克讪讪地笑。李从盒子里摸出一支烟，掏出一只

---

1 产自英国的名牌香烟。

镶刻天蓝色冰裂纹的打火机，慢条斯理地点燃了。

李那张带着滑稽笑意的脸前腾起一团烟雾。

过了好一会儿，李才将烟头揿灭在烟灰缸里。他挥了挥手，驱散了眼前的烟雾，说道，"出卖交易对象，你这心里不太好受吧。"

弗兰克只得笑，边笑边不自觉往沙发深处缩了缩。

"你不要怕，"李说，"我找你来，是想跟你合作的。"

"合作？"弗兰克脱口而出，"那你电话里怎么不说？"

李抿着嘴，鼓着半睡眼盯着弗兰克，像盯着一件玩具。突然他哈哈笑出声，但他脸颊僵硬，半睡眼里没有一点笑意，说，"你这人真有意思，我短信不威胁下你，你怎么会来？"

弗兰克只好再次赔笑。

李摸出第二支烟，叼在嘴边。"大过节的，我也直接点。"他边点烟边说，"我跟你一样，也是移民。也跟你一样，正经日子之外有那么点小癖好，小副业……"

虽是"直接点"，却说了会儿无足轻重的旧事。在提到湾区房价的时候，李话锋一转，说道，"我现在带一个组，也做些地产方面的生意。"

弗兰克听得莫名，倒是缩着脖子，眼光没处着落，就只好搁在烫金的"Treasurer"上。这烟该挺贵吧，他心想。

"怎么，也来一根？"李摸出当晚第三支烟，递给弗兰克。弗兰克眼皮上抹瞄了李一眼，一声不吭地接下来。李"咔"的一声点亮打火机，又做了个招徕的手势。弗兰克撅起身子，发现茶几太大太方，隔在两人之间，他够不着。李挺着身板儿坐着，没有丝毫靠近的意思。弗兰克只好弓着腰，猫到李跟前，凑上打火机。

"我想让你来给我工作。"李的声音从他头顶落下来。

弗兰克手一抖，烟掉在地上，他下意识地弯腰去捡。李伸手拦了他一把，说，"何必呢，扔了的东西还捡它干什么，拿根新的，人要向前看。"

他说着，从银盒里摸出一根烟递给弗兰克。"你做销售这么多年，来给我做挺合适的。房地产，可比汽车买卖赚多了。"

弗兰克傻在那里。李又说，"你以前是物理系的，数学一定好，数字上计算上的东西，我这里是非常用得上的。人嘛，总是要找个珍惜自己才华的地方，做事情才有意思。"

他举着烟，直到弗兰克呆滞地伸手来接。

突然弗兰克反应过来，问道，"你到底是怎么知道我那么多事的？"

刚才进了这门，弗兰克只觉得浑浑噩噩的，问完再一定神，才发现李的面前多了一叠纸。"给你看的。"李说。

"你到底是怎么发现我的？"

"你不会真的以为你做得很隐秘吧？"李说。

弗兰克伸手去拿那叠纸，被李挡住了。"我先给你个心理准备，"李说，"我找了个律师，一个非常好的律师，但你放心，不是针对你的——暂时还不是，但取决于我们今晚谈判的结果。"

李继续笑，笑得腮帮子都酸了。"这个律师，给我提供了非常全面的，你的个人信息——"

弗兰克傻望着李。

李将一张照片扔到弗兰克面前，"这个人你认识吧？"

弗兰克不说话。他当然认得。

"这个人撞过你的车，那是2016年3月吧，你还把他告上过法庭，但你们后来和解了。这人只有22岁，你年纪的一半。他有个律师，是个女人，比他大八岁，后来和他发展成那种关系。11月6号，你出卖我的那次，警察来了之后那女人也来了，但你没有见到她……"

弗兰克回忆起车祸那天，他被提前接走，之后的事情并不知晓。

"你可以想象，那个小孩胁迫你，当然也有那个女人的参与……她身上还有料，她连杰森诊所都告了……"

"你怎么会知道这么多他们的隐私？"弗兰克问。

"我有我的渠道。"李说，他晃了晃手上文件，"律师啊律师，懂法的也最懂怎么犯法。"

"你……这、这是……"弗兰克慌极了。

　　李突然看着他笑起来。"看你急的，那我就告诉你吧，你千不该万不该和那小畜生打什么车祸官司。我刚才说了，那女人是个律师，把杰森诊所也告了——"李从那叠纸中抽出一份，递给弗兰克。

　　"你看看，告诊所的起诉状，"他用食指尖指了指那张纸的左上角，"看到那儿律师的署名了吗？"

　　"宜——桑——"弗兰克扯着脖子，辨识着那个名字和其后的律师执照号码。

　　李用手指头弹了弹那张纸，"同一个人。我先查的她，查她办过的案子。加州法院真是好哇，谁告谁都公开。她去年只办了一个案子署了她的名，就是和你对家的车祸案，那么我自然就来查你。你我交易那天，我虽然没看到你的脸，对你的样子可是有数的……对了，前阵子是不是有个猎头加了你脸书？"

　　"那是你？"弗兰克瞠目结舌。

　　"你以为呢？你脸书上发的东西可不少，我给了我那律师，他替我挖出了更多的东西……"

　　这下弗兰克再也不顾了，他蹿起来，从李面前抢过那叠纸，他从第一页翻到最后一页，又从最后一页翻回来。他颓然松开手。

　　"有一点你可以放心，"李说，"这里面没有你的医疗记录，只要你自己不公开拿出来用，律师是查不到的。我也问过你的医生杰森，他也不肯给我……"李越加滑稽地笑着，"不过呢，就算我现在有你的阿片类药物服药史，我也不会拿它来威胁你。我这个人，和你打交道的那个小男孩，不一样。"

　　"他……他没有威胁我……"弗兰克张口结舌。

　　"哦？那么你闲得发慌来出卖我？"

　　弗兰克闭紧了嘴巴。

　　李收起架在二郎腿上的手，闲闲抖了抖烟灰。"只不过，你可能还不知道胁迫你的人的底细吧？所以才会怕他。"

　　"什么……什么底细？"

李凑近了，压低声音，在弗兰克耳边慢慢说着。

"不会吧，他……他这人没身份？这简直，简直……"弗兰克惊讶极了。

"是啊，"李说，"我知道，他一定跟你达成了某种协议，否则你怎么会不敢说呢？但假如他随时都可能滚回越南，你还怕他什么呢？"

"谁说我怕他，"弗兰克突然铆足了劲儿，"我现在过得挺好的，我为什么要怕他？我怕什么人，我——"

"过得很好？"李不耐烦地打断他，他指了指被弗兰克丢在膝盖上的那叠纸，"卖车的？"

"别看不起卖车的！"

"哦，"李应了一声，"没有看不起卖车的，我现在不也是靠卖东西赚钱？"

他注意到弗兰克已经没在听了，而是直勾勾盯着膝盖上那叠纸。他阴阴地笑了笑，不再说话。

过了好久，弗兰克竟然抽了抽鼻子。一张口，嗓子都哑了，他说，"我真的不想再整这些事情了，你放过我吧。"

话这样说了，人却还陷在沙发里，动也不动，很疲惫的样子。

李坐直了，像即将发起总攻的猎食者。他用一种很引诱的方式说道，"你来给我工作，我不在乎你的阿片类药物服药史，你从此既不用担心你的黑历史，也不用担心你的薪水。而条件很简单，只要你供出那个男孩子是如何胁迫你的。"

"我干吗要给你工作……"弗兰克微弱地回复着。

"那就是不答应的意思了？"

弗兰克没说话。

李叹了一口气。"你听过大棒子加胡萝卜吗？我虽然是个移民，虽然有时候很不喜欢美国，但对这个概念特别赞同。做什么事都要大棒子加胡萝卜。比方说你吧，答应的话有胡萝卜——我给你工作；不答应的话，我明天就联系你的单位——"

"你别拿我的病历来威胁我！你说的。"弗兰克说。

"哦，看来那个小男孩确实是这么做的。"李说。"你放心，我说过我不是他，我不会拿你的病历来用的，但是——"他顿了顿，"你和我做的买药交易，我可是可以用……当然，就像你用的时候遮掉了你的那部分，我可以遮掉我的这部分。"

"我……我没有露脸，你……你也给我拍了照？"弗兰克嗫嚅着说，挣扎着。

"需要吗？"李反问。他从那只Treasurer香烟盒里又摸出一支烟，慢条斯理地说，"你做销售业绩一般，你的老板已经很不喜欢你了，只要稍稍一点动摇就可以让他裁掉你，这动摇他的东西不需要多真实。"

文件窸窸窣窣抖了抖——那是摊在弗兰克膝盖上的文件。

过了好久，弗兰克扯着一口气，问，"那你就不怕我把你卖阿片类药物的事情都抖出去吗？"

李哈哈笑了，"你手里没有证据。"

"你……你怎么知道我没有证据？"

李将最后一支烟狠狠掐灭在烟灰缸里，"因为我了解Tran，他手里关于我的证据，是不会和你分享的。他为了他最好的朋友，是绝对不会让别人送我进监狱的。"

第四十九章｜毒树之果

"弗兰克还是不接你的电话？"桑宜问。

"不接，"向寅说，"不然我直接去趟他工作的地方？"

"你一共给他打了几个电话了？"

"见你父母之前你知道的，三四个吧，之后又陆陆续续打了三四个，还发了短信。"

"短信怎么说的？"

"就问他还好吗，祝圣诞快乐。短信显示已读……"

"已读？"桑宜心突突直跳。她说，"你别去了，他是故意不理你的，李已经赶在我们前面了——你去了也没有用。"

车子在车位停了下来。

"所以，你猜测的情况是什么样的？"向寅问桑宜。

"有可能李和杰森联合起来，一起对付我们；也有可能杰森为了诊所的'清白'，把李丢出去顶罪。不管是哪一种，李应该都已经联系上了弗兰克。"

"按你的说法，不仅联系上，还说服了弗兰克反水？"

"我只是猜测。之前我用律商联讯查过弗兰克，知道一些诉讼明面上不会知道的事情，他……他这个人——"

"其实他和我说过一些，他说他接受不了自己就是个普通人，他读书的时候是个天才，不能这么过一辈子……"

"是。"桑宜说。

她摇摇头，"还有一点是我的错，诉讼是个公开程序，起诉杰森诊所的诉状上有我的名字，之前代理你的案子，也有我的名字……这些东西都可能被顺藤摸瓜查询到并联系起来……我要是早想到，应该让援助中心的同事替我署名……"

"跟你没有关系，宜，"向寅说，"你没有错。"

"我……"

向寅没有接话，只是轻轻熄了引擎。

好一会儿，桑宜说，"别在车里坐着了，先回家吧，明天还要早起呢。"

"明天我还去吗？"向寅问。

"你等我想一想再说。"桑宜说，说完立刻觉得不妥。向寅转过头望着她，眼睛在说他听懂了。两人之间隔着那句收不回去的话，像隔着乌云。

两人从车库走回公寓，楼道里暗蒙蒙的，但每隔几步路就有一盏顶灯，投些光下来。光在过道里弯成弧度，像遥不可及的金色橄榄枝。

公寓门锁上了。向寅把暖气打开，出风口散发的热烘烘的气味，像冬天在太阳下晒了一整天的棉被。桑宜心定了些，抱着手臂在沙发上坐下。

向寅还站着，膝盖贴着沙发扶手，垂着头看她。

"Tran——"

"我去给你弄点喝的——"

"Tran，你听我说，"桑宜拉住他的手，"下周市政厅一开门，我就去和你领证。实在现在是圣诞节……"她忽然意识到（尽管是模糊的），向寅整个计划的最初起因就是他的身份（如果没有身份的问题，李也没有办法威胁到向寅的外公），而最后一块拼图也是他的身份。

向寅被她牵着，怔怔地望着她。

"这两天我把给你申请身份的表格资料准备好，等节一过完我们就去领证，领完证我们就把绿卡申请递出。这样，即使李和弗兰克找你麻烦，也不会影响到你被遣返。"

"只要不被遣返，其他的问题都可以慢慢解决的。"桑宜说。

向寅皱着眉，眉心起了细小的纹路。他俯下身子，掬起她的脸，拇指摩挲着她。他慢慢地说道，"宜，你爸爸妈妈不喜欢我。"

"他们不明白……"

"他们说的也不是没有道理……"

"连你自己也这么说……"

向寅俯得更低了，他身上还残留着雨夜的寒气，一呼一吸间也一并渡给了她，但他手掌很烫，在一片冰凉的氛围中，只有下颌处被他灼着。他说，"宜，你没懂我的意思……他们绝大多数的话，我都不可能同意，我对自己有足够的信心——"

"Tran——"

"但有一句话，他们是对的，住院医一共七年，你已经等过别人一次，让你再等我，这不公平。"

桑宜不说话了。她已经在父母面前辩驳过一次。她"不觉得那是等"，并且"不是住院医毕业当上主治医生，才算熬出头。两个人在一起，每个阶段就都是特别的"。

然而父母又有更厉害的话来瓦解她。"现在的人只有耐心看成品，"母亲说，"你也不要跟我说我们急功近利，这就是现实。"桑宜被堵得如同雪团化在嘴里，唇齿都冷僵了。还没有告诉他们他的身份问题呢，她心里想。她的母亲还在继续说着，说向寅对她的好是应该的。又说桑宜是叛逆，才找一个和肯很不相同的人。桑宜不再抗辩，只是面红耳赤了。

桑宜的脸烧起来，她说，"你坐过来让我靠一会儿。"向寅照做，桑宜紧挨着他。她的额角贴着他的下颌，凉是凉的，烫是烫的。向寅的呼吸声加重了，似乎有话要说，又似乎在犹豫什么。最后，他开口了，说，"宜，其实有一件事情，求婚的时候就应该告诉你的，是我一直在拖延，我——"

桑宜突然有些害怕，她问，"怎么了？"

"我们刚开始的时候，我其实，其实——"

他的手机震了。

"对不起，我去接一下。"

"谁的？"

"提姆的。"

电话打了好一会儿，回来时他的笑已是两样。但桑宜在她个人的风暴中，并没有注意到。

"说什么了？"桑宜问。

"说了挺多的。先说圣诞快乐，也问你好。然后说了他的近况，他想和艾琳结婚，想问问我的意见，"向寅笑，"他还说，想带艾琳来见见阿公。我们从小一起长大，我的阿公也是他的阿公——他也这么说。"

"他和艾琳，真是恭喜他啊……"桑宜说。

"那我们的事——"桑宜又问。

"我都跟他说了，你介意吗？"

"怎么会……"桑宜说。

"那就好。"

"对了，你刚才说要告诉我的事情是什么？"桑宜问。

"嗯，"向寅脸上多了种字斟句酌的神情，他慢慢地说道，"我刚追你的时候，没有想到有一天我就是想以后每天都要和你在一起……"

这话稀里糊涂的，桑宜不明白。

向寅笑，说，"不重要了。"停了停，又说，"我改主意了。"

"什么改主意了？"桑宜问。

"你爸爸妈妈不喜欢我，"向寅说，"我改主意了，我不在乎了。你在乎吗？"

他望进桑宜眼睛里，说，"你当然在乎，选择权也在你手里，可我觉得你应该选我。"

说完他手臂绕过她的肩膀，拥着她，桑宜整个人没入他的氛围中。

向寅牵引着她的情绪，和他在一起的快乐是她以前没有体会过的。他也牵引着她的活力，他像一团火焰，颜色应该是带冷感的，比如钴蓝、靛青或者绀紫，他自己能从荆棘中烧出一条路，将生命力渡给她。

她也不能丢下他不管，她对他有着超越性别的怜惜。她不知道"结婚"是个捕兽夹一样的词，在救赎他的情绪里，她消融了与他结婚的极短暂的犹豫——不管这犹豫是直觉的，还是世俗的。毕竟，关于入场券的事情，她答应过就不会食言。

隔着沥沥雨声，桑宜有种奇异的感受，那与父母争吵而产生涡旋的风暴在慢慢收拢，在向寅身边就像是在风暴眼，周围骤然平静了。

沉默了一会儿后，她对向寅说，"其实我妈妈最后还是说了，如果我愿意，那就去做，只要别后悔就行。所以你把东西准备好，我们圣诞节一过就去办这件事情。"

———————■———————

第二天一大早，向寅就出门去了，应昨晚电话的约，要带提姆和艾琳看望外公。

桑宜则陪父母吃午饭。饭后，父母因时差小憩，桑宜便取出电脑处理些工作。忽然想到什么，她远程登录律所文件库，找到已经结案的向寅车祸的案卷，从中调出弗兰克的联系方式。她想试试，换自己的号码，来联系弗兰克。

她给弗兰克拨了过去。没有人接。

她退回编辑短信。就在这时，手机震了。正是弗兰克的号码。

"好啊，我是弗兰克，找我什么事啊?"那端大大咧咧地问。

"我是桑宜，从前你的车祸案子的对家律师。"桑宜谨慎地回。

"哦，"那端说，"我刚好也想找你。"

"那最好了。"桑宜说。

一个小时后，桑宜来到金牌车行。

车行是私营企业，圣诞节仍旧店门大开。红底金字招牌咋咋呼呼的，银漆的门框在阳光下反映着一段一段的水波纹，有种虚浮的意味。桑宜走了进去。

大厅内只见车不见人——除了前台处打电话的年轻姑娘。桑宜绕了一圈，在一辆奔驰SUV后找到了弗兰克。后者看起来有些说不出来的古怪。

"我是来和你谈的。"桑宜开启对话。

"你来得太晚了。"弗兰克歪了歪嘴，电话里的大大咧咧消失了，他脸上的表情像堵塞的河流。他说，"今天是我在这里做的最后一天。"

说完话他也没再看桑宜，目光像是穿过她，落在她身后。桑宜一惊，猛地回头。一个中年男人站在她身后。男人穿一件褐色的外套，半睡眼，冲她一扬手，指头上一点钻石的光亮一闪一凌，恃着什么势力似的。

桑宜立刻认出了他。

"桑小姐，我们谈谈吧。"李先开口了。

桑宜向侧旁退了一步，她说，"谈可以，就在这里。"

"那当然。我知道桑小姐在想什么。桑小姐是有名有姓的人，我们也是有名有姓的人，这点上，桑小姐多虑了。"

桑宜又退了一步，指了指前台，"那么，就去那里谈吧。"

李微笑着掸了掸袖口。桑宜抱着双臂，望着他。李并不说话。

"不行的话，我们找个咖啡厅谈吧。"桑宜说。

"哪里哪里，"李笑得更深沉了，"桑小姐说怎么来，我们就怎么配合。"

"只不过——"李露出很为难的神色，"我们要和桑小姐分享的东西，桑小姐怕是不会愿意在太公开的地方探讨的……"

"你是什么意思？"

"桑小姐，你不要这么有敌意，我接下来要告诉你的，本质上是在帮你。"他从褐色衣服兜里取出手机，拇指闲闲地在屏幕上刮着，"你一定不会后悔来这一趟的。"

桑宜突然想明白了。向寅和提姆在一起；而她，想见弗兰克却见到了李。这不该是巧合。她迅速做了一个决定。

"我准备走了，"她对李说，"针对杰森诊所的那个案子，会交给正当的司法程序审判，部分证据涉及你，也会按照正当的司法程序处理。"说完，她转身就向门外走去。

就在这时，她突然听到了提姆的声音，夹杂着电子信号的干扰噪声。一惊之下，她回过身来。

李冲她晃了晃手机，指尖钻石的光焰像烫过的针芒。

桑宜强迫自己镇定下来，说道，"加州法律规定，未经对方许可私自录音是刑事违法行为。你的罪责上再加一条，很不明智。"

李依然微笑，他说，"桑小姐，我也有律师的，很好的律师，每小时收费应该比你贵多了。我的律师说，加州虽然禁止私自录音，可每天都有各种各样的人因为各种各样的原因在录音，并没有什么后果。你知道为什么吗？"

他接着说道，"因为没有人揭发他们。我录音的对象可是我儿子，他怎么可能揭发我？你们也是把我逼到了这个份上……"

桑宜胃里一阵翻江倒海，她说，"可是现在我也知道了，我可以揭发你。"

李"哦"了一声。意味深长的。

桑宜不再说话了。她也知道自己是夸了口的。录音在李手里，只要她一行动，李马上可以删除录音。她也不可能现场掏出手机来录李的录音，那样的话，她本人就掉进了知法犯法的陷阱。

她定了定神，说道，"你儿子跟你说什么，我真的不感兴趣。我们还是审判庭上见吧。"

"桑小姐，"李的话紧跟着她，"假如和你的未婚夫有关呢？"

"和他有关的事情，我可以自己去问他，为什么要相信旁人的一段录音？"

李哈哈笑，"没想到他运气这么好，能攀上你这样的女人。实在可惜了。"

桑宜甩了甩手，不再理会他。然而就在她再次转身的时候，录音里传来一个声音，是个女孩儿清清爽爽的声音，带着恋爱的甜蜜，"是呀，提姆找我说话——可以说吗，提姆？——哦，那我说了啊。你第一次找我说话，特别小书呆子，问我假如不是公民又没有绿卡，可不可以在法律援助中心做义工呀？"

第五十章 | 审判

从旧金山开回家的一路，天降暴雨，湮得大地一片白辣辣的。雨刷惊慌失措，刮得挡风玻璃吱吱地响。车内暖气开到了最大，燥热的气流冲在桑宜脸上，令她几乎睁不开眼睛。她脸颊滚烫，但手脚又像是浸在冰水中。

"桑小姐，整个过程我不妨都告诉你——11月6号车祸那天我第一次见到你，就很奇怪。我见过好几个他过去交往的对象，她们是一类，典型的加州美女，而你，是非常不一样的另一类。"

"昨天我和我儿子提姆还有他的女朋友艾琳过了个圣诞节，我问他俩怎么认识的，没想到是我儿子向艾琳打听在援助中心工作要不要绿卡？"

"我当时也和你一样好奇，就问我儿子，'哦？你这是帮哪个想做义工的朋友打听啊？'"

"我儿子急得汗都出来了，却知道顺着我的话，说他有个同学，想假期去援助中心打工，刚巧艾琳在援助中心，他就问艾琳，去那儿打工有没有身份要求……我呢也没追究了，我儿子以为就这么把我糊弄过去了。"

"我本来没打算录音，所以可别说我算计着我儿子。是艾琳说了，她在我儿子给她办的生日派对上见到了桑小姐。既然是这样，那我倒要从她那里套一套你的情况了，没想到是这样的情况……"

当时桑宜反驳了李，"这件事情里你有利害关系，我为什么要相信你？"

李的回答带着一种锐利的意味深长，一种蛊惑人心的规劝，"桑小姐，你今晚回去，是把我的话直接丢脑后，还是找你的未婚夫求证，都是你的决定……"

回到家的桑宜强迫自己冷静下来。她拿过纸笔。"我需要问他一些问题，我得把问题记下来。"她逼自己从他们认识第一天开始回忆——回忆那些本应令她疑惑却被她忽略了的瞬间。他们在一起的那个晚上，为什么他脸上会有完成任务的神情？第一次问出他的身份隐情，他说，"你可以和我分手"，他真实的心念到底是什么？还有玩大冒险的那一次，让他把手机中第106封邮件读出来，他……那封邮件里会不会有什么？

她在纸上写下"邮件"。就在这时，门锁咔嗒一声开了。

向寅站在门口，站在光与影的交界处。桑宜抬起头。

"我想问你个问题。"桑宜说。

"你问。"向寅说，他的脸上有种朦胧的困惑与无措。

"你记得那次我们玩大冒险，我让你把手机里第106封邮件读出来，你看起来有点为难，我就说那么第105封也可以——"

"记得。"向寅说，他的喉结动了动。

"第106封邮件是什么？"桑宜鼓起勇气问。

向寅站在玄关处没有动。他望着桑宜，她在他眼睛里看到一种无奈的知晓，就像疑犯面对即将到来的审判那样。

"那封邮件是我发给你工作的那家援助中心的。"向寅说。

"发给援助中心的……"桑宜喃喃地重复，"你写了什么？"

"我……我问你们的主任，给你们做志愿者是不是至少需要绿卡。他回答我，是的。"

桑宜在原地打了个寒噤。她突然觉得胃疼，好想吃点东西。她用僵而冷的手按着胃，向厨房退去。

"我有从唐人街给你带你喜欢的小吃。"向寅对着她的侧影轻声说。他的手腕上拴着一只塑料袋。

桑宜摇摇头。她颤着手，从冰箱里取出中午吃剩打包的汤，架到灶上。蓝幽幽的火苗一窜而起，舔着小小的汤锅。那颜色好眼熟。她想起一幅画，他们确立关系那晚造访的夜店里的画，悬在大厅尽头，背景幽蓝，一个女人带着审判的笑。

她手一抖，灶火啪的一声关了。她后退了两步，贴着墙根慢慢坐下。

向寅解掉鞋子，扯下外套，三步并作两步奔向墙角的桑宜。他蹲下身子，望着桑宜，说，"我带提姆和艾琳去见了阿公。"

桑宜说，"我知道。"

"送艾琳回去之后，提姆跟我说，他爸昨天请他和艾琳吃饭，艾琳不小心说漏了件事情。提姆说他给敷衍过去了，让我别担心……"

桑宜呆呆听着。

"然后我就赶回来了，宜……"向寅伸手去碰桑宜的头发，桑宜整个人向后缩了一缩。向寅收回手，苦涩地笑，说，"看来这件事情并没有能敷衍过去。"

桑宜望着他，她伸出手，指尖的延伸线越过向寅的肩膀。她说，"你可不可以坐到那里，去那里和我说话。"

向寅站起来，慢慢退到沙发，又慢慢坐下。他倾伏着上身，手腕局促地架在膝盖上。他说，"你说，我都听着。"

"今天我本来想去找弗兰克，没想到见到了李，他跟我说了一些事情……"桑宜说。

"我猜到了。"向寅说。

"你会怪我受李挑拨离间吗？"

向寅摇摇头。

"我现在其实很害怕，你会跟我翻脸吗？或者就这样走出去？又或者对我做什么？"

"宜，你怎么会这么想我？"

"我有好多话想要问你，"桑宜说，"但我要你的实话。"

"好。"向寅干涩地扯了扯嘴角，又说，"其实信不信由你，我没有跟你说过一句谎话。"

桑宜支起身体，"你让提姆打听那些事情，你给援助中心写信，是什么时候？是你那天在援助中心重新见到……见我在那里工作，就想到要打听我的身份情况？"

"不完全是。"

"那是什么时候？"

"你第一次来阿公的药店，那天发生挺多事情，我们在一起一直待到很晚……就在那之后……"

"是因为我主动来了，所以你觉得我对你有好感，你在我身上胜算就大了，是吗？"

"宜，你为什么会这么——"

"之后我收到你的一封信，信里你说如果我来市里找阿公看病，你会带我去个地方，并且有礼物要送给我——你确定了我有绿卡，才给我写这封信的，是吗？"

向寅的手指艰难地箍在膝盖处，但他还是直望着桑宜，他说，"是的。"

桑宜软了软，背贴着墙。"所以，你请我去你外公那里看病，你带我去你家里避雨，你陪我看日落，你摘我的戒指，你过生日的时候来找我……这些都是设计好的？"

"宜……"

"是不是？"

"请你去阿公那看病不是，我不会拿我外公来设计人的。"

"也就是说其他的都是了？"

"我不知道你来药店那天会下雨，也不知道你会撞见我和外公吵架，我——"

"把这些偶然都去掉，这件事情的性质有变化吗？"桑宜说，"如果有，请你一定告诉我，我也不想用那样的动机去猜忌你……"

向寅沉默着。

"没有是吗……"桑宜喃喃道。

向寅眼睁睁看着她失望的样子，可说不出话来。

"为什么挑了我？"桑宜问，"是因为我好说话，还是我好骗？还是我恰好是律师，能帮到你？还是……我和你身边同龄的女孩子不一样，恋爱会考虑结婚的？"

"我……"

"都有是吗？"

"如果你一定要我说，"向寅望着她，"我其实没有一个'选'的过程，就是……就是我没有太多时间剩下了，而你刚好……刚好很合适，就……就这样发生了……"

刚好合适。就这样发生了。把一个撞进他生命里的人顺手当成了工具。

桑宜止不住哭了，眼泪冰凉凉地滑过滚烫的脸颊。"我以为……你跟我说你最害怕没有入场券，我告诉你不用担心，我可以帮你……我一直以为你是在那天才知道我有绿卡的……"

向寅取了茶几上的纸巾，起身给她递去。他望着蜷在墙角的桑宜，迟疑着。他伸手揽过她，她没有拒绝。他于是轻轻拍着她的背，慢慢收拢怀抱。桑宜伏在他肩膀上，她的眼泪弄得他的脖颈湿漉漉的，但她慢慢安静了。

向寅抱着她，像抱着一个梦，汪洋中孤独浮荡的小舟似的梦。他呼吸都不敢重了，怕惊了她，梦就不在了。

可就在这时候，他的肩膀传来一阵推力，很轻微，与其说是桑宜在挣扎，不如说是她在无意识地抗拒。向寅像被烫到一样倏地松开她。桑宜跌出他的怀抱，用手撑着地。

窗外雨声如吼，两人隔着一段距离枯坐。

十二月底冷冽的雨，这几天都是这样。

桑宜静了一会儿，终于恢复了些力气。她想到两天前的晚上，也是这样下着大雨。

"前天晚上，提姆给你打电话之前，你说有件事情本来要在求婚的时候坦然相告，却一直在拖延，是不是就是这件？"桑宜问。

"是。"

"可你还是没有说出来。你本来打算什么时候告诉我，或者你根本就没有打算告诉我？"

"我有打算告诉你，但不是现在。我想按照我自己的节奏来处理这些事情……我也很认真地想过，以后怎么一点一点都补偿给你，可是——"

"可是什么？"

"我现在再说这些，其实没什么意义，你也应该很难相信……"

"刚和你在一起的时候，没有想到以后都想和你在一起。"那是向寅说的，桑宜终于明白这句话的意思了。不论从前，只说今后。以后都想和她在一起。可她还能相信他吗？又或者，她应该考虑的不是相不相信他，而是她自己能不能接受他们的感情（如果有的话）是以这样一种方式开始的。然后她又悲哀地意识到，这两点其实不可避免地相勾连着。一荣俱荣，一辱俱辱。

家里的暖气已经开到最大，桑宜脸颊愈加滚烫，手脚却愈加冰冷。她被这极端的冷和极端的热撕扯着。

她张皇寻找着理解和原谅他的理由。如果他追求自己的原因里，有他受到吸引这一点，是不是她可以忘掉那些不愉快的，和他继续？她想到李说的话，"他以前的女友是一个类型，你是另一个类型。"这并不代表什么对不对？克莱尔是他的曾经，而人不该被曾经限定。

桑宜仿佛抓着了最后一根浮木。她说，"我可以再问你个问题吗？最后一个问题。"

向寅的下眼睑跳了跳，但他平静地望着桑宜。

"如果你打听后的结果是我没有绿卡，你还会约我出来，带我晨跑，陪我看日落，告诉我'小飞象自己可以飞'吗？"桑宜问。

向寅倒吸了一口气，"宜，我们都已经在一起……"

"所以是我不讲理了？"

"我不是这个意思……"

"我只要你一句实话。"桑宜说。

向寅低着头，手指狠狠插在头发里。最后他下定决心一样说道，"大概不会。"

桑宜还是高估了自己的承受能力。她在一瞬间起了一阵剧烈的耳鸣，像电钻在耳边轰鸣。

她第一次希望向寅能够骗骗她。她摇摇头，用紧握的拳头抵着抖颤的下颌，"你让我觉得好不值得……"

向寅猛地抬头，满脸都是惊愕。他眼眶泛红，嘴唇被牙齿咬出一个苍白的印子。这张轮廓张扬，眉眼秀气的脸，很少如此毫无保留地展示其主人的情绪。

可桑宜无能为力。她感到事情被一股看不见的力量推向更糟糕的方向，推向拼命挣扎也避不过去的结局。

她摸到左手无名指的位置，将戒指褪了下来。她攥着那枚戒指，想将它放在桌上，可她的手控制不住地抖，戒指看起来就像是被狠狠掼在了桌面上。

戒指携着一小簇光在桌子上弹了几弹，摔到地上，又滴溜溜滚得见不着了。

向寅的目光追着戒指，匆匆搜寻着身边一小方空间。寻了一会儿，他在沙发边单膝跪下。他头抵着墙，眼睛眯着看进墙与沙发的间隙处。这样看了一会儿，他将一只手伸进间隙里，试图够着什么。他紧皱着眉，牙齿咬着下唇，脸涨红了，汗珠沁出来。他的肩膀奇怪地扭着，可他保持着这样的姿势，像僵了一样。

忽然他脸上显露出孩子一样天真的欣喜。他转着肩膀，缓慢地抽出手。他的指头上拈着一枚小小的戒指，在灯光下掣动着蓝的白的光焰。他把戒指在手心轻轻揩了揩，又小心翼翼地放进裤袋里。

他站起来，转过身，拉开公寓的大门。

屋内光线很亮了，屋外则比方才更暗，明暗交界处仿佛形成一层流质。向寅停住，绷直着身子，侧对着桑宜。他紧紧握着门把手，手背上青筋凸起，关节因为用力而显得发白。他的脸在流质中，在那个区域内，真实与虚假被重新定义。

他眼圈更红了。他动了动嘴，腮帮子的肌肉紧绷着，似乎想说些什么，但他最终低下头，什么也没说。

门无声地合上，流质消失了。

桑宜精疲力尽地闭上了眼睛。

第五十一章 | In The End

外头雨声减了些。几点了？桑宜摸出手机，十二点十分。她是几点到家的？五点多一点的样子。

那么向寅离开多久了？这么大的雨，他平安到家了吗？这念头像得了水的蔓草，冒了头就缩不回去，又箍得心脏丝丝缕缕地疼。

她点开向寅的联系方式，上一条短信还是早晨出门时互相嘱咐开车小心，瞥一眼有种隔世的悲哀。

桑宜在短信框里输了几个字，又删掉。一句话怎么也说不对的时候，说明它根本就不该说出来。桑宜给住宾馆的父母发了条短信，说明天晚一点起，然后关掉了手机。

头疼欲裂，她找到药箱，吞了两片布洛芬。终于洗了个澡，浑浑噩噩睡去。

第二天见到父母，眼睛是肿的。但不想让他们担心，只说和向寅吵架了。父母再问就只是掉眼泪。想来也有丢人的顾虑——和母亲吵架的时候，护着向寅的自己是多么理直气壮。至于是不是还有残想和妄思，自己都说不清。

这样又过了两日。父母那边再也瞒不住了，于是略略地说了。母亲本要数落几句，被父亲扯了一把又使了个眼色，也就止了话。吃过晚饭，桑宜那一贯强势的母亲借口出去，留桑宜和父亲独处。桑宜素来和父亲关系远好过母亲，这时候抱着父亲的胳膊，喃喃说了许多好的坏的，自己都没有意识。忽听父亲说，"小宜，在外面过得不开心就回家吧，不嫁就不嫁，咱们就留在家里，爸爸觉得也好得很……"桑宜听得又落下泪来。

节后回律所上班，进了电梯悲从中来。桑宜在援助中心打了大约半年的义工，很喜欢公益组织的人文环境和职业方向。她在那里找到了在律所时远没有的价值和意义，每天过得很充实。她郑重地考虑过转去援助中心工作。但纠结许久，最终放弃了。医学院五年期间向寅不会有正式收入，而法律援助中心的工资只有律所的一半，经济和现实的考量她不能不管。这些念头其实也只在她脑子里轮转，一句都不曾对向寅提起过，怕他知道了为难。

就这样，援助中心义工服务结束后，桑宜默默回到律所。但立刻又起了一番波折。律所虽不禁止与前客户发展恋爱关系，但这种事情终归贻人口实，更不必提向寅这前客户曾反炒前老板的鱿鱼，收梢并不是十分愉快的。为了向寅，桑宜从之前的诉讼组调出来，调到中半岛的另一家办公室。只是这样一来，不仅工作地点远了一倍、薪资奖金重新调整，在前老板那里积累的熟络与认可，也基本付诸东流了。

其实也都是小事情了，感情好的时候为他所有的付出都是甜的，现在只觉得当时怎么就能那样义无反顾。

又过了两日。这两日间桑宜心慌意乱，从前很少用社交软件，现在却从早到晚挂着脸书，只有看到向寅名字旁浮出上线的绿色圆点，才有片刻安宁。也不时地刷新原告弗兰克住所辖区的公安网站，见还没有什么动静，才暂时放下心来。

这样就到了父母回国的日子。送父母到机场，二老千叮咛万嘱咐让桑宜照顾好自己，并说有什么新情况一定跟家里说。桑宜说"好"，和父母抱了又抱。陪他们到安检处，看父亲的身后慢慢多了一队人，队伍长着长着就长到了黑色分隔带，又折回来，就快挡住她的视线了。父母还在不停地对她挥手，听不见他们的声音，但看口型，是在说，"不用看着我们进去，回去吧。"

从机场一路开车回家，一室一人的氛围已纷至沓来。从车库到公寓的那一段，桑宜就走得特别慢。快到门口了又折旋转坐电梯回了一楼大厅，去邮箱区查邮件，有封给自己的信也好。

邮箱盖开了，掉出来一堆超市小报和卖房广告。桑宜慢慢收着，突然手指碰到硬板的质地。拔出来一看，竟然是一封发给向寅的信。厚厚的大信封。寄件人是湾区大学医学院，大红色融暖的字体，同样大红色融暖的盾牌镶松树校徽。桑宜掂量着信封，心突突跳，这是录取通知书无疑了。

之前阿公住院，化疗结束后又转到与湾区大学医院隔一条街的康护中心，向寅旧金山唐人街的房子就一直空着。两人商量后，向寅将收件地址改到了桑宜的住所，免得错过重要信函。不知道现下是他还没有改回来，还是已经改了，只是学校那边一时半会儿没生效，总之这阴差阳错的，通知书到了桑宜手里。

桑宜回到公寓，在客厅坐了一会儿，忽然想去阳台透透气。天下着淅淅沥沥的小雨。不时有闪烁的红色信号灯，在夜空中寻着方向，桑宜视线跟着它们走，就好像也飘到了湾区大学的领域。不知道阿公还在不在康护中心，桑宜想。这康护中心还有个典故，说是康护中心，其实是湾区大学买下了一个小区，拿出几幢公寓楼配备医疗护理设备改建的，同小区的其他公寓则每年减租分配给医学院学生和住院医。向寅开过玩笑，说如果以后桑宜生他的气，赶他出家门，他就去那个小区租个单人间，等桑宜气消了再回来。

桑宜摩挲着沉甸甸的大信封，这几日以来，第一次一种厚实的感受回到了她身上。她想起另一些给予过她厚实感的物和事。比如阿公送给她的蓝色羊绒围巾。比如老人的笑，在笑里愈加深下去的如同刻凿的皱纹。还有浸着紫苏、豆芽和薄荷叶的越南粉，香味扑过来，热气在墙上凝成细密的水珠子，像一头一脸的汗。那次之后，向寅按照外公的要求"做给她吃"过好几次，可总是差着说不清的那么一点味道。

慢慢地，起了风。她把信封抱在怀里，抱着胳膊走回卧室。有一阵风卷着，像是把什么东西轻轻扑在她脸上。她伸手摘下来，是一片小小的锯齿边缘的绿色叶子。她觉得自己也像叶子，在风里边飘飘荡荡。其实向寅也是。真的忍心就这样子了？看着他拿到录取通知书却无法继续学业，看着他用尽心思帮外公拿回来的权益再次被李吞掉，看着他拼了命挣扎却还是要被遣返？

屋内开着暖气，那一阵冷一阵热的感受又回到她身上。她拿起手机，想给向寅发条短信，打个电话，想告诉他还是想帮他。可说什么呢，又能怎么说？说了他会怎么回答，会接受吗？有好几次，他的号码已经十位输全了，可就是拨不出去。

冷热撕裂的两半合不回去了。

桑宜抱着手机，和衣迷迷糊糊睡过去。

———————■———————

第二天醒来竟收到援助中心的邮件，让桑宜过去碰一碰案件的进度。

"一个不太好的消息，"主任说，"地区检察官刚给了我回复，'证据不够直接，不建议提起公诉。'"

"那我们怎么办？"一个同事问，"杰森诊所那边推得干干净净，检察官也不帮我们，这个案子要流产了……"

主任看向桑宜，"之前讨论的污点证人，我们是不是可以开始启动了？"

用11月6日追踪李的那些照片视频，再去和李谈一次，让他做污点证人，就可以扭转局面。桑宜的脸烧起来。她想起对向寅解释污点证人，想起征得他的同意使用11月6日的证据。"不要分那么清了吧，需要的时候你跟我说，我拿给你。"那时候向寅对自己说。

而现在，和他已经分开了，往后的步骤都要自己走了。

更糟糕的是，谁能料到分手？桑宜并没有额外拷贝11月6日的证据。这证据有且只有一份，在向寅手里。

桑宜双手合成一个尖角抵着鼻头。可一瞬间，她竟然感到一阵莫名的欣慰和喜悦。人们因为害怕或者其他原因而无法完全付出感情，就会诉诸那些可以量化的东西。而一个叫作"交易"的概念，像一座台阶，给了她困境的出口。

她抓着手机，匆匆忙忙和同事打了个招呼，找到一个拐角处的房间。她翻到向寅的联系方式。

"我有很重要的事情找你。"她发出短信。

那端立刻显示已读，紧接着是"正在输入"，一会儿又停下来，再过一会儿又是"正在输入"，反反复复好几次。

"我马上有个和教授的约谈，一小时后打给你。"对方回。

一个小时后，桑宜的电话准时响了。

"嘿。"那端打招呼的方式和他们的第一个电话一样，带着一种疏离，也带着一种奇怪的熟悉。

"你还好吗?"桑宜问。

"还好，你呢，你还好吗?"

"我也还好。"

"你短信里说，有很重要的事情要找我，什么事?"

"是的，"桑宜说，"昨天你有一封信寄到我那里了，是湾区大学医学院——"

"录取通知书吧?"

"你知道了?"

"嗯，我收到邮件了。"向寅说，"我来取吧，你把信扔公寓门口就行。"

"Tran——"

"桑宜，你不要这么喊我了，对彼此都不好。"

桑宜吸了吸鼻子，一时无话。

过了半晌，那端说，"就是这件事情吗?"

"其实还有另外一件想和你商量的……"

"我在听。"向寅说。

"就是杰森诊所的那个案子，你还记得吗?"

"记得。"

"当时商量了，因为提姆的原因只使用了一部分证据，你还记得吗——"

"记得。"那端说。

"我们说过，可以让李做污点证人，用11月6日的照片和视频做筹码，和他再谈一次，你还记得吗?"

"所以，你今天找我，是想问我要11月6日全部的证据? 是案子不顺利吗？"

"案子确实不顺利——"

"但是？"

"但我找你不全是为了那些照片视频……"

"那是什么？"

桑宜一只手紧紧握着手机，另一只手则脆弱地支着眼眶。似乎到了下班时间了，门外忽然闹腾起来，脚步声交谈声嘈嘈杂杂。桑宜感到一种兵荒马乱的意味。

"桑宜？"

"我想和你做一笔交易。"桑宜终于说。

"交易？"

"是。你留下来，可以完成你的学业，还有你要做的那些事情。而作为条件——"

"你要一份关于李的证据的拷贝件？"

"……是的。"

"只要一份拷贝件？"

"是的。我想拿到拷贝件后，请我们主任和李谈一次，让他说服李做污点证人，证明杰森诊所做的那些事情——"

"如果李不配合，你打算怎么办？"向寅说，"李这个人你是知道的，你和他谈过。"

这句话凿在桑宜心上，她不知道该接什么。这时，紧握着的手机里传来向寅的声音，很轻，像是从回忆里浮出来的。他说，"桑宜，我能问你一个问题吗，和案子无关的？"

桑宜将冰凉的手指贴在滚烫的脸，说，"你问。"

那端沉默了一会儿，说，"如果你是我，你会怎么做？"

"你指的是——"

"你会怎么解决身份问题？"

桑宜没有想到他会问这个，怔了怔说，"你让我想一下"。

340

　　她将手机离远一些，抬起头，下班潮的闹腾已尘埃落定。走廊里的节能灯兀白熄了，桑宜所在的僻静的房间里只有一盏吸顶灯开着。她在孤岛一样的光亮中，门外是逡巡的黑暗。

　　桑宜慢慢说道，"如果是我的话，我会确定感情的成分，再去了解他有没有身份。"

　　"那么假如他确定不了呢？"向寅问。

　　"会吗？"桑宜问。

　　"我不知道，所以才问你。"

　　桑宜想了想，说，"那么我会把困惑说出来。"

　　"真的可以这样吗？她不会看不起他吗？"

　　"不会，"桑宜说，"他应该相信她。她是一个人，不是一件工具。"

　　那端再次沉默。周围静得像海水。两人都不再说话，可电话始终没有挂断。

　　过了许久，桑宜几乎有了梦的错觉。然而那端终于轻咳了一声，像清了清嗓子。再发出的声音却是哑涩的，他说，"你要的东西我会给你送过来。"

　　"还有我曾经跟你说过，四年前我就开始跟踪李，一年前追他到杰森诊所，那次我也拍了照，但很不清楚，还有些边边角角的证据，我也一起给你。"

　　桑宜在他暗哑的声线里感受到一种悲伤，像海水落潮，碣石露出嶙峋的骨节。

　　"那我们的交易呢？"桑宜问。

　　"桑宜，"那端再次清了清嗓子，字斟句酌，"你有没有意识到一件事情？"

　　"什么？"

　　"你需要躲在'交易'这个概念的背后来和我说话……"

　　"我……"

　　"你和我说的这个交易，和我们分手前的原计划，有本质的区别吗？"

向寅说,"只是现在分手了,你发现你忘了拿证据的一份拷贝件。你这个不叫作交易……"

"其实……"

"你不用担心我的将来。"向寅说。

"可是……"

"这样好吗,"向寅说,"你给我点时间,两周,那时候我们再来谈交易,可以吗?"

"两周,是下学期开学前吗?"

"是。"向寅说,"谢谢你桑宜,晚安了。"

桑宜放下电话收拾东西的时候忽然发现,她匆匆忙忙挑的这个房间原来正对着她和向寅重逢的会议室。援助中心是回廊结构的,从会议室到她所在的位置刚好绕一圈。她想到两人的纠葛就源自向寅在那间会议室见到她并预判她有绿卡。循环往复,命运一不小心就成了无出口的莫比乌斯环……

桑宜停下动作,又坐了一会儿,才慢慢起身出门,取了车回家。

———————■———————

两周很快就过去了。这一天,桑宜正上着班,邮件提示援助中心来了一封信。点开一看,说案子有了重大进展,问桑宜是否有时间来一趟。

刚好周五,组里的同事都提前下班,桑宜也匆匆收了工,赶到援助中心。

一进会议室的门,主任就递给她一张打印纸。桑宜定了定神,看到纸上打印的是一封电邮,很简短地写着,"见附件",后接一条链接。

"有个不愿意透露姓名的人给我们发了这个链接,说里面是可以扳倒杰森诊所的武器。"主任对桑宜说。

桑宜怔了一下,问,"我能看一眼链接吗?"

"这个链接不是看的,"主任说,"是听的。"他在电脑上点开链接,一段音频弹了出来。

"我愿意出庭指证杰森诊所，我的电话号码是×××-×××-××××，电话或见面详谈。"

桑宜立刻认出了这个声音，那是李。

"好消息啊!"主任说。

桑宜一阵心惊。

"你怎么了桑宜?"主任问。

"我出去一下。"桑宜抓过手机，找到弗兰克的联系方式，拨了过去。

电话很快就接通了。

"我没有李的电话，只能找你，你能否告诉我他的联系方式?"桑宜直接问道。

电话那端支支吾吾了一阵，又传来窸窸窣窣的声音。就在这时候，一个中年男声响起来，"桑小姐。"

和音频里一样的声音，桑宜心往下沉。静了静，她说，"我想知道，你为什么会突然帮起法律援助中心?"

那端哈哈笑，说道，"桑小姐，人生有时候真不必问那么多为什么，日子反倒过得轻松。哦，你们中国人有句谚语，叫'慧极必伤、情深不寿'，你应该听过吧?"

"你还没有回答我刚才的问题。"桑宜说。

"桑小姐真是执着。"李说，"桑小姐，我劝你一句，该放手的时候就要放手。你看，现在这样子不是最好的局面吗，你脱离苦海，案子也有进展了，我的日子可以过下去，我儿子开开心心，这不是双赢，这是多赢——"

"那么Tran呢，他是不是来找过你，是不是他——"

"桑小姐，有一点你应该了解到，我这个人其实很守约的，所以有些话我是不会告诉你的。我最后劝你一次，不要总盯着真相，没意思的。"

"Tran他是不是和你达成了什么协——"

电话里传来嘟嘟的忙音。

桑宜血往脸上涌，她将电话从耳边移开，输入向寅的电话，按下接通。

没有人接。

桑宜发了条短信。并没有显示已读。

十五分钟后，桑宜又拨了一次，结果是一样的。

现在是下午五点四十。桑宜抓起手提包出门。来不及等电梯了，她抬腿就往楼梯间走。她感到一股力量，挣扎着跳动着，推着她冲进广袤的未知。

第五十二章 | 尾声　有光

桑宜赶到旧金山的时候，已经是华灯皇皇。她把车停下来，沿着杰克逊大道往向寅家走。但天下着浓雾，桑宜眯着眼睛，路口高高亮着的红绿灯，来来往往模糊了影像的汽车摩托车，沿街住家透着的微光，窗上还张结着圣诞节时候的玻璃彩灯，镶着亮银亮金饰片的吊球……都带着空蒙的光晕，有一种往昔的迷失，一种追忆的惘然。

桑宜走得快，在雾中穿行，头发上外套上都沾了细小的水珠，像竹篾篮子在水里沥着。她在那扇墨绿色的窄门前停下。

推开门，踏着几十年的陈旧楼梯向上走。楼梯发出的吱吱呀呀的声音像曲中杂音，她的故事里有别人重音阶一样的过去。

她来到四楼。走道里有一些昏黄的灯，滋滋地响。平整的刷白漆的门，边角处有些卷翘剥落的木皮。只是——门旁骤然多了一块银底红字的牌子，桑宜凑过去……"出售或出租"。

桑宜一惊，打开手机电筒照着，"出售或出租"，再简单不过的几个词了。桑宜着急地敲了敲门。没有人应答。她想起什么，低头看，门和地面之间就是那条窄缝，现在黑黢黢的，没有灯光的痕迹。

她返身下楼，向唐人街向寅外公的药店奔去。雾气拢过来，她开着导航的手机屏幕上凝了水珠，她用手指擦了擦。再抬头就看见了药店淡赭色的门面，隔着蒸腾的雾气，像拓印在青灰的夜色上。

药店门关着，但里头隐隐透着光。桑宜推开门……

很久之后，她还是会想起那天的事情。那天她溯着旧金山冬日的冷雾去找向寅，想把他找回来。她在唐人街暗稠潮湿的路面上半走半跑了许久，川菜馆呛人的辣椒气，包子铺的肉香，噼里啪啦的花炮，嘈嘈杂杂的人声……她推开那家中药店的门。

药店里亮着苍白惨淡的光，柜台空了半数，大的摆件几乎都不在了。百眼柜小半的抽屉洞开着，有种翻箱倒柜的意味。

药店的一角有个男人，背着手，弯着腰，像在观察着什么。他旁边还有两个穿施工服的年轻人，正将一只一人多高的大箱子向外抬。抬到门口，前头的那人提脚拨开门，又用肩膀顶住，两人慢慢蹭了出去。

桑宜走过去，男人抬起头。桑宜觉得他好面熟，恍然想起来是见过几次的维维老板。维维也望见了她，摇了摇头，深深叹了一口气。"我正要联系你。"维维老板说。

维维给她讲了事情的全部经过。向寅去找过李，后者给了他两个选择：要么承受原告弗兰克的举报，失去申请绿卡的资格并被驱逐出境；要么撤销对杰森诊所的起诉，可以留在美国。向寅则提出：第一，针对杰森诊所的案子不是他的个人私愤，撤不撤销不该由他说了算；第二，他要李要么放弃贩药、彻底退出外公药店，要么他就鱼死网破，将李的龌龊事彻底抖出去，看提姆和艾琳如何反应。最后，李选择保护提姆，同意出面指证杰森诊所，并放弃药店；交换条件是，向寅带着外公离开美国，并对提姆永远封口。双方达成协议。李则为他自己争取污点证人的资格，受到匿名保护。

之后，为防止李在他离开后动手脚，向寅将药店托付给了维维。可惜维维毫无药店经营经验，在征得向寅的同意后，他先暂停了药店的业务，打算等合适的时机再重新开张。

维维将向寅留的一份包裹转给了桑宜。桑宜打开后，在里面找到一枚U盘，一只塑料袋封着的黄色药瓶，以及一个蓝色的丝绒盒子。桑宜将U盘接入电脑，在一个叫作"李"的文件夹内找到了11月6日的所有照片和视频，以及向寅提到的五年前跟踪李的边角证据。文件夹外另有一份word文档，桑宜双击点开。

那是一封信——

桑宜，

谢谢你在这种情况下还愿意帮我。关于你提的"交易"，我的答案是：我希望你和我结婚只是因为爱我，而不是其他什么原因。或者说，我希望（你可能觉得我没有资格说这样的话）你和任何人结婚，是因为你爱他而他也爱你，而不是别的。我觉得这样你才会幸福。

维维已经跟你说了一些最近的事情。我想和你解释一下。外公让我把药店都给李，这样我可以留下来。但我不同意。李拿了药店，再雇两个给他开药的医生护士，就可以东山再起，那么你的心血、我的心血也就白费了。而你知道，一旦李成了100%股东，再想把药店拿回来，基本上是不可能的。

外公的身体还是不太好。他嘴上不说，但我知道他希望能够叶落归根，我想带他回家，他会和外婆在一起。

这一路上，我想了很多，理解到一件事情：一个人一生会对许多的人和事抱有责任和义务，这些责任义务会相互矛盾，它们和这个人本身——不管是自私的还是理想主义的需求——也会矛盾。我还没有想清楚怎么去调和这些矛盾，现在只能走一步算一步。

包裹里是我手上所有的证据。我们从一开始合作这件事情，我的一些做法你就是不太赞成的，而且也确实因为我的一些原因让这件事情处理起来束手束脚。现在李已经答应作证了，我走了之后，如果有需要，你可以不用顾忌使用那些证据，在你从事的法律的范畴内去做正确的事情。

我想扳倒李，还有一个原因，我总觉得世界不该让给他这样的人。但我也想明白了，如果要他受到惩罚，那么我自己也要受我的那一份。

我说过的，你不用担心我的未来。那天你给我打电话，我正要和我的教授约谈。那个教授在医学院挺有分量的，分管器官移植实验室。我去找的他。他说可以让我最后一个学期写一篇论文满足学分，不影响毕业，还是拿湾区大学的学位。他还有一些朋友，可以帮我联络胡志明市的医学院。只要能够过语言关，我应该可以在那里读完医学院。

教授还跟我说外科医生是个很自由的职业，本质上不应该有国界。我以前没怎么注意过这种说法，觉得很有意思。他让我自己先想一想，说我想好了，他还可以帮我联络其他地方的医学院。不一定非得是胡志明市。我想报个语言班，补越南语的时候也补下我的中文。

其实我想了很久，我离开，对大家都好，你可以去做你喜欢做的工作

（其实我都知道），也不用钉在美国（你说过你想家，想那个冬天下大雪的城市）。离开对我自己也好，我能去彻底想清楚一些问题。

我把你订婚戒指的戒圈换掉了，这样你可以当个小首饰戴一戴。如果实在不喜欢，丢掉或者捐掉也都可以。

不管怎么样，都祝你开心幸福。

——向寅/Tran

桑宜从丝绒盒子里取出一枚戒指。刻了字的银色戒圈已经换成了钻蓝色的，很衬那颗蓝宝石。冬日清晨的阳光从窗子透进来，落在戒指上也带上了一点淡蓝色，像一片细微的波动的海域……

————■————

飞机是下午五点的，离登机还有一段时间。向寅靠着机场落地玻璃向外看，忙忙碌碌的搬运车、把行李往上甩的装卸工、挥舞着手臂的地勤人员，在硕大的飞机面前显得很渺小。看久了多出一种身不由己的挫败感。

他于是转身离开，去快餐店买了吃的喝的，回到座位处。他俯下身体，把食物递给靠在椅子上的老人。慢慢地又半蹲下来，把手臂架在老人膝盖上。他这样半伏着，像个小孩子。

“阿公，你说我做得对吗？”问的时候他也没抬头，像是自言自语。

他感到老人的手轻轻揉了揉他的头发，把他心里的什么东西彻底揉化了。从前他觉得外公软弱，以为是他在保护老人。可外公跟他说“药店都给李吧，只要他肯让你留下来”的时候，他才明白是外公的善良和牺牲庇护了他这些年。

他红着眼睛扭过头，忽然发现，从这个角度可以看到落地窗外的夕阳、晚霞和天空，在这样庞大的视野之下，飞机反倒显得极其渺小了。

窗外金灿灿的阳光落在候机大厅的白色大理石地面，有种波澜起伏的质感。刚才安检的时候，他有一种奇异的感受，他终于告别了和他纠葛了十九年的那个世界，即将走向另一个世界。他想念桑宜，且从来没有在这样的心境中想念过她。关于她的种种，在碎金的光线中不断变换图像，最后越来越清晰。他从上衣口袋里取出一个银色的环，那是一只戒托，里面刻着他和她的名字：Tranyium。

一瞬间，他感受到夕阳与天空的广阔，感受到希望和自由，感受到那份向死而生的悲壮浪漫。

———————■———————

一个月后。

向寅的出走换来了李的配合，杰森诊所的案子变得相当顺利，剪除阿片类药物交易网胜利在望。桑宜成了援助中心的明星人物——对此殊荣，她真不知道该说什么。

录杰森本人笔录的那天，桑宜在停车场竟然看到了李。一辆黄色出租车的窗子摇下来，李远远地冲桑宜闪烁其词地笑了笑。桑宜没有回应，掉转头离开了。

她开车去了唐人街，泊下车后沿着街道走了走就走到了曾经的药店。她在淡赭色冷冷清清的店门前驻足，忽然听到有人喊她。

提姆站在她的面前。圆脸男孩瘦了一些，嗫嚅着，"阿公的药店都关了……""是啊，"桑宜说，"你怎么来了？""就想着过来看看。"提姆说。踟蹰着，提姆又说起了向寅。"Tran他真的是因为要带阿公回越南吗？""他是要带阿公回越南的。"桑宜说。"可他都被湾大医学院录取了啊，"提姆说，"而且，他和你都订婚了啊！"

唐人街的灯亮了起来，一盏接着一盏，有种传递和延续的意味。桑宜忽然体会到向寅的心意，明白他对提姆的保护。她要将这份心意延续下去。如果有一天，提姆自己明白了这些事情，那么是他的机缘，在此之前，就给他留一个更简单的环境吧。她说，"Tran是自己回去的。他希望你在这边能开开心心的。"提姆呆了呆，说，"真的啊，那我过农历年要去看他。"

"真的。"桑宜说。

一月底向寅生日的时候，桑宜一个人去了一趟他们订婚的雪场。她运气很好，竟然订到了当时的那间小木屋。下午，她到白雪皑皑的太浩湖边走了走，高大的松木抖擞着常青的枝叶，不时有积雪落在她的帽子上。天白蒙蒙的，像一个月前她在唐人街经历的那场雾。她有一种亦幻亦真的感受，觉得自己正置身于冥冥山树中。她想起向寅，彼时猛虎绕林行，当道而食，百兽噤声。而另一些时候，他又好似婴孩一般，囚于涂覆树脂的竹篮中，自不知名的上游曲折而下，辗转几个涡旋，被她打捞收留。走着走着，她又意识到，对于他的这两个印象无非是一个人对于他人关系的设想。一面是猛虎，是为生存；另一面是婴儿，是为悲悯。

她一路踢着雪，捡石子丢进湖里，又在松树下找到了许多大小不一的松果，剥着玩儿。然后就到了太阳落山，温暖的金色夕晖映在蓝色的太浩湖上，白蒙蒙的雾散去了。又过了一些时候，天开始下起新一轮的雪，她知道她的脚印会被落雪慢慢覆盖，第二天，雪地会恢复光洁平整的白色珐琅质地。

晚上，她回到小木屋，点起壁炉，听着果木霹雳剥落的响动。她想，她和向寅怎么就走到这一步了？向寅那看起来缜密坚固的计划，问题到底在哪里？是出在原告身上吗？是她不该在起诉杰森诊所的诉状上署自己的名字吗？是他们低估了李，或者说忽略了杰森和李的制衡？还是向寅选了自己来解决他的身份问题？

好像是，也好像不是。他们的每一步都是当时的最优解，可结果却是这样。

后来她想明白了，是因为他要顾及的东西太多。就像他说的那样，他对不止一人负有责任和义务，而这些责任和义务，与他自身的需求、他的理想主义，是相矛盾的。

那些他不忍心伤害的人，束住了他的手脚。他的感情和责任，成了他计划的缺口。但恰恰是这缺口，让一束光透了进来。而这束光，让他成为和李不一样的人。

他说不想把世界让给李那样的人，因此愿意接受他的那份惩罚。

可最终谁又能审判他呢？这件事情里的每个人，其实也都领受了自己的那份责罚，包括桑宜。

但责罚不应该是这件事情的终点。

提姆对她说，向寅对她是真心的。其实在刚分手的那几天里，桑宜总是回忆他们的关系，试图搜寻"真情"的证据来原谅他，后来，她不再纠结于他是否真心，只是以为可以渡他一程，然而看到他的信才知道，被救赎的是她自己。她明白向寅的意思，理清自己，比仓促结婚来得重要。

他们没有再见面，却在那封信里达成了久久的谅解。并在这样的谅解之上，最终得以寻求与过去的和解、与己身的团圆。

越南的凌晨十二点，桑宜在脸书上给向寅留了言，并发了一条祝福的短信。她看到开着的对话框显示"正在输入……"，停停走走。

原来你也想和我说说话。

桑宜用软件做了一个电子红包。过一会儿，红包会被递出去，信封会被他留下，钱被退回。就像2017年初他22岁生日那样。从那天起心意相通。

一个被已有体系排除在外、需要自己烧出一条路来的年轻男人，和一个从破碎的温室里爬出来、小心翼翼寻着方向的年轻女人。向寅说外科医生不该有国界，其实又有多少事情就该被界限固定了？他们两个人，开始过，试错过，在这之后才渐渐明晰和坚定。生命互文似的循环往复，却又在循环往复中蹒跚向前。

窗外的雪不停地落下来，簌簌的有如碎玉声。湿漉漉的雪花覆在窗玻璃上，留下一个个晶莹的六角形图案。来年春至，积雪消融，她会看到一个崭新的平原。

生活负重前行，它不会完美，但他们充满勇气。

不落雪的第二乡

·

番外

西贡码头

1

这是一种可能性。

2

2018年夏末，距离向寅离开过去了六月有余。吴杰森的案子顺利进入庭审，交由另一组律师处理。

桑宜从旧金山飞去越南。

十四个小时的飞行，舷窗外的天黑下去又亮起来，桑宜一分钟也没有睡。她心里被或喜或悲或彷徨或坚定的情感充满了，一闭上眼睛，它们就像雪片涌过来。桑宜连看了三部电影，分别是：《燃烧的平原》《肖申克的救赎》和《星战前传3》。她在别人的故事里哭得稀里哗啦，把不开心的哭出来就好了。

下飞机前，她找到卫生间，拍了些冷水在脸上，又用棉球压了压眼睛。还好并没有肿得太厉害，她上了一个很淡的妆，上妆的时候，想起和向寅第一次见面。

填表，入关，在岗亭拍照核对……顺着长长的电梯向下，到行李带取了行李，桑宜在三角锥拦出的分隔带前停了停。她顺了顺针织衫的翻领，再一次拢了拢头发，才走了出去。

等候大厅里人很多，但桑宜略一张望就看到了向寅。后者背靠着信息台，也正望向她所在的位置。他面前不断有人来来往往，桑宜的视线时不时被阻断。

桑宜朝他走过去。向寅穿一件白色长袖卫衣，深蓝色收口运动裤，戴一顶鸭舌帽。见到桑宜的一瞬间，他张了张嘴，然后摘掉帽子。

　　他比在湾区最后一次见时明显瘦了。脸颊有些凹陷，下眼眶呈现出疲惫的青晕。他冲桑宜笑了笑，伸出手，手停了一下。他说，"行李我帮你提吧。"

　　"没关系，我自己来好了。"桑宜说。

　　"好。"

　　两人并肩走出机场。八月初的胡志明市很热，空气闷热潮湿，仔细嗅有种咸咸的气息，太平洋的气息。那时候是早上九点半，太阳在斜前方光芒四射，空气里有些季夏的燥热升腾起来。

　　向寅用Grab（东南亚网约车APP）喊了一辆出租车。

　　"是洲际酒店吗？"向寅向桑宜确认。

　　"是。"

　　"去洲际酒店。"向寅对司机说。

　　"是待两周吗？"向寅又问桑宜。

　　"是。"

　　"好。"

　　坐在后排的两个人同时系好安全带——在旧金山时候的习惯。

　　"飞机上休息好了吗？"向寅问。

　　桑宜摇摇头。

　　"那到了酒店好好睡睡。"向寅说。他朝窗外看了看，"半个小时车程。"

　　桑宜透过车窗，看这个城市。那是很典型的热带城市，沿途的植物有阔叶芭蕉、高高的椰子树、大红的美人蕉和翠绿色的斑竹。形态艳丽，色彩斑斓。也不知道经过哪个区域，高楼广厦与桑宜熟悉的摩登都市并没有什么区别了。过了一会儿，两旁涌出了许多摩托车，突突突冒着白乎乎热烘烘的尾气。

　　又过了一会儿，车速慢下来。周围换了天地，房屋矮了下去，街口串着不知道什么材料制成的长线，悬着金菊花和红旗。有些大理石外墙的建筑物，呈现出一种历史感，被车窗拖出一个长长的镜头，隔着时间，缓缓诉说过去的人和事。

"我们快到了。"向寅说。

"嗯。我想明天再回这一带看看。"桑宜说。

"可以看的东西很多，有个歌剧院，还有个邮局。"

"是西贡歌剧院和邮局吗？我来之前在图片上看到过。"

"对，我们其实有经过，但我看你看窗外很认真，就没有打扰你。"

"是没对上号。"桑宜说。

"你想去哪里都告诉我，我来计划。"向寅说。

车子停下来，前排司机回了回头。

"到了。"向寅说。

他下车，从后备厢取出桑宜的行李。桑宜接过来。两个人走进洲际酒店的大厅。账是向寅付的，他坚持。"电梯前方左转再右转。"前台的小姑娘用英文对两人说，并做了一个指方向的手势。

进电梯，小小的空间里另有一家三口，像是游客，冲他们微微笑。电梯停下，带着轻微的超重感。两人走过时幽时明的走廊，酒红的厚重地毯让一切悄无声息。推门进房间，桑宜把箱子立到墙角。向寅将手插在裤袋里，看着她。

"好好睡一觉。"向寅说。

"你请了几天假？"桑宜问。

"两周，到你走那天为止。"向寅说。

"两周？你不是说——"

"你在我就陪你，应该的。"

"不耽误事情吗？"

"你走了之后我多补一些回来就好。"

"你才开始工作几个月……"

"我和老板说了，他很理解。"向寅说。

在完成论文拿到湾区大学毕业证书后，向寅找到了一份工作。硅谷一家生物制药公司在胡志明市开了分公司，想招一个懂技术英文又好的，向寅很顺利就拿到了聘任书。

桑宜还想说什么，向寅说，"宜，先好好睡一觉吧，有什么睡起来再说。"

说完就往门口走，手搭在门把手上。指骨分明浮起来了。瘦是真的瘦了，桑宜想。她有种去握那只手的渴望，但她并没有那样做。

向寅离开后，桑宜冲了个热水澡，换上睡衣，缩进被子里。之后的一段睡梦很是纷杂，她醒来的时候，定了一会儿神才弄清楚时间方位。

说到底，她对这次来越南，并没有完全的筹谋，也没有十足的信心。一种情感推着她向前走。那是一种很新奇的感受，主动又冲动，惶然又坦然。她并不能完全理解自己，却愿意张开双臂拥抱发生在自己身上的这种改变。

她给向寅发短信，发出去就显示已读，然后就收到了回复。"我在大堂了。"他说。

"那我换下衣服就下来。"桑宜说。

3

从她说要来的那天开始，向寅每一天都处在一种亢奋又矛盾的心情里。

他收集着和她之间的回忆，总也无法跳过最后见她的那一次。那些事情让他产生一种灼烧般的不安和耻辱，挡在他面前，但他必须跨过去。

这些东西没法跟别人说，没法解释，没法接受安慰，也没有必要。只有自己慢慢消化。

"你会怪我吗？"分别后他们第一次通电话，桑宜在电话里问。

"怎么会？"他说。

他闭了闭眼睛，甩了甩头。记忆像老式卡带一样嗞嗞卷着。他努力去想起她的样子，头发铺在他手心里像水一样。他想起她皮肤的质感，凉凉的，想起她在他面前笑时露出的酒窝，有时候他想亲吻那个小小的旋涡。

还有她动态的唇形，说话的时候真挺好看的。这些在他离开之后反而变得更清晰了，他也不明白是为什么。

她在飞机上的那一晚，他睡不着。想起他自己从西海岸飞到西贡的那一程。还有三个小时到达目的地，飞机遇上了气流颠簸。他在那一瞬间心里非常难受，倒也不是生理性的，而是那种晃荡和颠沛直往他心里捣。他去看外公的脸色，握了握老人的手。老人薄薄的皮肤贴着骨头。

"阿公你要不要紧？"

"阿公以前是坐船的。"

"阿公——"

"阿公比你能适应。"

老人抬起手，刮了刮他的脸皮。

忽然更多幼年时的经历一潮潮泛过来，那些与西贡相关的，那些他以为他已经忘干净了的。他别过头，飞快地眨了眨眼睛。

桑宜的飞机是一早到，向寅看了一会儿书，又打了会儿游戏，饿了，吃了东西，索性不睡了。太阳一升起来他就去了机场。

胡志明市季夏的阳光将他的脸晒得很烫，到这边已经快七个月了。时间过得好快。

他走进机场大厅，腿边就是椅子，但他不坐下去，有一股说不出来的劲气撑着他。他也不想坐，总觉得坐下去时间就慢了。

没有告诉她，见到她的时候他已经等了四个小时了。

见到她的那一瞬间，他竟然习惯性地想去捉她的手，像以前在旧金山那样。但他克制住了，他的手越过她行李箱的时候就停下了。"我给你提行李吧。"他说。

"不用了，我自己来好了。"她说。

他有些局促，去太浩湖那次，她是把行李包推到他面前，像个小女孩一样说，"呐，你帮我拿。"

她乘那么远的飞机来看自己，但他感觉到她潜意识还保持着和他的距离。

　　她坐在出租车上，望着窗外，他几次想跟她说话，但她并没有转头。他一直在看她，就这样看了一会儿，最后强迫自己移开视线。他不知道怎么开口。

　　4

　　向寅的手机震了。他从洲际酒店大堂的沙发上站起来，转过身，就看到桑宜从大堂另一头朝他姗姗走来。她穿一件浅白色短袖T恤，浅蓝色运动长裤，衣服看起来很柔软，自然微卷的长头发有几缕垂在肩膀上，头发比他记忆中的要长一些。他不知道怎么就呆在原地，眼看着桑宜走近了。

　　桑宜对他伸出一只手，手腕比以前细了一圈，圆圆的尺骨茎突更明显了。

　　他继续愣在原地，直到听到桑宜说，"你是……都不和我握个手吗？"

　　他这才去牵她的手，她手指还和以前一样冰凉。以前也只有最热的七月八月才不是这样。

　　"你想去哪里吃晚饭？"他揉了揉她的手指。

　　"你定好了。"桑宜说。

　　"我们有两个选择，去一个天空酒吧，那里露台大，风景特别好，当然比较西式了；或者打车去后街，那里都是当地小吃。"

　　"我想吃小吃。"桑宜说。

　　"好。"

　　两人打车，七拐八绕后在一个街口停下。桑宜反正方向感不好，和向寅跳下车，拖着他的手就朝巷子里走。两旁已经铺开了大大小小的摊子，有的支个塑料顶棚，有的挂个木头牌子，也有的什么都没有，很坦然。

　　又走了一段，走到连着的几家卖花的铺子前。叫不出名字的蓬松松的花，浅紫的明黄的，也有纷红骇绿，彩色绢纸一样，被矮而茁壮的装饰灌木簇拥着。吸吸鼻子，有些油炸的气味，肉类的脂香，还混着柠檬、薄荷叶子等植物天然的香气。夜晚依然很闷热，和旧金山很不一样。

人还不算多，城市天空即使在大晚上也还被灯光照得很亮，是一种灰亮的颜色，像电台的背景音。

他们先去了一家做越南手抛饼的摊子。面饼在空中抖出小半个圆弧，甩下的时候用手迅速一包一捏，一份圆饼就做好了。馅是草莓和香蕉，还有一点奶油。

人多了起来，摩肩接踵，来来往往或排起长长的队伍，把摊位间的道路挤得只剩窄窄一条。

两人进了一家小饭馆，门口就是一面一人高的水缸，各式各样的鱼虾游来游去。两人点了烤扇贝和蟹肉三明治。烤扇贝很鲜，只是有点辣，吃得鼻子上汗津津的。也聊天，只是小心翼翼地，在旧金山时的事两人只字未提。

"喝酒吗?"向寅问。

"你点吧。"

"好。你应该还有时差吧，帮你睡个好觉。"

点的是店家自制的鸡尾酒，主色调是冰蓝，酒杯底部则渐变为翡翠色，杯面浮着一枚红艳艳的樱桃。

桑宜喝了小半杯，忽然心情好愉快，一些束缚她的东西在消融。她靠着椅子向窗外看，窗外浮光掠影，转瞬即逝。她不想再错过了。

5.

向寅将她送回酒店就离开了，匆忙得像要躲避什么似的。桑宜似困非困，在那一小杯酒的作用下，倒是睡了个扎实觉。第二天一早，和向寅在大堂集合。

"你今天像当地的女孩子。"向寅见到她说。

桑宜穿一件棉布短袖衬衣，一条长及脚踝的纱面裙。"挺好看的。"向寅又说。

两人去粉红教堂。

"像冰淇淋。"桑宜说。进入内部，她又发现外墙和内部刷的是不一样的粉红色，据说是鲑鱼红和草莓红，像个小女孩的梦。但圣像和彩色玻璃又提醒着这座哥特式教堂的庄重。

两人在木制长椅上坐下来。

"我以前没跟你细说，其实我妈妈以前就在这附近工作。"向寅说。

"我只记得你说过是护士。"

"对，那家医院现在已经拆掉了。我妈妈就是在那里认识我爸爸的。"

"后来呢?"

"后来他们很相爱，再后来就有了我。再后来我爸就不在了。再后来……再后来就是之前跟你说的那些，我妈妈一个人养活我很困难……她通过领馆办的一个项目找到了阿公，就带着我去了旧金山……"

"我知道。"

"桑宜——"向寅忽然换了种语气，很活泼。

"嗯?"

"你别动。"

"怎么了?"

"给你拍照张。"向寅说。他擦了擦手，取出手机。"你看那边。"他指了指斜对面的一扇窗子。

这时候有阳光从彩色玻璃窗透进来，桑宜抬头望过去。向寅把手机举在眼前。"好了。"向寅说，他把拍好的照片拿给桑宜看。"还可以吗?"他有些紧张地问。

"当然可以了，"桑宜说。她心中一动，"我也给你拍一张吧。"

"我不上相，你知道的。"

桑宜只是把镜头对着他，做了个表情示意他摆个姿势。向寅于是照做。连拍了好几张，桑宜拿给向寅，说，"你选一张吧。"

"你挑你喜欢的。"

"真的?"

"嗯。"

桑宜挑了一张向寅露牙齿笑的。"我可以给自己发一份吗？"

向寅呆了呆，还是说，"你喜欢就好。"

桑宜将照片发给了自己。

下午去逛了沿街的工艺品店。桑宜买了一只玻璃瓶，一把竹哨子，一捧鲜花，一个据说是玉石的戒指，用一个大袋子都装起来。

晚饭还是街边小吃。

回到酒店房间，桑宜把玻璃瓶洗净，把鲜花摆放进去。"住两周，屋子里有点装饰也好。"桑宜说。她回过身，看着向寅。

"你知道我来——"她停了一下。

"怎么了？"

"你不会……真的就做两周的地陪吧？"

"我……宜，对不起。"向寅说。

"为什么要说对不起，如果不是你，那个案子不会那么顺利。"

"你知道我指的是什么。"向寅说。

"不说从前，那么现在呢？"

"我……"

"你怕拖累我？"

"我不希望你牺牲你本来可以有的生活，就是为了我。"

"Tran，这都不像你了。"桑宜说。说完她靠近他，握住他的手，环着他的腰抱着他。能听到他的心跳声一下子激烈了，她感觉他的身体在轻微颤抖。

过了一会儿，向寅抓起她冰凉的手指，覆在唇上，轻轻吻吻了一下。

"手还是好凉，我记得以前夏天时候会好一些的。"向寅说。

"我也不知道这次是怎么了。"桑宜说。

"还在旧金山的时候，我问过你一个问题，如果你是我，你会怎么办。还记得吗？"向寅说。

"是。"桑宜说。那是他们分手前的最后一次电话。

"你当时跟我说，'他'应该说出来，如果'他'感觉到不确定，可以问她，"向寅慢慢地说，"她不会因为他的问题看不起他。"

"是。"

"那我可以现在问你吗？"

"你问。"

"我不知道，我们在一起，或者是很松散的享乐的关系，或者是什么关系也没有，哪一种会对你好？"

"那么……你想要哪一种？"桑宜问。

"宜——"向寅的喉结动了动。他之后说的那句话桑宜没有准备并且永远不会忘掉。"我其实，"他的声音很轻，"我其实……很爱你。"

"比我以为的还要……爱。"

桑宜张了张嘴。她想问向寅是什么时候对她有这样的感觉的，但又觉得这似乎不重要了。

"所以，我想把选择权都给你。你愿意怎么样，我就怎么样。"向寅说。

桑宜从他的怀抱中抽出手，捂着脸，眼泪几乎要掉下来。

6.

她感到他的吻。从额角开始，到手指，到眉心。他轻轻掰开她覆着脸的手，亲吻她湿漉漉的眼角。她闭着眼睛，过了一会儿，嘴唇贴上他的。

"可以吗？"向寅环着桑宜的腰，将她束在长裙子里的短袖衬衣理了出来。温热的手掌贴在桑宜的后背，桑宜感到自己身体的抖颤。

那天后来，向寅很快睡着了。睡姿很奇怪，开始是抱着桑宜，后来慢慢往下滑，成了扣着她的腰，头枕在她胸口，就像胃疼的人抱着一个热水袋。

桑宜抬起头，看到向寅微皱着眉头，像是睡梦中还有些不明白不甘心。那天晚上，酒店房间的遮光窗帘没有全合拢，留有一隙，一缕月光从纱帘透进来。桑宜在一瞬间又看到向寅的上眼皮处微微在反光。她心念一动，抬起手指轻轻碰了碰，触手湿漉漉的。

原来人在梦中也是会哭的。

7.

第二天他们去看望了阿公。阿公住在一家疗养院里，环境很好，有护工照顾，平日里向寅下了班就去陪他。老人见到桑宜，惊讶又激动，抓着桑宜的手，说不出话来。

两周过得很快。回程的飞机上，桑宜抱着一个枕头，睡得很沉。睡梦中她的心情愉快而轻松，只是人有点累而已。

临别时向寅送她到安检口，抱着她不愿松手。"下次什么时候来？"向寅问。

"要过两个月。"

"请假不方便吧？"

"是啊，援助中心比律所宽松很多了，但两个月一次也是能请假的极限了。不过只要能把工作完成，这两周不露面，主任能理解。"

"那就好。一次还是两周吗？"

"是的。"桑宜说。

"也挺好的，"向寅说，"每两个月换两周。你不在的时候我把要做的事情都做了，你来就专心陪你。"

"但你下次不好再这样请假了吧？"桑宜问。

"确实不好了。只能白天多做事情，晚上和周末多陪陪你。"

"理解。"

"代我问候阿公，我会想他的。"桑宜说。

"好，他也会想你。对了，下次还住酒店吗？"

"你是想要我住你家里？"

"嗯，可以吗？"向寅说。

"好啊。"桑宜说。

大厅响起登机广播。桑宜抬手扪他的脸颊，说，"好啦，让我走啦。"

"那我等你。"向寅很不情愿地松开她。

桑宜走进安检，回过头，看到向寅安安静静立着，看着她。他对她笑了下，学着电影里的样子，并起四指，对她飞了一个吻。然后，他指了指手机。

桑宜取出手机。向寅给她发了一条新消息，那是一张屏幕截图，截的是向寅自己的手机界面，界面是在粉红教堂给桑宜拍的照。"我等你。"那是消息的文字部分。

桑宜也从相册里找出给向寅拍的那张照片，照片向寅冲着她笑，有一点拘束，但开心得像个小孩子。她想，原来爱一个人很简单，就是怎么都不忍心他从自己的生命里消失，从此再无交集。